花开花落，聚散依依

黄世中／著

黄山书社

图书在版编目(CIP)数据

花开花落,聚散依依/黄世中著.—合肥:黄山书社,2017.10

ISBN 978-7-5461-6916-3

Ⅰ.①花… Ⅱ.①黄… Ⅲ.①散文集-中国-当代②诗集-中国-当代 Ⅳ.①I217.2

中国版本图书馆CIP数据核字(2017)第263743号

出 品 人 王晓光
策　　划 汤吟菲
项目统筹 朱莉莉
责任编辑 常舒雅
装帧设计 尹　晨
出版发行 时代出版传媒股份有限公司(http://www.press-mart.com)
　　　　 黄山书社(http://www.hspress.cn)
地址邮编 安徽省合肥市蜀山区翡翠路1118号出版传媒广场7层 230071
印　　刷 合肥精艺印刷有限公司
版　　次 2018年1月第1版
印　　次 2018年1月第1次印刷
开　　本 700mm×1000mm 1/16
字　　数 550千
印　　张 31.5
书　　号 ISBN 978-7-5461-6916-3
定　　价 59.80元

服务热线 0551-63533706
销售热线 0551-63533761
官方直营书店(http://hsssbook.taobao.com)

花开花落两由之（代序）

东坡《水调歌头》结拍云：

> 人有悲欢离合，月有阴晴圆缺，此事古难全。但愿人长久，千里共婵娟。

人生圆时，是阖家团聚，是亲人相依，是友朋契合；是学业有成，是工作顺利，是远景灿烂……这时，你会觉得生活似酒，流年似歌；如痴，如醉！

但是，人生不总都是"圆"时，大抵是"缺"多而"圆"少。

有时为了等那么一回"圆"，要相隔数十年！所以人们心中，总是有悲欣，有不足，有残缺。是以东坡《水调歌头》，始终如此震撼人心！这结尾的一拍，实在可以同李商隐的"夕阳无限好，只是近黄昏"相匹。

人在特定情景下，会感受到人生的"圆"，而在另外的特定的时间、特定的环境中，却每每更多地体验了人生的"缺"。

人的一生是一个不断循环的"怪圈"：圆了又缺，缺了又圆，却谁也无法预测它什么时候"圆"，什么时候"缺"，往往只是"听天由命"，然后感叹地说：

"随缘任运吧，花开花落两由之……"

人生到了感叹地说一声"随缘任运"的时候，境遇大抵都不怎么顺利，恐是"缺"了，或即将"缺"了。

但是，我们总还是得活下去，还是得同命运抗争，总希望"缺"了能很快就

“圆”起来；而“圆”的时候，又总是希望能“圆”得长久一点，最好是不要“缺”。但是，这可能吗？有生必有死，有聚必有散；有成功，也必然会有失败，有远景灿烂的时候，也必然会有前程黯淡的时候。所谓生离死别，成败转头；散了又聚，聚了又散，如此而已！

庄子说，生乃死之徒（延续），死乃生之徒。可知生死转化是人生之常态。庄周化蝶，蝶即庄周，庄周即蝶，人生不过是一场“蝶梦”。我身不过三十几种元素组成，火化时，70%的水分变成蒸气“升天”，其余的钙、碳、铁、磷、钠、钾、锌、镁、硒……则全在骨灰之中，最终是与泥土一同进入地球，这30%自然是“下地”。但是不管是“升天”是“下地”，它都存在于地球之上，参与万有的新陈代谢，在新的一轮中化成各个物种，包括有机的植物、动物，以及无机物等等。正如庄子在《大宗师》中对于死亡的论述，他借子犁对子来说：“（死）将把你变成什么？把你送到何方？把你变化成老鼠的肝脏吗？把你变化成虫蚁的臂膀吗？”

所以，人死了化为鼠肝，化为虫蚁的臂膀，化为什么都无所谓。其实，老鼠、虫蚁死了，也可能进入人体成为人身上的某些元素。

生是死的延续，死是生的延续；聚是散的延续，散是聚的延续。生死依依，聚散依依，勘破这一点，则生离死别无悲欢，生死聚散两由之。所谓看惯了秋月春风，也就不管它春去秋来；花开花落，开了又落，落了又开，亦花开花落两由之。

人，就是以圆始而以缺终；以降生始，以复归终。人生就是这样的一个圆缺的怪圈！我们要面对的就是，对待人生，应该勘破悲欢离合，生死存亡；管他月圆月缺，云卷云舒，一切顺其自然，随缘任运。借用鲁迅的一联韵语：

岂有豪情似旧时，花开花落两由之。

2009年2月15日于榕城旅舍

目　录

卷上　前尘烟梦

卷中　人生如梦

卷下　风灵雨梦

恋情诗

哲理诗

感怀诗

咏物诗

乡情曲

附录　承教录

后记

卷上

前尘烟梦

乡梦紫薇花

秋天，又一次去华盛顿。这一次不看白宫，也不看林肯纪念堂，专走华盛顿的小巷，看看美国首都的民居，应是别有一番情趣吧。

民居周围非常干净，小巷也一样，路上连落叶都没有看到。

小巷两边栽满了树木花草，在晚风中摇漾；走在小巷里，凉风吹拂。真有点心旷神怡。转来转去，在一条小路的转角处，忽然看见了巷子两边都栽满了紫薇花；大多是小乔木，灌木很少。小巷大约三百米长，居然有四五种颜色的紫薇花。有赤艳似火的红薇，有花色白净的银薇，连最名贵的蓝紫色翠薇也有好几株。观赏了一会儿，似乎觉得，并没有故乡紫薇花品种、颜色那么多，花蕊形态也显得单调了一些。

我的故乡，在中国东部沿海一个美丽的半岛。灵峰山麓和灵峰溪沿岸，一年四季开满了鲜花。特别是海风习习的夏秋交替的时日，各种颜色、各种造型的紫薇花，争相开放，同婀娜的垂柳、映日的荷花、秋江的芙蓉，一起成了故乡的一大景观。你可以想象得到，那两岸的绿柳红花，和溪中的流水相映，会是怎样的一幅美丽的图画。

故乡的灵峰溪两岸，生长着一种小紫薇，树皮脱落，老人家叫它“猴子脱”，意思说树皮光溜溜，猴子上去都会脱下来。这种小紫薇，因为枝干幼小，人们一般是不攀折的。如果你触摸一下树干，整棵树就会微微颤动起来，似乎还发出“喀喀”的声音。老大娘说：“胳肢一下就颤动，笑个不停，所以古早都称它叫‘痒痒树’。”

想到这儿，我真走上前，摸了一下：华盛顿小巷的紫薇花是不是也怕痒？手才一接触，果然有微微的“感应”，轻轻地颤抖了几下，只是没有故乡紫薇树会发出细微的“喀喀”的声音。

走了几步，发现接连有几株银薇，一片惨白。

我的故乡，灵峰溪沿岸的银薇，同华盛顿的不一样：有的白色当中带点淡淡的绿意，有的白花中泛着萱草那母亲花般的深黄。

再往前走，小路两旁连着约四五十米长，都是深紫色的紫薇，花序顶生，几个穗连在一起，构成一个个轮盘似的形状。这种深紫色的紫薇花，挂在枝头似乎有些重，所以花枝也往下垂了一点，但花蕊还是翘首对着路人。

忽然想起在中国家里的门前，移栽的一棵紫薇花；每年中秋前后才开花，但是梢头最高的花儿却丛聚，合成几个圆形的花蕊，骄傲地伸向高空，像是要飞出去一般。由于花期在中秋，花丛又像圆盘，友人便戏称它叫"团圆花"。

故乡的紫薇花，也许并不令人一见钟情，实际上它也确实没有牡丹、芍药、菡萏、秋菊那么令人怜爱。但是，只要你存有深沉的情谊，对她有深刻的理解，她会显出她的真容，令你爱不释手，神魂颠倒。

故乡的紫薇花呀，你不与春花争艳，虽然六月始花，但在江南，却能一直开到十月。在夏秋没花少花的季节，你尽情地开放，让爱花的人，即使在炎热的夏天，甚而至于初冬，也不至于感到寂寞。

紫薇花！你躲过春阳高照，避开和煦的春风，在炎炎夏日和秋风肃杀的季节，你来了，而且一住就是半年！

似痴如醉丽还佳，露压风欺分外斜。
谁道花无百日红，紫薇长放半年花。

杨万里这诗，写的自然是红薇，所以红薇也叫"百日红"，也叫"满堂红"。我的故乡，最多的就是"满堂红"了。唐代诗人杜牧，曾任职校书郎，因为有《紫薇花》诗，人们称他叫"杜紫薇"。其诗云：

晓迎秋露一枝新，不占园中最上春。
桃李无言又何在？向风偏笑艳阳人。

李商隐有一首咏紫薇的七律，末联云：

天涯地角共荣谢，
岂要移根上苑栽！

人生也如同花草，不论天涯海角，一样枯荣，居住哪里都是一样。“野人怀土，小草恋山”，只要根在故土，心在故土，乡野与上林苑又有何异？也不必问，居于中土或住在异国他乡？

华盛顿小巷的紫薇花，装点着都市的民居。可是不管怎样花多、花美，又怎能比得上我的故乡的紫薇花。

这一天晚上，我做了个梦，梦见自己徜徉在紫薇花海之中，可那不是小巷，而是故乡的大道……

啊，乡梦紫薇花！

2012 年 10 月 3 日于美国马里兰陶森市郊

何处寻觅洛阳花？

人生总是喜欢忆旧，一个人，一件事，一支歌，一丛花儿，一样相似的情景，甚或一些微小的事物，都会偶尔触起你对往昔岁月的深沉怀恋。一支《牡丹》的歌，就曾多少次使我沉入少年时期那纯真的梦忆，那春蚕缠绵般的一缕情丝……

啊，牡丹，
百花丛中最鲜艳；
啊，牡丹，
众香国里最壮观……

每当听见这优美的歌儿，我就仿佛又一次看见儿时自家小园中那五彩斑斓的花海。一个女孩子正在花海中穿行，她像翩翩的舞蝶，又像翕翕的游鱼。当我走近时，她却抿了抿嘴，摘了一朵花儿走了。

我漫游在灵海的潮汐之中，记忆的浪花，冲击着我的心田。

那还是抗日战争时的事了。同我家只隔一片果园的一椽无主的旧屋，忽然住进了一户人家。不知什么时候，果园的一角便生出了许多花花草草。从此，我的家乡有了牡丹花。一个年龄与我相仿的女孩子，时时跟着一个老人在园中浇花，这就是牡丹姑娘。

那年父亲因病赋闲家居，老人家也时常找父亲唠上个半天。从父亲嘴里知道，老人家也姓黄。一年，黄河河口决堤，妻子、儿女都被水冲走，自已在黄水中挣扎，却又救起了一个小女孩。一老一小沿途行乞南下。由于本村镇都姓黄，便认作同宗居住下来。

老人原以栽种牡丹为业，于是重操旧业。大约两三年以后，我们两家简直像一家人了。有一次，老人家带着养女，送来了许多牡丹花，他逐一介绍，记得有“魏紫”“姚黄”“一捻红”“醉胭脂”“羊脂玉”等等；父亲也就逐一讲了各种牡丹的典故。

后来知道他的养女名字就叫牡丹，父亲忽然像个老学究，讲起“牝”“牡”的意义来，戏谑地说，女孩应该叫“牝丹”。父亲说：“‘牡’乃雄也，属阳性，主男人；因为牡丹为‘花中之王’，属阳，故称‘牡’。‘牝’乃雌也，属阴性，主女子。是以‘牝’‘牡’不可相混也……”

父亲的一席笑谈，说得大家都哈哈笑了起来。我偷偷瞧了牡丹姑娘一眼，她也正羞涩地朝着我笑。

不久，牡丹的养父病得很重，临终前将牡丹和小果园托付给父亲和母亲，似乎还交给了一张纸条。从此，牡丹姑娘也到我家来住，成了我的妹子。父亲送我们上学，我们一边读书，一边在父亲指点下管理这片小园子，居然也管得不比老人家在世时差。

父亲经常翻出《洛阳牡丹记》《广群芳谱》等许许多多书，给我们讲解牡丹栽培的历史和技术，教我们吟咏牡丹的诗。有一首明代李东阳的《题画牡丹》，至今也还记得：

彩毫和露写名花，紫艳分明出魏家。
应是洛阳归梦远，缁尘红土半京华。

有一次，父亲给我们讲了一个故事。说是武则天在曲江下苑，命令百花一夜之间统统开放，唯有牡丹不肯开。武则天非常生气，就把牡丹贬到洛阳。洛阳人因为牡丹资质芳艳，而又劲骨刚心，因此很自豪，就称牡丹叫“洛阳花”。父亲讲这故事时，我们都已快小学毕业；我听了，更感到牡丹的美。我因此又偷偷称牡丹姑娘叫“洛阳花”。

父亲生病家居多年，一个穷知识分子，除了一屋子书外，什么也没有。1949年，父亲到省城找点事情做，我也到城里上中学，而牡丹不得不失学在家，帮助母亲干一些家务活。小园里的果树和牡丹花儿，成了家庭的一项经济来源。她虽然很想读书，但又有什么法子呢？对于牡丹的不能继续读书，父母和我都感到很愧疚。但牡丹姑娘知道家里的经济情况，不仅没有怨言，对父母和我的感情比从前更像一家人。

我没有钱交伙食费，只好在学校附近租了一处小房间，自己烧饭；每月都得回家挑一次粮食。周末回家时，牡丹姑娘会到灵峰溪口等我；星期天一早挑粮食回程，她会帮我挑一大段路才分手。她往回走时，总是一直站着看我转弯上了公路，才回去。牡丹似乎一直牵挂着我；我的心中也一直记挂着她。她占据了我的心，在我心中，分量越来越重……

不知从什么时候起，一种异样的感情激荡在我的心间，虽然不过是一掠而过的朦胧的幻影。这样大约过了两年光景，自觉一下子成熟了许多。我看牡丹出落得更美了，两人却有些生分，似乎都感到男女长大以后，应该有些距离。可是，越是距离，越是令人梦魂萦绕。

一天夜里，我睡卧不宁，竟然进入了非非之境：我要娶她！可牡丹会不会回洛阳？父母亲让她回去吗？不回去，会不会嫁出去？这些问题都是我以前从来不曾想到的。

一个暮春的周末，我又从城里回家。一路春风轻拂，柳絮飘飞。行走在灵峰三十里溪岸，春鸟啾啾，溪声和鸣；牡丹正开，荼蘼含苞，遍地花团簇锦。但是，我却无心赏玩，只想插翅飞到家，向牡丹姑娘试探一下，也许她会答应我。我想着，不觉步子就加快了许多……

可这一次牡丹没有到溪岸来等我。

晚饭时，我瞥了牡丹一眼，她对着我笑了一下，却猜不出她什么心思，心中一直忐忑着。大约8点钟，母亲走进卧室，说过几天，牡丹就要回洛阳去了。我一下就怔住了。

母亲说："她养父临终前留了一个地址，你父亲在洛阳登了报，已经联系上她家一个远房亲戚。再说，有人说我们收了'童养媳'当长工……你父亲来信说，一定要支持牡丹回去，还寄来了路费。"

说完，母亲坐了一会儿，就默默地退出。

我的心一直跳个不停，只觉得隐隐有些酸楚。我意识到，这一次的别离，后会难期。可我很羞涩，年纪这么小，怎么跟母亲说这种事呢？而且都已经是决定了的事，说了有用吗？

但是，无论如何，也得把心里的话同牡丹说一说。

我看牡丹卧室里的灯还亮着，就蹑着脚轻轻走到她的房前，叫了声"洛阳花"，没有回应；又叫了声"牡丹"，仍然没有回声。我不死心，伸手轻轻敲了门：

"洛阳花,牡丹,开下门。"

可是,牡丹卧房里的灯忽然熄了……

我在牡丹的房前站了很长的时间,才惆怅地回到自己卧室里躺着。可是心烦意乱,总是翻来覆去,没法入睡。时钟打了 11 下,不知哪来的勇气,我又跳下床,决定再去敲敲她的门。我不知道又在她房前站了多长时间,可我终于没有敢敲。现在回想起来,非常懊悔那时的怯弱。

第二天一早,牡丹像往时一样,依旧去溪边淘米,我赶紧跟着,也到了溪岸。我怯怯地问:"你要回洛阳了?"

她转过头,我看见她的两只眼睛,布满了红丝,像一双红桃:她昨晚分明是哭了。

……

我不得不赶回学校上课。又过了一个月,回家时,牡丹姑娘已经不在了,她终于走了。

我和母亲在她房间呆呆地坐着,只觉得空荡荡的,心中充满了凄清和惆怅。母亲说:

"牡丹临走前,给你留下几颗种子,是千叶魏紫牡丹,说魏紫牡丹花,是最名贵的。"

我忽然悟到:牡丹姑娘的养父虽然姓黄,而她却是姓魏的……我将"魏紫"紧紧捏住,母亲还说些什么,都没有听见。心中不断重复着李东阳的诗句……

紫艳分明出魏家,
应是洛阳归梦远!

一缕情思早已飞向了天边……抬眼看看窗外小园里,石榴花已经开了,春天过去了。

人生途程又经历了整整四十个春秋。去年,趁着一次学术会议,我去了洛阳。可是,茫茫人海,牡丹,我又到哪儿去找你呢?

啊,牡丹……

何处寻觅"洛阳花"? 我心中的一缕情思……

1991 年 5 月于洛阳

乡　思

静穆的时刻，最美是乡思！

眠梦时，最令人心醉的是乡梦……

我的故乡景色迷人，遍地都是鲜花。从小寒起到第二年的十月，每月都有许多花儿开放。就说“二十四番花信”，每一番“花信风”来，都应着一种花开；去年小寒到来年谷雨一百二十天，五天一种花开。小寒三候，最先开的是梅花；接着五天是山茶；再五天就是水仙。大寒有瑞香、兰花、山矾花开。立春是迎春、樱桃、辛夷。雨水则一候菜花，二候杏花，三候李花……到了谷雨，有牡丹、荼蘼、楝花，所谓“开到荼蘼花事了”。

谷雨一过，就是立夏。春末初夏时，家乡的荼蘼花特别多。宋人王淇《暮春游小园》有句云：“开到荼蘼花事了。”其实荼蘼开过，还有楝花；楝花开过，才是夏天。

楝花所以得名，《尔雅翼》说：“叶可练物，故谓之楝。”所谓“练物”，原来古人取楝叶，与物同煮，速其柔软。《本草》云：“一名苦楝，实名金铃子。”木高一丈。李时珍说：“楝长甚速，三五年即可作椽。”

楝花一树浓艳，花开如海棠；三四月开花，红紫色；若栽于院内，则芬芳满庭。据《荆楚岁时记》记载：“蛟龙畏楝，故端午以叶包粽，投江中祭屈原。”所以宋代张蕴的《楝花》诗说：“绿树菲菲紫白香，犹堪缠黍吊沉湘。”楝花才是春花之最晚者，因此，楝花又有“晚客”之称。

二十四番花信过了，夏天，我的故乡最好看的就是荷花了，小时候都叫莲花。父亲常叫“风荷”，也称“菡萏”；一到夏日风荷的季节，父亲总爱吟诵：

> 世间花叶不相伦，花入金盆叶作尘；
> 惟有绿荷红菡萏，卷舒开合任天真。

长大以后才知道这是李商隐的咏荷诗，还有两句：

此花此叶长相映，翠减红衰愁煞人。

七月紫薇开得很艳丽，接着“八桂，九菊，十芙蓉”。九月的菊花各种颜色都有，有一种深紫近墨的菊花在别处很少见到。

但最是令人梦魂萦绕的，还是故乡春天的绿柳和秋日的芙蓉。父亲就常爱说“杨柳依依”和“秋江芙蓉”。小时候经常站在灵峰溪流的大桥上，看那岸边的柳树。那柳树，柳枝、柳叶，随风飘拂，倒映在溪水中；那水中的柳树，看起来比岸边的柳树更美。你看溪水潺潺地流，流不走水中的柳枝、柳叶眉；眼看柳条斜了，好像要流走了，可是，溪水自己流走，柳枝、柳叶眉儿还在溪水中摇漾呢。

啊！离别故乡半个世纪，只是一瞬，我梦中依依怀恋的故土！

2004 年 10 月 2 日于浙江温州南浦水滨

忽然想起故乡的杨柳……

这是移居美国的第三天，在马里兰州陶森市的近郊，公路两旁都是参天的柳树。

这令我思念起家乡灵峰溪两岸的杨柳来了！

我的家乡最美的莫过于春日的杨柳、夏日的菡萏、秋江的拒霜芙蓉和秋日黄昏梦雨般的紫薇花。就说杨柳吧，她生长在溪岸上，那柳枝、柳叶眉，却弯下腰来，微微贴着水面；那倒映在水面上的柳影，在水流的涟漪中，似乎就要流走，可你仔细一看，她还在水中微微飐动。

看到杨柳，就令人产生一种对于故乡、亲人和朋友的依恋。

《诗经》云："昔我往矣，杨柳依依；今我来思，雨雪霏霏。"就是借杨柳起兴，也比况对故乡和亲人的依依别情。从此诗人们就赋予杨柳"依依惜别"的情韵，并且成为亲人、友朋"折柳送行人"的寄托。王维《送元二使安西》云："渭城朝雨浥清尘，客舍青青柳色新。"李商隐《离亭赋得折杨柳》诗云："为报行人休尽折，半留相送半迎归。"

有人因为杨柳婀娜可爱，把她比作少女的腰肢。

可有的人却说，柳枝风飘，杨花水流，把她比作妓流，说是"杨花水性"。

有一首歌儿唱："杨柳树，趁风飘：东风吹来往西飘，西风吹来往东摇；往东就说东边好，往西就说西边妙。"把她比作"墙头草，风吹两边倒"的"不坚定分子"。

而毛泽东却有新的比喻，他说："我们要……像杨柳那样插到哪里，就活到哪里！"

杨柳：

可以说她婀娜可爱似少女，

可以说她水性杨花像风尘女子，

也可以说她东西飘摇随风倒，

你也可以说她插到哪里就活到哪里，有强大的生命力……

而我想到的，她是故乡的一线美丽的风景：

啊，灵峰溪水两岸婀娜的杨柳！

你是我童年心底抹不去的记忆，同那夏日的菡萏、秋江的芙蓉、秋日黄昏梦雨般的紫薇花，都潜藏在我灵魂的深处；你生长在灵峰溪两岸，已经有了灵性！

每当想起故乡的杨柳，那弯弯的柳枝、摇漾的柳叶眉，轻轻地微微飐在水面上，那水面上倒映的柳影，在涟漪中，似乎就要流走，可仔细一看，她还在水中微微飐动。

故乡的杨柳，能移栽到美国马里兰吗？只怕水土未必相合。我忽然想到谁人说过：

柳枝有意，流水无情！

2008年7月2日于美国马里兰州陶森市郊

怀念五针松盆景

从马里兰州的陶森，到特拉华州霍卡森市，小车在高速公路上飞奔，两边连成一片的不知名的绿树，快速地向车后退去。树丛中不时有各种颜色的花儿点缀着。

从高速大道转入社区公路后，车开得慢了。只见公路两旁蓝色的、白色的绣球花开得十分艳丽。转一个弯，忽然看见大路两旁一株连着一株、一大片一大片的高大的松树。

停一下车，看看松针是几根。

我喜欢松、竹，松树中尤喜爱五针松。

名贵的五针松，生活在南方的人一般要在盆景中才能欣赏到。我曾在浙江温州生活、工作过近半个世纪。三十多年前，温州人对五针松简直到了痴迷的境地。他们不远千里，买来小株松苗，用插枝、嫁接的方式，移栽进盆里，制作盆景。花盆古色古香，盆松造型成各种形态，以寄托主人的情操与心志。

20 世纪 80 年代。温州有一位盆景园艺专家，制作了许多五针松盆景，上门来，要我替他的盆景取名。其中一盆，三片松冠，向同一个方向倾斜，好像就要飞出去一般，我给它取名为“奔云御风”；一盆松杆虬曲，形似螭龙，欹侧潜走，取名为“惊螭走穹”。另有两盆取名为“飞瀑流滩”“平旦妆颜”。后来在全国“五针松盆景”展览会上，“奔云御风”被评为二等奖；“惊螭走穹”和“飞瀑流滩”评为三等奖，至今仍留下深刻的印象。

后来，这位盆景园艺家，把“奔云御风”赠我作为纪念。从此，我每年都要移栽几盆五针松。2003 年搬家到南浦水滨，在一座跃层的七、八楼，有六十平方米的阳台，变成了我的五针松盆景的栖息地了。

出国之前，特地吩咐亲戚定时到我家阳台上看看，或者给五针松盆景浇浇水。

在中国江南，没有一个地方的五针松盆景像温州这么多；也没有一个地方的市民对五针松这样的痴迷！在温州的江心孤屿，就有一个占地两百亩的五针松盆景园。

五针松的故乡——原生地，到底在什么地方？有的说在高丽（朝鲜），有的说在日本，还有的说在中国，更有说在北美。对植物文化学，没有研究。但是中国文献中，早就有关于松树的记载。《尚书·禹贡》就有“岱畎丝枲，铅松怪石”的话。《诗经·卫风》：“淇水悠悠，桧楫松舟”，则以松木造船了。其他像“如松柏之茂，无不尔或承”，那是《小雅》的记载；“陟彼景山，松柏丸丸”，那是《商颂》上写的……《风》《雅》《颂》都同松树结下深缘，然尚乏赞许之辞。到孔子《论语》中说：“岁寒，然后知松柏之后凋也”，《庄子》说：“霜雪既降，吾是以知松柏之茂”，以及稍后司马迁的“松柏为百木长”之说。从那以后，人们对松树才延誉不绝。两千多年来，咏松的名篇佳作，更是举不胜举。

“桃李盛时虽寂寞，雪霜多后始青葱”，是唐代诗人李商隐的咏松名句，只是还不知道是不是五针松。但是唐诗当中已经明确提到五粒松了。李贺有《五粒小松歌》。刘梦得“翠粒晴悬露”，李商隐“松喧翠粒新”，陆龟蒙“松斋一夜怀贞白，霜外空闻五粒风”等等，这些诗句中提到的“五粒松”，就是五针松。粒，也写作“鬣”，马的一根根鬣毛竖起，就像松针。所以，五粒松、五鬣松，也就是五针松。

大约在中国的南宋以前，五针松还只是自然生态型的，就像特拉华公路两旁高大的松树。唐人段成式在《酉阳杂俎》中说，在他住处的厅堂前面，自己栽种了“五鬣松”，只是还没有移栽入盆景。到南宋高宗时，浙江温州乐清状元王十朋，把五针松“植以瓦盘，置之小室”，首创了五针松盆景。这在《王梅溪集》的《岩松记》中有详细的记载。到了清代，温州的山间水间，几乎到处都栽植有五针松。乾隆年间修的《永嘉县志》就提到温州华盖山上遍植“五针松”。可以说，状元王十朋是中国历史上第一个将五针松移入盆景的人。而如今，五针松盆景早已走出温州，遍布全国各地！

今天在美国特拉华看到了自然生态型的、高大的五针松，但是，为什么没有人想到把它缩小，移入盆景呢？莫非是中美不同文化的原因？美国人重自然，重原生态的形似，而中国更重艺术，重超越自然的神似。两种文化正可以互补，使得形神兼备！

“人生到处知何似？应似飞鸿踏雪泥。”对个人来说，要适应不同地域，不同文化，应该有一个过程；但是，对故土、故乡、故园的思念，却如流水般永逝不停、永不止歇、永远奔流！

特拉华的五针松，使我想起我的故园，那种造型小巧的、神似的五针松盆景……

2011 年 5 月 10 日于美国特拉华霍卡森

留得枯荷听雨声

昨天晚上睡梦中，窗外忽然有哗啦啦的声音，凭感觉，是下雨了，心中给自己发了一个指令：快起来！关窗。

关好窗子，一看时钟，正指着凌晨4点。躺下床，就再难以入眠，脑子里忽然涌起李清照《如梦令》的词句：

> 昨夜雨疏风骤，
> 浓睡不消残酒。

其实情景迥异：雨不算疏，虽然刮了一阵西风；风也不骤，睡也未浓，酒也没喝，更无"残酒"可消。一笑！

可是，这样一来，再一点睡意都没有，奈何，奈何？

忽然，雨下得更急了，滂沱之声也更大了。记得窗下与邻屋中间有一片荷塘，似乎水很浅，而风荷早已是叶黄茎枯；现在又遭到雨打，恐怕就……

这样一想，也就从床上坐起来，下了床，掀开窗帘，外面黑乎乎的，只有远处邻屋的檐灯还亮着；透过窗玻璃，借着微弱的灯光，还能看见几丝雨帘。虽然看不见雨脚，可听那雨打荷叶的声音，落地一定是很重的。于是又忽然想胡诌一阕长短句，想了好长时间，居然没有一点灵感，只得了两句：

> 一夜西风紧，
> 雨声盖过荷声。

还不知道是否古人已经说过。躺在床上，听雨打荷叶，李商隐的诗句倏然袭来：

留得枯荷听雨声。

此为李商隐《宿骆氏亭寄怀崔雍崔衮》七绝中的诗句，全诗云：

竹坞无尘水槛清，相思迢递过重城。
秋阴不散霜飞晚，留得枯荷听雨声。

这是商隐于文宗开成四年（839），被牛党排笮出秘书省，降调弘农县尉，出长安宿骆氏亭时所作。诗题怀念表兄弟崔雍、崔衮，却以枯荷自况，向二崔抒发心中的悲愤，说自己已经是枯荷了，牛党之人仍不放过，非把已经枯死的荷叶、根茎拔光不可！他从心底发出了不平的悲慨：

留下枯荷吧，留下它们对你们没有什么不好，还可以听听雨打荷叶的声音……

这末了一句确是警策之言。《红楼梦》第四十回，曹雪芹曾借林黛玉之口，说："我不喜欢李义山的诗，只喜欢他一句：'留得残荷听雨声。'现在你们又不留下残荷了。"

曹雪芹，于雍正、乾隆间，家世衰颓没落，正是"残荷"时节。他借李商隐之酒杯浇自家心中之块垒；就林黛玉之身世，托她之口说："现在你们又不留下残荷了"。其悲慨之情，千载而下，令读者唏嘘感怆！只不过，曹雪芹把"枯荷"误作"残荷"了。但有时想，或许"残荷"比"枯荷"的音节更亮，曹雪芹当不至于误记，可能还是有意改一个字呢。

六点三十分起床一看，枯荷果然大多倒伏……

寂寞的白杜鹃

一

在大西洋海滨，在寂寞的特拉华湾，我家南北庭院、草坪上，到处栽满了鲜花，简直是花的海洋，微风轻轻吹拂，掀起了绿海中的五颜六色的点点浪花。

大约从3月起，最先炫耀花枝的是鲜红的杏花，接着便是桃花，还有那一树素色的李花。虽然已经年过古稀，而儿时所读民谣总要随口念上两句：

> 桃花红，李花白，
> 春风阵阵吹过来……

走在草坪上，五亩草地，东北一片七株月季，深红浅红、黄花白花，错落相间，高低掩映。三株双色蔷薇花，天工人巧，夺人眼目，可品赏，可怡眼。草坪正中间是一株苹果树，高达数丈。四月苹果花开，白英英覆盖在树梢，像罩上了一顶雪白的帷帐。正西还有一棵大苹果树，向南开白花，向北开的却是粉红色的花儿，如果你走近看一下，那是两株对接共栽的苹果。可即使栽在一起，花色却并不一样，你开你的白花，我开的依然是粉红色。只是看看树冠，粉白相映，别是一番景致。

正门向着西南，面对一条小径，两亩草坪更是一片花海。左边围绕着水井四周，是平平整整、不高不低的五色郁金香，再外围是一道金色的野菊花环绕着。右边一棵高大的梨树，也泛着白花，在树梢抢人眼目。红莓花儿开得最艳丽，是一种先花后叶的名贵的红莓树。年轻的时候，常哼着外国歌曲《红莓花儿开》：

> 田野小河边红莓花儿开，
> 有一位少年真使我心爱；
> 可是我不能对他表白，
> 满怀的心思话儿无法讲出来……

实在难为情！那是少年时哼唱的歌曲！

到美国已经五年多了，日日伏案，“手抄”“电击”，很少认真到草坪上品赏花儿。近日了却一件事：80 万字手稿完成，心情一下松弛了下来。于是想到，应该去草坪各个角落，认认真真地看一看花儿，否则还真是有负于美丽花儿的一片心意！

我一步一步，挨着各种花，数着，看着，实在谈不上“观赏”二字。毕竟已经不是青春华年，不像年轻人对花儿那么爱惜，那么执着。看着满园的花花草草，也只是一瞥而过，“走马看花”而已……

正想回身进房间，这时，一丛被高大的红莓花树和冬青藤蔓遮掩着的白色的花冠，悄悄地显露出来：怎么？五年了，以前都没有看见，是忽略了，还是它一直就没有开放？

拨开冬青藤蔓，从红莓树下穿过，啊！是一丛白色的杜鹃花！是呀，你是白色的映山红，我愿称你为“雪照杜鹃”！

二

杜鹃的颜色，多见的自然是深红、粉红。在中国农历二三月，不论深山野岭，或者是平原小丘，河边屋角，到处是红杜鹃！只要听到“布谷，布谷”的杜鹃鸟的啼鸣，你就会想起漫山遍野的“杜鹃啼血”了：杜鹃鸟的血，化成了满山的红杜鹃。

据《史记 · 蜀王本纪》和《华阳国志》等书的记载：望帝，是周朝末年蜀地的国君，名叫杜宇。后来禅位于宰相鳖灵，自己隐居于西山，因思念蜀国百姓，死后魂魄化为鸟，暮春啼哭，至于口中流血。蜀国百姓怀念自己的国君杜宇，就称悲鸣的鸟儿叫杜宇。每当杜宇哀怨悲啼，漫山遍野就开满了一种血红的花儿，蜀人名为杜鹃，并传说杜鹃花就是望帝杜宇春心所寄。

“杜鹃啼血”的意象情韵，充满着悲苦，哀怨。故李商隐《锦瑟》诗云：

庄生晓梦迷蝴蝶，
望帝春心托杜鹃。

王昌龄贬官夜郎（今贵州），李白赠诗云：

杨花落尽子规啼，闻道龙标过五溪。
我寄愁心与明月，随君直到夜郎西。

杨花飘落，漫天飞舞，漂泊无定；杜鹃声声：“不如归去”。李白在诗中寄托了对友人的同情，呼唤友人，与其颠簸到夜郎，不如拂袖归家！原来，杜鹃在古典诗词意象中不仅啼血，而且有哀怨之声：“不如归去！”

辛弃疾力主抗金，受到朝廷议和派的打击，心情抑郁，有词云：

更那堪鹧鸪声住，杜鹃声切！

鹧鸪声苦：“行不得啊，哥哥。”杜鹃声切：“不如归去！”文天祥被俘后押解大都，路过金陵，作《金陵驿》，末联云：

从今别却江南路，
化作啼鹃带血归。

三

以上说的似乎都是“杜鹃啼血”，所指都是红色的杜鹃花。

但是，我更爱的是白色的杜鹃花。白杜鹃虽不因其血红的颜色，为历来诗人墨客引入诗词，但是，它却以稀少、名贵，受到人们的赞美！

顷接友人抄寄《念奴娇》题白杜鹃云：

更阑人静，有芳姝醉目，相看不够。冷艳冰姿娇旖旎，窗外冱寒时候。的皪皎英，纤纤蕙蕊，更淡香盈袖。销魂长夜，炭炉相伴酖酒。殷勤惜玉怜香，把壶喷洒，滋养雪颜秀。忽念千山杜鹃瘦，对镜嗟兮僝僽。冬去春来，满山红遍，子规啼依旧。悠悠乡念，惹得霜落苍首。

所谓“冷艳冰姿”，所谓“霜落苍首”，正是白杜鹃的写照。从词中“芳姝醉目”，可知白杜鹃每用来形容冷艳、玉洁的美人；她是一位真正的美女，却难觅知音！但是，不管被冷落多久，是真正的美人，总有一天会被发现！人们当更加赞美她的低调，不显姿调色。

我对着被红莓与冬青遮掩的白杜鹃，凝神不忍离去：

啊！冷艳的、矜持的、含蓄的白杜鹃，你为什么藏身不显？在这大西洋的海滨，这寂寞的特拉华湾……自今而后，我当视你为知己：不是为了打发寂寞，是离开故国，我找到了知音！

2013 年 5 月 17 日于美国特拉华、马里兰

春梦石榴花

“五月榴花照眼明。”

忆儿时，我家东面的山坡上，村民引种了几十株石榴树。每当榴花怒放，红黄白三色，与绿叶相衬，漫山漫坡，天机云锦。那千瓣丽萼，柔条似烟，真令人心醉！

花开的日子，每天迎着仲夏清晨的微风，我都要来这里漫步，有时也驻足观赏那榴枝在轻风中摇曳的身姿。一天早上，刚走上山坡，坡上似乎已经有人了。瞥眼一看，好像是新近才来的那位女教师。正准备向老师行个礼，她就微笑着说：“早上好！你是哪个年级的？”

“六年级。”

“哦，秋天就可以上中学了。”

“是，老师……你也喜欢榴花？”

“喜欢。上个月知道有这样一个好去处，就来了。”

“上个月？还没开花呢！”

“是还没有开花。不过，明代李东阳诗说：‘纵遣无花看亦足。’虽然没有花，但是绿叶有时比花更好看。我存有一张照片，是我家院子里的一株安石榴。我很喜欢榴枝和榴叶。李义山《石榴》诗说：‘榴枝婀娜榴实繁，榴膜轻明榴子鲜。’就没有提到榴花。”

我从小由父亲教读唐诗，尤其是李贺和李商隐的诗几乎全都读过，知道她话中有深意，但猜不透她寄托了什么意思。心里想，不可对老师随便提问，何况还是一位新来的女教师，也就不敢多言，只是说：

“我读过这首诗，但意思还不大明白。”

回忆这位女老师来之前两天，就听校长说起，她在一个大户人家当家庭教师，课教得很好，后来辞职，应聘到本校的。

我壮壮胆，笑着说："名册上看到，老师叫林玉霞……"

"是，谢谢你。"

林玉霞先是看了海榴、饼子榴、火石榴，然后又转去观赏千瓣粉红、千瓣大红，最后在一株千瓣黄白相间的榴花前面，停了下来，轻轻地抚摸着花瓣，似乎是十分爱怜。她伫立在花前，凝睇了好长时间，忽然转过身，问道：

"你好像知道很多诗词，知道欧阳修的两句诗吗？"

"父亲只教我唐诗、宋词，欧阳修的词读过几首，诗却没有读过。"

林玉霞老师吟道："榴花最恨来时晚，惆怅春期独后期。"

看她那如痴如醉的神情，我不禁心里想：榴花今日又找到一位"知音"了。

此后，我常在东山坡地的榴园里，遇见林玉霞老师。她有时摘一两支回去，放在案头清供，有时则在园中流连忘返，甚而携带一本书，在榴下消磨个小半天。我因此同林玉霞老师渐渐地熟悉起来，竟成了无话不谈的"忘年之交"。从交谈中，我知道了一些关于她的身世。

"九一八"那年，她出生在一个教师之家，母亲早逝。1947 年，父亲又患了肺结核，赋闲在家，家庭陷入困顿。她只好到一个国民党军官的家里，给军官的女儿当家庭教师。后来，鬼使神差地，她成了那个军官的三姨太。这一来，她在家中就成了军官大太太和二姨太的眼中钉。大太太女儿书读得不好，就怨她，到后来甚至破口大骂，扇巴掌，不给饭吃……

1949 年 4 月，那个军官一家人逃之夭夭，不知去向。她失业了，父亲有病，还要靠她挣钱买药。据说，一支盘尼西林（即青霉素），就要花去她一个月的薪金。为了父亲，她只好到我们小学再执鞭任教。

林玉霞老师给我看了她母亲画的一幅红色的石榴花，画中还缀上一个活泼的小女孩。她说：

"画面上这株红榴花，母亲称它叫'安石榴'。榴花下面的小女孩，就是我。年轻时我母亲留给我的唯一的作品，"接着她说，"石榴原产于中亚的伊朗等地，张骞通西域后带回汉朝。汉朝人说石榴出自安石国，大约是今天伊朗的东部，所以就称它'安石榴'。"

林玉霞老师似乎想再说什么，却停下了没有继续说下去，而迅速转过身去。等她再回过脸来，我看见她眼睛有点红湿，说："母亲去世了，父亲患病在家，我就只好挑起担子了。本来自己也曾想到上大学，现在一切都成了泡影。"

"老师,你积攒一些钱以后,也能上大学。"

林玉霞苦笑了一下,只是摇头……

1950 年秋,我到城里上中学,从此就再也没有见过林玉霞。

1956 年秋,我高中毕业,考上了外省一所师范大学历史系。报到的那一天,在历史系办公室,一位年轻女子在我的前面,刚好办完报到手续。她转过脸来,我迟疑了一会,很快就认出她就是林玉霞。

"林老师……"

林玉霞笑了笑道:

"不是老师,我刚刚看到报名册上有你的名字,我们现在是同学了;不过,你是应届,我是'调干生'。"

我和林玉霞竟然在这样的场合相遇!心里想,人生邂逅,成为师生,成为同学,或成为别的什么关系,纯粹是一种偶然。我忽然想起,当年她曾引用欧阳修的两句诗,就随口道:"榴花最恨来时晚,惆怅春期独后期。"

"你知道欧阳子这两句是从谁的诗脱化而来的吗?"她问。

"不知道,你说。"

"《旧唐书》的《文苑传》记载:隋炀帝的监察御史孔绍安和夏侯端,都当过李渊军队的监军使。后来李渊起兵反隋称帝,就是唐高祖了。夏侯端先归唐,授三品官;孔绍安归唐在后,晚一些,只授给五品官。有一次在御苑侍宴,李渊指着榴花让孔绍安题咏。孔绍安即席赋了一首'永明体'小诗:'可惜庭中树,移根逐汉臣;只为来时晚,花开不及春。'欧阳修的'榴花最恨来时晚,惆怅春期独后期',就是从孔绍安的小诗脱化而来的。"

我听了,说:

"如果我没有理解错,孔绍安咏石榴是有感于仕宦的不遇,欧阳修似乎是咏爱情的失落。"

"说的是,欧诗有'絮乱丝繁'可证,但也未必不有身世之感。像孔绍安和欧阳修的榴花诗,就是既可以言情,又可以喻道。'榴花最恨来时晚,惆怅春期独后期',不仅使消逝了青春的痴男怨女产生一种伤春的情怀,同时也让一切因失去机遇而事业无成的人,感到春期永逝,从而引起一种美人迟暮之叹。"

我静静地听着,想到林玉霞六七年来所走过的道路,不无感慨地说道:

"您曾想到上大学,将失去的青春,抢救回来。上苍不负有心人,您的努力实现了。如果套用古人的一句话:'自其变者而观之,则虽人事代谢,而生命常

青，代代无穷。’祝愿您年年春至，您的春天永在长存，绵延无尽……”

林玉霞高兴地说：

“我们是同学了，我想在师大的校园里，引栽一种‘四季榴’。《群芳谱》上说，这种石榴树，‘四季开花，秋结实；实方绽，旋复开花’。那就不必感叹‘只为来时晚，花开不及春’，而且永远都是春天了。”

上大学那年，林玉霞已经二十五岁；班级里有十来个同她一样的“调干生”，比我们小青年，一般都大七八岁，甚至更多。或者是因为林玉霞少年时期缺少爱，青春的寂寞，使她到校不久，就同一个南京报社来的“老大哥”谈恋爱了。后来他们分手了。看得出来，她很痛苦。一直到大学毕业，她都是沉默寡言，同谁也不再交往。毕业分配时，我问她：

“有什么打算？想到哪里？”

“随便分吧，去哪里都是一样……”

那时候，分配工作时，有一张表格让毕业生填写，本人可以提出要求，供人事处参考；最后有一栏“是否愿意服从分配”。我是南方人，怕冷，要求尽量照顾回南方。林玉霞除了写上名字，什么也没有填；只在表格上写了两行字：

天涯地角同荣谢，
却认他乡是故乡。

三天后，毕业分配方案公布了，我幸运地被分到南方的一个城市，林玉霞名字的下面写着：到陕西省教育厅报到。又过了两天，我准备走了，她帮助我将行李运到火车站托运。同往常一样，一句话也没有。第二天我离开学校，林玉霞送我到大门口，说了一句：“分到哪个单位，写信给学校人事处。”

我走了，也曾将分配单位写信告知学校人事处，大约一个月后，人事处寄来一份56届同学通讯录，可就是找不到林玉霞的名字！从此，再也没有她的消息。或许是同情她的身世，林玉霞的形象一直萦回在我的心中，不时地想起她，念叨她：

“林玉霞去哪里了？”

“莫非工作分得不好？”

“她想隐居埋名？”

也每每想起她喜爱的孔绍安的诗句：

只为来时晚，
花开不及春。

1982年，在西安参加一个学术会议，到一个有名的宾馆报到。报到大厅的中间，一个巨大的落地花瓶，装点着红、黄、白和红白、黄白相间的，各色各样的石榴花。我猛然想起韩昌黎的诗句：“五月榴花照眼明。”看那一丛丛榴花，风姿绰约，争奇斗艳，比起小时候村东山坡上的榴花，更加妍丽多姿。我站在大厅上看得入了迷，忽然，一个声音提醒道：

“老同学，还不填表报到呀？”

“……你是？”我有点惊讶，会不会认错了？

“我是林玉霞，林玉霞！”她似乎加重了语调报出了自己的名字。

我放下行李，立即伸出手，紧紧地握住她的手，上下提动，久久说不出话来。

报到以后，林玉霞帮我把行李提到六楼的房间，我心急火燎地问起别后的情况：

“二十二年了，怎么一点消息都没有？”

她笑笑道：“说来话长……”只说了一句就停下了，“下楼吃饭，你在车上也累了，傍晚我带你到附近的兴庆公园走走，再详细告诉你。”

傍晚，林玉霞来了，我们一起踱到兴庆公园，二十二年的事从哪里说起呢？

我们从六点钟谈到了九点半才回宾馆，整整聊了三个多小时。我才知道林玉霞当年被发落到户县一个偏僻的农村中学任教，由于种种原因没有人敢和她接近，后来她被调到西安市一所师范学院，兼任历史、中文两个系的课程，今年试点评职，被提升为副教授。只是，她还是孤单一人……

“你怎么不成个家呢？”

她笑着回答：“你不会忘记吧，我是‘九一八’那年出生的，都五十一岁了，成什么家？过四年就要退休了。”

我默默无语，不知道该说些什么，只是苦笑道：“只为来时晚，花开不及春！”

五天的会议很快就结束了。上火车前，她交给我一个条幅，字迹十分清秀，是她自己手书。我展开一看，只有五个大字：

春梦石榴花

天南地北，西安离别后，也曾通过几次信。大约因为工作烦剧，书信往来也就逐渐少了。1986 年，算一算，林玉霞 55 岁了，不知道退休了没有，有没有找到合适的人？否则她的老境会是很寂寞孤单的，一个人生病了怎么办？

啊，天涯海角知何处？春梦石榴花呀！

1984 年 6 月于浙江温州

朝开暮落花

日前有事外出，真是巧遇，竟然在一条小河的边上，看到多年不见的故乡泉州的朱槿花，一种花蕊似盘，极像牡丹的红色花儿。它的花朵比红牡丹还大，全年开花，不像牡丹只在暮春季节，在荼蘼和楝花之前开那么几天；但它没有牡丹那么肥厚、丰硕和富贵之态。

朱槿，又称日及、扶桑，因为它朝开暮落，所以又名“朝开暮落花”。

巧遇“朝开暮落花”，正是中午艳阳高照、秋风拂面的时刻。它生长在河岸，摇曳在水边，在涟漪上婆娑照影。晨光熹微时，赶在太阳之前就开花，所以人们又给它取名为“日及花”。

清人汪灏《广群芳谱》云：“以其光艳照日，其叶如桑”，故名扶桑花。

扶桑花，清晨即开，到暮色苍茫时，它又悄悄地谢了。所以，扶桑花的生命，只有短暂的一天。可它在艳阳下，似乎并不在意生命的短促，依然在秋风中婆娑，轻轻地唱着它的歌儿。站在小河岸边，忽然想起王洛宾的一支歌：

> 太阳下山明早依旧爬上来，
> 花儿谢了明年还是一样地开；
> 美丽小鸟飞去无影踪，
> 我的青春小鸟一样不回来，
> 我的青春小鸟一样不回来……

是呀，扶桑，你朝开！暮落！不管你怎样地不在乎自己生命的短暂，可你转瞬即逝，你的青春确实像“小鸟一样不回来”。

生命的历程，是一种无奈，人生就像扶桑花，朝开暮落。但是，扶桑花的生命，只有一天；而人的生命却有三万多个日子。扶桑在一天中，经历了初旦的旭阳，亭午的艳阳，黄昏的夕阳，然后悄悄地跟着太阳，隐入旸谷。人，不管是谁，造化都给了他一生，让他为自然、为社会、为别人，也为自己，开一次花，绽放一回美丽，然后无憾地，复归而逝。

忽然想起李商隐曾有多首咏朱槿花的诗。七绝一首云：

风露凄凄秋景繁。
可怜荣落在朝昏。

义山一生受朋党之苦，官只九品。《花经》云："朱槿，九品一命。"李商隐感叹身世，分明借朝开暮落的槿花以自况，甚而言己亦如槿花，在残照下感叹伤春：

君问伤春句，千词不可删。
回头问残照，残照更空虚。

站在河边，我深情地望着那繁花似锦的朱槿花。

啊，朱槿！

你是"日及花"，你赶在太阳出山以前，为了装点这个世界，就开始了繁忙的一天！

可你是朝开暮落的花，现在正是艳阳高照，再过几个时辰，你就要谢了，要凋落了。但是，你不必感到沧桑，明天一早，你赶在日出之前，又将回到这个世界来，日复一日，从春到夏，从秋到冬，无穷无尽，我想赠你一个名字，就叫你"无穷花"……

2013 年 6 月 3 日于特拉华霍卡森猎人社区

千山雪拥，马后桃花

父亲开了一爿小药铺，在乡里显得很触目。

后来，父亲的肺结核病复发了，本来小药铺没有什么生意时，父亲多少还能帮母亲下地，像戽水、翻地瓜藤等等轻松的农活。现在，不仅小药铺要关门，八亩多地，母亲一个人，就更艰难了。

父亲经常咯血，一天起床后，竟然晕过去。周末正好在家，我赶紧扶起父亲，帮他躺下。我掀开父亲的衣服一看，胸骨如柴，不禁流下了眼泪。

父亲说："我算了一下，再到厦门治病，把药店卖掉，再卖几亩地，大概钱也就够了……卖掉几亩地，剩下不多了，你母亲一个人也能种得过来。"

我说："我不想读书，学费省起来，还可以帮母亲种地……"

"高中已经读了一年，停学可惜。我看，书还是要去读。"父亲说。

"药店卖了，又卖地，以后日子怎么过？"母亲不无忧虑地说了一句。

"要坚强！任何艰难困苦都不能自暴自弃，更不能倒下、一蹶不振！我身体一向不好，没有几年好活……"父亲说着，又转向母亲道："你要把孩子送上大学，苦一些没关系，书，一定要去读。"父亲说了，又转过头看看我，接着说：

"家还是有希望的，你年纪轻，读书又好，我观察，上了中学以后，成熟了许多。人要朝前看，抗战时，父亲得了肺结核，那时盘尼西林（即青霉素）都买不到，就是等死……不也挨过来了吗？所以，不要唉声叹气，要朝前看！"

我听了父亲的话，心里感动，也不知道该说些什么安慰父亲。小药铺是母亲每年养三五头大猪卖掉的钱换来的。听了母亲的话，我也主张暂时不卖。可父亲说，自己至少有一整年不在家，甚至可能要两年；我去读书，母亲要种田，没人管理药店。

一家三人，商量了一个晚上。最后，父母还是同意我的意见。父亲高兴地说：

“儿子，你长大了，说得好！就这样：药店暂时关门，地不卖，把路远的五亩出租给别人种，讲好先收一年地租，去厦门治病，钱就基本上够了。剩下三亩多，你母亲一个人也可以对付，收成季节，再请个把短工帮忙。”

事情就这样决定了。自己心里有些高兴，觉得父母采纳了自己的意见，没有把地和药铺卖掉。

可过了一会儿，忽然又想起，父亲说的“朝前看”是不错，这是父亲相信病情总会有转机，相信自己能治好病回家。

我说：“父亲说得对，事情总会有转机，新社会了，医疗卫生事业获得空前发展，听说鼓浪屿救世医院和莆田的圣路加医院都派进许多医科大学的毕业生；已经改称厦门第二医院和莆田第一医院。”

“天快亮了，儿子去睡吧，下午还要回学校去，得走五十里路呢。”母亲让我先回房睡觉。

晨鸡已经叫了两遍，我怎么样也没法睡着，心里总记挂着父亲，想到父亲说的“朝前看”……

父亲说的“朝前看”，应该是指不要被眼前的困难所吓倒，只要努力，前程总会越来越好……

但是，我似乎觉得，往前看，朝前走，虽然没错，但是如果前路难走，是不是也应该“回头看看”？

回头看看来路，或者能看到比当前更困难的路，都已经走过了；现在就更不在话下了；至少也可以总结一下，来路的经验和教训。这样一想，也不管晨鸡催晓，又起来对父亲说：

“我觉得父亲说的‘朝前看’，很对。但是，有时候，也不妨回眸一下，看一看来路。抗战时遭到日本飞机的轰炸，房屋炸毁了。兼又父亲生病，医院就住了三年多，母亲一个人很辛苦，我们也过来了。为了挣四角钱，吃了一片白萝卜，被地主婆打得头额流血……这样的日子，我们都冲出来了。现在家里比往年好得多，我们一家当前遇到的困难，也算不了什么。”

父亲听了，很赞赏，说：

“儿子确实长大了，成熟了！”

接着，父亲念了一首诗：

凭山俯海古边州，
旆影风翻见戍楼。
马后桃花马前雪，
出关争得不回头？

我一听就知道父亲正是用“马后桃花马前雪”在比喻朝前走、朝后看。确实有意思。

我笑问父亲：“这是谁的诗？”

“常熟人徐兰的《出关》诗，清人沈德潜《清诗别裁》里选了这首诗。徐兰的诗集，我也没有读过，只是从《清诗别裁》里翻到的。”

“好诗！‘马后桃花马前雪’！前程千山雪拥，回首马后，尽管比眼前‘雪拥蓝关’更堵得慌，但是，度过了，走过了，回眸一看，它就成了桃花满坡！人生，就是不断朝前走，也不时往后看看！”

母亲高兴地插话道：“儿子是长大了，说得有道理：回头看看来路，可以时刻催我们向前。当年那么艰难的日子，都过来了！”

1954 年 10 月

灵峰点梦

1961 年 8 月 8 号，农历六月二十七，立秋，这天是星期二。我从武林回到了泉城灵峰古镇。

沿着故家坍塌的祠堂小巷向南走，一直到了灵峰溪北岸。

踏上高高的溪桥，往西北一望，流水依旧潺潺，只是溪流两岸的杨柳、紫薇和秋江芙蓉，已经稀稀落落；小时候常去的那片柳林，也不复存在。

往桥南看，溪南村落的房屋静静地卧着，没有一点生气。三年前回故家，同陈缓歌订婚时欢聚的情景，至今犹历历在目；于今，一切都成为消逝的梦影。

近处水田里，有乡民牵着牛在犁田；另外一块田里，农妇挑着箩筐，在田塍上一边走，一边把秧苗一束一束扔进水田里，正准备稻田秋播。望着稻田，不禁想起了小时候为了一天四角工钱，替地主家割稻子。算计如何不让帮佣的孩子耽误时间，地主婆把简易的中餐送到田里。吃饭时口干，舀了一匙汤，汤匙里一片白萝卜，被误认作肥肉，地主婆拿起饭勺打得我头额出血……

往事依稀，如电闪飞光，水逝东流，一切都似乎在瞬息间消失得无影无踪。

站在溪桥上，想起雪梅祖母、风荷姨婆（宋紫云道长）和文清姑婆。祖母年轻时就守寡，跟随紫云道长在灵峰山三清观修道，这一次在家时间虽然很短，也应该上山去看一看。

走下溪桥，沿着灵峰溪北岸快速向东，很快就走到灵峰山东麓。

上灵峰山要登上一千零八十级的山路：碎棱棱的小石子铺成三百六十级的“回头路”，说是走在碎石子上面，脚底刺痛，一个个都想走回头，所以这第一段三百六十级就叫“回头路”。第二段用圆滚滚的鹅卵石铺成，上山的人脚弯走得红肿，一个个大呼“苦气”，所以这第二段三百六十级就叫“苦气路”。过了“苦气路”，第三段三百六十级用的是石板铺成，人们走在石板上，会感到心平气和，所以这一段就叫“心平路”。据说凡是上三清观求福的人，必须经过这三段路，才算真正心诚，才能得到仙姑的赐福。

到了三清观大门前，似乎有些改变：原来被日本鬼子炸毁的大门，重新修了起来，虽然是简陋了一些，但晚上总是可以关闭，可以上锁了。门前还竖起了“相风竿”，两条黄色的布条在轻轻的飘着。最令人感兴趣的是大门的楹联：

一春梦雨常飘瓦
尽日灵风不满旗

门楣上大大三个字写着：

圣女祠

原来“三清观”改名为“圣女祠”了！再走近一看，楹联落款竟然是祖父的姓名，用篆文镌刻。

先转到三清观（圣女祠）后面看一看。

一到观后，怎么大树都没有了？从道观到龙旗顶，整个山坡就只剩下灌木和杂草，十三株大榕树全没了，原先大片的枫林也都不存，都到哪里去了？原来心境就不佳，兼之山上秋风吹刮，心中不禁掠过一丝悲凉感……不忍再看，就转回前门。

敲了两下，门很快开了，是文清姑婆。

“哎呀，小侄子来了？快请进。”

才进门，雪梅祖母和紫云道长也都迎上来了。

“什么时候回武林去呀？陈缓歌怎么没有一起来？”紫云道长问。

上山以前就想好，什么也不隐瞒，一坐下，就直截了当地说道：

“我也不想隐瞒了。这一次回家，是取道漳城回来的，同陈缓歌的婚约解除了……”

接着只好解释道：“不是陈缓歌想要分手，她大哥当了市委统战部长，坚决反对这门亲事。……陈缓歌虽然有些犹豫，但实在是被迫无奈。她也很痛苦！不怪陈缓歌，是我知道她大哥的态度以后，主动提出解除婚约的……事情就是这样。”

大家听了，都沉默着，不知道该说什么。过了好长一段时间，祖母和姑婆才问了一句：

“祖父和你母亲都知道了？”

“都知道了……我想提早两天回程，明天就起程回武林，9 号当天到榕城，10 号到南平，接上鹰厦铁路，11 号或 12 号就可以到学校。休息两三天，15 号参加全市集体备课，29 号备课结束，9 月 1 号星期五，就正式上课。”

“好呀，人家有犹豫，我们也不稀罕，‘天涯何处无芳草！’小侄子看来精神还不错，只是瘦了些，好像没有三年前回来时那样健壮。”

“姨婆，三清观改成‘圣女祠’了？”

道长颜风荷回答道：

“是呀，改了两年多了。很正常，连我们自己也都不信道，还叫老百姓去信？三个小道姑前年也还俗成家了。我们三个人都把道号去掉，我还叫颜风荷，你祖母还叫颜雪梅，你姑婆也叫原来的名字文清。以后都不要称道姑。你祖父很赞同，还替我们起了‘圣女祠’的名。连上山的路名也改了。全灵歧都说改得好，有时代精神。祖父不愧是清代的解元，确实是一位饱学的知识分子！可惜埋没在荒山野岭，没能发挥他的作用。”

“我能理解，祖父称赞姨婆三个人清纯、圣洁，用的是唐朝诗人李商隐的《重过圣女祠》诗中的一联：一春梦雨常飘瓦，尽日灵风不满旗。”

文清道：“侄子，考你一下，诗中‘梦雨’什么意思，还有，整首诗能背得出来吗？”

我笑笑回答说：

“如果没有记错的话，似乎金代诗人王若虚在《滹南诗话》中就说，细细的雨，若有若无，叫作‘梦雨’，也就是我们现在说的‘茫茫细雨’。不过，我想把它推演一下，‘梦’字就作真‘梦’解，那就是梦境虚无缥缈，若有若无，所以李义山就借‘梦’字来说‘雨’，意思是整个春天只是梦境般的茫茫细雨，缥缥缈缈。我觉得，李义山用典、用词，每含双关，我另作解释，将‘梦’解释为‘梦见’，引申为‘希望’，也未尝不可，那整个句子就是：整个春天，我都希望能得到春雨的滋润，可是苦于春旱，竟然一滴春雨也没有！”

“道长”颜风荷，眨了一下眼睛，嘴角又微微地似笑非笑，似乎认为我这样的解释有什么寄托。

接着，我把李商隐的《重过圣女祠》，背诵了一遍：

白石岩霏碧藓滋，上清沦谪得归迟。
一春梦雨常飘瓦，尽日灵风不满旗。
萼绿华来无定所，杜兰香去未移时。
玉郎会此通仙籍，忆向天阶问紫芝。

背诵完毕，不禁想起了日前一个晚上，同曾祖父交谈中，谈到“未来是否可以预测”的问题，就又一次提出这个问题，请教几位“仙姑”道：

“未来，能不能预测?”

“道长”颜风荷，对于我的提问，感到有些突然，她看了我一眼，好像想从我的脸上猜想，为什么提了这样的一个问题。

我解释说：“有一天晚上，在圆通寺，同曾祖父闲聊，祖父认为未来很难预测，只有‘人终要复归’‘一切事物都有终结’，是可以预测的……”

“侄子想预测什么，想知道什么?”颜风荷问。

“譬如，我父亲汝成，是不是去了台湾，什么时候能回来？回来以后，黄家的境遇是不是会好一些?”

雪梅暗暗思量：看来汝成的问题，影响了黄家的命运，也影响了侄子的前程和婚姻；同陈缓歌的解除婚约，主要也应该同汝成有关。她想，应该给他一个充满希望的回答，给他一个安慰，就对侄儿笑笑说：

“曾祖说得在理，事情有发生就会有终止，会有一个了结的时候！就像人有生，也就必然有死。至于怎样生，怎样死，有很多的偶然、巧合和变化，是没有办法预测的。就譬如你说的台湾问题，台湾以‘分’开始，就必定以‘合’告终；台湾会和大陆统一在一起。如果你父亲像传说的那样，去了台湾，从我们黄家分了出去，有一天也一定会汇合，会回来，这就是‘合’。分分合合，人生和历史一样，就是这样。如果你父亲真在台湾，还能做些促进国家统一的好事，那我们黄家的境遇自然会好一些!”

颜风荷同李文清的想法不同，她觉得侄子刚刚经历了一场感情巨变，很可能还挣扎在这场巨大的心灵的风雨之中。这一次陈缓歌的离去，他虽然也能够平静地接受，但似乎还有些无法释怀，心中还有所“不解”，有所“不甘”，这就有可能反复，重新迷恋，以至于悲伤、颓唐而不能自拔。应该借禅宗佛法，给他一个当头棒喝，让他猛醒，促使他参悟，这对于他的人生途程会有好处。她不想给什么“希望”和“安慰”，就平静地说道：

“你祖母说得好，任何事物，具体的细节都很难预测。但是，起始、终结，分分、合合，到处存在。自然、社会、历史、人生，都是如此，这叫做‘道’。而‘分’不悲，‘合’不喜，人只有到了这种境界，才能叫做‘彻悟’。所以东坡说的‘但愿人长久’；说‘但愿’，就只是对‘人生永恒’的一种‘希望’和‘追求’。看来，东坡还不能说已经参透、勘破。文天祥有诗，“死生已勘破，身世如遗忘”，才是‘彻悟’。

“因此，‘一春梦雨常飘瓦’，‘梦雨’，梦一般的蒙蒙细雨，这是‘自然’。你把‘梦雨’改成‘希望春雨的滋润’，和东坡的‘但愿人长久’一样，只是自我点燃心中的一丝火苗，一种虚幻的‘梦境’。”

听了颜风荷姨婆的话，我知道这是在点悟自己，就点头说：

“我懂了，‘自然’就是‘道’；一切顺其自然，就是‘悟’。我因为心中还有‘情’在，还有‘世俗之情’的存在，所以就还不能勘破……”

梦回“听雨楼”

我家高祖解元公“听雨楼”书阁，后来为曾祖、祖父所继承，并增设了“五李书斋”，收藏李白、李长吉、李商隐、李煜、李清照诗文集的各种版本。而蒋捷的《虞美人·听雨》词的条幅，则一直挂在墙上：

少年听雨歌楼上，
红烛昏罗帐。
中年听雨客舟中，
江阔云低断雁叫西风。

而今听雨僧庐下，
两鬓星星也。
悲欢离合总无情，
一任阶前点点滴滴到天明。

这大概就是书阁“听雨楼”命名的来历了。只是第四幅所书下片的歇拍，写成了“一任阶前点点滴滴到天明”，多了“点滴”二字，不合《虞美人》的字声、格律。曾经问过父亲，说是当年高祖能自度曲词，能一边弹奏曲项琵琶，一边自唱，每每喜欢在末句叠上两拍。

五十余年了，年逾古虚，时时回忆解元祖厝旧居，自然就想到“听雨楼”书阁墙上挂着的《听雨》词条幅，蒋捷在词中概括了自己一生三个时期听雨的不同感受：

少年时到歌台舞榭，追欢逐爱；
中年时为生计所迫，浪迹天涯；
晚年由于国破家亡，寄居僧庐。

人生须历经少年、中年、老年三个阶段，古今皆然。父亲为普通知识分子，少年时期，也曾意气风发过。中年为生计，为养家糊口，为儿女教育，为一家能过个像样的日子，每于西风零雁，衔芦远飞，夜以继日，积劳成疾，于1945年得了肺结核，赋闲家居。至老年，虽不至寄居僧庐，实在还不如僧庐之能过上平静的日子。

之后有一年曾返乡，时“听雨楼”躯壳虽在，而内里空巢。墙上，已不见蒋捷《虞美人·听雨》条幅，绣有李白《清平调》的帐帘也不知去向，雕镌有连环《西厢记》护栏之眠床，亦填入铁炉，充当大炼钢铁的柴火。“五李书斋”匾额再也见不到，阁上藏书太半不翼而飞。橱内顶层的书画卷轴，全不见踪影。东窗下眉额嵌有“道通天地”的大镜，已经破碎……

上了“听雨楼”，少年时的情事，一幕幕涌上心头，只觉得一缕凄清，一丝悲凉……

父亲将“五李书斋”内的各种《李义山诗集》笺注本和一些重要的书籍，邮包寄到外省，由我保存。记得收到父亲寄来的书时，曾在清乾隆朝姚培谦笺注的《李义山诗集》扉页上，写了一句：

看到这本书的扉页，儿时的美好记忆，一下子全都苏生过来；青梅竹马，非关情恋，不是知音，唯有故乡的崇山深水，行云塔影，至今犹历历在目。

还记“听雨楼”东间，由一位远房的姑母居住。姑母因情变，终生未嫁；喜欢读书，偶也作诗。她所居的西墙，壁上挂有《集唐》七绝两幅，不知自集，或录自他人所作。一诗云：

小楼高阁谢娘家，草绿裙腰一道斜。
蝴蝶梦中家万里，半床春月在天涯。

又一首云：

门柳萧疏噪暮鸦，绣屏遥背一灯斜。
不胜惆怅还惆怅，别梦依依到谢家。

小时候不更事，曾问姑母："谁是谢家?"记得姑母只是笑而不答。

1982年，时过二十一年，又一次返乡，父亲已经去世十二年。到家时，立马上了"听雨楼"，一看藏书和许多书画卷轴，完全消失。在楼板上轻轻走步，已经轧轧作响：楼屋建成，近二百年，随时可能坍塌。下了楼梯，回首怆然……

1991年12月，第三次返乡，"听雨楼"已经倾斜，上不去了。然于心不忍离去，还是冒着危险走上去，空空如也，连破旧的书桌都已经不存。

2000年10月，自澳门参加"中国首届国际词学研讨会"后，取道厦门再回故乡，"听雨楼"与九年前相比，似乎没有什么变化，依旧倾斜地立着。母亲不准再上楼，黄昏时候，自己悄悄一人走到楼下，犹豫之后，还是上去。忽然想起小时候，曾与父亲一起睡在楼上的情景，弯弯地侧着身子，躺在父亲的身旁，于今不再。一种物是人非的历史沧桑感，忽地袭上了心头，终于忍不住流下了眼泪……这是离家后的第四次回到故乡。

第五次，2012年自美国返回中国，又一次返乡，"听雨楼"彻底坍塌不存，废墟上，似乎还能认得出楼上掉落的地板。我寂然地站在残垣败瓦中，想到：

高祖、曾祖、祖父、父亲、不肖我，五代人的延续，竟在我之手中消失不存！是完成了它的历史使命，还是别的什么原因？看来，一切陈旧的，终于要破败，没落。《庄子·天下篇》云："惠施多方，其书五车。"唐代雕版印刷后，刊刻拓印，唐代藏书家邺侯李泌，时人称"邺架"，韩愈有诗云："邺侯家多书，插架三万轴。"降及明清两代，私人藏书名家不下千人，翻阅日记，抄录所及即有：

昆山叶盛菉竹堂，藏书22700卷；
鄞县范钦天一阁，藏书70000多卷；
太仓王世贞小酉馆，藏书33000多卷；
兰溪胡应麟二酉山房，藏书42384卷；
常熟毛晋汲古阁，藏书84000多卷；
鄞县黄宗羲续抄堂，藏书70000多卷；

嘉兴朱彝尊曝书亭，藏书 80000 多卷；
青州王士祯池北书库，藏书 70000 多卷；
海宁吴骞拜经楼，藏书 100000 多卷；
常熟张金吾爱日精庐，藏书 80000 多卷；
泉州黄居中千顷斋，藏书 60000 多卷；
常州孙星衍廉石居，藏书 100000 多卷；
福州徐兴公红雨楼，藏书 53000 多卷；
常熟瞿绍基铁琴铜剑楼，藏书 100000 多卷；
聊城杨以增海源阁，藏书 208300 多卷；
归安陆心源皕宋楼，藏书 150000 多卷；
杭州丁申丁丙八千卷楼，藏书 100000 多卷。

上述十七家，节衣缩食，嗜书如命，而今藏书安在哉！除明代天一阁尚存于今外，常熟铁琴铜剑楼传至五代，为日本人购走；而我家“听雨楼”能经历五代人，亦算幸运了。

特拉华湾忆念母亲

笔者原籍福建泉州惠安前黄乡(今泉州市泉港前黄镇)。1956年,时年17,鹰厦铁路还没有通车;我自泉州经福州,乘坐闽江小火轮至南平。翌日乘汽车经江西铅山至上饶,沿浙赣线到上海;转车到山东济南,再转胶济铁路到青岛,参加国家少年田径体操运动大会……自此离别家乡,于今五十八载。其间曾于1961年、1982年、1991年、2000年、2004年、2010年、2013年,返乡七次,计居乡二十又九天,除一天去厦门访友外,平均一次仅住四个晚上。

记得1961年第一次返乡,父亲尚健在,年四十有八。1982年第二次回乡,父亲已经逝去多年。

2008年,本人移居美国特拉华州,有时住马里兰州,投奔两个女儿安度养老。2010年自美国返乡探望老母亲,母亲身体尚健;2013年又一次回泉州看看母亲,母亲已经中风,瘫痪在床。2013年12月30日凌晨1时40分与世长辞,享年93。不孝子身在北美,签证手续烦剧,未能返回泉州,送母亲最后一程,于心不忍之甚!

数日来,母亲形象一直萦绕于心,一件一件往事,日夜奔袭而至,挥之不去。

一、你也有皮

我家因为父亲患病,家道中落,自厦门鼓浪屿迁回泉港前黄老家。

泉港前黄古镇是有名的地瓜(番薯)产地。前黄农地大多为山园,只能栽种地瓜、花生等旱地作物;水田极少。记得全家有地八亩三分七厘,其中水田仅三分七厘,其余八亩全是山园。所以,闽中每称土地为"田园";"田"即可种植水稻之水田,"园"就只能栽种地瓜之山园。小时候,难得吃一次大米,平日吃的都

是地瓜或地瓜干(晒干的地瓜片、地瓜条)。小时候不懂节约,一次吃地瓜,而将地瓜皮剥掉。母亲看了我一眼,说:

“地瓜皮是可以吃的。”

我回答说:“很刺喉咙,吃不下。”

母亲猛然说:“学会吃下去,什么东西都有皮,你也有皮……”

由于母亲的坚持,我学会了吃地瓜时,连皮一起吃。现在有说“地瓜皮不利消化”。而积习至今不改,以为地瓜连皮一起吃,是理所当然。而且每当吃地瓜的时候,就会想到母亲的那句话:“你也有皮!”

二、站稳脚跟

很小时候学戽水曾跌落水潭。我家仅有的三分七厘水田南侧,有一窟水潭。我和母亲站在水潭棱角的田岸上,母亲站一边,我站一边。两个人各拉着两条绳子;四条绳子穿进戽桶四个孔,就好像四条藤吊着一个“大南瓜”。

开始戽水的时候,要拉着戽桶左右摇几下,使它产生惯性以后才戽得自然、平稳。但是戽桶里如果没有装满水,而用力过猛,力气小的一方很容易被拉下水潭……

我被母亲一拉,打了个趔趄,掉到水潭里了。母亲大声叫喊:

“救人啊,有人掉进水潭了!”

附近两个青壮年农民放下锄头就跑了过来,一看我正在水中划水,就说:“不要慌,会游泳。”我果然游着上了岸;用手抹去脸上的水,笑着说:

“我会游泳!”

“孩子,你把母亲吓死了……我告诉过你,戽水,第一是要立住脚跟,站得稳;不要两脚都站在田岸上,前脚蹬在岸上,后脚就要站在水沟或水田里……对了,你什么时候学会游泳?”

“暑假不是每天下午放学回家,都去海边捡海苔吗?天热了就同人家一起在浅海里把汗洗一洗,顺便也学了游泳……”

“好,好,儿子啊,今天好运道……不过以后不能一个人单独去游泳。”

三、磨面谜语

我家解元祖屋是一座五进的深宅大院，后厅有一个小石磨，解元房的人家都可以在这里磨面。记得第一次学磨面时，我推摩，母亲放麦子。我问："怎么知道石磨里面的麦子快磨完了呢？"

"听声音，磨时轰隆隆，像打雷，说明磨里还有麦子；如果声音喳喳喳，是上下石头互相摩擦，就知道麦子很少了。"

母亲想让我不觉得累，就出个谜语让我猜：

路遥遥而不远，石层层不是山。
雷轰轰不下雨，雪飘飘而不寒。

我一听就知道谜底是"推磨磨面"。

"怎么解？"

"推磨绕着圈圈转，不知走了多少路，就是'遥遥'；可是还是原地转来转去，并没有走到远方，所以说'不远'。"

"那第二句呢？"

"石磨有上层，下层，还有垫石，不就是'层层'吗？可它是石头，不是山峰。"

"那第三句呢？"

"推磨声音像打雷，轰轰隆隆，可是并没有下雨。"

我看了看母亲，笑着又说道："第四句，雪飘飘，雪是白色的，像磨成的面粉飘下来，可是一点不觉得寒冷，还流汗呢……"

"儿子就是聪明，"母亲看我脸上都是汗，说，"好，下'雪'了，不冷反流汗。休息一会！"

母亲永远地走了，弟弟电话里说，母亲走得很安详。远在大西洋的海滨，我一想起母亲，就会流下泪来。今年 4 月清明节，仍未能返乡祭奠，昨夜辗转反侧，未能入眠，儿时的许多美好记忆，一直涌上心头。开灯作一联，悼念母亲：

望天呼号，苍天不语，惟大西洋上烈风吹雪；
踏地哀歌，大地无声，正特拉华湾冻雨凝冰。

魂兮归来！

啊，母亲，你永远地走了，此生再见，除非是南柯梦里。你含辛茹苦将儿子养大，却未能最后见你一面，儿子心头痛极！你的形象将永远留在儿子的心中，永远，永远！

2014年1月2日凌晨大风急雪于大西洋特拉华湾

西风寒云落日

七月下旬自浙江到了漳州伯父家，处理好一件私人感情的事后，八月十四日上午，告别了伯父，十点钟，自漳州乘汽车到了泉州，下午三时才赶上了开往惠安黄塘畜牧场的区间车。

汽车从泉州往北，往西，一个多钟头就到黄塘畜牧场。立即到畜牧场人事保卫处，说明到牧场看望父亲，然后到牧场招待所，办理住宿手续。

在牧场住一个晚上，才五毛钱。交了住宿费和钥匙押金费，拿了钥匙，108房间。房间很小，床铺一摆，剩下的面积，大约只有三分之一；没有桌子，地面一片泥土，也没有天花板。一盏二十五瓦支光的电灯泡，上面沾满了灰尘。我顺手开了电灯，黄泥土墙和昏黄的灯光互相映衬，使房间显得更加昏暗。

还不到五点钟，父亲没那么快下班，接到父亲时，已经气喘呼呼，叫了一声“父亲”，不禁眼睛红湿了……

父子两人准备到牧场食堂里随便吃一点饭。到了饭厅，有几个人围在一起，有说有笑地在吃汤圆，我忽然记起今天是七夕。我问父亲：

“要吃汤圆吗？”

父亲摇摇手，两人就随意地买了三个地瓜，带回招待所。我说：

“已经同牧场领导讲了，因为是外省来探亲的，领导同意让父亲在招待所里住一宿。”

牧场设在山沟沟里，据说到了黄昏，特别是晚上，西面戴云山脉不知是什么气流，西风刮得特别猛烈。我和父亲才走进108客房，就听到了呼呼的风声，父亲说：

“风来了！今天晚上的风可能很大……不过房子低，刮不倒，不要担心，就是半夜时候的风声很吓人。”

这一夜父子两人，弯在一张床铺睡觉，像小时候同父亲一起睡，依在父亲的身旁一样。刚上大学那一年，很想家，父亲就经常给自己写信。记得有一封信，自己读了非常感动。父亲在信中有几句说：

> 父子至亲至情，儿远离故家，难免思亲。余亦如是……回想儿子小时，依依膝下，余何尝不有思念！

我问起父亲的起居情况，父亲都说很好，很习惯。

“你怎么那么晚才回来？”

父亲没有回答，他看了我一眼，摇了摇手。

“我从漳州过，已经同陈缓歌分手了，情况是这样的……”

父亲静静地听着，最后说：

“你们订婚那年，两家相聚，她大哥和大嫂当了市里的大干部，却不肯到我们家，我就对这门亲事能否走到底有些怀疑。现在终于分手，说实在的，迟分不如早分。‘何所独无芳草兮，又何怀乎故宇！’这样很好，在外就没有牵挂……你今后有什么打算？”

“不知道，没有想过。”我停了停，想起缓歌送到伯父家的两个罐头，就起身从书包里拿出来，说：“她让我代问父亲好，说是拿了七八个梅干菜猪肉罐头送给父亲，我只拿她两个。”

“好，那就留下给我。”

临睡前，父亲最后交代说：

“你明天回家看你母亲后，不要多停留，超过请假时间不好，也耽误了学生的功课。

“家里有一块闽江黯淡滩石镌刻的大砚台，是祖父给我的。我没有用，一直珍藏着，放在第三号书橱上面的一格，用浅黄色的缎子包着，砚台底部镌刻有宋代福建莆田诗人方惟深的一首七绝。本来想早一点带给你，后来想到你们这一辈人大多用钢笔，不时兴文房四宝，也就没有拿出来。

“这一次你回来，和陈缓歌的事情已经不存在了，你也不必年年回家。外面有合适的人你就自己决定，也无须征求父母的意见。砚台是祖父传给我的；今天我再传给你，也算是留给你的一个纪念。那首诗的题目叫《过黯淡滩》，四句：

湍流怪石碍通津，
一一操舟若有神。
自是世间无妙手，
古来何事不由人！

“当年祖父告诉我，据《福建通志》记载，‘黯淡滩，其水湍急，其石廉利，舟上下有一失，势辄破溺’。人须有阳刚之气，敢于制怪石而用之。当然，阴柔之性亦不可无，阴阳相须，阴阳互补，所谓‘天行健，君子以自强不息；地势坤，君子以厚德载物’。另外，家里藏有许多‘宝墨’，都是为父一生所爱，我留着无用。其中有明代程君房亲自制作的‘百老图’墨，有乾隆二十六年的墨质砚台；整块砚台就是一锭墨。你回家后仔细检点，都带在身边。还有，你喜读陆务观诗，此阳刚之诗，然不足也。唐人李义山有《玉溪生诗集》不可不读。家里除了姚培谦笺注本暂时留下，其他本子，还有十多种，你都拿去。陆刚李柔，读此二家，可禀刚柔之气。有刚有柔，刚中有柔，柔中寓刚，刚柔相济，始为大丈夫！”

我静静地领受父亲的教诲，思索父亲所传砚石，那深刻的人生哲理，“制怪石而用之”，是呀，“古来何事不由人”！宝墨与李义山集，都是父亲一生收藏，为父亲一生所爱；壮年而弃藏，传我，会否是对自己前程的一种渺茫的凄凉与无奈？

父亲又道：

“刚者，如孟子所言：富贵不能淫，贫贱不能移，威武不能屈，此之谓大丈夫！这是天地之正气，其为气也，至刚至大，是中国人不可或缺的人格修养。

“学问，修养，应须全面，不可只专注儒家；道家之老、庄必读。在人格上，儒道自有其相通之处。你当记得，家里一面大镜，其额有诗一首。此行之后，不知何时再见面，今日写予你。牧场没有笔墨，你身边恐也只有自来水笔，拿来——”

我将钢笔递给父亲，又拿了书包给父亲写字做垫板。父亲写完，郑重地拿给我，说：“记不清了，可能是吕洞宾吕喦所作。”

一看，是这样一首很通俗的绝句：

道通天地有尘外，

思入风云变幻中。
富贵不淫贫贱乐，
男儿到此是英雄！

赶了一天路，十分疲劳，一躺下去，就睡着了。

第二天起床，牧场周围，山上、山下、山沟沟里，一片茫茫细雨，将牧场笼罩在一种淡淡的愁雾之中。

父亲一早就出去了，给我留了纸条，放在枕边，说上午不用去西山。边上还放了两个馒头，纸上写了一行小字：

开水自到食堂取，不必再告辞。

我吃了馒头，又喝了两大碗的温开水。然后拿了背包，结了账就起程。

上了公路，四周眺望，并没有父亲的身影。又走了几十步，往西一看，在一座小山丘下的田塍上；茫茫细雨中，我看见父亲戴着一顶大箬笠，可脸部全被箬笠遮住，只看见父亲牵着牛绳的手……

我上了车，从泉州中转，下午就到了故乡这个曾经生养的地方。见了母亲，说了去牧场看父亲的情况，又说了同缓歌分手的事，母亲沉默了很久，终于开口道：

“儿子才二十三岁，工作、事业要紧。天涯何处无芳草！要不是你早先同她谈恋爱了，其实订婚还是太早。所以，母亲觉得同这人分手，并不可惜，说不定还是好事……”

这一天晚上辗转反侧，一直无法入眠，凌晨三点钟，起坐，在日记本上，写下了《西风寒云落日》，记下同父亲相聚的情景：

漫天西风，
吹落了衔山的落日，
吹黑了寒云千里，
吹暗了牧草，
还有那弯弯的小溪。

对面坡顶，
一双牛角，
映在乌兰的天幕上。
走近山坡下，
是父亲牵牛的身影。
……

写完，又将日记本放进背包里。

第二天一直睡到九点钟，起床后，沿着灵峰溪流随意踱着，脑子里总是浮现父亲那暗淡的眼神，那失意、失落而无可奈何的脸容，那赶着牛，映在天幕上的剪影，还有田塍上茫茫细雨中牵着牛绳的手……

1961年8月15日于泉州市前黄古镇

《江河水》的悲声

二胡曲子的悲声，无过于《江河水》。《江河水》为东北民间乐曲。据说，其音声、旋律，抒写了这样一个悲伤的故事：

一对恩爱夫妻本来幸福地生活着。有一天，丈夫忽然被官府抓去服劳役，遭到百般虐待，死于外乡。妻子闻讯，悲痛欲绝，在当时送别丈夫的江边遥祭，对着滔滔的江水，悲哀地痛哭。一个民间胡琴手，在江边听到了悲凉的哭声，回去后就创作了这首《江河水》。

音乐与人性相通，音声、旋律，与生活感受，情感类型的同构对应，会引起你深切的共鸣；某些情景就会重新浮现在你的心头。每当听到《江河水》的悲怆的曲调，就令我回忆起人生途程中某些辛酸的经历。

我所收藏的东北民间乐曲《江河水》，是黄海怀移植并订指法，张心抚配扬琴伴奏的曲子。我整整用了十五天时间，才能够熟练地演奏这支二胡曲子。即使是口中轻轻地哼着它的旋律，其曲调音声之感人，也总令人沉浸在悲怆的音乐意境中。

从此，我几乎每天都要和《江河水》曲子为伴，寂寞时拉，忧患时拉，清闲时也拉，它引起我深切的共鸣，成了我人生中不可或缺的“知音”……

我用二胡演奏那充满人生悲怆的《江河水》，我的弓弦、我的指下的《江河水》，是我心中辛酸、忧伤、悲音的外化，它将伴随我一生，直到永远！

胡琴好拉，知音难求；技艺容易掌握，指下移情甚难。

我知道，若非自己感悟，体味乐曲的感情，哪怕技艺再高，其音声也不能感动人。

我更逐渐领悟到，有辛酸、苦痛的经历，才是完整的人生！青少年时期的一些屈辱、辛酸的经历，正是我指下移情的心之源泉，是我对《江河水》引起共鸣的心之悲怆。

人生经历的不断丰富，阅历的不断加深，对于技巧和情感的关系，也理解得更透彻了：艺术，尤其是音乐和诗，主要并不是技艺的问题，而是情感的内驱力，是自己心中是否感动了，共鸣了。所以陆放翁才对儿子说："汝果欲学诗，功夫在诗外。"近读《昭明文选》嵇康《琴赋》。李善注引蔡邕《琴操》云："伯牙学琴于成连先生，先生曰：吾能传曲而不能移情。吾师有方子春者，善于琴，能作人之情……"《事类赋注》引《乐府解题》也曾有记载：春秋时伯牙学琴于成连先生，三年，而弹奏琴曲，未能传情。成连对伯牙说："我能传曲，而不能移情于汝。我的老师方子春，居渤海蓬莱，你同我一起去求他指点。"伯牙于是同成连乘船，一起到了蓬莱山。成连说："你先在岩上稍坐片刻，我去迎接先生。"成连走了，伯牙左等右等，不见老师回来。从白天等到夜晚，唯闻海水激荡、山林杳然，风高夜黑，群鸟悲鸣。更兼海涛汹涌，似天崩地裂，摄人心魄。一天天过去，不见老师回来，伯牙心中悲怆，唯有操琴排解，宣泄心中之悲怆，凄楚，尽将肺腑之情移入琴曲，不觉而成《水仙操》。十天过去，成连返归，闻琴声，欣然曰："子移情矣！"

"艰难困苦，玉汝于成！"生活就是如此！"饿其体肤，劳其筋骨"，能使人更快地成熟起来，懂得了什么叫艰辛，什么是悲怆和哀怨，什么是伤感和忧患！

同是悲音。虽不可一律比况，然人生遭际忧患，同"蓬莱岩上，海涛激荡，山林杳然，群鸟悲鸣"应是一种同构对应的关系……

附言：1996年10月，友人赠红木二胡，每日晚间试奏《江河水》。半个月以后，邻人闻音，曾告以"音声哀怨感人"，作此。

柳浪没有莺声

——漫忆西湖“柳浪闻莺”,还有一个人

近日不知哪一条血脉“心血来潮”,常常想起杭州西湖湖滨的“柳浪闻莺”,还有一个人……

1956 年 10 月 23 日,星期二,阴历九月二十,霜降这一天,我乘胶济铁路,在济南换车,接上北京开往杭州的直达快车。到杭州,已是第二天清晨,在城站下车后,即上了 1 路公共汽车,在湖滨站下,然后问了路人,往南走了约一公里,就找到南山路 98 号武林师范学院报到,算是完成转学的手续了。

一个女孩子莺声燕语:

“来,我来帮你提个箱子吧。就在 2106 房间。知道你今天到学校,昨天就让同学帮你把床位整理好了。这里是分部,近西湖风景区‘柳浪闻莺’……你编在第 2 班。有什么事情,可以问我;我是班长,叫李晓雪,拂晓的‘晓’,大雪、小雪的‘雪’。同乡,福建龙溪专区来的。”说罢,放下箱子,转身就就走了;估计是到教学楼上课去。

中午,李晓雪又到了 2106 宿舍,表示一下班长对新来同学的关心吧,也可能因为是同乡,随便来聊聊天。

我说:“青岛天气太冷了,我们南方人很不适应,所以就转学了。”

“杭州好,我就是冲着西湖的美丽景色,考到这所学校的。班级里大多是‘调干生’,不是干部,就是小学老师,应届高中、普师的学生只有三个,连你来了,也只有四个……对了,忘记告诉你,我们这校舍是暂时借来的,听说以后要给中央美术学院华东分院。所以现在只有中文和历史两个系在这里;其他系科都在六和塔。”

“杭州天气冷吗?”

"听说很冷,不过要到 12 月时候,杭州同学说,'呵气成冰'呢。对了,有棉衣、棉裤吗?"

"有一件大棉衣,还没有棉裤。不过,比起青岛,应该会暖和一些……大概不会冷吧。"

"不过据说,1 月份平均温度会在摄氏 5 度以下……恐怕还得添一件棉裤,还有,毛衣、毛裤也不能少。"

我习惯地抓抓头,不好意思地说:

"刚到,家里还来不及寄钱来——"

"需要添置什么东西,告诉我,我这里还有些钱。今天星期三,下午没有课,明天你就直接到教室上课。"

星期六傍晚,六点钟不到,李晓雪又到 2106 宿舍,把我喊了出去,说:

"大门外面不远,就是西湖十景之一,著名的风景点'柳浪闻莺',走,我在大门边上等你,带你去看看。"说了,头也不回就走了。

初来乍到,有这样一位同乡,真是太好了。我迅速换上一套干净的衣服,就到大门边上,李晓雪看我到了,却又转到大门外。我只好跟了出去,问:

"'柳浪闻莺'名声很大,好不好玩?"

"走,跨过马路,我告诉你。快,马路对过左边就是柳林,到那里就不会有同学撞见。"

"撞见同学? 担心什么……"

"你不知道,这里的同学都是年纪很大的干部和小学老师,还有报纸编辑什么的,最喜欢谈论'爱呀''老婆呀',谁同谁是'一对呀',有几个看人都瞪着色迷迷的眼睛——"

"我们是同乡,光明正大,怕什么?"

李晓雪一听,转过头来,说:

"是不用怕,说得是,'光明正大',就真是谈恋爱,也不怕;是同乡,那也是很自然的事。"

"啊!'柳浪闻莺',那么多柳树! 真漂亮!"我看那秋风吹起的柳枝,上下飘飞,像是柳的海洋,"柳浪闻莺",真是名不虚传!

两人徜徉在柳浪闻莺的石板小路,李晓雪每每顺手,将柳枝一拨一拨地往前走。我特别想听听,哪儿传来黄莺的叫声。走了好长一段路,可除了风吹柳浪发出的声音以外,似乎并没有莺声。就笑着对李晓雪说:

"'柳浪闻莺'，怎么听不到莺声？"

"我八月底来的时候，也这样问杭州的同学。他们回答，'秋天怎么会有莺声？明年春天就一定能听到'。"李晓雪笑着，盯着我看了一下，继续道：

"走，我们往湖边走，然后经钱王祠，我带你到涌金公园去看看。"

我跟着李晓雪，沿着湖畔往东，一边散步，一边观赏湖光山色。偶然回一下头，啊！太漂亮了！这不是风景画里见到的"保俶倒影"吗？只见夕阳下，宝俶塔倒映在西湖湖面，随着湖水轻轻地荡漾，泛起皱褶的塔影，顿时有一阵柔和、温馨的感觉，就建议说：

"我们往那边走，到湖滨，看湖水清波、夕阳塔影，好吗？"

"好，只要你喜欢。"

两人回头往湖滨方向走去。李晓雪问：

"你家里做什么的？"

我从小就有一种自卑感，常常习惯于随口反问旁人，就反问道：

"你家里是做什么事的？"

"我父母都在马来亚槟榔屿，我寄住龙溪新华路叔叔家，婶婶是江西鹰潭人，所以叔叔和婶婶有时到鹰潭做生意，我就一个人。"

"你是华侨？经济上应该还可以，为什么初中毕业后去读普师？"

"说起来，真是笑话。我父母思想十分保守，说是女孩子反正要嫁人，用不着上大学，读个师范出来当个小学教师就有很多人要了。你说可笑不可笑？"

"不可笑，我们那里还要封建得多，还有人殉情呢。"

"真可伤！"

两人说着话儿，不知不觉就一直走到了湖滨六公园，李晓雪提议说：

"我们坐一坐吧，脚有点走累了。"

两人似乎都有些不自然。同一个刚刚认识的女孩子，在西湖旁边这种充满温情、浪漫的地方肩并肩坐着，脑子一直涌现高三时的恋人陈缓歌的倩影。

李晓雪忽然问：

"你家有些什么人？"

"我家有父亲、母亲，还有弟妹。"

"还有呢？"

"没有了。"

"你哪年生的？"

"属小白兔,1939 年吧。"

"几月?"

"阴历十一月二十八,阳历 1940 年 1 月 7 号。"

"我比你恰好大了一个月,阴历十月二十八,阳历十一月八号,母亲说那天节气是'大雪',因为生了个女孩儿,就给我起了个'晓雪'的名字。你……你给我当小弟吧!"

"当小弟? 我……你没有弟弟吗?"

"你就是呀,"李晓雪说着,就把我的手牵了过去,"走,我们回去了。我是班长,我会照顾你的。班级有两个'狐狸精',一个上海人,一个是金华什么地方人,你得小心!"

我同李晓雪又走回"柳浪闻莺",一个人影也没有;天黑黑的,借着湖面的清波,可以看见柳树像一堆堆云雾,又像是一座座小山阜,朦朦胧胧,有些阴森。我说:

"阴冷凄清得有些怕人,我们回去吧!"说着就往学校方向走。

李晓雪紧跟在后面,却一转身,就到了我的右边,牵着我的手,说:

"路上太冷清,要有莺声就好了。听人说,春天来的时候,只要黄莺一叫,柳浪就会摇起来……你会学黄莺叫吗? 在柳林里叫几声,说不定柳浪就摇起来……"

"我不会……"

在武林师范学院,虽然是同乡,她又是班长,而我已经有自己的所爱,因此同李晓雪一直保持着若即若离的关系。

1960 年夏天,毕业分配的方案公布了:李晓雪分回福建漳州市教育局,明天下午的火车;我则留在浙江杭州。傍晚,大家的行李都已经送到火车站托运完毕。李晓雪找了我:

"走,明天就要分手了,我们很久没有到六公园坐了。"

"晓雪,很感谢你,几年来得到你的帮助……天黑了,六公园太远,咱们就到对面的'柳浪闻莺'走走吧,怎么样?"

"行,走!"

我跟着李晓雪,两人一前一后,到了"柳浪闻莺",进入柳林深处一处亭子里。

“坐下，你不愿意同我并排坐，咱们就对着面坐。”

我想到，明后天大家就各奔西东，说不定从此天南地北的，能不能再见面，也很难说。心里一阵沧桑，说：

“我们是同乡，并排坐有什么关系？”

……

两人并排坐着，李晓雪沉默了很久，说：

“离别之前，我有几个问题问你，既是第一次，也是最后一次，你只要如实回答我，我就很感谢你……”

“你问吧。”

“我问你，你有没有心中人？用时髦的说法，就是你有没有恋人或女朋友？”

真是太突然了！怎么回答？我思索了一下，就按照晓雪的意思，“如实回答”说：

“有。”

“多久了？”

“好几年了。”

“叫什么名字？”

“陈缓歌。”

“怎么认识的？”

“小学同班过两个学期，初中、高中六年同班同学。”

“现在在哪里？”

“考进省医学院，医疗系五年级了。”

“你爱她吗？”

“爱。”

“她爱你吗？”

“爱。”

“长得漂亮吗？”

“很漂亮。”

“你准备和她结婚吗？”

“是。”

……

西湖岸边的华灯，透过柳枝柳叶的缝隙，我看见李晓雪，低着头，似乎很平静。但是看得出,她心中感情的波澜正在翻腾着,不禁产生了深深的同情。

李晓雪忽然抖擞一下精神,抬起头来看着我,说:

"你很诚实,你没有欺骗我,没有欺骗陈缓歌,更没有欺骗你自己。交了你这样的朋友,我很高兴,也很放心。我们会是永久的朋友,至少在我的心中!"

"你也会是我心中的朋友!"

"下面的问题,你可能很难回答。不要紧,还是如实回答。怎么想就怎么说。"

"你问。"

"你爱我吗?"

"我喜欢你。"

"'爱'和'喜欢'有不同吗?"

"'喜欢'可以是人,可以是物;可以是同性,可以是异性;可以是艺术,也可以是学问……人世间可以喜欢的人、事、物,包括地方风景等等,可以是许多许多。但是,'爱'是两心相许,海枯石烂。共度一生的人,只能是一个!一个人可以'喜欢'许多异性,包括他(她)的容貌、穿戴、性格、品行,但是把心交出去,给所'爱'的人,却只能是一个!如果有两个,就是对'爱'的亵渎。"

"非常好,一篇爱的哲学宣言!"

"最后一个问题,你可以回答,也可以不回答。"

"你问,我一定如实回答。"

"如果你不是先遇上陈缓歌,你会爱上我吗?你可以不回答。"

我毫不犹豫地说:

"会,我会爱上你!"

李晓雪一听,眼泪簌簌地流下来,抽噎了好一会,竟伤心地哭了起来。好久好久,才停下来,说:

"你很诚实,今天晚上,你使我感到心灵的轻松和满足。谢谢你,我的同乡。我会祝愿你和陈缓歌,永世相爱,白头偕老。"

……

两人都沉入即将离别的依依。

"今晚,心里一下子轻松了!"李晓雪说了一声,竟情不自禁地站了起来,朝我的额头,轻轻舔了一下,说:

"怎么样?就要分离了,敢不敢吻别一下?"

我牵起晓雪的左手，在她的手背上，也轻轻地一吻，说：

“不是春天，‘柳浪闻莺’，依旧没有莺声……”

1985年8月14日至杭州参加浙江省高考阅卷时偶忆

情缘紫藤花

一

人的一生，常有些让自己魂牵梦绕的地方，譬如温州江心孤屿的紫藤花。从江心孤屿的澄鲜阁，往西，跨过圆洞门，再往西走一百多步，有一条挂满紫藤的长廊，少说也有二十米长。夏日阴阴，坐在廊下，那种清凉沁入肌肤的感觉，会使你不忍离去。如果是春天的四五月，一串串从架上垂挂下来的紫藤花儿，微风吹拂，轻轻漾起那紫色的波浪，像许多女孩子聚在一起，一根根紫色的发辫，上下、左右地飘动，会令你神思遐想。

二

记忆中，闽南九龙江畔的香草园，也有一条紫藤长廊，挂满了紫色的花儿。

那是二十四年前，1961 年的夏天，我从温州经金华，取道江西鹰潭，准备到九龙江畔去处理一件私人感情的事，算是结束与陈缓歌的初恋；同时也去看望伯父和堂兄。火车上无聊，从背袋里掏出一册《龙山梦痕》，准备随意翻阅，却忽然掉在了座位下。一个柔和的声音轻轻地问道：

“是王世颖、徐蔚南合写的吗？两位年轻的女作家……”

我一抬头，原来对面坐着的是一位漂亮的女孩子。我不自觉地对她笑了一下：

“是啊，你对作者很熟悉呀！”

“我也有这书，很喜欢徐蔚南那篇《快阁的紫藤花》。”

“噢，我也喜欢这一篇。”

“我家在九龙江畔的香草园，有许多紫藤花。”

“你是漳州人？我也正准备到漳州，去探望伯父。”

“你是从哪里……去漳州，在鹰潭上车？”

“从温州——”

“噢，我也刚出差温州，转到丽水，江山……对了，温州江心寺有一个盆景园，里面有一条紫藤花长廊，很漂亮。我们九龙江畔的香草园，也有一条紫藤长廊，很像。”

“温州江心孤屿的紫藤长廊，去过；漳州香草园还没去过。”

“那我们同行，我可以给你当向导，可以带你到的香草园玩玩；我家就住在香草园里……”

三

我是第一次乘坐鹰厦线。闲聊时知道，那女孩子叫陈婵娟，说是小时候又名陈缓歌。她告诉我，从鹰潭经永安、三明到九龙江，这种“普快”车，差不多要二十三个小时。早上七点钟从鹰潭出发，第二天早晨六点才能到一个叫郭坑的小站，然后再雇人，坐在脚踏车的后座，又要半个小时才能到达。

邻座中途下了车，陈婵娟就坐到我的左侧，同我肩并肩地靠着。

那单调的火车轮子滚动的声音，很容易使人进入梦乡。经过白天十个多小时的颠簸，入夜，陈婵娟就睡去了，只是一直靠在我的肩上。我却一点睡意都没有，看她紧紧地靠着，实在有点不好意思；有时，就用左肩轻轻推了她一下，陈婵娟就本能地坐正了一些。可没过多久，她又靠了过来。

到了下半夜，自己也就合眼睡了。大概由于天气转凉，眠梦中似乎觉得两人相互依偎着，还暖和一些……

“喂，醒醒，三点钟了，只有三个钟头了，说说话吧。”陈婵娟用力把我推醒，“你是教书的，我在香草园工作，在我父亲手下，负责‘植保’，也就是植物保护的工作……”

我对她的工作不感兴趣，却想起她的名字，就问：

“你怎么叫‘婵娟’呢？”接着就开玩笑地说道，“月婵娟，真可怜。”

“你说的是孟郊的《婵娟篇》，怎么不说‘花婵娟，泛春泉；竹婵娟，笼晓烟……’”这个叫陈婵娟的女孩子，忽然停了下来，不再继续念下去。我知道下面的句子，“妓婵娟，不长妍”，实在不雅，所以她停住不念，改口说：

“‘月婵娟，真可怜’，‘可怜’是可爱的意思，对吗？”

“对对，没错。”想了一下，我开了个玩笑，道：

“陈婵娟，真可怜……”

“你真会开玩笑……”她停了一会儿，又故意把字义弄错，说，“我好着呢，有什么‘可怜’？”

“不是‘可怜’，孟郊诗里的‘可怜’，是‘可爱’——”

她一听，似乎对我萌生了一丝好感，就转过头，盯着我瞟了一眼。我也悄悄看了她一眼。这是一个文静的女孩子：

眉毛不粗不细，眼睛不大不小，两片嘴唇抿着，鼻翼稍稍皱起，鼻下那深深的人中，告诉你，文静而不缺乏妖娆，大方而不缺乏矜持……

她忽然道：“看什么呢？有什么好看的？”

本来就是偷偷看，被她发现了，觉得有些尴尬，也就讪讪地说道：

“那么漂亮的姑娘，就应该有勇气让人家看呗。”

“嘿，我漂亮嘛，还是第一次有人这样称赞呢……”陈婵娟似乎想了一会儿，说，“怎么样，到漳州以后，抽个时间，我带你到香草园看看。”

“九龙江畔最有名的花儿，当数园山琵琶坂的水仙花——”我答道。

“可园山琵琶坂只有一种水仙花，我们香草园品种多着呢！就说徐蔚南写的紫藤花，就有许多。”陈婵娟的记性真不错，接着就念起徐蔚南《快阁的紫藤花》里的名句：

快阁临湖而建，推窗外望，远处是一带青山，近处是隔湖的田亩。田亩间分出红黄绿三色：红的是紫云英，绿的是豌豆叶，黄的是油菜花。一片一片互相间着，美丽得远胜人间锦绣。东向，丛林中，隐约间露出一个塔尖，尤有诗意，桨声渔歌又不时从湖面飞来。这样的景色，晴天固然极好，雨天也必神妙，诗人居此，安得不颓放呢！放翁自己说：“桥如虹，水如空，一叶飘然烟雨中，天教称放翁。”……

接着陈婵娟说：

“快阁是陆放翁在镜湖边的一处饮酒赋诗的地方……”

我忽然学会了一丝幽默，说：

“怎么样，香草园除了紫藤花，也有一座‘快阁’？那我们也可以饮酒赋诗了。”

李婵娟只是笑笑，说：“去了你就知道。”

我答应了李婵娟的邀请，也不知是香草园吸引了自己，还是因为她的缘故。

四

到漳州的第二天，伯父和堂兄都上班去，不到八点钟，忽然听到有人敲门。打开大门，原来就是火车上邂逅的陈婵娟，她来约我去香草园。旅途邂逅，似乎不宜打扰，就脱口说：

“偶然相识，合适吗？”

“有什么不合适的？走吧！”

……

禁不住陈婵娟再三邀请，最后定下后天一早就去。她说，她会骑脚踏车，我可以坐在后座，由她带去。

事情说定了，可陈婵娟似乎还没有走的意思……其实，我也希望她多坐一会儿。

两人对坐，一下子找不到话头，我就随意问道：

“你今天不上班吗？”

“不上班，刚刚出差回来，惯例休息三天，所以约你去香草园。”

“你叫‘婵娟’，应该记得苏东坡《水调歌头》末了的‘千里共婵娟’吧。”

“当然，我还会唱东坡的《水调歌头》呢……”她对我嫣然一笑，抿了一下嘴，道，“要不要唱给你听听？”

陈婵娟妩媚地抿着嘴笑了，就轻轻唱了起来……

“好听，有些古味，不过恐怕不是宋代《水调歌头》的原曲。”

“宋代除了姜白石的十七首词有‘工尺旁谱’，其他词调恐怕都已经失传了。我刚才唱的《水调歌头》，是小时候我祖父教我的。祖父会弹泉州的曲项琵琶，他说是我太公传下的谱子……”

“看来，你家是‘书香门第’，是‘音乐世家’！”

“可以这么说。但是，从我父亲起，就转园艺了。父亲在中华人民共和国成立前从协和大学园艺专业毕业，在上海工作了几年，调回老家，就一直在香草园任职，当时还叫‘香料农场’——”

“你父亲几岁了，还在香草园吗？”

“父亲快五十了，一直在香草园当主任，管了两百多亩地，好几百员工呢。”

陈婵娟长得很漂亮，回话又很坦率，并没有把我当外人，我不禁对她产生了一丝好感……

“还有什么问题，尽管提出来。不然，我可要问你了。”她说罢，忽然对我眨了一下眼睛。

我说：“问我？有什么好问的？”

……

陈婵娟问得很仔细，从我的祖辈、父亲、母亲、兄弟、姐妹，为什么到杭州读书，为什么到温州教书，家里还有什么人……都问到了。问完，忽然说：

“给我提提意见好吗，我有什么缺点吗？说说没关系。”

“这……还真提不出什么意见……我觉得，觉得你很好！”

“真的‘很好’？那你是说你喜欢……”陈婵娟说到嘴里的话，忽然又吞进去了，改口说，“咱们明天去香草园，中餐就在那里用饭，我是主人，我请客。”

好不容易，她改口了，我马上答应说：“好呀，你是东道，自然是你请客了。”

五

刚刚用了早餐，还不到七点钟，陈婵娟果然来了。她骑了脚踏车，在达聪巷25号伯父家门口停下，轻轻叫了一声：“可以走了。”

昨天晚上到陈缓歌任职的医院，两人从晚饭后，一直谈到子夜，最后将往来书信都投到洗衣盆里烧毁，算是结束了六年的爱情。心情有些沮丧，不大想到外面去玩，何况又是一位火车上邂逅的女孩子，就推辞说：

“昨天夜里失眠了，有些头痛，能不能不去……”

“去吧，头痛走走散散心就会好的。”

脚踏车二十多分钟就到了香草园。

“我父亲是香草园的主任，真是神仙一般，每天闻闻花香，听听鸟鸣，难得的清闲、幽静；香草园的幽静，同我的性格很合拍。这里几乎什么花都有，桃花红、李花白，五颜六色；菡萏花、栀子花，香气馥郁；现在是紫薇盛开，木樨结蕊……

只是可惜紫藤花期已经过了。”

我们走进香草园办公室，一个五十上下的人迎了出来，陈婵娟介绍说：

“这是我父亲，负责香草园的工作，香草园的主任。”

“来，先泡一杯茉莉花茶，休息休息，吃了中饭，我带你参观参观。”

茶泡好了，我还没有端起杯子，婵娟的父亲就细细盘问起来，连我家五代祖宗都没有放过。最后只说了一句：

“你家，可惜……”说完话，就离开了办公室。

陈婵娟不好意思地说道：

“我父亲的这个态度，你不要放在心里。我……只要我喜欢，就足够了……”

这是除了刚刚分手的初恋陈缓歌以外，又一次听到一个女孩子向我表白，说她喜欢我。可我家……她父亲的态度……如果真同婵娟好起来，能有好结果吗？

我跟着陈婵娟，在香草园里随意地走了几步，她父亲的态度，使我心里像堵住了什么似的，就借口有事必须回城；也不要她用脚踏车载，自己乘公共汽车，很快就回到了伯父家。

六

第三天，陈婵娟又骑了单车到伯父家，死活不肯，一定又要带我再去一趟香草园。

陈婵娟这一次不再带我到办公室见她父亲，两人就到处观赏园里的各种香花香草。对花草果木虽然很喜欢，毕竟缺乏专业知识；每看到一种奇异的花儿，都不禁要提出许多问题。陈婵娟道：

“你对香草园的花木很有兴致呀！”

“是啊，园里许多花木，很吸引人。《论语》记载孔子对学生说：“小子何莫夫学诗？诗可以兴，可以观，可以群，可以怨。迩之事父，远之事君；多识于鸟兽草木之名。”

“子曰诗云，引经据典……再说说，很喜欢听你说话。”

“学文史的人总爱‘掉书袋’，你真喜欢听我说话？”

“真喜欢……”

陈婵娟说，自己喜欢文学，父亲却一定要她继承园艺专业，说着，突然提出一个不容易回答的问题：

“爱情和婚姻不是一回事，有婚姻不一定有爱情；人生只要有真爱，是否一定要有婚姻呢？”

……

两人恰好走到了紫藤长廊。

陈婵娟领我走进了那条挂满紫藤的长廊。长廊大约有二十多米长，架上密密覆盖着紫藤，几乎一直垂到地面上。长廊里，阴阴的，很清凉，只是藤蔓把日光都遮住了，有些暗。长廊两边有石凳，婵娟说：“坐一会吧。”两人就在紫藤荫下的石凳上坐了下来。她忽然诵起李白的诗来：

> 紫藤挂云木，花蔓宜阳春。
> 密叶隐歌鸟，香风流美人。

我说：“没想到，你读了不少诗词。《李白集》我读过，可这诗却一点印象都没有。”

“我喜欢紫藤，所以就记住了。”

她似乎对紫藤情有独钟，有点羞怯地问：

“你知道紫藤的花语是什么吗？紫藤花语是‘醉人的恋情，依依的思念’……”

她话里或许隐藏着什么，可是过两天自己就要离开漳州，还能怎么样……以后还能再见到她吗？心里不觉有些怅然：

> 啊，人生就像飞鸟一样，今日东西，明天南北！素不相识，偶然邂逅，却心存情愫！一切都是缘分，有人有缘无分，有人有分却无缘……‘缘’呀，‘分’呀，一切都是瞬息！

“我后天要回泉州去，看看父亲、母亲，然后就回温州去。已经是盛夏，你看牡丹、荼蘼早谢了，所谓‘开过荼蘼春事了’；就是紫藤，也只剩下满棚藤叶，没有花儿……”

“还想不想取道漳州？”

“不会吧。”

刚说到这里，陈婵娟突然高声道：

“再从香草园过吧……”

七

说不出为什么，从此，我爱上了紫藤花。

八月下旬回温州，第二天就迫不及待地去了江心孤屿，从澄鲜阁，往西，走过一个圆洞门，再一直往西，大约一百多步，找到紫藤长廊，仿佛就是从漳州龙溪香草园移过来似的。我看了一会长廊的棚架上，挂满着紫藤，就急急走进长廊，也像当年一样，坐在石凳上……

夏日阴阴，坐在廊下，那种清凉沁入肌肤的感觉，令人不忍离去。如果是仲夏，一串串从架上垂挂下来的紫藤花儿，微风吹拂，轻轻漾起那紫色的波浪，那一串串，不就是陈婵娟松松的发辫吗？心中不禁神思遐想起来，看那一根根紫色的发辫，在上下、左右缓缓地飘动，只可惜，紫藤架下不见一个人影。

啊，紫藤花呀，你是——

温州瓯江孤屿的紫藤花！

可你，总是让我想起，

少年时候，九龙江畔

香草园里的紫藤长廊，

那邂逅的紫藤花。

魂牵梦绕，每年春夏，我都会静静地轮渡到江心孤屿，到紫藤长廊里坐一坐，悄悄地看一眼挂满花棚的、紫艳飘拂的紫藤花……

1985 年 9 月 7 日于温州九山湖畔窦妇桥寓所

没有去看青梅竹马

——忆念圭峰小学，还有小伙伴陈缓歌

一、搭伙陈家

我的家乡灵峰镇，有两族人，为了争办小学、赚取学费，分成了两派，各自办了一所小学。两伙人都在动员学生到自己学校注册缴费。父亲为了不得罪任何一方，决定将我送到十五里外滨海的峰尾镇圭峰小学去读书。我报读了初小第三册，记得那年已经七岁。

开学前一天，父亲带我去了他的一位不怎么熟悉的朋友家，要求寄住在他家，搭伙包饭。

灵峰山脉，经玳瑁峰、笔架山，一直延伸到海滨，我家在山的中段，笔架山南。灵峰山沿着海岸向北延伸，最末一段称为"峰尾"；其村镇就叫峰尾镇。峰尾离我家有十五华里，必须绕过笔架山，经过一段羊肠小径的山路，上了大路，还要再走三四华里，才能走到峰尾镇。圭峰小学就建在滨海的地方。

这一家主人叫陈海灯，主妇叫郭玉林。是一户渔、农、商合一的人家。据说原来家住在同安海滨，祖上也曾是读书人。到了海灯这一代，不再读书，转而开船，做生意，却因此同当地的船霸闹矛盾，被逼迁居到泉北的峰尾镇。在峰尾，陈家又是开船，又是做买卖，着实挣了一些钱，盖起一幢三层的小洋楼。当然，须不时拿钱拿物去孝敬当地的豪绅和船霸，以求平安。

陈海灯为人忠厚，是峰尾一带有名的水手，有时也租人家的船，当当"二老板"。谁家出海都愿意聘他掌舵。据说抗战几年，海上不安全，已经不大出海，只是在自家小洋楼下，临街的小屋，开一家杂货店。主妇郭玉林是郭厝人，镇上人都称呼她"海灯嫂"。父亲要我称主人为"海灯叔叔""海灯婶婶"。

陈海灯生有两个儿子陈崇德和陈崇义。崇德已经上了泉州一所中学，崇义高小还没有毕业。老三是女儿，叫陈桓舸，据说“桓舸”是大船的意思；是一个算命先生起的，寓意家里日后也能自己建造，或买上一条大船。后来桓舸上学了，老师根据谐音，给改为“缓歌”。

海灯婶婶郭玉林的娘家郭厝，也是滨海地区。她小时候就出海打鱼，能游水，跳入海中，就像蛟龙戏水一般，但近年已经不大出海，只是在家经营杂货店，看店做生意；在家里，给丈夫和三个孩子煮饭烧菜。有时农忙的时候，也偶尔下田几天。

我就这样在峰尾镇陈家住了下来，父亲按月给陈家交一定的搭伙费，让这户人家“包饭”。我同陈家的老二陈崇义，还有他们的小女儿陈缓歌，一同读书，一桌吃饭。老大崇德周末回家，有时也肯带我和他的弟妹到外面玩玩。

9 月 3 日星期一，正式上课。上午三节课，下午两节课。晚上做作业时，陈崇义已经是五年级，在楼上读书，做练习；我和陈缓歌在楼下，同在一张方桌上，一人一边，读书，做作业。

我和陈缓歌都在第三册，两个人编在一张课桌坐。我发现她很注意听讲，第一节国语课，老师让大家听写上学期学过的生字，她就考了 95 分。但她认为自己算术不如国语，晚上做练习时，对我说：

“我们互相帮助好吗？”

“好，我们每天先做国语练习题，然后做算术题。”

二、中国是日本人的先祖之邦

第三天，9 月 5 号，阴历七月二十九，星期三，圭峰小学校长在晨会上通知：

刚接到县政府发来电文：日本已经在无条件投降书上，正式签字了。我们学校准备今天下午停课，在大操场举行隆重的庆祝大会和升旗仪式。

突然间，操场上掌声雷动，暴风骤雨般的响起。后面高年级的学生，不知谁人，带头呼起了口号：

“打倒日本军国主义！”

“中国人民胜利万岁！”

“为死难的同胞报仇！”

……

下午停课，一点半，全校师生集合在南面大操场。高年级人数较少，一个班排成一个纵队；四年级以下人数多，每个班级分两个纵队。我和陈缓歌所在的初小第三册，总共 74 个同学，也分成两个纵队。我个子比陈缓歌高，排在她的后面。

一位老师当司仪，站到司令台上，宣布大会程序：

一、奏国歌，升旗；

二、鸣放礼炮；

三、校长讲话；

四、教师代表讲话；

五、家长代表讲话；

六、学生代表讲话。

司仪："奏国歌，升旗——"

话音刚落，国歌就响起，一位高年级的男生，双手捧着国旗，正步走向司令台，后面紧跟着两位同学也并排着正步走到台上，然后立正，再一转身，分别站在旗杆的左右两旁。

司仪："授旗——"

手捧国旗的同学立正，向后转，对着旗杆下两个同学，正式把国旗交给他们，然后立正，再向后转，快步跑下司令台，回到队伍中去。

国歌一遍一遍连续地奏着，国旗缓慢地升到旗杆顶端，在海风的吹拂下，高高地飘扬……我们所有的同学，都对国旗行注目礼。

司仪："校长讲话——"

"圭峰小学全体同学们，老师们，家长代表们：大家好！

"同学们，老师们，家长代表们，1945 年 9 月 2 日，是一个值得我们永远纪念的日子，这一天，宣告了第二次世界大战正式结束了！宣告了中国人民经过十四年的艰苦抗战取得了伟大的、完全的、彻底的胜利！"（长时间热烈鼓掌）

接下去就是教师代表学生代表和家长代表讲话讲话。

大会结束后，高年级同学抬出了昨天劳作课才制作的两个全身立像：中国人和日本人的雕塑造型：一大一小，头部可以前后左右转动，中国人高大，日本人很是矮小。负责雕塑的同学用广播喇叭讲解说：

"日本从明朝开始就不断骚扰我国沿海，后来被戚继光打跑了。到了 1894 年甲午战争时，由于清政府的腐败，日本打赢了，清朝割地赔款，除了刮走我国两万万两银子外，还把我国的澎湖列岛和台湾占去。告诉大家，7 月 17 日，美、英、苏三国的《波茨坦公告》就规定，战后台湾和澎湖列岛归还我国了。”

回家后，陈缓歌噘着嘴说：

“以后人多的地方，不准一个人挤来挤去，跑丢了怎么办？什么事情都要叫我同你一起走。我也会叫你一起去许多许多好玩的地方，记住了？”

三、前海飞帆

第一个星期天，陈缓歌叫我到小学操场外的前海去玩。

“海边有什么好玩？我们家乡也靠海，小时候住鼓浪屿，也靠海——”

“走，这里的海和那两个地方不一样，”陈缓歌眨了眨眼睛，从背后拿出一只小帆船来，“你看，这小船给你，我还有一艘大的。我们一起到前海放船去，看谁的船跑得快！”

“现在就去？”

“现在就去，你等一下，我到楼上把大船拿下来就走。”

峰尾的前海，就在小学的南大门正对面。从小学操场上的司令台，再往前走一小段路，就是一片海。蓝蓝的海水，海浪在阳光下，闪烁着白色的浪花，还有那飞翔的海鸥。站在这边岸上，可以隐约看到对面的海岸。陈缓歌卷起裤脚管，立即就跨进海里，一看，原来前海很浅，海水只是漫到膝盖上。

“都这样浅吗？”

“这一片海，都是这样浅，专给我们小学生比赛帆船的。今天风向好，你看是东风，风一吹，船跑得可快了！”

陈缓歌把自己的帆船先放在近处海面上，说：

“我做给你看一看，你就会了。”说着，就从一个小麻袋里，把船帆拿了出来，“这张小的是配你的小船的，给；拿来，我先帮你把帆升上去……”

两只船，一大一小，张着帆，乘着风，很快就向海面上飞去。我和缓歌用手提起裤脚管，就跟着小船涉海追过去，溅起了阵阵浪花。

一个上午，两人跟着小船就走了三趟，虽说海面很浅，但是为了追赶船儿，还是溅得裤子都湿了。

“好不好玩？”

“好玩。”

"还有比这更好玩的呢!"

"什么好玩的?"

"下星期六,有船队出海,要祭海神。'海祭'前,有人敲铜钟,向海龙王报信,出海的人家,要挑着很多很多祭品到海岸,给海龙王吃……很热闹很热闹,你一定还没有看见过。"

四、只看海祭、登天梯、过刀桥

第二周星期五,陈缓歌说:

"明天下午,峰尾的船队有三十六艘就要出发。这三十六家的人,会全部到西海岸送行。出发前在龙王庙烧大香,点大烛,举行海祭。龙王庙里的蜡烛很大很高,比我们人还高。"

"为什么那么高大?听说蜡烛都是牛油做的,那要用几只牛的油?"

"这是祭天灵、地灵、海灵、祖灵,当然要大蜡烛……"

"'灵'是什么?"我问。

"'灵',就是比人大的神,就是天神,地神,海神——"

"对了,地灵就是土地公,海灵就是海龙王;那祖灵就是祖宗的神牌了。"

"对对对,就是死去的祖父、太公的神牌……"缓歌说,"然后就是烧大香,点大烛,敬献槟榔、粽子、米粿、烧酒、还有猪肉、羊肉、牛肉,很多很多祭品。祭拜以后,就把这些好吃的东西都倒到海里,供海龙王吃……"

"海龙王也上来吃……能看到吗?"

"道士能看见,"陈缓歌回答说,"最好看的是道士'过刀桥''登刀梯'。道士在庙前过刀桥,登刀梯,过了刀桥,登上刀梯时,三十六家都会跪在海岸上,一直等到船队转过一个山头,不见了,才站起来。"

"为什么要请道士呢?"

"道士看见海龙王,就向龙王要求'给出海的人保平安'。峰尾渔民都要到外海去'讨海',打了鱼,卖了钱,换粮食;还有很多人去台湾'鸡笼',买回很多很多的鸡,我们峰尾的人都说,'行船人三分命'——"

"台湾有个'鸡笼',养很多鸡?"

"听说这个'鸡笼'像山那么大,山洞里就养了许许多多鸡;峰尾鱼很多,但是没有粮食喂鸡,所以每次去台湾'鸡笼'都买回很多鸡。"

第二天是星期六，下午按规定，只上两节课，让远道而来的同学可以早点赶回家。陈缓歌拉着我的手说：

“快走，要走好长一段路呢。‘铜钟报信’‘跪祭龙王’‘沙滩摔跤’早就过去了。再迟了，就看不到道士过刀桥、登刀梯了。”

我一听，就赶紧跟着缓歌，两人一边快走，一边小跑着，感觉很快就到了西海边。一看，龙王庙前面已经是人山人海了。缓歌一手拉着我的手，一手拨开人群，只管在人堆中间钻来钻去。大人一看是小孩子，也不计较。两人很快就钻到“过刀桥”的地方。

我从来没有看见过“刀桥”，原来是两个大人抬着一把大刀；刀口都向上，大概道士的脚就是从刀口上踩过。数了一下，一共有三十六把大刀，按两人抬一把，就是七十二个人。每一把刀相隔大概就是一小步，道士从第一把要走完第三十六把，才算完成。

我问：“你昨天说船队有几艘船？”

“三十六艘。”

“对了，所以要用三十六把刀。我猜，道士每过一把刀，就是要经过一次脚底的痛，不小心脚就会被割出血来。如果三十六刀都平安走过，就是说三十六条船都会平安到达，平安回家。是不是这样？”

“咳，我怎么都没有想到呢——”

突然道长一声喝道：

“奏乐！抬刀的准备好——上！”

这时，各种乐器都响起来了！声音最响亮的是大喇叭。

边上一个大人说：

“这大唢呐吹得真好听，像海水波浪在汹涌。”

我一听，觉得这人说得很好，老师讲课时经常说“这几句形容得好”，大概就是叫什么“比喻”。就悄悄把刚才那个人的话记住了：声音可以用海浪去形容……

接着是道士登“刀梯”。刀梯很高，大约有三层楼那么高。三十六把锋利的刀，一级一级横在两根粗大的杉木的中间，像一架高大的楼梯。

鼓声开宣，三通鼓后，一个穿黄衣服的道士，拿着螺号吹了几声，然后走进“刀梯”下面，捋起衣袖，又将长衫往上卷起，用腰带扎紧，深深吐了几口气。这时突然锣、鼓、钹、钲，还有大小唢呐，一起吹响……只见黄衣道士右脚一蹬，就上了“刀梯”,像猴子攀缘,一连登了九级;然后转过身子对着观众,又一次吹起了螺号。一个大人领着几个小孩挤到“刀梯”下面,翘首向道士的脚底看。我猜测一定是去看看道士的脚底有没有被刀割出血来,转头就问缓歌:

“你说,道士的脚底会不会流血?”

“不会! 我看过好几回了,都没有流血……”

“可‘刀梯’下面有人围着,看他的脚底——”

“看,看看,又上去一级了。”

有人数着:“第十级……”

等了好长时间,这道士还在吹着螺号,没再往上登。

“好,又登了,”许多人一起数着,“第十一,第十二……怎么,又停住了?”

边上一个大人说:

“道士登‘刀梯’要配合锣鼓、唢呐,吹奏螺号,才能往上登;登几级停,什么时间再上,都有讲究,不能乱登!”

又登了一级……又一连登了两级。观众大声数着“十三、十四、十五”,又停了。

“又开始上了,十六——”

又等了一会,“十七、十八——”

我忽然想到:道士登“刀梯”,是开始连登九级。后来变成一级,停一会;再两级,合成三级,停的时间就长一些。一次三级,那就是九、十二、十五、十八、二十一、二十四、二十七……

“总共多少级?”我问,“会不会也是三十六级?”

陈缓歌应道:“我数过,是三十六级。”

……

“好呀! 登顶了,三十六级!”观众爆出热烈的欢叫声,与锣鼓声、唢呐声相应和,我想起那个说“唢呐声像海浪汹涌”的人,却没有再看到,心里想:这时各种声音齐鸣,更像海水翻腾汹涌!

边上一个大人,从口袋里拿出袋表,看了看,说:

“十八分钟。”

三十六家大人、小孩,在海岸上向着大海又一连磕了三下头,才站起来。观众也都等到船队转过山头以后,才逐渐离去。

缓歌说:

“回去吧，晚饭时间恐怕也过了。”

我跟着陈缓歌回到家，崇德大哥已经从泉州读书回来了。只听见他问道：

“两个人去哪里了？”

“去看过刀桥了。”

崇德对着灶房里喊了一声：

“母亲，你也管管他们两个，不读书做作业，尽在外面玩，不要玩出什么‘青梅竹马’的事情来……”

“崇德你胡说什么呢？七八岁的孩子懂什么‘青梅竹马’？”

母亲讲哥哥“胡说”，缓歌一听，胆子也大了，申辩道：

“我们只看祭海，‘过刀桥’‘登刀梯’，没有去看‘青梅竹马’。”

“哈哈，‘青梅竹马’也不懂！”崇德对妹妹做了个鬼脸，鼻子一皱，还故意把嘴巴歪了一下，问：

“你们知道‘祭海’从哪里传来的吗？”

缓歌抢着回答说：

“我知道，父亲说过，从台湾‘鸡笼’传来的……我们峰尾不养鸡，所以每年都到‘鸡笼’去买鸡，就传来了——”

“哈哈，哈哈……不是‘鸡笼’，是基隆。基隆有群人每年秋天出海，就举行海祭，这是他们的风俗……算了算了，不讲了，讲了你们也不懂。”

“妹妹说的也没错，基隆山就像个鸡笼——”

陈崇德不想听母亲唠叨，就出了门，郭玉林从灶房出来：

“崇德，你又要去那个谁的家？找她女儿？你倒给我小心点，不要去‘青梅竹马’！”说着又笑着喊了一声：

“两个小家伙吃饭了……什么‘青梅竹马’。”

有人说，回忆是一种“心血来潮”，一个甲子，六十年过去了，忽然忆及小学二年级，在圭峰小学的小伙伴，小女孩陈缓歌。

陈缓歌，你现在在哪儿？还记得小时候住在你家，在圭峰小学一起读书的事情吗？我可记得你，不知你现在，在哪儿？你一切都好吗？

2005年9月3日抗战胜利60周年写于浙江温州

从洪水中趟过

1949 年春天,我又一次插班圭峰小学,读的是五年级下学期。只是这一回没有在缓歌家里搭伙,因为她母亲不在了,据说郭玉林阿姨同船霸起争执,在海上失踪了。

3 月 7 日,二月初八,星期一,这一天按农历节气说,是惊蛰的第二天。

第一天上课,天蒙蒙亮,我就起床了。吃了三个大番薯后,拿起书包看看,书、练习本、铅笔、毛笔、砚台、烟墨等等,都带齐了;一个小缸子番薯丝混合着些许米饭,一小包花生豆瓣酱,都是昨晚母亲替自己准备好的。快要走的时候,忽然发现桌子上一把小雨伞,下面还压着一张字条。我拿起字条一看,原来是母亲写的:

> 孩子,惊蛰前后常会打雷下雨。俗语说"春霜不出三日雨",这几天早晨天气霜冷,很可能下雨。走时,记得带上雨伞。

看来母亲早早就下田去了,父亲还没有起身。我悄悄地、轻轻地开了门,迎着清晨的春风,踏上笔架山的山径。大概是早了点,风吹到脸上,似乎有点潮湿,有点寒意。我不禁打了个寒噤,心里想,只要走快一点,就不会觉得冷。

山径两旁,高坡山园上是茶林,已经有许多农民在山园里忙碌着;低处田间,几个农夫村妇,有的将水沟里的水引入水田,有的正忙着撒谷育秧:所有的人都在做着春播的准备工作。我加快了步子,思绪似乎也跟着脚步飞快地转动。我想,这样忙碌的村景,《千家诗》里怎么都没有人写过?一边走,一边将《千家诗》的七绝,从头背诵起来……有了,有一首:

昼出耘田夜绩麻，村庄儿女各当家。
童孙未解供耕织，也傍桑阴学种瓜。

同这景色也不大像，这写诗的叫什么名字？怎么没有记住……是了，叫范成大，宋朝人。“童孙学种瓜”，有趣；我已经五年级了，至少是“童子”了，比“童孙”大，种瓜却从来没有学过，星期天回家，让母亲教教……

正在天南海北地胡乱想着，随着飞快的步子，思绪也跟着跳跃。天，突然暗了下来，风更大了，吹得路边丛草倒伏，树枝直摇颤。母亲说得对，“惊蛰前后常会打雷下雨”，还好，母亲给带了雨伞……”

“轰隆隆——啪——”一声响雷就在身旁炸开，接着便是金蛇一般的电闪；雨，从天空泼了下来。山水从两旁的山峰冲泻而下。我想起“瓢泼大雨”“倾盆而下”，觉得也还不像……急忙弯下腰，把裤脚管高高捋到膝盖上面，立即撑起雨伞。

“路这么滑！得赶快跑完山路，过了小河，前面就平坦好走了。”我一边自说自话，一边像是给自己下达命令似的，奔跑起来。

雨，使劲地下；风，拼命地吹。疾雨横风，雨伞被风刮得翻转过去，不能用了；索性放下伞子，随它去淋吧，也许不撑雨伞会跑得更快！

“轰——轰隆！啪——啪啪——”有一道雷电。照得山上山下一片闪亮。借着电光，我拼命往前跑，同惊蛰的大雷雨奔竞！

风雨打在脸上，已经不觉得冷了。把坏掉的雨伞夹在腋下，一只手护着书包，一只手不断地从头额上往下抹，抹去脸上的水；我的眼睛被雨水遮住了，不抹就看不见路……

跑完了山路，小河就在眼前。我急急奔到河边，“糟了，怎么看不见小石桥了？”洪水正横亘着南北河岸。凭着记忆，判断小桥就在右前方。我慢慢地，小心跨着步子，一步步往前挪；水已经淹到胸腹。我只好举起帆布书包：里面的新书，是绝对不能被水湿了。右脚跨出去，已经触到了光硬的石板了。让右脚先站稳，立住，再跨出左脚；左脚立稳了，慢慢跨出了右脚……浪涛就在胸前，向东涌流，奔腾起伏！

一个趔趄，身子往左一弯，我不自觉地举起右手，身子很快就平衡了。

“不怕！我会游泳。”我充满信心，一步一步走过了那座被洪水淹没的，看不见的小石桥。

……

峰尾镇到了,雨也停了。街上小店才开门,似乎都还没有吃早饭呢。我一看自己身上衣服全淋透,水还在往脚下淌。心想,应该先到陈家,把衣服拧拧干,如果陈缓歌的哥哥,有干燥的衣服,就暂时借穿一天,下午衣服晾干了,就可以归还。

"咚,咚咚,陈缓歌,是我。"

门一开,陈缓歌在门槛里面,惊讶地站着,忽然有所悟地说:

"你淋雨了,快,进来——"也不待我向她借衣服,就说,"你先站着,我上楼去把我二哥小时候的衣服给你换下来。"

我接过衣服,说:

"我就在你家灶间换一下吧。"

"不,到我房间里去换吧,换好了,我再帮你把湿水的衣服拧干,晾在窗前下午你回去前就干了……"

"到你房间?你呢?你先把书包拿出来,我再进去。"

"快进去,着凉感冒了!我书包早就拿出来了。"

我进了缓歌的卧房,把门关了,说道:

"我把门闩了。"

"闩什么?谁还进去看你?"

……

1989年4月17日,是日自杭州返温州,滂沱大雨,夜作

第一次害羞

1952 年国庆节放假三天，从 10 月 1 号星期三开始，连到星期六、星期天，总共有五天时间。星期六上午的课，移到放假后补上。而星期五，恰好是中秋节，正好是父亲的四十岁生日。

星期三放假回家前，我特地到街上，把平时节省下的零用钱，买了“泉州蜜饯”和两盒著名的晋江豆腐干，准备给父亲做生日时配酒。恰好遇上陈缓歌也在买豆腐干。同学们回家一次都买二十盒，自己没钱买得少，有点不好意思。本来想避开，可陈缓歌已经看到，只听她叫了一声：

“你想躲开我……”

“没有啊，哪有躲开？”

陈缓歌抿着嘴，笑笑说：

“上中学以后，我们什么事都在一起干……”

看来，陈缓歌很敏感，说是“躲开”，是有那么一点。

不久前，我有事去找班主任，刚走到老师房间的门口，听到里面有人在说话。仔细一听，却是陈缓歌在老师房间里。

只听见陈缓歌说：

“我小学同他曾经同一个班，他还在我家搭伙，住过半年。这人读书很用功，作风也正派，很多同学都愿意同他来往，不只是我和他往来……”

接着，是老师的话：

“我是说，你要注意，你是班级干部，与人接触时，要注意分寸，这一点很重要……有同学反映，说你们过于亲密……你是班长，要注意影响……老师是关心你，没有别的意思。”

原来老师和她，正在谈论我的事。我担心陈缓歌走出门，碰见我在“偷听”，那就不好意思了。想到这里，就赶紧走了。今天街上买东西，碰见了她，想起那天老师谈起我时，要她“接触时要注意分寸”，自己就自觉应该离她远一点。说实在的，是有意回避，只是嘴里说“没有”。

是呀，人，心胸应该宽广一些。况且，缓歌当时就已经在老师面前替自己说了好话。记得事后曾想问问她，“后来又说了些什么？”但是，仔细思考一下，觉得不妥，那不正说明那一天自己在“偷听”吗？虽然是无意地……最终决定，不再提起这件事，让它永远埋在自己的心底吧。

其实，自己本来已经无所谓了。只是老师好像要陈缓歌同我“绝交”似的，心里有些自卑，也实在有些不怿。正是这个缘故，对陈缓歌，也就有意无意地避开。

“你回峰尾镇，还是到市政府找你大哥？”我没话找话地问了一句。

“先到大哥那里，再回峰尾……我看你那支钢笔本来就不好，再说用了两年多了，我送你一支。我哥说，有一位归国华侨赠送的一对派克钢笔；市政府华侨办公室，每人送一个小盒子，里面都是两支派克，配对的。另外，还有一个精装的日记本，一并给你。”

“送我日记本子，好呀，我是每天都记日记，今年这一本快用完了。两支钢笔，正好你哥和你，一人一支。我的钢笔还好用呢，丢了可惜。”

“不是叫你丢了，你可以多准备一支，考试时交替使用，万一有一支写坏了，或者没有墨水了，就可以用另外一支。走，跟我到市府去，我哥想找你聊聊学习的事。”

“前一次崇德哥找我，不是都聊过了吗？”

“是啊，不知道他还想聊些什么？”

我一听，是她大哥，现在又是什么干部了，不能不去，就说：

“去，去，但是钢笔还是你留着自己用吧……你大哥知道了，不好意思——”

“有什么不好意思？我估计他是想让你帮我补一下物理电学那几章。前天大哥问我物理学得怎么样，我只好坦白告诉他，说自己交流电、直流电都搞不清楚。”说着，就学物理老师掰起大、二、三指做了垂直的样子……

“你买豆腐干给谁吃？”

“拿回去给父亲吃，他爱吃晋江的豆腐干。你呢？”

“10 月 3 号星期五，恰好是中秋节，是我父亲的四十岁生日，算是送给父亲生日的小礼物。”

“就这么两盒子，可以当生日礼物？那我以后生日，你也这么小气？”

“你生日，还用得到我送礼物吗？”

“为什么？”

“给你送礼物的人，至少总有一打——”

“我不稀罕，我就是要你给我送礼物。”

“好好好，我送，等我发了一笔‘横财’。”我开玩笑地说。

“不是跟你说笑的，我想，等我们都考上省立高级中学的时候，我生日，你送我；你生日，我送你……对了，你什么时候生日？”

“不是说等考上重点高中时再送吗，暂时保密。”

“好，说定了，考上省高时，可不要食言，”陈缓歌伸出右手指，“来，勾一下。”

……

我和缓歌，一起沿着街边的小店，往市政府走。

“快了，快到我哥办公室了。转过来，我看看，领子整齐不整齐？”陈缓歌面对面地替我整理领子。

“你领子下面第二个纽扣怎么掉了？喂，老板娘，借一下针线包，好吗？”

“买一个针线包才一个分钱……还借？”

“好，就买一个。”说着，陈缓歌就摸出一分钱，递给老板娘。这是一家卖针线、毛巾、牙刷、牙膏等等杂货的小店铺。

陈缓歌站在店门口，像个小大姐，替我缝纽扣；两个人几乎脸贴着脸，我觉得有些不自然，可已经缝了几针了，也不能走掉。

“啊呀，线太短了……”陈缓歌只好往我面前再靠近一步，她的胸部几乎已经贴在了我的胸口，我忽然觉得心里“砰砰”“突突”地跳个不停，脸上一阵阵发烫。我回转头，看看有没有人盯着，却看到女店主正对着自己笑；老板娘似乎羡慕地瞪着两位年轻人，她分明看见我羞得满脸绯红。我，一下子感到非常羞涩……

这是我有生以来面对着青春女孩，第一次害羞。

陈缓歌缝好纽扣，对着我眨了眨眼睛，说：

“可以了，很整齐了，可以见我大哥了……”

到了市政府华侨办公室，缓歌的大哥崇德，给我倒了一杯水，就开门见山地说道：

"你读书好,多帮帮我妹妹,我觉得她的数理还不能算好,什么时候,提高到你的水平就好了……"

同学之间互相帮助,本来就是应该的,加上是她大哥说的,我很痛快地就答应了,说了声:

"同学互相帮助是应该的。缓歌其他功课都很好,我也向她学习……"

"对了,你国庆放假有什么打算?如果不回老家,可以住到我宿舍,同缓歌一起温习功课……"

"我曾祖父中秋生日,我买了礼物,得送回去。"

"怎么样?中午在我们食堂里吃饭吧。"

"不了,急着赶路呢。"

"那就不留你了,以后常来玩,我星期天不在办公室,就在宿舍里。宿舍也很近,问缓歌就知道了。"

陈缓歌把我送到市政府大门口,才拿出派克钢笔和日记本交给我:

"做个纪念吧,友情长在!"

"谢过了,友谊长青!"我接过钢笔和本子,宝贝似的,赶紧放进书包里。

"日记本不要让蜜饯和豆腐干弄脏了。"

"放心,不会的。"我一边回答,一边却在回味,刚才在街上,陈缓歌站着,给自己缝钮扣的情景,心中头一次突然激烈地跳荡!

多么甜蜜的回忆!少年时期的一次心跳。

令人怀念的,人生的第一次害羞……

五十年过去了,每当回忆起这一次邂逅,便令人浮现出一种甜蜜的美感,心中充溢着热烈的感情,和心灵的激烈的搏击!

2002 年 10 月 1 日于浙江温州

一丝淡淡的忧伤

回忆，是一种享受，无论是甜蜜的、平淡的、辛酸的、哀伤的，以至人生的各种遭遇与感慨……

在静穆、悠然中，人们最容易沉入对消逝了的岁月的回忆。心中的波澜回荡，如潺潺溪流，有时又像汹涌的江水；到了隐秘藏在你心灵深处的，那缕绵绵情丝被牵引出来的时候，可能就如一阵狂澜，回旋、激荡、冲击着你的心田，使你不再静穆，不再悠然，剩下的或许只是一丝淡淡的忧思。

五十年前，1955 年，我刚升上高中三年级。9 月 30 号晚上，国庆六周年。高三年级四个班举行的联欢晚会，对我来说，也许是一次甜蜜的回忆，可是多年后，却成了刺心的哀伤！

9 月 30 日，星期五，恰好是中秋节。高三近两百个同学，围在校园的水泥地操场上，举行联欢晚会。我们是乙班，我被班级推出去，表演二胡独奏。因为是国庆和中秋接连而至的两个节日，班级让我演奏刘天华的《良宵》。

下午 5 点钟，我就一个人到音乐室练琴。《良宵》已经很熟练了，我想，可能会有同学希望再加奏一两支曲子，就继续准备了《病中吟》和《二泉映月》。直到三支曲子都完全有把握了，天也黑了，才走回教室。

那时，陈缓歌是班长，我刚刚跨进教室，她就对着门，喊道：

“你到哪儿去了？怎么才来？你虽然是独奏，可学生会说，也要化妆；就是脸部化一下。像舞蹈队的同学那样，眼圈涂蓝，两颊抹红，不过要用凡士林打底，否则洗脸时，颜色脱不掉——”

“哦，这么麻烦？”

“不麻烦，我给你化妆。”

我一看，所有参加节目的同学，都集中在自家教室里化妆，自知来迟了一步，难怪陈缓歌有点儿急……

跳维吾尔族舞蹈《新疆好》的八个同学，是第三个节目，女同学都准备了小镜子，自己搽了凡士林，涂蓝、抹红。化妆好以后，全都离开教室到操场去。

我的二胡独奏，是安排在中间靠后的一个节目。陈缓歌说：

“你自己先搽好凡士林，要均匀，特别是眼圈和两颊地方，稍微搽厚一点！”

我很快就在脸上画猫一样，把凡士林随意涂了一下。

“来，过来……凡士林太薄。”陈缓歌一边说，一边又给我搽了一遍，然后下指令般：

“喂，眼睛合拢，涂眼睛了。”说着，就在我的眼眶周围涂上蓝色的颜料。她涂了又涂，抹了又抹，然后用大拇指向左、向右地又扣又摸。我只好闭着眼睛，随她摆弄去。

“好了，张开眼睛，自己镜子里看看……下面两颊抹红颜料了。”

“抹吧，不用看镜子了，你的化妆技术，还信不过呀？”

“哦，对我那么有信心？只是化妆？还有别的吗？”

“有啊，读书第一，工作第一，身体……”我突然觉得，她的身体，似乎不能说第一，自从上了高中，她似乎瘦了。

“怎么样？不说了，我身体不行？”

“不不，身体行，就是——”

“就是什么，不敢说？”

“不不……”本来想如实说她瘦了，忽然改口道：

“过于苗条了！”

“好啊，你还真会恭维人！不过，‘苗条’，还是让你说对了……听说，听人家说……你们男孩子最喜欢女同学苗条的身材，不喜欢胖嘟嘟的……是不是这样？”

这突如其来的问题，还真不好回答。我看陈缓歌也早该化妆好了，就灵机一动问：

“还没化好呀？”

“急什么？你的节目在后头呢……哎呀，光顾着说话，把你两颊抹得红了点……重来，重来。”说着，又是用纸擦拭，又是重涂凡士林，然后又是重新抹红。抹过来，抹过去……

我问：

“还没抹好呀？”

“好了，好了……去看节目，还是再说说话？对了，你刚才还没有回答我的问题呢？”

“什么问题？”

“你装傻！问你苗条好看，还是丰满，就是胖一点好看？”

“那自然是苗条好看啦——”

“那就是说，我长得好看，是不是？”

“是，好看，好看。”

她听了，盯着我看了看，然后嫣然地笑一笑……

晚会表演，轮到我了。学生会主持人高声道：

“下一个节目，二胡独奏《良宵》，表演者——”

也不待主持人说完，我就上场，向操场周围的观众鞠了一躬，坐了下来，酝酿好情绪，就开始纯熟地拉了《良宵》的第一弓“咪”，又推了一弓“嗦”……

结束时，想不到掌声很热烈，只听得“再来一个”“再来一个”的呼喊声。

忽然，陈缓歌改变了往时的文静，站了起来，喊道：

“大家说，拉得好不好？”

“好！”

“妙不妙？”

“妙！”

“再来一个要不要？”

“要！”

……

反正已经准备了，再来，就再来一个。我接着又鞠了一躬，演奏《病中吟》。我特别喜欢《病中吟》的悲凉曲调，拉得很投入，悲伤、苍凉的音乐连自己都被震撼了；我感受到音乐的凄楚，差一点流下眼泪来。整个操场上一点声音都没有……直到最后一个四拍泛音的“啦”，轻轻收尾，听众还都静静地坐在位子上。差不多过了三四秒钟，才猛然爆出雷鸣似的掌声！

忽然，一位同学站起来，叫了一声：

“我提议，请陈缓歌班长来一个，好不好？”

全场发出暴风雨般的掌声，逐渐变成了一秒一拍，很有节奏的声响，呼应着。那位同学叫一声：

“陈缓歌!”

全场就呼应一声：

“唱一个!”

再叫一声：

“陈缓歌!”

再呼应一声：

“唱一个!”

……

陈缓歌只好站到操场的中间，她客气了两句，就告白，准备唱一支苏联电影《幸福的生活》的插曲《红莓花儿开》。

初中时，陈缓歌的歌声，就全校闻名。其他学校开晚会，还到学生会“借”她去唱歌。“老经沙场”，一个不过两百人的联欢会，自然不在话下。不知怎的，我紧张地盯着她看，只担心她偶然唱不好了，心里想，怯场应该不会吧。

陈缓歌笑着，向大家敬了个礼——

“陈缓歌，我们这边还没有行礼呢！东面，东面……”

陈缓歌立刻转向东面的同学，鞠了一躬。

“西面——”

“北面——”

陈缓歌只得再转两圈，恭恭敬敬都弯了个腰。礼毕，她用右手，向着伴奏的乐队一挥，两句过门以后，她用那抒情的歌喉，飞出了缠绵的歌声：

> 红莓花儿开在田野小河旁，
> 有一位少年使我日夜想；
> 心中热烈的爱情使我多痛苦，
> 满怀的心腹话儿怎么对他讲……

其实，我也很喜欢唱这支歌曲《红莓花儿开》，伊萨科夫斯基写的歌词，杜纳耶夫谱的曲。

在陈缓歌的舒缓、抒情的歌声中，许多同学都用手指头点着拍子，忘情地、轻轻跟着哼起来……

他对这桩事情一点不知道，
少女的思恋天天在心焦；
河边红莓花儿已经凋谢了，
少女的思恋一点没减少！
少女的思恋天天在增长，
我是一个姑娘怎么对他讲？
没有勇气诉说尽在彷徨，
让我们的心上人自己去猜想。

同学们忽然都大声唱了起来，大家拍着手，应和着陈缓歌的最后一句，而且重复了好几次：

让我——们的——心上人——
自己去猜想，
自己去猜想，
自己去猜想……

又一个同学突然高声喊道：

“请拉胡琴的同学和陈缓歌一起唱一个，好不好？”

顿时整个晚会的会场，发疯了一样，爆出了巨大的“好呀”“来一个”“来一个”的声响：

“快快快！来一个！”

“快快快！来一个！”

……

“唱就唱呗！”

陈缓歌看看会场静下来以后，说：

“我们还是合唱《红莓花儿开》——”

有人应声喊道：“好好，最好听了！”

另一个叫了一声：“不不，男、女声各独唱一段，第三段合唱。”

陈缓歌推我先唱，我只好唱了：

田野小河边红莓花儿开，
有一位少年真使我心爱
可是我不能对他表白，
满怀的心腹话儿没法讲出来！

“同陈缓歌刚才唱的好像不一样？唱错了，再唱一遍！”一个同学高声说。

我又从头唱，还是同刚才唱的一个样……

“咳，你这是从哪里学来的？同缓歌唱的不一样——”

一个同学站起来解释说：

“两个人唱的是不一样，这是因为不同人翻译的缘故，不能说唱错了。一种翻译作‘爱’韵，就是‘田野小河边红莓花儿开’；一种翻译押‘昂’韵，‘红莓花儿开在田野小河旁，有一位少年使我日夜想’……陈缓歌，我有没有记错了？”

全体同学齐声替陈缓歌回答道：

“没错！”

……

“喂，这一部电影还有两支插曲，唱一下吧，大家都喜欢听……”

又是一阵狂热的掌声！

既是无奈，也是乘兴，我和陈缓歌又相继献唱了《从前是这样》，还有库班河上的《丰收之歌》，把电影《幸福的生活》中三支最好听的歌全都唱了……

同学们都对我们投以羡慕的目光……

晚会后，我和陈缓歌很自然地走到了一起。我们谁也不想回宿舍，悄悄走到学校大门外的草坪上，走过来，又走过去。谁也没有开口！在这种场合，是不宜将事情说得太明显……我们不知不觉地牵着手，也不知道是怎么牵起手来的。

我们肩并肩坐在草坪上了，夜风轻轻地吹拂，我道了一声：

“还记得小时在圭峰小学时，寄住在你家吗？”

“日子过得真快，一转眼就是十多年了……”

一种幸福的暖流充溢在心间，依偎着，相拥在一起……

我们偷偷相爱相恋，一年后各自到了外省，她上了医科大学，我读文科，虽然是分开两地，但是鸿雁传书，也聊解相思之情，一直到大学毕业。毕业分配时，相约一起分回故乡工作，然后告诉一下各自的父母……

她终于回到故乡的一所医院当内科医生了，我却阴差阳错地留在了外省。

从那以后，心中总是牵挂着对方，却不知道为什么，才过去一年，感情就逐渐疏淡了，出现了一些波折……

两人终于分手了……

经历了小学、初中、高中，因为联欢晚会，偶然走到一起，因一支《红莓花儿开》而相恋，又因种种原因，感情逐渐淡薄，疏远而分开。一切都是那么自然，就像花开花落，像流水，像行云，像太阳升起了又落山了那么自然！

啊！人生的第一次相恋，值得永久怀念的初恋，留在心底的永恒的回忆。一种淡淡的甜蜜，一丝淡淡的忧伤，一曲爱恋的欢歌，一支不无痛苦的、令人怀思的别离之曲……

2005 年 10 月 2 日于南宁广西师院宾馆 207 室

附记：昨天在广西大学的校园里，看见一个背影，就像年轻时的伙伴陈缓歌，回到宾馆，一夜不曾入眠。今日早早起床，打开日记，写下了五十年前国庆晚会的一段经历……

筝弦突然断了……

一生与音乐结缘，除胡琴外，最喜莫过于古筝了。

今天弹筝，原想打发心中的无聊和寂寞，谁想古筝的外弦忽然“砰”的一声，断了！心中一震，是心中的弦断了？

断了也好，留下一段凄美的回忆。人生，真的很无奈，有时竟是“以悲为乐”；文学艺术的文字、音声、绘画等等，皆是“欢愉之辞难工，而穷苦之言易好也”。佛说，人生苦痛，此“八苦”中之“求不得苦”也；道教虽演为“神仙不死”之说，实乃笼罩着“死亡的阴影”而故作旷达。是故，人生的本质，正是来天地逆旅之间，演一回悲剧。《最胜王经》曰：“无生事实，生为苦痛。”此之谓也。

余喜弹筝，亦喜聆筝音。中国古乐器最著者为琴和瑟；古琴今传，而瑟不传。古人以为，琴主阳，主君，主夫；瑟主阴，主臣，主妻（见《路史》与《帝王世纪》所载）。是故断弦，每以喻妻逝，而续弦则比再娶。《史记》的《封禅书》记载：瑟本五十弦，天帝使素女鼓瑟，音声十分悲凉。帝命，破为二十几弦。此当为神话传说。据考古发现（古坟墓之随葬品），中国古代的瑟，有一座古墓出土，为四十六弦，最多；也有三十几弦、二十多弦的，最少的是十八弦。李贺诗：“二十三弦动紫皇。”钱起诗云：“二十五弦弹夜月，不胜清韵却飞来。”可知大多为二十三、二十五弦。所以，唐代著名诗人李商隐《锦瑟》诗云：“锦瑟无端五十弦，一弦一柱思华年。”言瑟本二十五弦，为何一齐断了，成了五十根断弦呢？寄托了对妻子王氏亡逝的深切的悼亡之思……

筝弦之断，是自然现象，或者筝弦调得太紧，或者弦已经用得太久了，不应有什么“不祥之兆”。然而未久，上个月，7 月 18 日，却接到相恋 6 年的女友陈缓歌的函件，言两地相去远甚，难得一见，不如分手，各奔前程。

是了！难怪筝弦断了。我急急从外省赶到了福建漳州，找到她工作的龙溪医院，然而，一切都已经无可挽回！

啊，心中的一段感情，一点淡淡的幽思……

1961年8月4日于漳州九龙江畔香草园

无定河边

——古战场的沉思

一

站在无定河边，望着无数的断头枯柳，这就是无定河边的“砍头柳”！

我陷入了深深的思索：

战争究竟为了什么？
战争是政治的延续？
战争是历史前进的杠杆？
战争是人类融合的催化剂……
不！
战争是杀戮，
战争是历史的毒瘤，
战争是人类的耻辱，
战争使无数人牺牲了性命，
使孤儿寡母浸渍在悲伤与泪水之中……

涿鹿中原，攻陷朝歌，长平坑杀，六国荡平，楚汉相争，赤眉绿林，黄巾祭旗，官渡之战……攻城略地，人头滚滚，血流漂杵！

王粲《七哀诗》云：“出门无所见，白骨蔽平原。”

历史行进到公元八世纪中叶，强大的唐帝国竟然不堪一击：安禄山攻破潼关，八百里秦川势如破竹；杨贵妃马嵬伸颈就死……

又过了一个世纪，黄巢横行，中原板荡。党项羌和唐军联合起来，同黄巢在无定河边厮杀决战，黄巢退出陕西，唐朝全军覆没，党项羌族割据陕北和鄂尔多斯无定河流域的数州土地。

一个叫陈陶的人，从福建延平府（今南平市）到了长安，再上西北边地。他来到无定河边，低头在河岸上捡起了一块白骨，望着哗哗的河水感叹道：

子曰："逝者如斯夫，不舍昼夜！"历史就是一条无定的河水！

陈陶抬起头，忽然看见河边生长的无数砍头柳。他凝望着，一株株砍头柳幻成了一个个直立不仆的唐朝军士，一阵悲凉感从心中掠过：那无数战死的士兵，正是家中闺人梦中思念、牵挂的人！心中忽地灵光一闪，他借古题乐府《陇西行》吟出了一首千古绝唱：

誓扫匈奴不顾身，
五千貂锦丧胡尘。
可怜无定河边骨，
犹是春闺梦里人。

南匈奴进入阴山以南，逐渐融入了华夏民族；北匈奴则往西到达中亚直至东欧。到唐代，匈奴已经不再生活于华夏的土地上了。很明显，陈陶诗中的"匈奴"，只是一个借词，指的就是党项羌：党项最强大的拓跋部，十六国时期鲜卑族的后裔。

唐太宗贞观九年（635），党项归附唐朝，李世民以拓跋亦辞为西戎州都督，赐姓李。唐中叶以后，迁居于夏州（即今陕西榆林市横山区）的平夏拓跋部落，与汉族人民融合交流，和平相处，生产力迅速发展，很快地进入了文明社会。可是到了唐末，和平的环境被破坏了。由于镇压黄巢有功，拓跋思恭被封为夏国公，再一次赐姓李氏；拥有五个州的土地，逐渐形成了一个强大的地方割据势力。北宋仁宗宝元元年（1038），李元昊正式称帝，定都兴庆府（今银川市），国号大夏：东临黄河，西至玉门，南接萧关，北控大漠，包括今宁夏全境，以及甘肃、陕西、内蒙古的部分地区，史称西夏国。

徜徉在无定河边，我感受到的是一种深秋的萧瑟、苍凉、悲壮。风急天高，杨叶纷纷，伴随着心中的阵阵凄怆，我望着那潺潺的无定河水，自西向东，应和着岸边小杨树的悲声，日夜不息地向着黄河奔去。

二

那年有事到西安，应横山县友人之邀，到陕北与内蒙古交界的地方，看一看无定河，以偿还一生诵读陈陶《陇西行》，欠下的“诗债”。

晚上十点整，列车从西安开出，第二天上午 8 点 48 分到达米脂县。友人从横山开了小车到米脂迎接。一上车，朋友就笑着问道：

“横山就在无定河的中游，这里是‘河套人’的遗址，你想看什么？”

“此行主要就是看看无定河，如果还能探寻河套人的遗址，那就更好了；还有赫连台，砍头柳——”

“咳，河套人遗址，传说有两三个地方，具体在那儿就不清楚了，只能说大概就在无定河边某地。赫连台是十六国时期匈奴族大夏的统万城，也不在横山，在靖边县，现在还存有一座荒城和一大块白色的危岩，当地人称为‘白城子’。虽然也在无定河边，可那是在上游红柳河北岸。只有砍头柳，无定河边到处都是。”

“十六国时，匈奴族赫连勃勃建起的大夏国，没有想到，经历一千六百多年，至今尚存……去过吗？”

“咳，高呀！城垣就像一座迤逦的山岭，足足有十多层楼房那么高，我也只去过一回。登上城顶，所见尽是断垣残壁，似乎还有些街巷的痕迹，依稀可辨。如果你抬头望望天际，野旷天低，令人顿时感到宇宙的无穷和人生的渺小！你说一千六百多年，没错。那个赫连勃勃，是公元 381 年出生，425 年死去……”接着，朋友很有兴致地讲述起无定河的历史来：

“在陕北和内蒙古交界的地方，黄河流经这里，人们称它河套。无定河发端于陕西省白宇山，流经内蒙古，冲向毛乌素沙漠的南缘，再进入陕西，最后在清涧县注入黄河；是河套最长的一条黄河支流，大约有四百多公里。

“1922 年，一个秋天的黄昏，法国一位传教士叫桑兹华的，沿着无定河漫步，偶尔拣到了一枚门牙化石。经专家研究确定，竟是三万五千年前晚期智人的门牙。这说明早在旧石器时期，无定河流域就已经有原始部落在这里繁衍生息。”

我对赫连勃勃称“大夏”有一点疑惑，问道：

“华夏，现在指的是中华民族，古代一般指的是中原地区。为什么匈奴贵族也自称‘大夏’？”

“嗨，赫连勃勃认为自己民族是夏禹的后代，所以建国时就称‘大夏’；史称‘胡夏’。无独有偶，唐代的党项羌，发展到北宋仁宗时，李元昊以银川为中心，建立的国家也称大夏，史称‘西夏’……”

“看来中华民族的分分合合经历了很长的历史时期。夏禹则出自黄帝族，《史记·夏本纪》就认为夏禹是黄帝的玄孙。而夏禹又被羌戎族奉为宗祖神，羌戎族中有一支居地在崇山，称崇禹，就自称为夏。恐怕就是后来的党项羌……”

友人对这一段历史似乎很熟悉，回答说：

“从甲骨文和出土文物看，殷商时期，无定河流域有鬼方、龙方部族居住。而《史记》称，周王朝时期，这一带生活着昆夷、猃狁、狄（翟）人和犬戎族，他们都是匈奴人的祖先。据《竹书纪年》记载：‘帝乙十七祀，西伯伐翟。’指的就是周文王与狄人的一场战争。无定河就在翟族的版图内。

“春秋时期，晋文公重耳攻打戎狄，占据无定河流域的大片土地，无定河一带划入了晋国的版图。

“‘三家分晋’以后，无定河以北毛乌素沙漠和草滩归属林胡——一支生活于鄂尔多斯森林中的游牧部族，南岸山地丘壑则归入魏国。

“秦惠文王十年（前328），无定河流域就统归于秦朝了。

“无定河边的统万城，就是匈奴族赫连勃勃于东晋安帝义熙三年（407）建立的大夏国国都……

“到唐代，在这里设立夏州朔方县，县址就在白城子。晚唐，国力衰颓，关中的长安和和陕北以及今天内蒙古的鄂尔多斯一带经常有战事发生。

“从十六国的赫连勃勃到唐末党项羌的拓跋思恭，大约经历了近五百年。你说‘分分合合’，历史上就是这样，都是中华民族。

“不过，在融合的过程中，和平的融合是最好的方式；令人遗憾，历史的融合似乎充满着战争。”

三

朋友忽然用陕北特有的西北风情，高亢地唱起陈陶的《陇西行》：

可怜无定河边骨，
犹是春闺梦里人！

两声唱得特别哀怨，感人！我突然想起李华的《吊古战场》：

浩浩乎！平沙无垠，敻不见人。河水萦带，群山纠纷。黯兮惨悴，悲风日曛。蓬断草枯，凛若霜晨。鸟飞不下，兽铤亡群。亭长告余曰："此古战场也。常覆三军；往往鬼哭，天阴则闻。"伤心哉！秦欤汉欤？将近代欤？

友人说："明代状元杨慎，在《升庵诗话》中说，陈陶这首诗是化用汉代贾捐之《议罢珠崖疏》：'父战死于前，子斗伤于后，女子乘亭鄣，孤儿号于道，老母、寡妻饮泣巷哭，遥设虚祭，想魂乎万里之外。'升庵评论说：'一变而妙，真夺胎换骨矣'。"

"确是'夺胎换骨'！你看贾捐之文章虽渲染孤儿寡母，遥祭追魂，饮泣悲哭，但是犯了太露之忌，所谓'情太切而理太周'。而陈陶诗中的春闺少妇未知丈夫已丧，尚在'南柯梦里'；故其诗意含蓄、深挚，令读者更多联想。这就是诗画'空白'的妙处！"

"王世贞认为前两句'筋骨毕露'，后二句虽工，却为其所累……这评价怎么样?"

"但是如果没有一、二两句的铺垫，三、四句之'春闺梦里'就来得突兀，就无法显示其工妙了。"

车到了一个地方，学友突然停下来，说：

"有人说，'河套人'遗址大约就在这一片地方；也有人说，在鄂尔多斯草原和毛乌素沙漠交界，一个叫大沟湾的地方。现在已经搞不清楚了。下车看看，权当看见'河套人'就是了。"

下了车，往北一望，一片黄沙，茫无边际，那就是毛乌素沙漠，河边仍是大片草滩，绿中泛黄的枯草在秋风中瑟瑟颤抖。这里河滩宽阔，只是水流径道又细又浅。两人下了河滩，行走几十步，一直走到水边。

"有人说，深秋，无定河的水最清，你看浅处可以见底。但是如果在春末夏初，河水一直涨到岸边，带着黄土泥沙滚滚而来，那就是浊浪滔天了。"

看着无定河的溅溅清波，我突然想起它的名字，就问道：

"为什么叫'无定河'？"

朋友笑着回答说：

"气候干燥，沙漠上河流的水容易蒸发、渗漏。秋冬季节，水浅流缓，没办法把泥沙带走，逐渐地河床就堵塞了，升高了；有的地方甚至高过河岸。到来年春末，上游雪水又卷带着泥沙冲刷而下，河床就不得不改道了……这样，年复一年，河流不断地在地面上变更着主径道。旧河床堵了，新河床又产生了，这就形成一条没有固定河床，没有一定流向的'无定河'了。”

“原来是这样！名称起得好，名气也就大起来——”

“名气？应该感谢陈陶《陇西行》的诗句。这条河原先叫圁水，似乎到唐代才称无定河；是否根据陈陶的诗才有这个名称，我们当地人也说不清楚。”

四

朋友说：“这一带在北宋时候，应该是西夏的版图。以横山为界，西北部由西夏占领，南部归宋朝，属永兴军路延安府管辖。”

我想起了韩琦和范仲淹：

“记得韩琦、范仲淹，曾在延安府任经略使，防备西夏南侵。当时军中有谣谚说：'军中有一韩，西夏闻之心胆寒；军中有一范，西夏闻之惊破胆。'今天看来，历史上的民族战争，很多是可以避免的。老百姓都不愿意打仗；没办法到前方厮杀，全是由于统治者的逼迫造成的。就说当年匈奴百姓，好端端在草原上安居，放牛牧马，可大夏的赫连勃勃，他对中原的侵扰，就是为了实现他的野心。他率领匈奴铁骑侵占关中平原，突入长安城，就是从这片高原上，铺天盖地奔驰南略。在他野性的血脉中，涌动着游牧部落荒蛮的破坏力。他不满足于晋朝的封号，跃上马背，自称天王单于，俘虏数十万关中百姓回到鄂尔多斯。为了同长安宫阙媲美，他决意建造一座统万城，决意要'统治万方'。他马鞭一挥，登高一呼，地动山摇。”

友人回应道：

“对这片沃野，赫连勃勃发出由衷的赞叹：'美哉斯阜，临广泽而带清流。'他役使关中俘获的几十万百姓、工匠，昼夜劳作垒城，很快，统万城就建成了。他可以坐在宫殿里，南望秦川沃野，北控草原大漠。游牧文明与农业文明开始汇聚交融，撞击出'黄河百害，唯富一套'的农牧结合的河套文明。”

听了友人的话，我心中不禁一震：

杀戮和文明的交融，这就是历史的悖论！

我仿佛听到了——

赫连勃勃的铁骑践踏着秦川土地的声音，

我似乎看到了——

党项拓跋思恭屠戮、杀害的凶残手段……

心底又一次呼唤陈陶的诗声，听见他心中的悲鸣：

> 可怜无定河边骨，
> 犹是春闺梦里人！

无定河边的枯骨，他们也许是渺小的，但是，他们也是人！他们是“春闺梦里”的人！我又一次陷入了深深的思索：

> 被称为文明社会的历史，为什么总是略去一些野心家的“流氓行径”，不愿意对他们进行道德审判？却只是衡量他们的所谓“历史功绩”？
>
> “历史前进的杠杆”？为什么非得以战争的残酷手段？为什么不能用和平的方式促使历史的进步呢？
>
> “民族融合的催化剂”？为什么非得以互相杀戮的手段？为什么不能以互利的民族协商、交流的方式让各民族之间共同发展呢？

友人看见我在沉思默想，问道：

“你在想什么？”

是，我在这古战场上深沉的思索，我在观赏无定河边美丽的秋色，听那萧瑟的秋风，凄怆的杨叶，呜咽的流水，还有那悲壮的砍头柳！

看吧，如此美丽的土地，正同两岸生长的砍头柳合成一幅沧桑的历史画面！

砍头柳呀，你因为有所用，你有使用的价值，你可以让人作为建筑的材料，人们便毫不留情地砍掉你树干的头。你剩下的，只是两旁的枝丫：我似乎看见你伸着双手，向着高空，对着青天诉说：

“苍天啊！我要再生……”

苍天说：

“春天来的时候，你定然再生！”

这时，我竟忘记了身旁的友人，不禁呼喊道：

“‘砍头柳’，不！应该称你为‘再生柳’……”

1996年9月30日西安至青岛机上草，10月1日修改

过零丁洋

2008 年 3 月有事到湛江，友人建议走海路，绕道台山、崖门，经零丁洋返广州。几小时后，听船上旅客说，很快就要经过零丁洋了。我和同行朋友都很自然想起了文天祥的“零丁洋里叹零丁”的诗句。

这一次在湛江，我们特地去看了“十贤祠”，在寇準、苏轼、李纲和文天祥《十贤堂记》石碑前鞠了躬。当时雷州百姓，为纪念贬谪到雷州，或贬谪海南儋州路过的十位贤士，建了一座“十贤祠”。湛江人民有着悠久传统。早在 1898 年，湛江时称雷州，其所属遂溪百姓就曾组织义军，抵抗法国侵略者强行“租借”广州湾。

船过了唐家湾就进入零丁洋。同行友人不禁吟诵起文天祥《过零丁洋》的诗：

> 辛苦遭逢起一经，干戈寥落四周星。
> 山河破碎风飘絮，身世浮沉雨打萍。
> 惶恐滩头说惶恐，零丁洋里叹零丁。
> 人生自古谁无死？留取丹心照汗青！

太阳照射在零丁洋的洋面上，白色的海涛上闪耀着金色的浪花。船来船往，匆匆破浪而过，还有那拖着驳船的撒网者，能有多少人记得七百三十年前文天祥过零丁洋？谁还记起宋蒙崖山的最后决战和宋朝灭亡的历史？

同行的朋友看着洋面，感慨道：

“这就是零丁洋！”

小时候听父亲讲文天祥，至今都深深刻印在脑子里。我当时已经在父亲创办的灵峰书院读《左氏春秋》，每每在《左传》修读间隙，插一段宋明两朝的历史。记得最深刻的是文天祥和我的同宗先祖黄道周。

在讲文天祥时，父亲提到了留梦炎。我问：

"这个留梦炎，据说同文天祥一样都是状元出身，怎么也是这个留梦炎促使忽必烈杀害了文天祥？"

父亲说：

"留梦炎是南宋理宗淳祐四年的状元，现在叫公元 1244 年。这人中状元时，文天祥才九岁。再过十二年，理宗宝祐四年，文天祥二十一岁时也中了状元。当时主考官王应麟说文天祥的卷子是'古义若龟鉴，忠肝如铁石'。后来留梦炎投降了，文天祥坚持抗敌。文天祥在五坡岭被俘以后，关在大都三年，忽必烈多次劝降，都被文天祥拒绝。最后一次劝降失败，忽必烈问：'你还有什么要求吗？'文天祥回答：'唯求速死！'忽必烈觉得世间从没看到过这样的英雄汉，有心想放他回家。可是就是这个留梦炎向忽必烈进言说：文天祥是个忠臣，他早就要'杀身成仁，舍生取义'了，圣上还是成全他当个忠臣吧。

"留梦炎投降后，文天祥曾写诗嘲讽他。《文文山文集》有一首《为或人赋》七律：

悠悠成败百年中，笑看柯山局未终。
金马胜游成旧雨，铜驼遗恨付西风。
黑头尔自夸江总，冷齿人能说褚公。
龙首黄扉真一梦，梦回何面见江东？

"嘲笑留梦炎没脸见江东父老。留梦炎是浙江衢州人，浙江人说浙江出了个留梦炎，'是浙江人的羞耻'。一直到明朝，凡是姓留的人参加科举，都必须证明自己不是留梦炎的后裔，否则不准参加考试。一人遗臭，祸及子孙！"

还记得当时父亲说起同宗先祖黄道周和洪承畴的事。

父亲说：

"泉州城东还有一条洪衙埕巷，据说是洪承畴在府城建的一座大洪府，今天也就是一条破巷子。京剧还有一出《洪母骂畴》呢！

"至于我们同宗先祖黄道周，崇祯十四年已经告老还乡了；三年后明朝亡国，许多人能逃就逃，他却像文天祥一样，变卖家产招兵买马，出仙霞关，进兵信州，就是今天的上饶。在向婺源进发时遭到伏击被俘，关进南京监狱。洪承畴劝他投降，黄道周写了一副对联，将洪承畴和史可法作了比较。用嵌名和谐音之法，赞史可法，刺洪承畴：

史笔流芳，虽未成功终可法，
洪恩浩荡，不能报国反成仇。

“上联嵌史可法的名字，下联嵌洪承畴的名字。而承畴两个字，用的却是谐音的‘成仇’，指斥洪承畴不能报国！

“黄道周的夫人写信到监狱里给他，说：‘道周死得其所了！忠臣有国无家，勿内顾。’黄道周临刑前给家人留下遗言：‘蹈仁不死，履险若夷；有陨自天，舍命不渝。’清人刽子手要他跪下，不跪；头断时而身子兀立不仆。死后从他衣服上发现七个大字‘大明孤臣黄道周’！你们都读过《徐霞客游记》吧，徐霞客对黄道周有这样的评价：‘字画为馆阁第一，文章为国朝第一，人品为海内第一，学问直接周、孔，为古今第一！’”

父亲经常谈论宋末著名将领文天祥，明末著名将领史可法和黄道周，说过以后，总是摇头，感慨万分。

父亲当年摇头感叹的样子，至今回想起来，还如昨日一般。可是零丁洋，今日还是第一次经过，得好好看看崖山宋蒙最后决战的这个战场。

船上有旅客说，就要进入珠江口了，我赶紧拿出珠江流域图来。抬眼一看，东面就是崖山了，七百三十年前宋朝的最后十万兵的营寨就扎在这山上。往西一看，又一座山，图上标着“汤瓶山”。两座大山对峙着，延伸入海，组成了一个巨大的“海门”，从船上看去，大约只一个海里；像是一半开着，一半掩着。我忽然悟到，这就是“崖门”之称的由来了。突然，风卷浪涛，从背后，兼天涌至，与崖山、汤瓶相磨相激，荡动如山崩地裂。霎时间，大浪似乎从天而降，自海口排闼而入；怒涛奔突，一阵一阵地向北，涌入珠江。看来，这就是与“钱江潮涌”相匹配的“崖门倒灌”了。

如果说，钱塘江潮是伍子胥被夫差冤杀，阴魂不散而搅乱江水，那么崖门倒灌，就是南宋军民对张弘范的冲天怒吼！

朋友说：“讲一讲文天祥吧，我对这一段历史还不是很熟悉。”

“是啊,应该详尽了解这一段历史,历史上的国耻不能再重演了!”

我站在船板上,一直瞪着零丁洋面的风涛,眼前泛现的是十万宋军浴血奋战,浮尸江口而无一投降的悲壮景象。我仿佛看到文天祥被捆绑在甲板上,眼睁睁看着陆秀夫背起小皇帝蹈海的情景……

我说:“算了一下,珠江口崖山决战,宋朝亡国,至今已经七百三十年——”

“文天祥呢?”

“他被押送大都,大约四年过就义,遇害时四十七岁。他的衣襟上有遗墨三十二个字:‘孔曰成仁,孟曰取义。惟其义尽,所以仁至。读圣贤书,所学何事? 而今而后,庶几无愧!’”

“文天祥好像是江西庐陵人。”同行的朋友说。

“宋朝时江西还真出了不少英才,北宋神童晏殊,后来当了宰相,是个大词人,他的小儿子晏几道也是大词人。还有欧阳修、王安石、黄庭坚、曾几……”

“但是,在中国历史上影响最大的,最令后人钦佩敬仰的,还是文天祥,他同岳飞、史可法、黄道周、林则徐,都是青史留名的人!”朋友一面说,一面竖起大拇指,突然宣布似的说:

“我的孙子快出生了,我决定给他取个名字,叫景祥,取景仰文天祥的意思——”

我听着,看看洋面上的风涛,又一次想起七百三十年前零丁洋上的风浪,心中对国家、民族的深深的情怀,好像就凝进了文天祥悲壮的历史画面。

朋友说:“这是珠江口,扬子江口的风浪是不是也这样?《指南录》第一首《扬子江》诗说:

镇日随风北海游,回从扬子大江头。
臣心一片磁针石,不指南方不肯休!

我说:“我曾在浙江的温州住过。当年四月初八,文天祥从海路到达浙江台州。他听说皇帝驻跸温州,立即转下温州。当天晚上‘暗渡中川’,写了《至温州》诗:

万里风霜鬓已丝,飘零回首壮心悲。

罗浮山下雪来未，扬子江心月照谁？
只谓虎头非贵相，不图瓶乳有归期。
乘潮一到中川寺，暗读中兴第二碑。

“文天祥到了温州，才知道皇帝又跑福州了。他在温州一个多月，号召温州百姓起兵，收复失地。文天祥率温州兵马奔赴福州，在南平建立督府，转战于闽、粤、赣三省。母亲和一个儿子饿病死于军中，妻子和另一个儿子，两个女儿都被俘虏；千磨万击，不改其志！

“由于叛徒出卖，文天祥于南宋末帝帝昺祥兴元年戊寅十二月二十日被俘于五坡岭。为了防备南宋军民劫持，他们将文天祥囚禁珠江口船舰上。《过零丁洋》就是当时写的。祥兴二年正月十三，崖山宋蒙最后决战开始的时候，文天祥被羁押在敌舰。他们将他捆绑在甲板上，让他亲眼看一看南宋全军是如何覆没的。这有多么残酷！对于一个爱国者，有什么比亲眼看见自己的祖国被敌人打败，十万大军全部壮烈牺牲的情景更惨酷呢！史书记载：十万宋兵，无一投降，珠江口被尸体堵塞，江水为之不流。文天祥当时就写下《南海》诗，中间两联说：

腥浪拍心碎，飙风吹鬓华。
一山还一水，无国又无家。

“三月，文天祥被押送大都，路过金陵的时候，在金陵驿站写了《题金陵驿》七律：

草合离宫转夕晖，孤云漂泊复何依？
山河风景元无异，城郭人民半已非。
满地芦花和我老，旧家燕子傍谁飞？
从今别却江南路，化作啼鹃带血归。

“看这首诗的末联，文天祥已经表示他必死的决心。南宋亡国后九个月，这一年十月一日，文天祥被押到大都。《己卯十月一日至燕，越五日罹狴犴有感而赋》诗，说：‘儿时爱读忠臣传。’在《自述》诗中，说自己是：

有心扶日月，
无力报乾坤。

“忽必烈不死心，过一段时间，又让文天祥的女儿柳小娘写信到狱中，企图用亲情感化、软化文天祥。女儿信中问父亲今生有何打算，文天祥在狱中写了《得儿女消息》七律一首，末联回答女儿说：

痴儿莫问今生计，
还种来生未了因。”

这时船已经进了珠江，风平浪静，午时的江风拂面而过，使人心旷神怡。

朋友说：“我每读文丞相诗，都不禁唏嘘。历史已成陈迹，后人应永远记住，记住我们民族的英魂！”

2009年3月19日（己丑二月初六）
宋亡七百三十周年作于美国马里兰

明代状元杨慎和“滚滚长江东逝水”

《三国演义》开篇《临江仙》云：

> 滚滚长江东逝水，
> 浪花淘尽英雄。
> 是非成败转头空！
> 青山依旧在，
> 几度夕阳红。
>
> 白发渔樵江渚上，
> 惯看秋月春风。
> 一壶浊酒喜相逢。
> 古今多少事，
> 都付笑谈中。

作者为明代嘉靖年间的状元杨慎，词中充满一种阅世的豁达，其实却隐藏着深刻的痛苦、深广的忧愤和生命的代价！

杨慎家族一门三代进士。祖父杨春，明宪宗成化十七年(1481)进士，官至湖广提学。父亲杨廷和比杨春进士还早三年。杨廷和入仕46年，任至内阁首辅(明代自朱元璋洪武十三年胡惟庸案以后，即不设宰相，皇帝直接管理六部，而设内阁参政议政，内阁首辅虽不是宰相，但相当于宰相，权力要受内阁阁僚的制约)。

杨慎则是明武宗正德六年(1511)的状元；嘉靖上台以后，为经筵讲官，给嘉靖皇帝讲述儒学经典，也就是嘉靖皇帝的“老师”。

明武宗正德风流成性，三十三岁死了，却没有儿子继承皇位。必须在近支的宗室中寻找继承人。杨廷和作为内阁首辅，选中了正德皇帝的堂兄弟朱厚熜。朱厚熜那年只有十五岁。根据《周礼》和历代朝廷惯例，朱厚熜必须过继给他的伯父孝宗皇帝，才能成为死去的正德皇帝的弟弟；只有这样的身份才能当皇帝。朱厚熜虽然只有十五岁，却很聪明，他知道如果不答应，皇帝就当不成。于是先韬光养晦，答应过继。可当了皇帝才六天，就故意发诏书，给大臣出了个难题，要大家议论如何称呼他的亲生父母，实际上是要将生父“兴献王”改为“兴献帝”。以杨廷和为首的内阁大臣坚决反对，认为这样不合“规矩”，为此与嘉靖皇帝争论了近三年。

时有新科进士温州人张璁，在朝廷只是一名“观政”（相当于在朝的“见习生”），他觉得升官的时机到了：如果挺身而出，支持皇帝追封生父为“兴献帝”，将杨廷和打下去，皇帝肯定提拔自己。因此就找了同是新科进士的桂萼商议上奏。他们的认为追封生父为“兴献帝”，乃“天下之大孝”，可为“天下子民式（榜样）”。嘉靖有了“孝”的借口，就不顾杨廷和等大臣的意见，径行封自己的生父为“兴献皇帝”。杨廷和因此要求“致仕”（退休），嘉靖皇帝立即批准他回成都老家。而张璁、桂萼立即被提拔，先升到南京任刑部主事，过渡一下。然后又续上奏章打击杨廷和。从此张、桂二人成了嘉靖皇帝的亲信。嘉靖也提拔两人为翰林学士；却又耍了个花招，把杨廷和的儿子杨慎也提到翰林院任学士。

由于杨慎是状元出身，父亲又曾是内阁首辅，不屑与张璁等往来；翰林学士们都支持杨慎。这样就同张璁、桂萼形同水火。杨慎联合了三十六位学士，上了一道奏章，称张璁、桂萼为“小人”，言辞激烈，甚至认为皇帝“超擢”张、桂，自己愿意“赐罢斥”。嘉靖非常震怒，给杨慎等为首者罚俸三个月。张璁与桂萼更指杨慎等人为“朋党”；嘉靖准备给予惩处。这些所谓“朋党”不只是翰林学士，还有内阁大臣、六部尚书等等，他们听了以后就跪在殿前，从早上七点一直跪到下午一点，要嘉靖给个说法。

嘉靖皇帝立即派卫队将为首的八个人逮捕。两天以后，一百三十四人人下狱，又“廷杖”（在朝厅上当堂打大板）一百六十多人；总计打死一十八人，贬降废黜一百八十人，

杨慎等八人贬废充军，永不赦归。当年八月，杨慎在缇骑押解下，谪戍云南永昌卫，张璁则超擢，升为任二品，入内阁参赞机务。再过三年，张璁便任至内

阁首辅，代替了杨廷和的职位；桂萼为内阁成员。

嘉靖三年，中秋前两天，杨慎带着妻小离京，第二年正月才走到云南永昌卫贬所，从此与罪犯、军卒为伍。到云南时，有《军次书感》诗云：

凭高一望倍凄然，日暮乌啼生野烟。
天地侧身孤旅外，江湖短发乱兵前。
屈平憔悴渔翁问，韩信栖迟漂母怜。
何事穷愁无伴侣，东风独坐感流年！

杨慎被充军，也连累到父亲。过了三年，嘉靖皇帝又将退休在家的杨廷和削职为民。杨廷和不到一年便忧愤而卒。

事情过去十多年以后，有的人准予回乡，而杨慎永不赦回。

杨慎在晚年写过一首诗，诗题为《毕节见滇南老妓》，将“天涯沦落”的自己比同没有人要的老妓女。诗云：

同是天涯沦落人，相逢白首话青春。
不须更奏琵琶曲，司马青衫泪满巾。

按明朝法律，充军边塞的官员，年满六十岁，即可归乡。

而杨慎一直到六十八岁，才准予请假返乡一次；在家不到三年，又被押解去云南。抵达贬所，杨慎已经七十二岁。在回云南永昌后，杨慎作《六月十四日病中感怀》，诗云：

七十余生已白头，明明律例许归休。
归休已作巴陵叟，重到翻为滇海囚。
迁谪本非明主意，网罗巧中细人谋。
故园先陇痴儿女，泉下伤心也泪流。

这是杨慎死前二十天写的，忧伤悲戚，正是逝世之前，一生的感喟和苦痛的宣泄。他不敢骂皇帝，只提到为“细人”阴谋陷害，这“细人”，指的就是张璁、桂萼。

叙述了杨慎的生平，我们就不难理解，《临江仙》那种深广的忧愤！

那是一个状元的至死无悔！

一个学问家、诗人被无情地扼杀！

痛苦出诗人！

愤怒出诗人！

忧患出诗人！

杨慎心中深广的忧愤，宣泄而为诗为文，使他成为有明一代的大学者和大诗人。

杨慎的诗、词、文、诗论、小品（杂文），甚至弹词都写得十分精彩。在其所作的《二十一史弹词注》（当时还没有《二十四史》的称谓）的《说秦汉》开篇就是这一阕《临江仙》，是他一生血泪经历、阅历的升华：

> 是非成败转头空！
> 青山依旧在，
> 几度夕阳红。
> ……

只是许多人未必知道此词作者是杨慎，还以为是《三国演义》原来就有的。其实，在罗贯中的《三国志演义》中并没有这首词。到了清初康熙年间，毛宗岗评点《三国志演义》，去掉“志”字，成了《三国演义》，就将杨慎的《临江仙》加在了卷首。

2012年，偶读温州地方报纸发文纪念温州张阁老张璁，有感作

沙湾访郭沫若故居

一

二十世纪中国有两大文豪，不管你对他们有怎样的一种评价，你的学识，乃至你的心灵、品格，总是绕不开这两个人，那就是鲁迅与郭沫若！今年是郭沫若诞辰120周年，想起五年前到乐山沙湾访“郭沫若故居”的情形。

去年11月，有事到重庆。事情办完后，约了一位友人，就到沙湾去。重庆到乐山全程470公里，走了6个多小时；到乐山已经是中午时分。可到沙湾，还有40分钟车程！

同车许多沙湾人，说起自己的故乡无不感到自豪：沙湾是一个千年古镇，今日面积已达六万多平方公里，人口20万以上；而最乐意谈论的就是沙湾出了个大文豪郭沫若！

沙湾在大渡河的下游，乐山市东35公里。从唐僖宗乾符二年（875）算起，至今已是一个具有1127年历史的古镇。但是名以“沙湾”，却是南宋以后的事。据说，沙湾得名于南宋诗人、四川制置使范成大“灵山秀山水，沙岸湾环处”的诗句。

沙湾背靠峨嵋第二峰，在二峨山美女峰的南麓，面临大渡河。大渡河古称沫水，与大渡河交汇的青衣江，古时名若水，这就是“郭沫若”名字的由来。

到了沙湾，正是高秋清凉天气，虽是中午，街上仍有许多行人，优哉游哉地走着。逛过天市街、神女街，沫若广场……沿街小吃店大都敞开着，内外都挤满食客；店家甚至将桌子摆到街面，三四个人围着一张小方桌，一边吃着香喷喷的食物，一边大摆“龙门阵”。老人们边上往往有一小壶酒，据说有向店家买的，也有自家带来的。往餐桌上一瞟，只见一位老者正在小酌，吸了一口，又呵了一声，道：

“当年唐朝有郭子仪，今天，我们沙湾有郭沫若……”

二

郭沫若故居北面的绥山，是著名的峨眉山第二峰。南面正对大渡河。我同友人买了两个包子，一边吃，一边就踱到大渡河边。急急东去的河水，在秋日的阳光下，金波闪亮。近处一看，仍能感受到水面之急流和河水激荡发出的哗哗的声音。一阵秋风吹刮，令人有一种萧瑟之感。正在这时，左边河岸上飘来了年轻人的歌声：

金沙水拍云崖暖，
大渡桥横铁索寒……

高扬的歌声，抵御了秋气秋寒，也驱散了心中的萧瑟。很快，年轻人走到了我们身边，随意打了一下招呼就说：

“大渡河要黄昏、晚上时间，才好看呢！”

同年轻歌者聊了一会，就离开了大渡河往北，反正“有路就走”……也不知过了几条什么路，就到了文豪路与文豹街交汇之“郭沫若故居”。

友人说：“郭沫若小名文豹，这街名看来就是为了纪念他而取的。”

“是呀，沙湾的地名大多同郭老联系起来，‘天市街’，不就是《天上的街市》的诗吗？‘女神街’自然是郭老的《女神》诗集了。至于‘文豪路’，更是称颂郭沫若是中国的大文豪了……”

三

“郭沫若故居”是全国文物保护单位，但并没有碑文。门侧挂着一块陈旧的黑漆木牌，金色的“郭沫若故居”五个字，是1982年9月邓颖超题写的。

故居是一座古式建筑，四进，砖木结构。

穿过“贞寿之门”，便进入了郭家大院，迎面是一个“汾阳世第”的匾额，友人“啊”了一声说:“郭老还是汾阳侯郭子仪的后裔呢。”

我是闽省人,知道郭老的祖籍在汀州府宁化县,其先祖确实是唐代的汾阳王郭子仪。安史之乱平定后,大约昭宗年间,黄巢起义,中原鼎沸,郭家有一支南迁福建汀州宁化。明朝末年,张献忠造反,“杀人八百万,血流三千里”。清初所谓“湖广填四川”时,下令湖南、广东、江西、福建四省居民迁徙入川。郭沫若家乡,整个村子从汀州宁化迁到乐山沙湾。

我说:“郭老1924年在日本写的《芭蕉花》,就说到这件事。”

第一进的左侧,是郭沫若诞生的房间。朝里一看,十分简陋,大概是为了保持当年原状的缘故——

一张床铺,挂着一条蚊帐,质地像是粗糙的麻布;一条青蓝色的土布印花被单。床头一张椅子,还有一个陈旧的、油漆已经剥落的柜子。如此而已。

中院右侧则是郭沫若同张琼华结婚时的房子。据当地人介绍:“郭沫若于1912年与张琼华在父母包办下结婚,5天后郭就离家到日本,但两人没有离婚。张琼华比郭沫若大两岁,1980年才去世。68年间,张琼华一直守在郭家。大约是1939年,郭沫若还乡时,向张琼华鞠了一躬,表示歉意。”

这守寡68年,只换得一个鞠躬!心中不禁有些感触。我说:“‘饿死事小,失节事大’,程朱理学的迂腐之论,毒害了千万中国妇女。”

四

两人一边说着,一边就到了墙后一座三合庭院的仿古建筑,这是“郭沫若故居博物馆”,1981年才建成。进入陈列馆大厅,郭老各个时期的照片、文物、著作及生平资料,琳琅满目。其等身著作依序排列,诗集、文集、剧作就不必说了,光是初刊本《奴隶制时代》《青铜时代》《十批判书》《卜辞研究》,就令人联想起郭老蛰居日本十年,面壁伏案的寂寞。他日日读书、研究、写作,这种学问生涯是寂寞的,但是,思想、学术的突破,又使郭老的灵心更加敏锐,精神更加焕发,学问更加精进!

友人问我:“你看到了什么?”

“我看到了一位感情喷薄的诗人,一位深有寄托的剧作家,一位思想深邃的学者,一位阅历丰富的、冷峻的历史学家。更重要的,他是一位为民请命的革命家!”

两人不觉走到了后院紧连的小花园。有一间面对绥山的厅房,原来是郭沫若四岁半启蒙时的家塾“绥山山馆”。

紧靠花园是1992年为纪念郭沫若诞辰100周年新建的“沫若书法手迹碑廊”,字里行间都是郭老对生活的感悟、对理想的追求,其飘逸、潇洒的“郭体字”令人流连不尽。我不禁想起了同郭老的一次通信,就不无炫耀的对朋友说:

“1962年,我23岁时,写了一个电影文学剧本《钗头凤》,想到郭老是历史剧的大作家,就冒昧地将一百多页的手刻油印稿,以‘石竹’的笔名,寄给郭老,没有想到很快就收到回信,信中着重谈了历史剧创作的四条意见……”

友人一听,迫不及待地问:“信还在吗?”

“在,两页。科学院信笺,毛笔书写,就像碑廊上的字一样飘逸!”

“那可是大墨宝呀!好好收藏,别丢了。”

五

离开“郭沫若故居”。已经是下午5点半多了。友人忽然想起那位年轻歌手的话。说:

“大渡河要黄昏、晚上才好看呢!到大渡河去。”

于是两人又走过几条街,踱到大渡河边。

河岸上男女人等众多,个个脸上挂着笑容。老人、小孩、年轻小伙、漂亮的女孩子,还有那些干完了家务事的妇女们,大家似乎都喜欢到河边过一个清闲而又热闹的黄昏。河边自然也不能少那些摆小摊的、挑馄饨担的、卖糖葫芦的、叫喊热炒、清煮花生米的……到处是品小吃的人群。老人爱摸几把麻将牌,小四方桌有的是;四个人两两相对的麻将,也早已经开张了。还有拉琴、吹箫,一堆堆人围着几个女孩子唱着动听的歌,应和着大渡河水哗哗的流声……

看着沙湾人的悠闲宁静,自由自在,怡然自得,无忧无虑的众生相,心中真有说不出的感动和羡慕。朋友说:“郭老要是活到今天,看到故乡人的幸福生活,不知作何感想。”

2008年2月7日据2000年7月2日日记,修订于温州南浦水滨寓所

淡月疏星

月圆、月缺，月初升、月落垟，烘云托月、彩云追月……

月，只是月，本无关于人事，全是人之情愫移情于月，才使得“天上之月”成了“心中之月”。

月，成了中国古典诗歌、散文中的重要意象，诗人咏月比兴，寄托了乡思与怀人的感情。所以，“举头望明月，低头思故乡”；所以，“人有悲欢离合，月有阴晴圆缺，此事古难全。但愿人长久，千里共婵娟”。

淡月疏星，诗人在月下思念什么呢？是岁月的痕迹，是初恋的情事，是一处美妙的风景，还是一篇优美的诗文……淡月疏星之下，始有如此含蓄、朦胧，令人意会，欲言又不能言……

读者，你感觉到了吗？

1963 年 5 月于温州

秋之为气也萧索兮……

“逝水东流”和“落叶悲秋”是中国古典诗词的两个重要意象。“逝水”出自孔丘《论语》的《子罕》篇：“子在川上曰：逝者如斯夫，不舍昼夜。”

而中国人的“悲秋传统”则来自楚国宋玉的《九辩》。

宋玉《九辩》，其开篇云：

悲哉秋之为气也！萧瑟兮草木摇落而变衰。憭慄兮若远行；登山临水兮送将归。泬寥兮天高而气清；寂嵺兮收潦而水清，憯悽增欷兮薄寒之中人。怆怳懭悢兮去故而就新；坎廪兮贫士失职而志不平……

春日是柔美的，而秋更萧瑟。每当西风凛冽、寒雁鸣蝉，我都会想起小时候父亲教唱的一支歌：

秋风起，秋云飞，
一片片的落叶满阶前。
远望天空茫无际，
只有那一只失群的孤雁！
彷彷徨徨向着南面飞。
雁呀，你应是同我一样孤独……

秋是悲壮的，在夏日烈炎已逝，她知道季节如同人的生命，稍纵即逝，一如过眼烟云。她要将一腔悲情，化成柔弱的悲壮！

这是我们民族对于物象的特殊感应：从秋之肃杀，花叶之凋零，寒冬之将至，万物之敛藏……感受到人生之萧瑟，叹年寿之将尽。此时心、物感应，“心象”与“物象”同构对应；落在笔下，就是文学艺术中“悲秋”意象，是故称诗人文士为“秋士”。

历代悲秋之作汗牛充栋，然对于秋之抒发，莫过于欧阳子的《秋声赋》：

盖夫秋之为状也，其色惨淡，烟霏云敛；其容清明，天高日晶；其气栗冽，砭人肌骨；其意萧条，山川寂寥。故其为声也，凄凄切切，呼号愤发。丰草绿缛而争茂，佳木葱茏而可悦。草拂之而色变，木遭之而叶脱。其所以摧败零落者，乃其一气之余烈。

嗟呼！草木之无情，有时而飘零。人为动物，惟物之灵。百忧感其心，万物劳其形，有动于中，必摇其精。而况思其力之所不能及，忧其智之所不能行，宜其渥然丹者为槁木，黟然黑者为星星。奈何以非金石之质，欲与草木而争荣？念谁为之戕贼，亦何恨乎秋声！

明代状元（明正德六年，1511）杨慎于嘉靖三年（1524）因得罪了皇帝，被贬（有类充军）云南三十多年，终其一生而逝于云南。其所作《二十一史弹词》（当时还没有《二十四史》的称谓）的《说秦汉》开篇《临江仙》云：

滚滚长江东逝水，浪花淘尽英雄。是非成败转头空！
青山依旧在，几度夕阳红。
白发渔樵江渚上，惯看秋月春风。一壶浊酒喜相逢。
古今多少事，都付笑谈中。

杨慎将“秋月”与“春风”并举，都指光阴的流逝，亦因历来女子伤春、男士悲秋，同为人生共同之情感缺憾！

人生经历了春花的缤纷，夏日的茁壮，到了秋天，已经是繁华褪尽，两鬓经霜；一旦西风转北，残冬即至。是以秋天乃人生一个重要的过渡阶段，悲凉、悲伤、悲切、悲哀，甚至悲情惨切，皆纷至沓来。这是中华民族几千年的历史积淀：到了秋天，你不想“悲”，都不可能。

郁达夫《故都的秋》有云：

> 所以中国的诗文里，颂赞秋的文字特别的多。但外国的诗人，又何尝不然？……各国的诗文的 Anthology 来，总能够看到许多关于秋的歌颂与悲啼。各著名的大诗人的长篇田园诗或四季诗里，也总以关于秋的部分，写得最出色而最有味。足见有感觉的动物，有情趣的人类，对于秋，总是一样的能特别引起深沉，幽远，严厉，萧索的感触来的。不单是诗人，就是被关闭在牢狱里的囚犯，到了秋天，我想也一定会感到一种不能自已的深情；秋之于人，何尝有区别，更何尝有人种阶级的区别呢？

然而也有人想翻这个案，要把秋天写得胜于春日。唐人刘禹锡《秋词》云："自古逢秋悲寂寥，我言秋日胜春朝。晴空一鹤排去上，便引诗情到碧宵。"实在也是故作旷达之言。想把秋天写得欢畅，恐怕"物象"不允许，而"心象"也未能契合与同构对应，则诗歌"意象"之中，恐有"景"而乏"情"，难免做作。

秋天即将消逝，冬日的北风呼啸，寒凝大地，漫天飞雪，江河冰封的日子，就接踵而至……

2009 年 10 月 12 日，第一次返国前一天

秋风，落叶，秋雪

一、秋风

近日，秋风刮得正猛，添了衣服，又戴上帽子……

才踏出门槛，一阵西风从草坪外“吼”的一声扫了过来……令人不禁打了个寒战；抬眼一看，苹果树、梨树和许多不知名的树木，都在秋风中摇撼着。

宋玉《九辩》云：

> 悲哉秋之为气也！
> 萧瑟兮草木摇落而变衰。
> 憭慄兮若在远行；
> 登山临水兮送将归。

自从宋玉开创了中华文学的“悲秋”传统，中国人每逢秋天都很容易引发一丝悲凉之感。

> 秋风起兮白云飞，草木黄落兮雁南归。
> 欢乐极兮哀情多。少壮几时兮奈老何！
>
> ——汉武帝刘彻《秋风辞》

刘彻贵为皇帝，在秋风白云、草木黄落的秋令，亦发出了“少壮几时”的生命悲歌！

白杨多悲风，萧萧愁杀人。思还故里闾，欲归道无因；
白露沾野草，时节忽复易。秋蝉鸣树间，玄鸟逝安适；
四顾何茫茫，秋风摇百草。所遇无故物，焉得不速老。

——《古诗十九首》

汉末社会动荡，士人、游子的故里归思，忧生念死，就与“秋风”“白露”“秋蝉”情景相生。

三国时，雄才大略如曹操的诗，言“秋风萧瑟，洪波涌起”；曹丕诗曰“秋风萧瑟天气凉，草木摇落露为霜”，曹子建则道“高树多悲风”！

及至唐代，白居易也在浔阳江头，“枫叶荻花秋瑟瑟”之时，为琵琶女而“座中泣下”、青衫沾湿。

宋则有欧阳修的《秋声赋》，发出了“噫嘻悲哉”的感叹！赋曰：

此秋声也，胡为而来哉？盖夫秋之为状也，其色惨淡，烟霏云敛；其容清明，天高日晶；其气栗冽，砭人肌骨；其意萧条，山川寂寥。故其为声也，凄凄切切，呼号愤发。

元人王实甫《西厢记》的《长亭送别》，也没有忘记以秋色、秋声作为离人愁别的烘托：

碧云天，黄花地，
西风紧，北雁南飞。
晓来谁染霜林醉，
总是离人泪。

林黛玉《秋窗风雨夕》云：

秋花惨淡秋草黄，耿耿秋灯秋夜长。
已觉秋窗秋不尽，那堪风雨助凄凉！
……

则是曹雪芹的身世悲凉，移情到林黛玉的笔下。

原来时令节气会改变自然环境，直接影响人的心理情志。秋天，阳气日消，阴气日盛，万物亦因生命的成熟，而生机萎蔫，逐渐由盛而衰；草木摇落，花草凋零。人感受到自然环境的变化，每于秋日感觉满目萧然，情绪低落。这种心理变化有其生理上的原因，即与人体内激素变化密切相关。“悲秋”是人类在秋冬时令从生理到心理的一种应激反应。“蒹葭苍苍，白露为霜；所谓伊人，在水一方”，虽然接触到秋的悲思，却没有抒写秋的悲凉。宋玉的《九辩》，则堪称黄钟大吕，声情并茂地发出：“悲哉秋之为气也！萧瑟兮草木摇落而变衰。憭慄兮若在远行；登山临水兮送将归。”

二、落叶

日前同一位友人，到附近一所学校去，路虽不远，却要登上一个两百多米长的高坡。斜坡两旁被秋风吹落无数的柳树叶子，使人有一种摇落、衰飒的感觉。忽然，一阵秋风大作，从身后扫将过来，却见坡下无数干枯的柳叶滚滚而上，都从身后，沿着坡顶滚去。友人戏谑说：“‘人往高处走’，怎么落叶也往高处走？”

“那是秋风的驱力。如果风从坡顶往下吹，落叶不也就滚到坡底了吗？”

友人点头道：“叶子从树上掉落以后，也就不能自主了。”

我说：“恐怕不光是落叶，就是在树上，欣欣向荣的时候，它就能自主了？春荣秋萎，年年轮回，如此而已。”

“你想比喻什么？听起来还有些哲理意味。”

“你说呢？人，不也同落叶一样吗？花开花落，随缘任运；你能抗拒自然力？人为了更好地生存，就必须同自然，同社会，同他人，同自己四者和谐相处，延长‘春荣’，推迟‘秋萎’。当你有一天，被秋风扫落，你就‘听命’吧，因为人在自然力的面前只能起到‘延长’和‘推迟’的作用，并不能改变它的‘方向’。这是无法抗拒的！”

忽然，秋风转了个方向，却从坡顶下来，这时柳叶飞速地，滚滚落下坡去，我回头看看枯叶：

“你看，那柳叶忽上忽下的，顺其自然，就是这样！”

友人说：“这就是你的喻义？”

“是呀，比喻的本质就是取其一点，不及其余。这种本质，同构对应的是一种模糊的思维方式。”

“什么叫模糊思维？”

同友人一问一答，相互讨论、辩诘，得到了大致的认识：

用一种心物感悟的方式去认知事物，缺乏实证，其所得结论往往只是一个大致的范围，模糊而不精确。古代中国人喜欢比喻，并以比喻的方式（含寓言、故事等）对自己的观点进行论证。先秦诸子，不论哪一位，都是这种思维方式。这种重在形象感知的方式，可以用在文学上，但很难用在科学上。这就是为什么“人文”只能叫“学科”而不能叫“科学”的重要原因。所以，比喻的思维方式，正是导致古代中国实证科学相对落后和文学创作相对繁荣的原因。用比喻这种思维方式，不论道家、儒家，还是法家、杂家，在他们的文章中都用得非常广泛。

道家的《老子》，比喻论证几无处不在，《庄子》则是用比喻性寓言进行论证的典范。法家的《韩非子》也喜欢用寓言故事说理。至于杂家的《吕氏春秋》，几乎篇篇讲故事论证。众所周知的《察今》就讲了“楚人涉江”“其父善游”和“刻舟求剑”等等。再说儒家的亚圣孟子吧。《孟子》一书，著名的章节大多用寓言作比喻论证，什么“拔苗助长”“狐假虎威”“齐人有一妻一妾”，比比皆是。比较起来，孔子的《论语》比喻论证倒不是很多，这大概同它的“语录体”只是三言两语有关。但是，孔子的“以物比德”，对中国人的思维方式的影响却不可低估。这里姑举孔子“以水比德”的例子。

刘向《说苑》在《杂言》中有一段话：

> 子贡问曰：“君子见大水必观焉，何也？”孔子曰：“夫水者，君子比德焉：遍予而无私，似德（普遍施与而没有私心，很像有德行）；所及者生，似仁（予苍生渴饮健体，好像有仁者之心）；其流卑下而皆循其理，似义（流于低处沾溉下层，像讲义气）；浅者流行，深者不测，似智（浅处随流，深处难测，像很有智慧）；其赴百仞之谷不疑，似勇（临深谷一泻而下毫不迟疑，好像很勇敢）；盈不求概，似度（满了就不求过量，好像很有分寸）；其万折必东，似意（不管多少曲折，必定向东）……”

孔子用水比喻了十种好品德，这就是所谓“以物比德”。孔子开创了以自然物与人的思想行为的对应和比喻，就是选择一种或几种具象的物性去比喻人和人的思想品格。孔子这种把抽象的德、仁、义、勇、智等等人品，用水的各种形态，进行形象化的表述，非常生动！可这是文学语言。至于具备了哪几点品格才算是德，哪几点才算是仁、义、智、勇、度和坚强的意志，却缺乏具体的规定性。这种比喻式的论证就显得非常“模糊”！

如果有人问：“怎样才算是有智慧呢？”

你回答说：“要像水那样‘浅者流行，深者不测’。”

那么，谁都没有办法把握“智”这个概念！这就是古代中国人的一种思维方式，这种“模糊思维”影响了中国人近三千年，一直到五四提倡“科学思维”以后才逐步得到纠正。科学思维，是真正的、经典的思维方式！

孔子用“以水比德”，虽然开创了以自然物与人的思想行为的对应和比喻，但它缺乏明确的规定性。这种形象化的表述，只是文学语言，作为文学的修辞手段来说很好，作为科学思维来运用，就会导致科学的萎缩。

三、秋雪

和朋友对话的第二天早晨，开窗一看，门前的草坪、小路全被皑皑的白雪覆盖了。原来昨晚下了第一场秋雪，窗前不怎么平坦的草坪都变得白茫茫一片，再也显不出高低不平了。心里想，这样的雪也只能对略为不齐的丛草，掩盖其“不平”罢了，像昨天的两百多米的高坡呢？高低“不平”，十分悬殊，又怎么能覆盖得了呢？看来，平等，只是在差别极小的阶层中，“粉饰”一下，或许可以做到；至于高低起伏，过于悬殊，那样的不平，又如何掩盖呢？……

想到这里，忽然觉得自己毕竟是中国人，也爱比喻，也用模糊思维，也是“取其一点，不及其余”。

2012年第一场秋雪于美国特拉华

过建溪黯淡滩

那年三月，正是桃花春水的日子，有事到江西玉山。时正笺注李商隐《龙丘道中》及《武夷山》诗，遂约了玉山的朋友，取道浙江江山龙丘道南，经浦城鱼梁，过建溪，直下南平，再上武夷。

本来是可以乘汽车依山路蜿蜒而南，忽然想起父亲四十年前手书的《过黯淡滩》诗，一时心血来潮，竟然妄想一睹黯淡滩乱石惊湍、水激崩云之势，遂建议朋友改行水路。

李商隐《龙丘途中》其二云：

水色饶湘浦，
滩声怯建溪。

言建溪水色胜于湘江，唯沿途溪船，历经各处险滩，令人心怯胆寒。正不知此行亦胆寒心怯否？

舟子竹篙一点，撑开离岸，始发鱼梁。二十里竹筏，二十里溪声；两岸奇峰陡峭，怪石嶙峋；树木葱茏，桃花惊艳。虽站立竹幔之上，却也是水缓滩平，未觉惊险。及至江阔流急，便换乘小船，进入闽界。未久见两旁山势陡峭，江中乱石穿空，犬牙交错，江流急湍像从身旁奔腾咆哮，一直往下倾泻。小船开始左右穿行，摇摆晃荡。站立船板，使人心生怯意。友人说：

“这江底的倾斜，恐怕有45度……”

下水飞快，湍流奔竞。每逢大颠簸之时，船身随着浪涛忽高忽低，一忽儿像蛟龙入水，船帮似淹没于水平之下，船板上水花喷涌；一下子又被水浪冲激，似浮上云霄，一伸手即可挈云扪天……有时上水，却又十分缓慢，只听得老船夫哼咳哼咳的叫声和喘气声。

我和友人都不习惯于坐船，只能盯着江水和迎面而来的乱石，无心赏玩。遇到下水，船身上下奔窜、左右颠簸，就得赶紧蹲在船板上。

1961 年 8 月，父亲曾手书北宋莆田诗人方惟深的《过黯淡滩》诗授我，于今不觉过去四十余年。原父亲手抄方诗之意，不过勖勉儿子，在外遇上江海险途，艰难困顿，能够稳健操舟，劈波斩浪，勇往直前。诗云：

> 湍流怪石碍通津，一一操舟若有神。
> 自是世间无妙手，古来何事不由人！

据《延平府志》载：沿建溪上游的东溪下水，会遇上许多险滩；江船沿溪冲激破浪，载沉载浮，腾越而下，时常撞得粉身碎骨，乘客因此溺水丧生者不可胜数。所载险滩计有汾滩、竹林后滩、高桐滩、凿滩和黯淡滩，大约五六十里长。“其中黯淡滩最险，舟过多覆溺。”过了黯淡滩，便直至剑津，进入西溪，才会平稳一些。《府志》引用了元代诗人萨都剌的《过黯淡滩》诗云：

> 危滩黯淡汹涛作，怪石参差相乱错。
> 雪浪滔滔倘为倾，微躯七尺谁堪托。
> 掀天动地浪愈急，任是舟人难稳立。
> 飞流急湍入波中，幸得一朝波里出。

正是刚才小船下水冲浪的写照。友人问掌舵的老船伯：

“什么时候经过黯淡滩？是不是比刚才下水时更危险呢？”

“早嘞，才到房村口，还有五十里……客人不用怕，清朝时已经炸碎了一些乱石，现在好多了。”

又过了半个时辰，问还有多少路程，回答说：

“一半路，还有二十五里。”

……

再问，答曰：“十八里。”

进入黯淡滩之前，溪水似乎相对平浅。两人居然有兴致靠在船帮上，看起小报来。然而，转瞬之间，雪浪飞涌，涛湍飞立。老船伯紧盯着激流，双手左右操控，身子前伸,弯屈,又时或往后、往左右一倾一仰,将船硬是推向顺道,以避利石。

坐在身旁的一位年轻人,是老船伯的儿子。

我问道:“是不是正过黯淡滩?怎不去帮帮你父亲?”一言未了,只觉得船身狂烈动荡、颠簸起来,顿时头晕目眩。江风呼啸,凛冽逼人,连老船伯儿子回答什么,都没有听见。心中不禁默想起来:希望老天保佑平安。一看友人,亦正双手合十,闭上双眼,口中还念念有词。我知道他也一定是在向苍天祷告,祈求平安。

老船伯儿子说:“这里是黯淡滩最危险的地方。本来滩上有一座小庙,上行时客人往往停下来上岸祷告;现在是下水走,船走得太快,不能停靠。”

老船伯忽然插话道:“我们常日走这条水路,都知道‘下水危险上水不险,上水艰难下水容易’。有一好,就没有两好……”

顷刻间,舟行如箭,说话间似乎就冲过了几里的路程……

“过了,黯淡滩过了……”船伯儿子轻轻说,又淡淡地重复道:

“下水危险上水难,上水不险下水险;有一好,就没有两好。”听了船伯父子的话,心里不禁想:

原来世间事情,也常是如此。人们一般只能得到一项好处,很难两好都得。“鱼和熊掌不可得兼”,你只能在鱼和熊掌之间选择其一:得鱼则失熊掌,得熊掌则不可再得鱼,须将其一给予他人。人人都能得到一点好处,那么世上尔虞我诈的事也就会少了!

过了黯淡滩,离南平就不远了。老船伯让儿子去撑篙。友人问:“还有多少路?”

“不远了,大约六七里吧。不过前面不好走了,必须暂时停一停……”

一言未了,小舟果然停棹不前。

“为什么?”

老船伯说:

“溪间水大可以走,水小也可以走;现在不大不小,所以不能走。”

我同友人都很感疑惑,还想再问一个“为什么”。

老船伯的儿子笑着解释说:

“客人有所不知。水大,石头都淹没在船底下,船在水上走,不会撞到石头;水小,石头露出水面,大家都能看得见,就知道回避它,绕开走。现在溪水不大不小,既容易撞石,又没法回避,就只好暂时停一下了。”

友人忽然笑道:“‘水涨船高’可以平稳地走;‘水落石出’可以绕路回避着

走。只有这‘不大不小’‘不上不下’的，却偏偏危险不能走！”

“不大不小”“不上不下”，不正是“中行”吗？停棹的间隙，我忽然想起了孔夫子的话。

《论语·子路篇》，记载孔子对学生阐述交友之道云：“不得中行而与之，必也狂狷乎！狂者进取，狷者有所不为也。”

孔子认为“中行”的人最值得交往，“狂”者虽有所作为而太“过激”，“狷”者有些事不愿意去做，又有所“不足”。看来，“过激”与“不足”都不符合中国人的“中行”古道，因此凡事都必须“泄其过”而“补其不足”，从而达于“中行”。这不就是“中庸”吗？是了！“中庸”正是孔子的哲学思想，“中行”乃其所倡之行为准则，“中和”则是孔氏教导后人应有的学问境界。我想了想，对友人道：

“我辈所奉行之中庸，今天遇上难处了。在建溪江，水大可行舟，水小亦可行舟，唯不大不小的‘中水’不可行，难道自然与人事不一样吗？”

朋友思之再三，回答道：

“今天的事，实在是处在一个特殊的环境，江上怪石犬牙交错，隐伏江底，正如方惟深诗中所说，‘湍流怪石碍通津’，所以水大水小可行，而不大不小之水不可行。但是，如果不是这种特殊的环境和场合，那么当然是不大不小、平静如镜的水面更便于行舟了……”

我忽然有所悟道：

“所以说，一切原理、定律、准则，在一般的情况下都有一定的指导意义，而在特殊的环境中就必须用特殊的方法去认识和处理。这就是‘一般’和‘特殊’的相对性。是不是这样？”

“哈哈，有收获，有收获……”

“如果不是李商隐的‘滩声怯建溪’，还不会有此行呢。方惟深的诗，末了一句说得好：‘古来何事不由人’。但是还应该补充一点：对于人生、社会的原理、定律、法则，可以由人来创造和制订，但是对于自然的规律和法则，人们恐怕只能是认识它，适应它，驾驭它……”

老船伯忽然吼了一声道：“水大了，可以开船了！”

我想：这时，只有老船伯有权这样决定，因为他认识了这一段水程只有在水大、水小时才能行船。

乙酉春三月于福建武夷山宾馆

卷中

人生如梦

淡定人生，行云流水

淡定是一种人生修养：
坎坷不忧，坦途无喜，兰心梅骨，心怀坦荡，无芥无蒂；
淡定是一种人生原则：
不急不躁，刚柔相济，亲而有度，顺而不阿，拂而不逆；
淡定是一种人生智慧：
世事洞明，人情练达，守雌不争，知人自省，进退自如；
淡定是一种人生自信：
气定神完，浪遏飞舟，沉浮随之，千仞壁立，静阅沧桑；
淡定是一种人生风格：
出若脱兔，静如处子，心无邪堵，立无偏欹，虚中高节；
淡定是一种人生谋略：
抱朴守拙，藏锋不露，扬长避短，深思熟虑，克敌制胜；
淡定是一种人生态度：
遇险沉着，果断应对，剔除其骄吝之疾，遣其矜夸之失；
淡定是一种人生勇气：
寒云千里，鹰击长空，俯首看花开花落，颙观浮云变幻；
淡定是一种人生境界：
花开雨夜，兰秀深林，不因天雨而不放，不以暗夜不芳；
淡定是一种人生处世：
随缘任运，有似行云流水，行其所当行，止其不得不止。

戊寅九月十二于黎明西洪殿北路寓所

人生永远处在一种“等待”之中

人生永远在“等待”，“等待”一种美好状态到来。可是，造化捉弄人，人永远处于一种“等待”的状态。

去年还乡，到医院探望一位生病住院的朋友，临别时他说：

等您下一次回来，咱们再来谈谈唐诗，聊聊中国历史……

今年2月，噩耗传来，友人忽焉逝世。

悲哉！明年回乡，又如何谈诗论史？

可哀，“等您下一次回来”！叹人生几多“等待”？

原来，人永远处在一种“等待”的状态，“等待”一种美好状态的到来。可是，一种状态等到了，又有新的“等待”；新的“等待”到来了，又生出另一种“等待”……无休无止，没完没了的“等待”，直到大限到来，还有一种或几种未了的“等待”没能等到呢！

“等待”是一种希望，它引导人生向往，坚忍地在现实中挣扎着前行。

“等到……我就……”

“等到我……我就能……”

等，等，等待，等待……直到永远。

看看我们周围，有多少人在“等待”？分析这些等待，会使人有深刻的感悟：人生永远处于一种“等待”的心理状态，直到复归：

“等我毕业、工作以后，我就能得到她的爱。”可等你毕业，她已经爱上别人了。

“等我攒上50万，就可以买一套房子了。”可你还没有50万，房价已经100

多万了。

“等我升上了局长，他女儿就会嫁给我们儿子了。”可局长迟迟不升，反而因为受贿坐牢去了。

“等我升当总经理，我的年薪就可以达到 80 万。”可还没有升任，这家企业就破产了。

“等我这部书完成以后，就可以评上教授了。”可书还没有出版，你已经过了 60 岁，退休了。

“等我退休以后，我就带全家到世界各地旅游去。”可是 60 岁了，你又想多挣钱，不到 65，你就大病不起了。

“等我病好出院以后，我要好好陪伴家人，共享天伦之乐。”可大限到了，你等不到出院，就呜呼哀哉，回归地球去了……

人的“等待”应该适可而止，该放手时就放手！到了“眼前无路想缩手”，已经来不及了。

不要嫉妒人家，希望事事超过人家，别人有别人的条件，人与人有时并没有可比性。

不要总想每一件事都有圆满的结局，世上没有“十全十美”的事；能有六分，就该满足；如果有七分，那就谢天谢地了。

“等待”是一种心理时空，是一种感觉，一种感性；“现实”是一种物理时空，是一种规律，一种存在。

“等待”在“现实”中大多被击得粉碎。

适应现实，是一种心理调整；调整到与现实谐和的境界，人就能心情舒适，却病延年。

2007 年 11 月 28 日在中学校长培训班讲课，
勉励学员在工作和学习中，不能等待

闲话人生如梦

苏轼《念奴娇·赤壁怀古》云，“多情应笑我，早生华发，人生如梦”，人或以此为“消极”之人生观，实在是一种误解。

“人生如梦”，只是寄托一种人生短暂的慨叹！苏轼一生三起三落，并不消极，在《浣溪沙·游蕲水清泉寺》中，就曾高唱“谁道人生无再少，门前流水尚能西”。但是，“人生如梦”，却是真实的人生；“人生再少”，只是一种虚幻的豪言壮语。说到底，人生只是极短暂的一瞬。且看中国文学史上四个著名的“梦”，令人深深警醒：

> 庄周梦为蝴蝶，寓说人生梦醒难分，死生无别；
> 楚王云雨巫山之梦，寓说人生性爱如云如雨之短暂；
> 曹子建洛神之梦，寓说人生情爱阴阳两隔、生离死别的虚无缥缈；
> 卢生一枕黄粱之邯郸梦，寓说人生荣华富贵，也不过梦境一场！

四个梦是对于道家思想的形象演绎，庄周之“蝴蝶梦”为总领。楚王“云雨巫山之梦”，说“色”之如过眼云烟；曹植“洛神之梦”，寓说人生情爱不过一瞬；卢生“黄粱梦”，则向世人明示，富贵的虚幻和短暂。

人生，一切都是瞬息！

宋末蒋竹山有《虞美人》云：

> 少年听雨歌楼上，
> 红烛昏罗帐；
> 中年听雨客舟中，
> 江阔云低、断雁叫西风。

而今听雨僧庐下，
两鬓苍苍也。
悲欢离合总无情，
一任阶前、点滴到天明。

少年时的追求，中年的四处奔波，到年老则颓然寂寞。甚或孑然一身，如此而已。

人的一生，华年最美，然为情所苦，情天情海情梦：
《凤求凰》，卓文君私奔；
《霍小玉》，痴情女为负心郎李益所弃；
《李亚仙》，郑元和恋妓，为父赶出家门；
《汉宫秋》，王嫱出汉关，终死塞外；
《尤三姐》，其情可嘉，其死可悲；
《倩女离魂》，灵魂出窍，爱不得苦；
《会真记》，男女相恋，始乱终弃；
《牡丹亭》，游园惊梦，隔世相思……

即便是据《会真记》改编的元杂剧《西厢记》，虽以大团圆结局，但屡遭分隔的痛苦，看那《长亭送别》的哀伤、凄苦，又如何了得：

碧云天，黄花地，
西风紧，北雁南飞。
晓来谁染霜林醉？
只是离人泪。

到了成家立业以后，为了养家糊口，或为功名利禄，天涯海角，无尽地奔波：

《珍珠衫》，梦想发财，外出经商，妻子红杏出墙，终至毁家；
《琵琶记》，梦想功名，状元及第，抛弃糟糠之妻，亦终毁家；
《长坂坡》，梦为英雄，桃园结义，终因鲁莽成性，丢失头颅；

《伍子胥》，复仇之梦，扬眉吐气，终是头挂城墙，身逐鸱夷；
《清忠谱》，忠臣之梦，空有刚毅，终为捆入麻袋，掷江喂鱼；
《梧桐雨》，帝妃之梦，纲纪尽隳，难救马嵬缢杀，夜雨凄其……

梦为财，梦为官，梦为名，梦为仇，为利、为义、为爱……许多人因此丧身送命。

呜呼！功名利禄，人皆痴心，梦寐以求，然当须适可而止。梦无止境，而生命有限；可悲可叹，人生确如庄子所言之“蝴蝶梦”！《齐物论》云：

昔者庄周梦为蝴蝶，栩栩然蝴蝶也。……俄然觉，则遽遽然周也。不知周之为蝴蝶与，蝴蝶之为周与？周与蝴蝶，必有分矣。此之谓物化。

庄子以其绝对的相对论，寓说生命的无常，认为人之从生到死，由死化生，这就是事物向相反的方向转化。

人生如梦，一切都是瞬息，就像蝴蝶与庄周，一刹那之间的转化一样。按照现代科学的机械分割，生命结束，人体不过就是三十多种元素，回归地球。所以，道家不愿说“死”，而称为“复归”。

虽说“人生如梦”，然而希望健康长寿，却是人生合乎情理的追求，不应受到诟病。

“乐天知命”的白居易，年七十五（虚龄，下同）；
自号“悲翁”的顾况，年九十三；
五十二岁才称“放翁”的陆游，年八十六。

这三位唐宋时代的诗人，在当时，应该算得是长寿了。但是，古人能活到七十以上的人毕竟不多，所谓“人生七十古来稀”：

初唐四杰：王勃二十七，杨炯四十三，卢照邻五十二，骆宾王六十八；
唐代山水诗人：王维六十一，孟浩然五十二；
唐代边塞诗人：高适六十五，岑参五十五；
唐代“三李”：李白六十三，李贺二十七，李商隐四十七。
诗圣杜甫五十九，元稹五十三，韩愈五十三，柳宗元四十七。

宋代诗文名家：

文史学家司马光，六十八；
诗人古文家王安石，六十六；
诗词书画四绝的苏轼，六十六；
婉约词班首秦少游，五十二；
豪放派巨擘辛弃疾六十八；
陈同甫五十一中状元，来不及做官，五十二便死了……

白居易、顾况、陆游三人外，其他唐宋诗人、文学家列举二十一人，年高六十八者，有骆宾王、司马光、辛弃疾三人；六十六岁二人，王安石、苏轼；五十岁以下有王勃、杨炯、柳宗元、李贺、李商隐五人，其中王勃、李贺才活了二十七岁。二十一人平均寿命五十四岁。

这些诗人、文学家，大都是官僚阶层，有的甚至官做到宰相，如元稹、司马光、王安石。虽文牍劳形，然而与普通百姓，尤其是终日挣扎于死亡线上的广大无地农民相比，他们的生活、医疗条件不知要好上多少倍。

末了，忽然想到三国时期的几个主要人物，他们的寿命当也不会太长吧！一查：

曹操六十六，刘备六十三，孙权活得长一些，也只七十一。曹丕四十，曹植四十一，诸葛亮五十四，周瑜三十六。关羽、张飞约五十七八。比较起来，阿斗还活到六十五，大概因为“乐不思蜀”，随缘任运之故吧。

虽说当今中国人的平均寿命已臻七十有五，女性且将近八十，米寿、白寿、茶寿的人亦非少见，但是比起历史长河，终是一瞬！

人生如梦，生命可贵！

戊寅八月二十八日于黎明西洪殿北路寓所

再说人生如梦

没有人不做过梦。但是，没有两个人的梦是相同的；即使是同一个人，他的梦也是五花八门：

> 好梦，噩梦，不好不坏的梦；
> 莫名其妙的梦，十分荒唐的梦；
> 梦见被人追赶，跑都跑不动；
> 梦见老是在溪流里涉水；
> 梦见同死去的亲人说话。

最有趣的，是梦见被大鬼小鬼捉去，吓得一身冷汗，惊醒之后，忽然意识到自己正睡在床上，原来是梦，根本没有鬼，那时心里很庆幸："还好是在做梦！"

中国人说梦，最有名的就是庄周了。《庄子》第二篇《齐物论》的末了说：庄周一天早晨梦见自己变成了一只蝴蝶，活跳跳，翩翩起舞，觉得自己就是一只蝴蝶。忽然醒来，又意识到，自己实实在在就是庄周。到底是庄周梦见自己变成了蝴蝶呢？还是蝴蝶梦见自己变成了庄周？庄周和蝴蝶是有区别的吗？如果有，那就叫作"物化"（事物向相反的方面转化）。

庄子演绎世间万物的本质都是齐等的，所以他给这篇文章命名为《齐物论》。他以其绝对的"相对论"，说明"庄蝶同一"，庄周与蝴蝶难以区分；从庄周的角度看来，是自己梦见化成了蝴蝶，但从蝴蝶的角度来看，也可以说是蝴蝶梦见自己变成了庄周。他以此为喻，进一步推论"梦醒难分"，人梦、人醒，也是没有什么不同。醒着的人，看他人，常以为别人都在做梦。但是，从梦中的人看来，醒着的人才是一生在做梦。再进一步推说，庄子认为"死生无别"，人死、人生,没有什么不同,站在生者的立场上看,死去的人固然死了,但是站在死者的立场上来看,活着的人也就是"死"去的人,反正是人天阻隔,你看不到我,我看不到你,谁死、谁生?

庄周只是讲了个"蝴蝶梦"的故事,实际上只是在寓说世间一切原是"齐物",皆无区别,人应该看透,无须计较。"庄蝶同一""梦醒难分""死生无别",后来就被引申为"人生如梦""世事无常"了。不管是情爱、相思、富贵之梦,一切都是梦幻,都是片时春梦,都是瞬息!

但是,中国之说梦,一般说来,只是以寓言、故事、小说等形式,进行哲理的比附和阐发,严格说,它只是文学而不是科学,不能进行严密的论证,所以人文只能称为"学科"而不能称为"科学"。真正对梦进行科学论证的,是高级心理学即"精神分析学"才能完成的。这就要说到奥地利高级医生、精神分析学家弗洛伊德的《梦的解析》一书所提出的理论。

梦是对于现实"缺陷"的一种补偿。人在现实世界中所心仪、所想得到的东西,因种种条件的限制,无法得到。这种向往,经过大脑的反复出现,深深刻在大脑皮层上,但是在"现实法则"的支配下,人不能"随心所欲",就会主动"压抑"这种需求和欲望,从而转入"潜意识"中。一般情况下,这种"潜意识"是隐藏在大脑的深层次。但是在特定的条件下,如中国人说的"日有所思"之时,便从大脑深处浮现在大脑表层,可是人不能付诸"实现",这就通过梦境释放出来,就成为"夜有所梦"了。

人之"日有所思","思"什么,为什么"思","思"的程度如何,都和梦有直接的关系。有的人思食,有的人思色,有的人思名、思利,有的人欲望很大,什么都"思",都想要。这就决定梦境的内容、频率和程度。

根据弗洛伊德《梦的解析》所阐发的,人有三个"自我",即大脑可以分为三个层次:

最深处的最里层,可以称为"生物我",它的"潜意识"隐藏得最深,平时由于"现实法则"的支配和限制,一般都不表现出来(如果偷偷表现出来,那大都是个人的"隐私"),都是人的生物性即动物性,是人的本能。

中间一个层次则称为"现实我",它与"现实法则"(法律、道德、舆论等等)相依存,有意识地指挥"生物我"遵照"现实法则"行事,否则人将会受到法律的制裁和道德、舆论的谴责。

最外表的一个层次，可称为“道德我”。“道德我”依据宗教的、伦理的、良心的、意识形态的要求，对“现实我”限制“生物我”进行升华，到达一个相对高尚的境界，鼓励人自我克制和自我牺牲。

下面我们以人的动物本能的“食”和“色”两个字来阐释弗洛伊德的理论和他对“梦的解析”。

一、关于“食”

如果一个人很长时间没有吃到鱼了。一天经过酒家餐馆，闻到煎鱼的香味，不觉吞了一口水，这时——

“生物我”出来说：“进去，买它一盘，痛痛快快吃一顿！”

“现实我”想了一想，说：“不行，口袋里钱不多了。这一个月还要给孩子买衣服呢。”

“现实我”很现实地限制了“生物我”的欲望。这人一直往前走，没有进酒家餐馆。

这时，“道德我”出来说道：“鱼并不是非吃不可的，节俭，不乱花钱，是一种美德。”

二、关于“色”

一个人，走在大街上，迎面走来一位非常漂亮的女子（或非常英俊的小伙）。他（她）心里好像被电击了一般，浑身酥麻。

“生物我”立即进入了非非之想：要是能够同这个女子（小伙）结婚，那该多好呀！他（她）很想走过去同她（他）搭讪两句。

“现实我”马上出来警告道：“不要造次，你同人家根本就不认识，你去搭讪，很可能遭人白眼，自讨没趣；甚至可能一巴掌打过来……还是走自己的路吧。”

“道德我”说：“人应该有高尚的情操，怎么能见‘色’就心动呢？真没出息。”

马克思和恩格斯都对“食”“色”做过分析，马克思说：“人为了个体生命的存活，必须吃饭；为了人类的延续，必须结婚和性。”恩格斯说：“人从动物进化而来，单就这一点，就足以证明，人永远无法摆脱动物性。”孟子还引用告子的话说："食、色，性也。"但是人类社会发展到今天，现实要求对人的"食"和"色"进行一定的限制，包括法律、道德、公众的舆论，以及夫妻的契约等等。只是，人的"食""色"的需求，时常要顽强地表现自己，在"现实法则"和"道德规范"的约束下，人觉得总是一种"缺陷"；人们只好将这种对于"食"和"色"的"缺陷"，压抑入"潜意识"中，作为"生物我"隐伏在大脑的最里层。可是，如果经常压抑，而"生物我"又"蠢蠢欲动"，就会导致一个人"胡思乱想"，当然那只是不让人窥见的"悄悄地""偷偷地"如此这般。此即所谓"日有所思，夜有所梦"了。

梦，就这样作为对人生现实"缺陷"的一种"补偿"。

戊寅九月初三于黎明西洪殿北路寓所

五味人生

——酸甜苦辣咸

人有“味觉”，中国人的味觉似乎又特别发达，并且将味蕾同鼻黏膜分布的嗅觉神经联系起来。譬如，吃东西，首先闻（嗅）其“气味”，然后再尝一尝“味道”如何。写诗填词，则要讲究“韵味”，欣赏诗词叫“品味”。对于人生经验，更要细细“体味”“回味”……

不论具体的事物，还是抽象的理论，中国人都爱讲究一个“味”字。

辞书上说，食物刺激味蕾，最基本的只有甜、酸、苦、咸四种味觉。这说法似乎不够全面，虽然“香”“臭”属于嗅觉，但是像“辛”呀，“辣”呀，“怪”呀（上海城隍庙就卖有“怪味豆”）也是味蕾能够产生的味觉。所以，至少应该把“辣”也归入基本的一种。像比喻幸福与痛苦等各种遭遇的“酸甜苦辣”一词，就有“辣”。这样，合起来就是“五味”：甜、酸、苦、辣、咸。因此成语才有“五味杂陈”之说。

中国人很聪明，能够“通感”，能将味觉对食物“五味”的感知，与人生经历的五种遭遇，同构对应起来。相信，凡是进入老年期的人，都已经“体味”过这酸、甜、苦、辣、咸的“人生五味”。

先说“酸”吧。《说文解字》：“酸，从西，酸声省，本义醋。”

所以，提到“酸”，人们首先会想到醋，甚至想起镇江香醋、上海白醋，或者山西老陈醋；这是中国人饮食不可或缺的调味品。还有，会想到李子、柠檬、草莓、杨梅等等水果的酸味，并因此产生津液，流下口水。

刘义庆《世说新语》的《假谲》记载：

> 魏武行役，失汲道，军皆渴。乃令曰：“前有大梅林，甘酸可以解渴。”士卒闻之，口皆出水，乘此得及前源。

将这段话意译一下就是：

> 魏武帝曹操急行军（领兵准备去打张绣），路上找不到汲水的地方，士兵都非常口渴。曹操就传令说："前面有一大片的梅林，结有很多梅子，酸酸甜甜的，可以用来解渴。"士兵听到曹操的一番话，都口里生津，流出口水（口渴稍解），趁着口渴稍解的时候，士兵们迅速赶路，找到了水源。

听见说杨梅、梅子等等酸性的食物，就会流口涎，这恐怕是人的一种条件反射，不分阶级，小孩尤甚。这是食物的"酸"。

"酸"后来被拿去比喻"嫉妒"，所以有"吃醋""心里酸溜溜"的说法。《红楼梦》第六十八回的回目：

> 苦尤娘赚入大观园，酸凤姐大闹宁国府。

"酸"与"苦"对应，以喻比尤二姐的苦命和王熙凤的醋意。

"酸"至迟从元代开始，就被当作穷书生、穷秀才的代称。《西厢记》称张生为"酸丁"。焦循《剧说》云："凡称'酸'，谓正末扮秀士（秀才）当场也。"后世多认同，除"酸丁"外，又有"酸士""酸子""酸款""酸论""酸文""酸腐""穷酸""寒酸""酸文假醋""酸不溜丢"等等，讽刺贫穷而不更事的读书人。

不知什么时候，"酸"又同悲伤、伤心联系起来，于是有"辛酸""心酸""悲酸""酸伤""酸楚""酸哽"等等。阮籍《咏怀》则说"酸辛"："对酒不能言，感慨怀酸辛。"

以上的"酸"，从少年起，就紧随着人生到年老！

其他还有"酸痛"，中老年常有"腰酸背痛""腰酸腿软"等等。至于化学名词酸碱、盐酸、硫酸、硝酸等等，那已经不在"人生五味"的范围了。

其次说"甜"。《说文解字》："甜，从甘从舌，会意。本义味甘。"《广雅》："甜，甘也。"韩愈《苦寒》诗："草木不复抽，百味失甘甜。"就是将"甘"与"甜"联系在一起。

然后从食物的甜，进入人生五味之一，比喻生活工作幸福快乐。如"生活甜美""心里甜丝丝""尝到了甜头""日子过得甜滋有味""幸福的生活甜甜蜜蜜"

“找到了一份甜活儿”。

又进入了言论和歌唱的领域，比喻美言，说好话。如“嘴甜”“甜嘴甜舌”“甜言蜜语”“声音很甜”“歌喉甜润”。

又进入了睡眠的领域，比喻酣睡，睡得很深。如“睡得香甜”“入黑甜乡”。汤显祖《邯郸记》：“一枕余甜昏又晓。”

总之，吃得好、睡得好、生活好、工作好、话说得好、歌唱得好……好事、美事，都可以比作“甜”。只是，人生须适可而止，好事美事不可占尽，有个词儿叫“甜腻”，甜到“腻”了，那就“过犹不及”了。

再次说到“苦”。《说文解字》：“苦，大苦苓也。从艹（艸），古声。”大苦苓，一种苦菜，即“荼”（音 tú）；也叫苦苣、苦荼。《诗经》有《采苓》云：“采苦采苦，首阳之下。”

茶叶有点苦，所以茶树也叫“苦槚”；一种表面瘤状的瓜，有苦味，叫“苦瓜”；劣质味苦的酒，叫“苦酒”；未成熟的果实，其味“苦涩”，果实腐烂味儿变苦，叫苦果；胆汁是苦的，所以叫“苦胆”。

一般说来，这种苦味的食物较难入口，所以进入生活、工作、环境领域的就有“苦差”“苦事”“苦力”“苦工”“苦役”“苦功”“苦旅”“苦寒”“苦热”“苦雨”“苦境”“苦海”“苦处”“苦辛”“苦熬”“苦难”“苦口”（良药苦口利于病。按：其实未必）……

进入人的思想、心境领域的就有“苦思”“苦恼”“苦闷”“苦伤”“苦心”“苦衷”“苦涩”“苦楚”“苦痛”“苦笑”“苦伤”“苦悲”“辛苦”“悲苦”“哀苦”“伤苦”“凄苦”“痛苦”……

儒家主张“吃得苦中苦，方为人上人”。佛教认为“人生苦痛，苦海无边，回头是岸”。道家则说“生死相续，看破人生，无苦无不苦”。

复次说“辣”。《说文解字》：“辣，辛味，从辛，刺省声。”《广雅》：“辣，辛也。”《通俗文》：“辛甚曰辣。”即“辛”得很厉害，就是“辣”。按：甲骨文“辛”像古代的一把行刑杀人时的刑刀。清代文字学家段玉裁注：“辛，大罪也。罪人之象。”

“罪”（先秦作辠，即“罪”字）。《说文》又云：秦始皇因为“罪”（辠）像“皇”字，所以改写成“罪”字。段玉裁说：自，鼻子；罪人在监狱很害怕，每天蹙着鼻子担心“辛”(刑刀)砍掉自己的头。

《清史稿》的《隆科多传》,记载隆科多犯了死罪,妻子就抓进“辛者库”(罪人居住的地方,即监狱)。而凡是以“辛”作为偏旁的字,大多与犯罪、罪人、刑罚、杀头有关。如“辭”(辞)为罪人杀头前的供词。“宰”,上面是屋子,下面是戴罪的管家负责对奴隶、战俘的宰杀。“辜”,从辛,古声,重罪。

所以,后来“辛”就借到食物的味道上了,举凡刺激性强烈的东西如姜、蒜、芥、蒿、蓼,杂在一起,就称为“五辛菜”。

“辛”进入人的生活、心境领域,除了上面说的“辛酸”“辛苦”等等外,又如“辛劳”“辛勤”,说明“勤劳”是很累的。

而“辛”同“辣”可以相连成“辛辣”。因为“辛”和“辣”味道很相近,只是程度不同;辣比辛更辣就是了。《声类》说:“江南曰辣,中国(中原)曰辛。”

食物之辣,首先使人想到“辣椒”,也称“辣子”。因为其味非常强烈,所以猛烈、凶狠的思想行为每每用“辣”来称呼:酷热常称“热辣”,暴躁叫“辣躁”,过于放浪叫“辣浪”,凶狠称“毒辣”“心狠手辣”。凶狠有时也称“辣子”,如王熙凤就被叫作“凤辣子”等等。

人在生活工作中,在同别人相处时,最怕的就是“心狠手辣”的家伙。

最后,也是最难说清楚的是“咸”(鹹)。

盐是很咸的,但是人每天都离不开它。繁体字“鹹”,偏旁“卤”(盐卤)表意,“咸”表声。简化“取声去形”为字。

盐若太多太咸,无异于杀人。故甲骨“咸”字,从“戌”从“口”;“口”指人(人口),“咸”为长柄大斧,会意为以大斧砍头、杀人。

是故,“咸”能杀人,也比喻人生之危险境地。

日前,有一位从事中医药研究的朋友来家闲聊,谈起人之一生,“酸甜苦辣”尝尽,唯未及“咸”(鹹)字。

人生与心物感悟

——心理时空与物理时空不等同

每天上午、下午，必须到附近的一所学校去。从家里到学校虽然只有 1 公里左右，却要下一个斜坡，再上一个小山坡。到学校去的斜坡大约 150 米，倾斜不到 20 度，比较好走；快到学校前，有一个山坡，270 米长，虽不算陡峭，却有 35 度的坡度，路面简直像一条直角三角形的斜边。好在两个斜坡都是社区里的水泥路，宽敞好走。

我就是这样，每星期一到星期五，上午来回走 2 公里，下午来回也走 2 公里。就这样走了 3 年，路边的房屋结构、树木花草，高高的五针松，纷纷飘飞的樱花雨，都了如指掌。谁家屋边一个八角亭子，谁家门前一个儿童滑梯，谁家前后遍地的郁金香，谁家草坪上开满了杜鹃花，闭上眼睛都能说得出来……

一天两回要登上那段 270 米长的 35 度的山路，每次在坡下都要做做深呼吸，提提精神，瞪着坡顶往上登。

这段坡路也不知走了多少次，已经很熟悉了：270 米，得走 390 步到 420 步。时常是看着坡顶往上登。

为了使上山坡时不觉得寂闷，就想了个办法，哼着《阿里山》，按歌曲的节奏，每一拍走一步：

> 高山青，涧水长，
> 阿里山的姑娘美如水呀，
> 阿里山的少年壮如山。
> 啊……啊……
> 阿里山的姑娘美如水呀，
> 阿里山的少年壮如山！……

果然，一边哼着歌儿，一边上坡，明显感觉不很累。此后，每逢要上坡时，就开始哼起《阿里山》。

可是，哼着歌儿，看着坡顶的树梢往上登，坡路似乎也还是遥遥。有一回，决定不往坡顶看，一边轻轻地哼着《阿里山》，一边只是低着头，看着自己的脚步，一步一步往上走……竟不觉得很累，就走到了坡顶。

此后每上这一条山坡，就决定不往坡顶看，只看脚下，一步步往上登……

仔细体味，感觉"只看脚下"，比"盯着坡顶"，上山坡要轻快一些。

这是为什么？路是一样的路，一样的270米，一样的35度，为什么闷着走和哼着歌曲走，看着坡顶走和看着脚下走，感觉会不一样呢？

思索了好长时间，有了一些感悟：

同样270米，同样的35度，这是物理空间（长度和坡度），可是从心理空间来说，在不同的心理状态下，其心理空间（感觉）却可以是不一样的。譬如心情愉快，270米坡度你会觉得走得很快，并不觉得长，35度也会觉得不陡；心情不佳，270米就会使你觉得很长，35度就会觉得像山一样高。

其实，就物理空间来说，不管你的心理空间如何，心情愉快，还是心情不佳，它都是一样的270米、35度。之所以感觉有长有短，好走难走，那是因为心情愉快时感觉路程就短；心情不佳时感觉路程就长。这就是人的心理空间的变化。可见，一个人的心理空间同物理空间是不相等的。

推而广之，物理时间与人的心理时间也是不相等的。如果没有特殊情况，这一段270米长的坡路，一般要走6分半钟，这就是它的物理时间。可是闷着头走，就觉得走了很久；哼着歌曲，感觉就不同，似乎很快就可以走上去，这就是心理时间的不等。我们都有这样的经验：在电视机前看电视，两个小时很快就过去；但是在车站等两个小时车，就会觉得时间很长，使人等得不耐烦。其实物理时间都是两个钟头。但是在不同的情况下，人的心理、人的感觉，会有很大的不同：看电视时似乎没有两个钟头；在车站等车就好比等了老半天，远不止两个钟头。

但是，为什么仰首翘望坡顶，会觉得坡路很长，看着脚步，一步一个脚印地走，就不会觉得路长？原来，人如果只是朝着遥遥的前方看，会觉得"那么长，那么高，一步一步，什么时候走到"？心理空间的路就长了。看着脚步，只管愉快地哼着动听的歌，不去数它，一步一步从脚下溜过，心理空间的路就短了。但是究其实，物理长度、坡度都是270米、35度，可是心里长度就不一样。

由此看来，做事情也和上坡一样，未必须要先“高瞻远瞩”，立下所谓“远大志向”；那样很多时候实在是逼着自己去实现一种大多不能实现的事情；试问有几人年轻时立下的宏伟志向能实现的呢？如果能从现实出发，根据自己的实际情况，“看着自己的脚步”，一步一个脚印地走去，压力可能要小得多！譬如，与其“高瞻远瞩”曹雪芹，立志写出像《红楼梦》那样伟大的著作，给自己增加压力，不如“看着自己的脚步”，每天读读书，练练笔，不能“伟大”，达到中等写作水平大概不会有问题；与其“高瞻远瞩”获得诺贝尔奖，立志成为杰出的物理学家、生化医学家，给自己不断加压，不如“看着自己的脚步”，在科学的羊肠小径上踽踽行走，即使成不了什么“家”，但肯定学有所成！所以，人的志向不宜太高，不能太宏伟；做事不能太急，不能给自己太大的压力，和自己“过不去”。而应该是不慌不忙，从容不迫（不是漫不经心），这样做起事情来，感觉就轻松，压力就不大，事情也做成了。

我似乎又有所感悟：人生路上，最怕的就是做什么事，都风风火火，煞有介事，那就苦了自己，而且欲速则不达。

可是，“感悟”过了，又想：

> 像上面引用的歌词：青山怎么能“常青”？涧水怎么能“长流”？姑娘又怎能一直“美如水”？少年又怎能一直“壮如山”？事实是，物理时空一直在变化，人的心理时空也一直在变化。青山在逐渐地风化，涧水在逐渐的枯竭。姑娘随着岁月的消逝，脸上的皱痕在增多，即使美如林黛玉，到今天也将近300岁，细嫩白皙的脸庞恐怕早已经成了一颗“核桃壳”了。少年也一样在变老！头发灰白那就不用说了，恐怕还成了一个背驼、头秃的老家伙……

人生代代无穷已，一代人一代人地消逝！即使是伟大的哲人，旧的感悟还没来得及咀嚼透，新的感悟又来了；心理时间和心理空间是一直在变化着，并且同物理时空产生着巨大的反差……

2011年4月29日于美国特拉华州霍卡森市猎人社区

撑大胸怀与空明心境

——感悟贤人与高人

一

年轻人往往血气方刚,受不了半点委屈和误解。

随着年龄的增大,人的经历也逐渐丰富起来,对于世事、人情、同事、朋友之间关系的理解,不再像年轻时那样简单化。对于委屈和误解,能够进行分析,逐渐懂得受到委屈,遭人误解,有其主客观的原因,实乃人生不可避免;处理得好,能转化为一种深刻的人生阅历,看透世事,撑大自己的胸怀！但是,这还不够:胸怀撑大固然好,可硬撑,有时难免也会缩小了。所以,最高境界,乃是对于委屈和误解,无感,无觉,心中一片空明澄碧!

二

你工作已经尽了努力,也完成得不错,但是领导要求很高,认为你没有卖力,以后就给你小鞋穿。你会感到委屈。

你认为自己已经够条件了,申请评定高一级职称,领导认为你还不够格,“马桶边还没有蹲够”,不同意你申请。你会感到委屈。

你写了一本书,纯粹是一种兴趣和爱好,有人说你“不认真教书”,是一种“名利思想”在作怪。你会感到委屈。

甚至有这样的情况:你与同事本来关系不错,后来因为某种偶然的因素,你得到的“好处”相对多一些,就被同事认为“会钻营”“会拉关系”。你自然会感到很大的委屈。

你和恋人相约，要去看她（他），结果你有事，不能践约；解释又不被接受，关系终于破裂。这是误解。

你确实有事，不得不推掉朋友的饭局，朋友就认为你看不起他，“不够朋友”，因而关系疏淡。也是误解。

你写了一篇文章，实在与他人无关，有同事对号入座，说你在讽刺他，你再三解释，无济于事，因此结怨。这也是误解。

甚至有这样的情况：你路上遇见一个人，他同你打招呼，你记不起他叫什么名字，在那里认识。你问：“你是……你贵姓？”你因此被认为“眼睛向上”，“看不起人”。这种误解可能使你感到莫名其妙……

三

人的一生常受委屈，常遭误解！年轻时有“火气”，受到委屈，就寻找机会暗示与解释：疙瘩解不开，就“随它去，谁还能保证别人没有意见”！

至于受到误解，更是怨，忿，耿耿于怀：“你看我不顺眼，就让你自己心里不好受，大家彼此彼此”。

这样的心理状态是一种心胸狭隘的表现，会因此得罪许多人。

四

委屈和误解其实是一种平常事，是不可避免的人际关系；不要把委屈和误解，看得太重，应以平常心处之；耿耿于怀，只想解释清楚，是心胸容不得人，容不得事的狭隘心情。

能将委屈与误解，放在心中，不怨，不忿，不解释，不耿耿于怀，从而撑开自己的胸怀。这是心胸宽广，道德高尚的表现，是贤人！

但是，真正的心胸宽广，那是在人际交往中，根本就没有感受到委屈和误解。这是思想境界升华，心胸空明澄碧！具有这种空明心境的人，是高人！

中庸，中行，中和
——一分为三与执两用中

中庸是孔子的重要思想，最早出自《论语·雍也篇》。孔子认为，中庸是最高的一种道德。

有时，孔子又用“中行”。在《论语·子路篇》中，孔子对学生论述了交友之道。孔子认为，如果不能与合乎中庸行为的人相交，也一定要和志向高远、积极进取的人，和不同流俗、不干坏事的人相交。

在有的地方，孔子又用“中和”来表达。

笔者以为，“中庸”乃儒学最高之哲学范畴及方法论；“中行”为儒家待人处事的最高行为准则；“中和”则是儒者最高的心性气质和思想境界。所以，概括地说，中庸是哲学思想，中行是行为准则，中和是心性境界。哲学统率其他，中庸包含了中行与中和。

中庸作为儒家的哲学思想，既是世界观，又是方法论。孔子继承了《周易》“一分为二”和《老子》“一生二，二生三，三生万物”的思想，在天与地，阴与阳的两端，增加了一个中间层次，即“天”与“地”的中间有“人”；“阴”气与“阳”气之间有“冲”气。人分男女，禀受“阴”“阳”两气。而“冲”气，即阴阳两气中间的一种气；“冲”与“中”为假借字，冲气即中气，中间之气。阴阳之间的中气，是人可以栖居其中的和合之气，即今之言“空气”。所以，人不能生存于纯阳气之中，阳亢不活；也不能生存于纯阴气之中，阴浊则亡，人只能在阴阳中和的“冲气”即空气中生存。这就是中医阳亢阴虚，阴盛阳亏的理论基础；只有阴阳调和，人才能健康的生活。可见，“中”对于人是何等重要！

所以，孔子的伟大之处，即在于将《易经》的太极分阴阳（一分为二）和《老子》的“二生三”（天地和合，阴阳成人；天地氤氲，万物化生）发展为“一分为三”，即两端之间有“中”的存在。同时，发展了《老子》的自然哲学，将其转化为人生哲学，提出以中庸为内省的人生观，以中庸为观物的方法论，进而将中庸扩展为人的行为准则和心性境界，这就是“执两用中”。执两，执其事物之两端，而引他端与此端合，或引其两端与“中”间合，使其不偏于一端。从而达到“无过无不及”，而用其“中”即“中庸”；庸者，用也。换言之，人不可执于一端、一极，必须是阴阳相和，刚柔相济，上下相合，动静相辅……

然而，后之儒者，似乎忽略了“二（两端）分主次”这一点。按，“二”即两端，并非对等，并非各为百分之五十；其中必定有一方是“主”，一方是“从”。

因为，“一分为三”的“三”即“中”，从来都是一个游离不定的存在，偏于阳则阳为主，偏于阴则阴为主。为主的一端，即为事物对立的两端，起着决定作用的一端。辩证法称其为“矛盾的主要方面”，它决定着事物的性质是属于“阳”还是属于“阴”；或者是阳为主，阳中有阴；或者是阴为主，阴中有阳，永远不可能是“半阴半阳”，那就是“折中”，那就是各占百分之五十，“各打五十大板”，而不是“执两用中”的“中庸”了。

《尚书·尧典》中记载舜帝与夔（管理音乐的乐官）的一段对话，可以作为中庸、不偏不倚、无过无不及的绝好的说明。

> 舜说：“夔啊，我命你为主管音乐的官，让你去教育那些年轻人，使他们通过音乐的熏陶，达到‘直而温，宽而栗；刚而无虐，简而无傲’”。

这一段话告诉我们，一个人的禀性，如果只有“直”（正直）还不够，必须有“温”（温和）来兼济补足，这样才完整。同理，只是一味地“宽”（宽厚）也不行，必须用“栗”（严格）来补足。这就是说，舜帝要求年轻人必须有完善的品性，光是正直，不足，须济之以温和；只是宽厚，不足，须济之以严格。即为人既要正直，又要温和；既要宽厚，又要严格。

这就是不足则兼济，有余则泄过。

“刚而无虐”，刚毅而不粗暴；“简而无傲”，果断而不倨傲。很明显，粗暴就是“刚毅”过了头，必须“泄”去粗暴；同理，倨傲就是“果断”过了头，必须“泄”去倨傲，即“泄”去了“过头”的部分（泄过），就可以达到“中”。说得更明白一些，性格刚强的人容易流于粗暴；办事果断的人喜欢拍板，常常失之主观，使人有倨傲，骄傲，傲慢的感觉。因此，“不足”则“兼济”；“过头”了，就把过头的部分泄去，即“泄过”。这样就能使事物“无过无不及”，从而达到中庸、中行、中和，不走极端。

《老子》只说是“二生三”，但没有说如何“生”，没有指明这个“三”（中和）“二”（两端）的地位和关系。孔子提出“中庸”，合两端恰好为三，而“中”就是事物的“三”，所以说事物不止是“一分为二”，而应该是“一分为三”。我们只要看一看世界万物万象，便会感受到“中”的存在。自然现象中，高山有山巅、山腰、山脚；河流有上游、中游、下游。方位中，有上、中、下；有左、中、右。长度上有长、中、短。数量上有多、中、少。质量上有优良、中等、低劣。在工作业绩上，有优秀、一般、等下。在劳动态度上，有先进、中间、落后。就说我们人自己的个头吧，就有高个，中等，矮小……“中”是无处不在的一种极其普遍的现象。所以，孔子说“君子时中”，即根据不同时机和不同情况来“用中”。正是由于大量“中”的存在，这就决定其方法论必须是“执两用中”。

2007年10月在温州大学人文学院讲座的讲稿

养生，处世，审美

——天人合一与儒道的天道观

已故国学大师钱穆，在其最后遗稿《中国文化对人类未来可有的贡献》中指出：

> “天人合一”论，是中国对人类最大的贡献。

钱先生写这篇文章时已经是九十六岁高龄。钱老自谦，言“老矣，未能深究”。但是，无须做什么历史的，逻辑的论证，单就这一论点，就石破天惊地揭示了中国传统文化之精华及其伟大！

“天人合一”的思想，在中国出现得很早，《周易》中已有类似的表述。但是，明确提出“天人合一”，则见于西汉董仲舒的《春秋繁露》。董子云：

> 以类合之，天人一也。

儒道两家的“天道观”明显有异，在对“天”的认识和解释上截然相反。

儒学经典反映了儒家对“天”的认识：

《尚书》：“天佑下民。”

《论语》：“获罪于天，无所祷也。”

《孟子》：“顺天者存，逆天者亡。”

《春秋繁露》：“天者，百神之君也。”

可见儒家把“天”看作造化之神和宇宙的主宰；把“天”人格化，甚至神化了。

反之，道家则把“天”看作自然，或自然规律。

《老子》云:“人法地,地法天,天法道,道法自然。”

《庄子》云:“知天乐者,其生也天行,其死也物化。”

《列子》云:“清虚之天。”

《淮南子》云:“不以人易天。”

可见道家的“天”之所指,皆为自然,自然规律,或自然之本来属性。

因此,就其认识论上说,道家实优于儒家。然而,两千多年来,儒家与道家在天道观上互相渗透,互相影响,从而使“天人合一”与“一分为二”共同构成中国思想史上最伟大的世界观和方法论。

“天人合一”在人的“养生”“处世”“审美”三个方面的影响不可估量。

就人的养生之道(规律)来看,“天人合一”指的是人和自然的和谐,即人必须顺应自然及其规律。《庄子》在《养生主》中讲了庖丁解牛的故事,提出“因其固然”,“顺其天理”,即顺其自然的养生之道。他认为“天地与我并生,而万物与我为一”(《齐物论》)。就是说,天生万物,而“人”与“我”亦万物之一。因此,人可以,而且必须与“天道”(自然及其规律)合一而颐年养性。饥须餐,渴须饮,寒须衣裘,困须宿息,就是人适应自然,顺其自然的最普遍的行为。《黄帝内经》说,春秋要早睡早起,夏天要晚睡早起,冬天要早睡晚起,也就是强调人对四时的自然之气的顺应。所以,养生莫过于顺天适性;让生命顺应自然,就是在“养生”上的“天人合一”。

如果就人类的整体对自然的顺应来看,则实践“天人合一”,在当代就更具迫切性。当今,地球的生态不平衡,正是人未能顺应自然所造成的。这又有两种情况:

一种是某些自然规律尚未被人们所认识,即在认识上尚未从“必然王国”走向“自由王国”。(此处略)

另一种是人向自然过度地索取,破坏了自然生态的相对平衡,引起自然对人类的“惩罚”。如滥伐森林,使水土流失,旱涝失控;工业污染,农业和人畜的生存受到威胁;乱捕青蛙,则虫害转烈;乱捉水蛇,则田鼠猖獗……这已经是常识范围内的事了。最近,国家环保局公布了第一批湿地保护名录。湿地,即常年积有浅水或低注潮湿的地域,与农业、林业并列为三大生态系统。湿地可容纳大量水分,为江河、农田灌溉提供大量的水源,湿地还可以调节气候,还是大量珍禽异兽栖息的地方……今天的两湖平原,在我国古代是江北(江汉平原)的“云泽”,和江南的“梦泽”合成的一片汪洋的浅水湿地,连成一片,合称“云梦泽”。1170年（八百多年前），陆游46岁时，入蜀为夔州通判，乘船过长江，诗中还说“云梦风烟自古今”。元明以后，云泽全淤，至今只能在飞机上看到武汉及其周围一带河道纵横，就是云泽留下的痕迹。而梦泽水逐渐干涸，但留下了中国第一大淡水湖（五十年代前期），而今“第一”已经让位给了江西的鄱阳湖了。至今长江时常洪灾，就是上游大水至此，没有南北“云梦”可以贮水之故。

由此可见“天人合一”，顺天，顺任自然，遵照自然规律办事，是整个人类世界的“养生”之道。

从“处世”之道来看，儒家主张积极干预现实，“知其不可为而为之”；道家则力主顺应时势，“无为而无不为”。

庄子在《人间世》中假借颜回与孔子的对话，描述与统治者（卫国国君）相处的艰难。因而提出了有名的“心斋”理论和“外端内虚”，“内直外曲”的“处世”之道：即保持自己空明的心境，无为名利所动，这样才能感化万物；然后外端肃而内虚怀，心中是非明确而外表随和大度；在上者能纳谏则言，不能纳谏则止（不言；非不肯言，实是不让言）。这样，就能做到“顺人而不失己”（《庄子·外物》），从而将“顺”与“谏”“人”与“己”合一：保持内部人格的“方正不阿”，又显示了外表的“顺情随和”。中国知识分子中，许多人形成了“外圆内方”的人格和“处世”之道，与道家的“天人合一”观不无关系。当然，“圆”在这里不应理解为“圆滑”，而是安时处顺，和对于客观时势的顺应。

从“审美”之道来看，道家师“自然”，重“天籁”。《庄子》云：

> 朴素，而天下莫能与之争美。

庄子主张艺术应该“返璞归真”，浑朴天成，所谓“清水出芙蓉，天然去雕饰”；反对雕琢斧凿，矫揉造作，未病自呻。强调的是“天工”，是与“天道”，与自然合一。

而儒家则倡“中和”，重“人籁”。《中庸》云：

> 喜怒哀乐之未发谓之中，发而皆中节谓之和。

孔子主张创作主体必须“致中和”，克制过分的情感流露，怨而不怒，哀而不伤,乐而不淫,无过无不及;强调的是“人巧”,与“心性”合一。

道家与儒家,天籁与人籁,天工与人巧的“天人合一”,共同构成了中国人的审美心态和中国的,东方的审美特色:

师法自然,中和为美!

2007 年 10 月在温州大学人文学院讲座的讲稿

比德、移情、同构

——兼论物象、心象、意象

《礼记》的《玉藻》篇说："君子于玉比德焉。"这大概是"比德"说的最早记载。

《尚书·洪范》虽有"比德"之言，但那是另一种意思。

汉代刘向在《说苑》中记载：子贡问曰："夫子见大水必观焉，何也？"孔子曰："夫水者，君子比德焉。"接着，孔子列举了水有十一种品格。略抄数种：

> 遍予而无私，似德；
> 浅者流行，深者不测，似智；
> 其赴百仞之谷不疑，似勇；
> 其万折必东，似意（意志坚定）。
> ……

所谓"比德"，即借自然"物象"以比喻人之品德；儒家将其作为人的道德品格的象征，以为物景可以感发人的心志。

松树"贯四时而不改柯易叶"（《礼记·礼器》），象征人之道德一贯，节操坚贞。

竹之"本固，茎直，节贞，心空"（白居易《养竹记》）象征人之坚定不移，正直，高节和虚心。

其他如：

兰之芳心；梅之傲雪；菊之凌霜；荷之出淤泥而不染。

蜂之劬劳；龟之长寿；蝉之高洁（栖高枝，饮清露）；鸳鸯之雌雄相守，感情专一。

山之仁静;石之坚固;泉之清廉。

日为君象,用以象征君主,朝廷和国家。

如此等等。中国经过几千年的文化积淀,许多自然“物象”成为人们的审美对象和某种品格的象征。

自然“物象”之可以“比德”,与西方的“移情”说有些相似。

所谓“移情”,即由审美主体在特定情境中,将感情“外射”,“移情”于“物象”之上。如利普斯在《美学》中所说:

> 我们把周围自然界的各种对象,像动物,植物和无生命之物,加以转化和人化,我们就好像听到了……
>
> 树的呻吟,
> 风的咆哮,
> 树叶的沙沙作响,
> 流水的潺潺嘟哝;
>
> 我们好像看到了……
> 花的飘零,
> 浮云和小溪在忙碌地
> 奔赴它们的前程……

这里说的“转化和人化”,即审美主体“移情”于自然“物象”。

利普斯认为这种对自然的“移情”是人以自己的生命,情志,行为,外射给了自然“物象”,使它显示出人的生命,情志,和行为。

其作用“不是一种身体感觉,而是把自己‘感’到‘物象’中间去”。

其审美欣赏“也不是对自然‘物象’的欣赏,而是人对于自我的欣赏”。

所以,孔子对于“水德”的欣赏,实际上是对于自我品格的肯定和“自赏”;他对学生子贡这样说,也就是希望子贡和学生们都能有“水德”,有水的德、智、勇等等品格。

由此看来,人拿自然“物象”自比,或如利普斯说的“移情”于自然“物象”,都是“人的人格力量的对象化”(马克思语)。但是,这种对象化,从某种意义来说，就是一种“意化”，一种“情化”，也就是从“物象”到“心象”的过程。所以，什么叫作意象呢？简而言之，即“意化，情化了的物象”，就是人的“心象”通过艺术的手段，再现于文字，线条，色彩，造型，音符等等各类艺术样式之中。

所以，孔子的“比德”，利普斯的“移情”，其从“物象”到“心象”的过程是一样的。不过，孔子强调的是“德”，利普斯强调的是“情”；德，更多的是“审善”，而“情”更多的是“审美”。“善”，自然是一种“美”德，但只是限于道德的范畴；若“情”之美，则范围要广阔得多，也包含了“德”在内。这就是东西方艺术精神之差异：东方人更重“善”，重“德”，所以中国文学艺术更重视文艺的“内容”，重视其“思想性”。西方则更重视“情”及“情”在一切领域之表现。艺术的本质在乎“情”，所以西方的“移情说”更接近于文学和艺术。一个强调“德性”，一个强调“艺术”，是可以互补的。

但是，话又说回来。孔子的“比德”“审善”，虽讲究“美德”，还不是美学的概念，充其量，“审善说”也只是一种潜在的美学，或可称之为“潜美学”。大约自魏晋的“三曹”父子开始，中国文学进入了诗歌既“言志”，又“缘情”的阶段。陆机的《文赋》总结了这一阶段的成果，提出“诗缘情而绮靡”，从而使中国的诗学理论进入了真正的美学领域。如果说孔丘时代的“潜美学”还是“孕育期”，那么陆机《文赋》的出现就标志着中国美学的真正诞生了，至唐宋而茁壮成长。其后，中国的美学演化为“审善”“审美”相融合，形成了中国“内容和艺术形式的统一”论。这是另外一个问题，不在此论范围。

我们仍以“水”为例，就会看到唐宋以后，“情”与“美”的因素已经到了极致：

抽刀断水水更流；
水流无限似侬愁；
船头江水茫茫，商人少妇断肠；
自是人生长恨水长东；
恰似一江春水向东流；
旧恨春江流不断，新恨云山千迭……

诗人撷取水之东流不返，感叹岁月不居，美好年华的消逝；以水流无限，苍茫无际，象征离情别恨，愁思茫茫。这就是从“比德”转而为“移情”了。

但是，自然物象之可以“比德”，可以“移情”，并不是一个纯主观的问题。作为审美客体的自然境象、物象，与作为主体的人之情志、行为，必须有其相似、对应的关系。这种相似，对应，就是“同构”。《老子》云：“同声相应，同气相求。”董仲舒云：“同音相动，同类相招。”今之物理学所谓“共振”“共鸣”现象（共鸣已引进文学艺术领域，共振则未）。美国著名的美学家阿恩海姆提出：“物理场”和“心理场”，“物理力样式”和“心理力样式”同构对应的理论。他做了一个实验：

让一群舞蹈学院的学生自我创作，分别即兴表演“悲哀”的舞蹈动作。尽管学生们的表演姿势纷呈，动作各异，但是——柔弱，缓慢，下垂，摆幅小，身姿多呈曲线形，这五种形态完全一致。（见《艺术的视知觉》）

这种柔弱，缓慢，下垂等动作所表现的“物理力样式”和“悲哀”的心理力样式，即“物理场”和“心理场”，就存在着相契相合的同构对应关系。

推衍至一些自然“物象”，那么——

春天之与欣欣向荣，

秋日之与悲凉肃杀，

初阳之与朝气蓬勃，

落日之与沉潜隐沦，

枯草、残花、零荷、败菊之与浸弱衰飒，

万马奔腾，江涛呼啸，雷吼霆震，龙腾虎跃之与昂扬高亢等等，也都有同构对应的关系。

由此可见，诗人的情志，气质，个性，心态不同，则其感情外化时所选择的自然“物象”也往往不一样。这些自然“物象”，进入了诗人的心中，由诗人染以各种情感色彩，就成了诗人心中的“心象”，写进诗歌，就是“意象”。所以，它的过程是：

物象—心象—意象

许多“意象”在中国几千年的无数诗歌中反复出现，便积淀成为我们民族的一种“集体无意识”。只要你一看到那种特定的“物象”，就会在个体，群体和我们民族心理中产生那种特定的“心象”，并形成一种特定的“意义”。如果是诗人，他摄入诗歌中去，并按一定的组合方式构成诗歌的“意境”。而“意象”所赋予的那种特定的“情韵义”，时常是只能“意会”，很难“言传”。因此，诗歌不要要求所谓“透彻的理解”（任何事物，“透彻”永远是相对的）；在审美中，含蓄朦胧，与所谓“理解”保持一定的距离，留给自己更多更大的想象的空间，才是最美的。这就是美学，诗学，诗情，诗性不同于政治，不同于历史，不同于科学，不同于哲学的根本之所在。

2007 年 10 月在温州大学人文学院讲座的讲稿

历史是一笔糊涂账

喜读史书，却越读越感糊涂。同一件事，“正史”与“野史”就很不一样，似乎“野史”的真实性更胜一筹。还有，教科书与史学论著也不尽相同，同样一个历史人物，教科书的评价，与一般论著往往大相径庭。因而，每每怀疑：历史记载的真实性究竟如何？有几分可称“信史”？历史是否一笔糊涂账？

中国自共和元年（公元前841）有确切地历史记载开始，譬如，事情在哪一年发生，哪些人物曾在当年活动过，这两方面，一般比较难于造假，其他史料就很难说。即使主观上不想造假，但囿于自己认识的史官和历史学家，常常在历史事件的叙述和评论上，带有个人的色彩和一己之褒贬，许多是不可信的。至于上古、远古历史的记载，传闻、猜测、造假，那就更多了。

顾颉刚先生主编的《古史辨》曾认为，中国古史是一个“层累的结构”。中国远古的历史，史料很缺乏，最先似乎都是先民的一些神话、传说之类。到了周代，尤其是春秋以后，诸子，尤其是儒家，掇拾一些神话、传闻，以证自家学说。儒学独尊以后，这些传闻又都编入正史，或进入其他史籍，一代接一代传下来，越累积，“故事”就越多，很少有人去怀疑。什么黄帝有四个面孔；黄帝骑龙飞升上天；鲧窃天帝息壤，治水不成被杀；大禹治水十三年，三过家门而不入；夏启是母亲涂山氏的肚子开启以后，跳出来的，所以他的名字叫作“夏启”，又叫作“夏开”。还有，说什么天下阳气太盛，出了十个太阳，大地苦旱；朱襄氏制瑟，以调和阴阳，所以，瑟这种乐器又名叫“来阴”等等，全都不可信。

司马迁是大历史学家，可他的《五帝本纪》有多少是信史的呢？有许多就是神话、传说，有些就是汉人根据自己的需要和认识编出来的。

历史正是编历史的那代人，根据当时的需要而编造出来！因此，同样的历史人物，在不同历史时期，就会有几副面孔。譬如说孔子，从清代，经过“五四”，到民国，再到中华人民共和国，就有几幅面孔：

孔子开创私学，有教无类，是一个教育家；

孔子提倡仁恕，是一位讲仁爱的思想家……

鲁迅在《论现代中国的孔夫子》中说，现代人把孔子抬到了一个惊人的高度，其实孔子生前并不怎样“摩登”。你看，汉代以后，孔子忽然“伟大”起来了，什么头衔都往他头上扣：

孔子是至圣先师文宣王；

孔子是中国历史上的伟大的圣人。

激进的学者则反对孔子……使人莫衷一是。孔子到底是怎样一个人，不就是一笔糊涂账吗？

有历史学家解释这种现象，说是历史“常研常新”。这个“常新”，其实就是“常变”；“变”得使人认不出真实的面孔！孔子之被赋予一些“新思想”“新头衔”，不是“常新”而是“变化无常”！如果孔子还活着，恐怕要笑掉了牙齿。这就是“当代人”讲述历史的时候，按自己的思想去解释历史人物和历史事件，从而和“当代人”的认识、政治主张相契合。意大利哲学家克罗齐（1866—1952），曾说过：“一切历史都是当代史。”所以，历史，只是当代人对历史的“当代解读”“当代诠释”，一百个历史学家对历史恐怕就有一百种解释。从这个意义上说，历史就是一笔糊涂账。

有些历史学家们靠分析、推论，找了一些史料，各取所需，就轻易下结论，发表出来，就认为是正确的“历史”了。然后著书立说，加以传播；或为人师，登上讲坛。时间一长，大家都以为“历史”就是这样，人云亦云。

任何居于统治地位的帝王将相，都在拿历史证明自己的朝代是“天赐”，皇帝就是“天子”，是天帝的代言人，以掩盖自己的权欲和野心。有些人为了自身的利益，或者慑于统治者的淫威，就自觉不自觉地迎合最高统治者的谬说，利用某些所谓人造的“规律”，去硬套纷繁复杂的历史现象和历史事实。看来，研究历史的人，不妨多多留意一下想一想，他们是否在推销什么。

2012 年 4 月 28 日于美国特拉华州“华美联谊会”的演讲

中国不存在奴隶社会
——兼论邦国社会、封建社会与专制社会

中国古代和中世纪的历史,史料应该说是很丰富的。有所谓纪传体的"正史",即"二十四史",或增入《清史稿》称"二十五史"。如果将1922年柯邵忞的《新元史》也算进去的话,那就是"二十六史"了。除了纪传体外,又有《资治通鉴》《续资治通鉴》等编年体的史书。又有纪事本末体的《通鉴纪事本末》以及宋、元、明各朝《纪事本末》系列的史书。典章制度的则有历朝《会要》《三通》《九通》等等。根据历朝《艺文志》《经籍志》及公私图书目录,我国历史上印制的各种图书在十八万种以上,除散佚者外,目前仍有十五万种左右。这一些都可以作为历史和各种专门史的研究资料。

然而,至今我国的史学工作者不是认真研读自家丰富的历史文献,却仍然在照搬、照套西洋史。一些历史教科书和史学论著,仍然比同于欧洲史和前苏联的某些历史观,忽视中国历史的自身发展规律。

首先,中国是否像古希腊、罗马那样,存在过奴隶社会,我认为是一个很值得探讨的问题。摩尔根的《古代社会》,马克思称它是经典著作,并著有《摩尔根古代社会一书摘要》。他将人类历史分为"蒙昧""野蛮"和"文明"三个时期。其文明时期相当于马克思所说的奴隶社会到资本主义时期。摩尔根认为,人类经历了数百万年的生产劳动,从生产工具、生产手段、生产成果,到了野蛮时期结束,文明时期的到来之前,生产力大大提高了,其表现就是以家庭为中心的财富积累的增加。家庭财富的增加,促使人类私有观念、财产占有观念的出现,并制定一些保护和实现家长意志的制度、措施。这是摩尔根的"文化转型"三段说,马克思则将"蒙昧""野蛮"合并为"原始社会",然后转型,或称进化到奴隶社会,再转型为封建社会,再转型为资本主义。马克思认为人类社会最终将转型为共产主义。

“文化转型”的“文化”，是一个广义的概念，指的是人类在社会历史发展中，所创造的包括物质、制度和精神三个层面，是同“自然界”相对待的一个整体概念。笔者以为，自远古至清末，中国历史经历了四次文化转型：原始社会、邦国社会、封建社会、君主专制社会。

如果将神话、传说等“历史的糊涂账”，认真清理一下，可以承认，我国各民族都存在原始社会时期。中国的尧舜时代，实际上就是原始社会的末期，并且已经进入父权社会，开始实行一夫多妻制。但母权氏族的制度、习俗、观念的残余势力仍十分强大；母系社会里实行的以女性为中心的多夫的群婚习俗，使得所生育的长子，往往被父亲认为非自己所亲生。为了让亲生的儿子能够获得财产继承，父权制初期就有杀长子的习俗。所以，尧不将头领的位置传给儿子，并不是什么“禅让制度”，而是舜得到尧的欢心。而舜的父亲瞽叟也认为，舜不是自己亲生的儿子，因此一直想把他害死，实质是想将财产传给亲生的儿子、舜的弟弟象。又譬如，大禹的父亲鲧的时代，出现了墙垣。就是为了保护自家的财产和部落里的人口不被其他城邦掠夺走。鲧组织百姓建造了城邑。

中国古代，可以肯定的是，夏、商时期只存在少量的“家奴”，一般称为“佣”“仆”“佣人”“仆人”，主要只是帮助家庭劳动或管理等等，并不承担社会主要的生产劳动。社会生产者，是以自耕农为主的阶层，他们有一定的人身自由，实际上也就是自由农户。因此，夏、商两朝根本不存在大规模的奴隶生产，也没有组织奴隶生产的奴隶主阶级。

那么夏、商时期应该称为什么社会呢？笔者以为，可以叫“邦国(國)社会”。所谓“邦”，就是相对独立于“国”的周边政权；“国”则是人口聚居，以墙垣环绕保护的都会，所以也称“都”“国都”，就是“国”。夏代和殷商，就是以“国”为中心，建立起来的，可以统辖许多“邦”的一个中心政权，而周边的“邦”则定期向“国”朝见、朝拜、进贡，这就形成了某某朝，如夏朝、商朝，后来一直沿用到“清朝”。

这在先秦的历史文献中可以找到印证。由于人口的聚居，最初就产生了相当于后世称为都会的“邑”。《尔雅》说：“邑外谓之郊”。郭璞注：“邑，国都也。”《诗·商颂·殷武》说“商邑翼翼”。《诗·小雅·信南山》：“疆场翼翼，黍稷彧彧。”朱熹集传：“翼翼，整饬貌。”《楚辞·离骚》：“凤凰翼其承旂兮，高翱翔之翼翼。”马茂元注：“翼翼，整齐之状。”可见“翼翼”有整齐的意思。此外，“翼翼”还有严整方正之状。《诗·大雅·緜》：“缩板以载，作庙翼翼。”孔颖达疏：“作此宗庙,翼翼然而严正,言能依就准绳,墙屋方正。”当时,不论商邑、周邑,其所建之都邑都非常整齐、严整、方正。

所以,“邑”的时候,就已经是构筑围墙了。甲骨文的字形,“邑”上面的口,其实是“囗”,即古代的“圍(围)”字;下面的“巴”,是一个半跪的人形。因为开始构筑时,墙垣不高,还不足一个人的高度;所以说“垣,半墙也”,也就是今天的“围墙”。后来发展到“墉”,就称为“城墙”了。《尚书·梓材》云:“既勤垣墉。”马融注:“卑曰垣,高曰墉。”这时已经成了都会,就叫作“國”(“国”);“邑”就升格为“國”了。外面的“囗”即为城墉、围墙;里面的小“口”,代表人口,就是百姓;小“口”下面一横,代表土地;“戈”,武器,代表军队、武力,象征保卫。

至于“邦”,就是周边的地方小政权。上古“邦”通“方”。殷商时期周边就有人方、土方、鬼方、羌方、虎方、吉方等等地方政权。这就是以“国”为中心,以“邦”为环绕护卫的一种社会形态。《周礼·大司马》郑玄注:“国谓王之国;邦,谓诸侯国也。”这是以西周的社会形态(分封诸侯以后)进行比附,并不恰当。但是还是可以提供我们参考:“国”是中心政权所在地,“邦”是周边,是服从于“国”的地方小政权。所以《论语·微子》引孔子的话说:“丘也闻有国有邦者。”因此,在夏朝、商朝,就是这样的一种以“国”为主体,以“邦”(方)为护卫的社会形态,应该称之为“邦国社会”。

那么,封建社会从什么朝代开始的呢?

“封建社会”只存在于西周、春秋和战国。范文澜说封建社会从西周开始,郭沫若说从战国开始,尚钺说从魏晋开始、一直到清末都是封建社会。这是不正确的。其实,自秦始皇起,到清朝末年,中国一直实行了郡县制,并不是封建制,怎么能称为封建社会呢?封建社会的主要特征就是以宗法制度为维系,“分封土地,建立诸侯”,所以叫“封建”。自然,在战国的中晚期,宗法制度逐渐解体,群雄不再以是否同宗同姓为维护的纽带,而是以王权的割据、扩大、统一,为根本利益。因此,争夺土地、掳掠百姓,谁地大人多,就可多种粮食,多征兵,就成了国力的基础。当时秦国最强,楚国最大,齐国最富,这三个国家都有统一中国的条件。最后就看谁的制度变革最得民心、外交策略最为得体、军事力量最为强大,谁就能统一中国。最后是秦一统天下,建立了君主专制,形成了皇帝独尊的专制统治,由皇帝一人,通过各级官吏管辖地方郡县,直到清末。尽管在汉初或明初为了安抚同姓、异姓功臣,也曾在短暂时间里,实行过分封,但那已经是权宜的“回光返照”了。因此,自秦代起至清朝末年,应称为“君主专制社会”

或简称为“专制社会”。这种君主专制独裁，一直延续到辛亥革命推翻了清朝帝制才结束。由此看来，中国古代的历史，应该是：原始社会，转型为邦国社会（夏商），再转型为封建社会（西周、春秋战国），再转型为君主专制社会（秦至清）。

2012年4月28日在特拉华州“华美联谊会”的演讲

三千年前中国殷人东渡进入墨西哥

——在哥伦比亚彩虹中心的讲座(提纲)

一

万年少女遗骸在墨西哥尤卡坦半岛的一个洞穴里被发现。研究推论,该少女的祖先当自亚洲通过白令陆桥进入美洲。

潜水员在一块岩礁上发现一个女孩子的遗骸。她的头骨枕在肱骨上,肋骨和碎裂的骨盆散落在旁边。当年她闲逛到墨西哥尤卡坦半岛拉文达的这个洞穴里时,只有 15 岁,在黑暗中,想必没看见前面的大坑。因此推论,美洲原住民和早期美洲人是同一个民族,都是白令陆桥人群的后裔。

最早来到美洲的人从欧亚大陆出发,穿过了海平面上升前还存在的白令陆桥。

但关于这是一次单个迁徙事件,还是来自欧亚地区各地的多批人经不同路线的迁徙,人们众说纷纭。

二

中国殷人东渡,发现美洲墨西哥东海岸,美洲最早的文明,可能来源于中国的殷商时期,甲骨文因此传入中美洲。

1. 殷人跨洋越海,《诗经》中有记载。

《诗经·商颂》歌颂殷人先祖的《长发》,就有"相土烈烈,海外有截"的诗句,说明殷人已经可以跨海征服海外国家。

2. 甲骨文中有许多由殷人使用舟楫的象形文字,如第十三代国君盘庚,"盘庚迁殷”，“盘”字，就写成“水中荡舟”的形状；现在是“器皿”的“皿”字上面有“舟”，即“般”字去“殳”（简化）。（按：“殳”，音读为“书”；“殳”是远古一种竹、木制成的兵器，有棱无刃。）

3. 中国古籍记载的“扶桑国”，有可能就是墨西哥。

清代乾隆十七年（1752），法国学者进一步指出，中国古籍中的“扶桑”，就是美洲的墨西哥。

4. 印第安人属于亚洲人种，印第安，即殷地安。

明朝万历十八年（1590），法国学者阿科斯塔最早提出，早期印第安人，是从亚洲，通过白令海峡到美洲大陆的亚洲人。

5. 中国殷人逃至美洲

英国学者梅德赫斯特，在翻译中国的《尚书》时，提出：周武王讨伐殷代纣王时，可能发生殷人渡海逃亡，途中遇到暴风，漂流到美洲。周武王打败纣王后，殷人尚有二十万兵力。纣王的儿子武庚禄父，同周武王的另外两个弟弟管叔和蔡叔（对周公辅成王很不满），勾结叛乱，失败以后东逃至渤海，周公曾东征，平定管、蔡和武庚之乱。其后，管叔自杀，蔡叔被囚禁。学者推测，纣王的儿子武庚禄父，很可能自今山东半岛，进入渤海，高丽（今韩国）、日本北海道，或自渤海北向进入辽东半岛、今吉林、黑龙江、今俄罗斯西伯利亚，直至白令陆桥，进入美洲。延北美西海岸，经今日阿拉斯加，加拿大，加州，亚利桑那州，进入墨西哥。

【说明】

a. 关于周公东征，《诗经 · 东山》有记载：“我徂东山。零雨其蒙。”

b. 部分殷人，投降了周朝，被封在今天河南省与湖北省交接的地方，称为宋国。

按：“宋”字，上面是房屋的屋顶，下面的“木”代表屋内的支架。据推论，大约这一部分殷人，善于建造房屋，但不善操舟跨海，所以就没有逃出。

6. 根据 DNA 检验，今日墨西哥东岸的人，同中国人有许多相似。

7. 有美国学者曾发现自白令海峡沿太平洋东岸直至阿拉斯加，海岸线的岩石上，镌刻有类似甲骨文的图形。根据推论，殷人从阿拉斯加，进入加州，然后从亚利桑那州进入墨西哥。

8. 在墨西哥东部拉文达（在墨西哥东部海岸）的 4 号坟遗址中，发现了 16

个小玉人，均围绕着一背靠 7 根玉圭的一个红色玉人。在红色玉人身后，左边的两根玉圭，刻着如下的文字：

(1)“十示二，入三，一报。”意思是，十二代以后，又加入了三代。而这 16 个玉人，恰好是绿色的 12 个，(即“十示二”)；白色的 3 个(即“入三”)；红色的 1 个(即“一报”)。而且，红色的玉人居于正中，很明显是朝拜的对象；“十示二”，应该是指十二代祖先，商代前期共有 16 个国君，而盘庚迁到河南的“殷”以后支纣王，恰好是十二个国君。由此可以推论，这一组玉人和玉圭，应该是殷人到了墨西哥以后祭祀祖先的文物。

(2)“小示。”意思是，新加入的三代，是旁系的“小宗”。

【说明】

“示”字，甲骨文中是一个神主的排位，“宗”，即在屋内中厅所立的神主。汉字中，凡是用“示”作偏旁，都与“神”“祖赐福”“禄”有关。

9. 墨西哥东海岸拉文达遗址中，还出土一个石磬，石磬上所刻两行文字，也与中国甲骨文很接近。

(1)一处，横行四个字，自左向右读：“戊尹入三。”(按：“戊”为地名；“尹”在殷代为主管地方政务的长官，故“戊尹”，就是“戊地的执政长官”。“入”，在甲骨文中是地方向中央王室纳贡的用词。)

【旁证】

1976 年在河南殷墟发掘的“妇好”坟墓中，也出土一件石磬，刻有“妊竹入石。”另出土一件玉戈，刻有：“卢方(邦)皆入戈五。”“方(国)”就是“邦(国)”；这是卢方(邦)的方国部族，向殷商国王进贡的宝物。

(2)另一处，竖写四个字：“石三磬用。”(略)

10. 在拉文达遗址中，还发现在神牌前，有不少黑人头像(雕塑)，被用作祭奠品；只有首级，而没有一个是全身的。据学者推测，可能是被殷人征服的墨西哥黑人。这种情况与河南殷墟发掘的以头颅祭奠的情况相同。

2016 年 3 月于马里兰州

隋代杨上善最先提出并阐述“一分为二”

“一分为二”，原为中国古语，指事物内部的可分性、矛盾性。中国古代不少思想家都提出和阐述过这个概念。

杨上善(589—681)，跨越整个隋朝，直至初唐初高宗、武后时期。据《唐代墓志汇编续集·杨上善墓志》载可知，杨上善11岁即出家为道士。唐高宗显庆五年(660)72岁，受诏入朝，除弘文馆直学士；几经升迁，至高宗调露二年(680)92岁，始告老还乡。第二年，高宗永隆二年(681)，卒于故里，年93岁。

隋代杨上善在《黄帝内经太素》指出：“一分为二，谓天地也。”此即《易》将象征天、地的乾、坤两卦作为开头，混沌开而天地生。杨上善是中国思想史上第一次，破天荒地明确提出“一分为二”的辩证关系。

接着有北宋的邵雍在解释《易传·系辞》中指出“易有太极，是生两仪”时，曾引用用杨上善的“一分为二”(见《皇极经世·观物外篇上》)。

至南宋朱熹在说明“理一分殊”时认为“一分为二，节节如此，以至无穷，皆是一生两尔。”

至明末清初胡渭《易图明辨》云：“自太极而分两仪，则太极固太极也，两仪固两仪也。自两仪而分四象，则两仪又为太极，而四象又为两仪矣。自是推之，由四而八，由八而十六，由十六而三十二，有三十二而六十四，以至于百千万亿之无穷。”始将“一分为二”加以具体化。

在马克思主义哲学中，列宁在《谈谈辩证法问题》中说：“统一物之分为两个部分以及对它的矛盾着的部分的认识，是辩证法的实质。”

1957年毛泽东在《党内团结的辩证方法》中明确指出：“一分为二，这是个普遍的现象，这就是辩证法。”(《毛泽东选集》第5卷第498页)以后又多次加以论述和应用，并肯定：“一分为二”是列宁在《哲学笔记》中提出来的。于是

"一分为二"逐渐广为流传。

唯物辩证法所说的"一分为二"是指一切事物、现象、过程都可分为两个互相对立和互相统一的部分。就整个物质世界的发展过程来讲,"一分为二"是普遍的。但是,"二"并不是对"一"的"平分",不是半斤八两,不是各占百分之五十;其中必有一方起主导作用,即"矛盾的主要方面";而这主要方面就决定着事物的性质。事物的可分性,不仅在数量上有不同,在形式也是多种多样的。所以,正确地认识和把握"一分为二",就既要看到矛盾双方的对立和排斥,也要看到双方的联系和统一,以及在一定条件下的相互转化。从这个意义上,"一分为二"也可以看作对立统一规律的通俗表达。

中国思想文化的元范畴

中国先辈们对易、儒、道、佛、诗的设计，至今仍深深植根于中国人民的心中，任何其他思想文化都不能代替，更不能取代。即使历史上曾经有少数民族王朝，但他们却被中国传统思想文化所征服，并从骨髓里融入了中国先辈们所设计的易经、儒学、道家和儒化佛教，以及中国古典诗歌的节律中。此可见先辈们对中国文明设计的无比优越。

中国传统思想文化，不论是易、是儒、是道、是佛教的儒化，还是诗歌的节奏韵律，都是先辈们设计的一批“元范畴”派生出来的。

马克思在《哲学的贫困》中说：

> 正如从简单范畴的辩证运动中产生群那样，从群的运动中产生系列，从系列的辩证运动中又产生整个体系。（《马克思恩格斯全集》第四卷，第142—143页）

马克思指出，只要我们抓住辩证法中各种简单的范畴，加以分析，综合，研究，就能发现范畴群，而几个近似的“群”，又可以组合成同一的系列，几个系列又可以连成一个完整的体系。其发展、构成的脉络，应该是这样的一个过程：

> “范畴”—“群”—“系列”

而中国传统思想文化中的一系列范畴，又是由几个“元范畴”所派生，如刚与柔，动与静，以及高低、长短、祸福、得失、悲欢、离合、形神、音声等等，都是从“阴阳”这一个“元范畴”派生出来的。

中国传统文化的“元范畴”，至少应包括“道”“气”“中”“一两”“阴阳”“生死”“形神”；如果含传统诗学在内，则应加上“境”和“韵”。其中最为重要，涉及面最广的是道、气、阴阳、境、韵。

说“道”

一、“道”的本义及引申

1. 本义

“道”字不见甲骨，金文《貉子簋》镌刻成左“彳”、右“亍”（后演变成楷书的“行”字），左右偏旁的中间，镌有一个人头，脸孔突出一个大眼睛。意会为人瞪着十字路口（“行”），看着道路在思考，如何按自己的意愿向前走。金文《散盘》，在《貉子卣》“道”的下面增加一个“止”（脚趾），表示人所行走的“道”。楷书现在写作“道”，“走之旁”即“彳”下一个“止”，“走之”上的“首”字，即自“彳”“亍”中的人头演变而来；而原右旁的“亍”则被省略掉。故“道”的本义应该是：人按照自己的意愿、目的，在道路上行走。

2. 引申

（1）引申为“道、路、道路”。

（2）引申为“天道”，即日月星辰所行之轨道。

（3）引申为“人道”，即人类生活必须遵循的规矩、规范。

《左传·昭公十八年》：郑国裨灶根据天象的变异，预言将有火灾。子产曰：“天道远，人道迩，非所及也，何以知之？灶焉知天道？”

孔子不言“天道”而设计“人道”：

《论语·公冶长》：“夫子之言性与天道，不可得而闻也。”

《论语·雍也》：“谁能出不由户，何莫由斯道也？”

《论语·述而》：“志于道，据于德，依于仁，游于艺。”

按：孔子将“道”“德”“仁”“艺”设定为四个层次，“道”是原则，“德”是“道”

的实际体现,“仁”是最主要的“德”,“艺”(礼乐)是“仁”的具体表现形式。

(4)引申为“宇宙的本原”

《老子》第二十五章:“有物混成,先天地生,寂兮寥兮!独立不改,周行而不殆。可以为天下母。余不知其名,字之曰道,强为之名曰大。”

(5)引申为规律。

《中庸》:“道也者,不可以须臾离也。”

(6)引申为仁义。

《礼记·乐记》:“君子乐得其道。”注:“道谓仁义也。”

《论语·里仁》:“朝闻道,夕死可矣。”

二、老子设定“道”为“宇宙的本原”

老子以为“道”比天更根本,天出于“道”;“道”生成宇宙,先天地而存在。“道”不仅在天地形成以前就存在,而且天地万物还是由它创生的。

1.《老子》第一章:“无,名天地之始;有,名万物之母。”(无,是天地的本始;有,是万物的根源)

2.《老子》第四章:“道冲,而用之或不盈。渊兮似万物之宗。(道是虚空的,然而作用却不穷竭。渊深呵!好像是万物的宗主)

3.《老子》第四十章:“天下万物生于有,有生于无。”

4.《老子》第四十二章:“道生一,一生二,二生三,三生万物。”

按:此处之“一”,指的是“混沌”;“二”指的是“阴、阳”,“天、地”;“三”指“阴气、阳气、冲(中)气”。阳气(天)和阴气(地)之间的“冲气”,可视为阴阳中间的“空气”。

5.《老子》第五十一章:“道生之,德蓄之,物形之,势成之。是以万物莫不尊道而贵德。”

三、《易传》提出,道即“阴、阳”

1.《易传》:“一阴一阳之谓道。”

2.《易传》又云:“形而上者谓之道,形而下者谓之器。”

按:“形而上”,即无形而表现于形;“形而下”,指具有一定的形体。

3.《易传》又言："《易》之为书也，不可远，为道也屡迁，变动不居，周流六虚，上下无常，刚柔相易。"又《说卦传》："立天之道曰阴与阳，立地之道曰柔与刚，立人之道曰仁与义。"

四、庄子认同老子，认为"道先于天"

《庄子 · 大宗师》："夫道，有情有信（实实在在的），无为无形（没有意志，没有形象），可传而不可受，可得而不可见。自本自根（自以为本，自以为根，在天地先），未有天地。"

按：庄门弟子在《庄子》的《天地》中说："行于万物者，道也"，"道兼于天"。是说道是从属于天的，天比道更根本。

五、"道"运用到人文、社会

1. 道家（老、庄）认为"道"是"无"，是"自然"，是"虚静"，人应循自然而动，为文须合天籁，自然。

2. 儒家（孔、荀）强调人道，即社会伦理准则。孔云："朝闻道，夕死可矣。"荀子《儒效》："道者，非天之道，非地之道，人之所以道也。"言为文须合儒之道。

说“气”

老子认为“道”生混沌之“气”，生阴阳二气，激荡而成为冲气（空气）。

上篇《说“道”》有言：

> 《老子》第四十二章言“道生一，一生二，二生三，三生万物。万物负阴而抱阳，冲气以为和。”据马王堆甲本作“中气以为和”。“中”“冲”古今字，用同，“冲气”即“中气”；阳（天）气、阴（地）气之间的“冲气”，可视为阴阳即天与地之间的空气。

混沌之初，轻清之气上升为天，为阳气；阴浊之气下降为地，为阴气。阴阳二气交感，激荡而生中（冲）气，即天地、阴阳二气之间的“空气”，所谓“二生三”，“二”即阴、阳二气，即天与地，“三”即“空气”。在空气中，由于有了太阳（日）、太阴（月）与陵陆（阳）与雨水（阴），便诞生与养育了“人”。这就是“三生万物”。

而周太史伯阳父提出“气为天地间阴阳二气”的思想：“夫天地之气，不失其序。若过其序，民乱之也。阳伏而不能出，阴迫而不能蒸，于是有地震。”（《国语·周语》）

原伯阳父之意，即阴阳为天地二气，认为天地之气有一定的秩序即规律，阴阳可以互动。

《左传·昭公元年》记载，医和认为“气”含“六气”，即阴、阳、风、雨、晦、明：“天有六气，降生五味，发为五色，征为五声，淫生六疾。六气曰阴阳，风雨，晦明也。分为四时，序为五节，过则为灾。”按：医和认为，“六气”是五味、五色、五声的来源。“六气”，气也；“五味”“五色”“五声”，象也。知此为“气象”一语之来源。

至管仲设定“气为生命的本原”。《管子·内业》云：“天出其精(神)，地出其形，合此以为人。”认为阳气成为人之精神，阴气则成为人之体魄。所以，“有气则生，无气则死，生者，以气也。”(《管子·枢言》)

庄子进一步提出“气聚而生形”与“通天下为一气”。

《庄子·至乐》云：“察其始而本无生，非徒无生也，而本无形；非徒无形也，而本无气。杂乎芒芴之间，变而有气，变而有形，形变而有生。今又变而之死，是相与为春秋冬夏四时行也。”

《庄子·知北游》又言：“人之生，气之聚也，聚则为生，散则为死。若生死相徒，吾又何患？故万物一也。故曰：通天下一气也。”

承继庄子的中国历代朴素的唯物论者，如王充在《论衡·论死》中认为，聚合成人的叫“元气”；阮籍《达生论》以为“身者，阴阳之精气”。

而后有《淮南子》提出“形、神、气是人体生命的三大要素”的观点：《原道训》云，“人之存在，形、神、气”。《精神训》云：“精神盛而气不散”，“血气滔荡而不休”。言气作为无形的流动体，为生命输送能量。

从自然之“气”转入人体、人伦、人生领域的是孟子。孟子将“气”与人之立“志”相联系，认为人之有了“志”，而后有“气”，“志”统帅“气”。《孟子·公孙丑上》云：“夫志，气之帅也；气，体之充也。”《公孙丑上》又云：“志一，则动气，气一，则动志。”

按：孟子认为，“气”属于身，“志”属于心(思想)。根据对“气”的伦理人文化，孟子又提出“浩然之气”的理论。《公孙丑上》云：“我善养吾浩然之气……其为气也，至大至刚，以直养而无害，则塞于天地之间。其为气也，配义与道，无是，馁也。是集义所生者。”原孟子之意，言人若在身与心两方面都能修养，则人体内之气可与天地之气融合为一。这是一种心灵体验，一种精神状态，一种在儒家道德伦理的行为中，通过积累而产生的。

曹丕则将“气”引入文章的领域，提出“文气”之说。

曹丕《典论·论文》云：“夫文章，经国之大业，不朽之盛事”。又云：“文以气为主，气之清浊有体，不可力强而致。”其后刘勰《文心雕龙·风骨》承袭曹说，提出了为文的“意气”：“意气骏爽，则文风清焉。”

到了北宋，张载将“气”提高到人的本质的层次，提出“气质”。张载言，人有“气质之性”，以为人需变化“气质”，使之返回“天地之性”云云。

而南宋的朱熹则提出“理气”说。朱熹在《答黄道夫》云:“天地之间,有理有气。理也者,形而上之道也,生物之本也;气也者,形而下之器,生物之具也。”其基本认识,即认为“气”是一种物质存在。

这里必须特别强调的是曹丕的“文气说”。曹丕《典论·论文》:“文以气为主,气之清浊有体,不可力强而致。譬之音乐,曲度虽均,节奏同检,至于引气不齐,巧拙有素,虽在父兄,不能以移子弟……孔融体气高妙”。曹丕以文气与音乐相比拟,提到“曲度”“节奏”,实与文章之美学要素有关。这一个命题的提出,标志着文章之美与美感认识的一个飞跃,也标志着文学从经学的附庸,走向自觉。

其后,晋人袁准提出“气分清浊”之说。其《才性论》云:“物何故美?清气之所生也;物何故恶?浊气之所施也。”王昌龄则倡“气生情”的理论。其《诗格》云:“夫文章兴作,先动气,气生乎心,心发乎言,闻于耳,见于目,录于纸。”所谓“兴作”,即是“情生”;“情生”,或悲,或喜,均能可感人之心,并由此而产生悲情之美或喜乐之美。

说“阴阳”

自《易经》提出“阴阳”以后，伯阳父接过阴阳的概念，提出“阳伏”“阴迫”产生地震，将阴阳纳入“气”的两极。

“阴阳”最初只是自然现象的概念：“阴”之本义当是“背日”，而“阳”为“向日”。

梁启超《阴阳五行说之来历》做了统计后认为，阴阳的字义，最初所指只是“自然现象”：《仪礼》未有“阴”“阳”二字；《诗》言“阴”者八处，言“阳”者十四处，言“阴阳”者一处；《书》言“阴”“阳”各三处；《易》仅“中孚卦九二爻辞”中有“阴”一处。结论：“阴阳不过是自然现象，不含任何深邃之义”。

“阴”“阳”作为单一、相反的对举概念，最早出自《国语·周语》，即周太史伯阳父对地震的解释。周幽王二年（公元前780年），镐京一带地震，伯阳父曰：“周将亡矣！夫天地之气，不失其序；若过其序，民乱之也。阳伏而不能出，阴迫而不能蒸，于是有地震。今三川实震，是阳失其所而镇阴也。阳失而在阴，川源必塞。源塞，国必亡。夫水土演而民用也。水土无所演，民乏财用，不亡何待？”（按：伯阳父将地震解释为阴、阳二气交感互动，相互作用的结果，从而从对立的观点来解释自然现象。）

此后，发展到将阴、阳用来指代宇宙间一切贯通自然、社会的物质、人事、精神的两大对立面，将一切对立的现象，如天地、日月、昼夜、炎凉、寒热、男女、父母、夫妻、上下、东西、南北、攻守、胜负等等，皆抽象为“阴阳”的一般概念。

阴阳先是指天地间化生万物的两种“气”。如上引伯阳父之言说，以及《易传·系辞上》“阴阳不测之谓神”。

阴阳指“天地”。

《礼记·郊特牲》：“乐由阳来者也，礼由阴作者，阴阳和而万物得。”孔颖达疏："和，犹合也；得，谓各得其所也。若（如）礼、乐由于天地，天地与之和合，则万物得其所也。"孙希旦集解："乐由天作，故属乎阳；礼由地制，故属乎阴，阴阳和则万物得，礼乐和则万事顺。"

阴阳指"日月"。

如杜甫《阁夜》："岁暮阴阳催短景，天涯霜雪霁寒宵。"苏辙《冬至日》："阴阳升降自相催，齿发谁教老不回。"

阴阳指"昼夜"。

《礼记·祭义》："日出于东，月生于西；阴阳长短，终始相巡。"孔颖达疏："阴谓夜也，阳谓昼也。夏则阳（日）长而阴（夜）短，冬则阳（日）短而阴（夜）长。"

又如扬雄《太玄》："一昼一夜，阴阳分索。"

阴阳指"寒暑"。

如宋玉《九辩》："四时递来而卒岁兮，阴阳不可与俪偕。"王逸注："寒往暑来，难追逐也。"

阴阳指"春夏与秋冬"。

如《文选·古诗〈驱车上东门〉》："浩浩阴阳移，年命如朝露。"李善注引《神农本草》曰："春夏为阳，秋冬为阴。"

阴阳指"雷电与雨雪"。

《谷梁传·隐公九年》："三月，癸酉，大雨震电。震，雷也；电，霆也……阴阳错行。"范宁注引刘向云："雷未可以出，电未可以见；雷电既以出见，则雪不当复降，皆失节也。雷电，阳也；雨雪，阴也。雷出非其时者，是阳不能闭阴；阴气纵逸而将为害也。"

"阴阳"从自然现象进入社会，成为社会现象、人伦、人事的重要范畴，成为社会、人伦和人事一个相对待的辩证概念。如：

阴阳用来指"君臣"。

屈原《九章·涉江》："阴阳易位，时不当兮。"王逸注："阴，臣也；阳，君也。"洪兴祖补注："阴阳易位，言君弱而臣强。"

阴阳可指"夫妇"。

《礼记·郊特牲》："玄冕齐戒，鬼神阴阳也。"（黑帽斋戒，敬夫妇如敬鬼神）

孔颖达疏："阴阳谓夫妇也。着祭服而齐戒亲迎，是敬此夫妇之道如事鬼神,故云‘鬼神阴阳’也。”

阴阳又可指“男女”。

宋人高承《事物纪原·天地生植·阴阳》引《春秋内事》云:“伏羲氏定天地,分阴阳。”

明归有光《贞女论》:“阴阳,配偶,天地之大义也。”

阴阳甚至可用来指“男女生殖器官”。

《明律·斗殴》:“若断人舌及败人阴阳者,并杖一百,流三千里,仍将犯人财产一半断付被伤笃疾之人养赡。”

阴阳又指乐曲的声阶“律吕”。

《周礼·春官·大师》:“掌六律六吕,以合阴阳之声。阳声:黄钟、太簇、姑洗、蕤宾、夷则、无射。阴声:大吕、夹钟、仲吕、函钟(林钟)、南吕、应钟。”

按:《尚书·尧典》:“声依永,律和声。”《汉书·律历志上》:“律有十二,阳六为律,阴六为吕。”是“阳”为律,“阴”为吕。吕,膂之古字,脊骨,象形。律,古代用竹管或金属管制成的定音乐器,以管的长短确定音阶的高低。律吕共十二管,管径相等,长短不同;以管之长短来确定音阶的不同高度。六律:黄钟古尺九寸,太簇古尺八寸,姑洗古尺七寸一分一厘一毫,蕤宾古尺六寸三分二厘,夷则古尺五寸六分一厘八毫,无射古尺四寸九分九厘四毫;六吕:大吕古尺八寸四分二厘七毫,夹钟古尺七寸四分九厘一毫,仲吕古尺六寸六分五厘九毫,函钟(林钟)古尺六寸,南吕古尺五寸三分三厘三毫,应钟古尺四寸七分四厘。从低音数起,成奇数的六个管叫律;成偶数的六个管叫吕。

阴阳指“奇偶”。

《白虎通·嫁娶》:“七岁之阳也,八岁之阴也,七八十五,阴阳之数备。”

阴阳指“动静”。

《大戴礼记·文王官人》:“考其阴阳,以观其诚。”卢辩注:“阴主静,阳主动;考其阴阳者,察其动静也。”

阴阳指“开合”。

《后汉书·班固传上》:“张千门而立万户,顺阴阳以开合。”李贤注:“合谓之阴,开谓之阳。”

阴阳指“依违、向背”。

《东周列国志》七十二回:“郑阴阳晋楚之间,其心不定,非一日矣。”

阴阳指“人间和阴间”。

白居易《长恨歌》："一别阴阳两渺茫。"

阴阳指"死生、生杀"。

屈原《九歌·大司命》："乘清气兮御阴阳。"王逸注："阴主杀，阳主生。言司命常乘天清明之气，御持万民死生之命也。"

……

"阴阳"概念及"阴阳"一词，发展至今日，已进入现代汉语书面语和口语。如阴性、阳性，阴电、阳电，阴谋、阳谋，阳世、阴间，春阳、秋阴……

说“境”

一、自然之“境”

唐薛用弱《集异记·蔡少霞》：“居处深僻，附近龟蒙；水石云霞，境象殊胜。”李东阳《南行稿序》：“连山大江，境象开豁；廓然若小宇宙而游混茫者，信天下之大观也。”俞樾《春在堂笔记》卷二：“云栖修篁夹道，意境殊胜。”

二、心象之“境”

郭象《庄子序》：“用其光则其朴自成，是以神器独化于玄冥之境而源流深长也。”《世说新语·排调》：“顾长康噉甘蔗，先食尾。问所以，云：‘渐至佳境’。”

三、艺术之“境”

韩愈《桃源图》：“文工画妙各臻极，异境恍惚移于斯。”《宋史·舒璘传》：“敝床疏席，总是佳趣；栁雨沐风，反为美境。”《红楼梦》第一百零三回：“学生自蒙慨赠到都，托庇获隽公车，受任贵乡，始知老先生超悟尘凡，飘举仙境。”端木蕻良《关山月的艺术》：“画梅花的，很少能闯出林和靖式的梅花品格，总是强调暗香疏影这般意境。”

按：佛教借用为“心意对象之世界”，即心象之境。佛教对尘世，称为“尘境界”，视觉所能触及之物质世界，称“色境界”，而佛教戒律所规定之世界，则称为“法境界”。《无量寿经》卷上：“比丘（告）白佛，斯义弘深，非我境界。”

至于诗文所达到的境界,即“意境”,中国古代对诗歌、文章、音乐、绘画的评论,则比比皆是。

四、意境

王昌龄《诗格》的“三境说”:一曰物境,二曰情境,三曰意境。

《唐才子传·张南史》:“稍入诗境。”

明朱承爵《存余堂诗话》:“作诗之妙全在意境融彻,出音声之外,乃得真味。”

清魏源《栈道杂诗》之七:“奥险半平淡,文章悟境界。”

民国林纾《与姚叔节书》:“盖古文之境地(界)高,言论约。”

民国王国维《人间词话》之一:“词以境界为最上,有境界,则自成高格”。“言气质,言神韵,不如言境界。有境界,本也;气质、神韵,末也,有境界而二者随之矣。沧浪所谓兴趣,阮亭所谓神韵,不过道其面目,不如鄙人提出境界二字,为探其本也。”

意境,进入了戏曲、小说的领域。如汤显祖《红梅记总评》:“境界迂回婉转,绝处逢生,极尽剧场之妙。”梁启超《小说界之革命》:“小说者,常导人游于它境界,使读者忘掉了现境界,感人至深,莫此为甚。”

原古人对意境的一般认识,或以为,意境为诗人、作家、艺术家“意化”“情化”了的自然、社会及人事境象。是诗人、作家、艺术家通过形象所表达的心象境界,所谓“意化”和“情化”。其特点具有全局性、统一性、意蕴性,即境中有象(自然的、社会的、人事的);境中有情(王国维云:能写真景物、真感情者,谓之有境界,否则谓之无境界);境中有神(我神与他神,即不仅有诗人之神在,还有描写对象之神在);境中有韵(气韵生动,韵律与风格统一,节奏可以感知)。

说“韵”

“韵”(韻)原指和谐的声音。《说文解字》:“韵,和也,从音,员声。”《玉篇》:“音和曰韵也。”卢谌《赠刘琨》“远韵”,李善注:“韵,谓德音之和。”

一、自然、声响之韵

谢庄《月赋》云:“若乃凉夜自凄,风篁成韵。”何逊《七召》:“竹距石以衺通,水韵松而含响。”

唐人擅诗,每以“韵”称写自然景物:

孟郊《游华山云台观》:“夜闻明星馆,时韵女萝弦。”

刘禹锡《海阳湖别浩初师》:“风止松犹韵,花繁露未干。”

韦庄《和薛先辈见寄》:“露白凝湘簟,风篁韵蜀琴。”

韩偓《海山记》:“轻片有时敲竹户,素华无韵入澄波。”

二、人生之韵

1. 风度、风雅之韵。

《宋书·谢弘微传》:“康乐诞通度,实有名家韵。”

《世说新语·言语》:“支道林常养数匹马,或言道人养马不韵(雅)。”

《洪武正韵》:“韵,风度也。”

2. 性格、情趣之韵。

陶渊明《归田园居·之一》:“少无适俗韵,性本爱丘山。”

江淹《知己赋》:“每齐韵(相同情趣)而等径,辄同怀而共述。”

3. 美丽、标致之韵。

辛弃疾《小重山·茉莉》:“莫将他去比荼蘼,分明是他更韵些儿。”

周辉《清波杂志》卷六:“时以妇人有标致者,曰韵。”

三、艺术之韵

1. 诗歌之韵。

颜之推《颜氏家训·名实》:“命笔为诗,彼造次即成,了非有韵。”

《晋书·庾敳传》:“(敳诗)雅有远韵。”

范温《诗眼》:“有余意之谓韵。”

2. 音乐之韵。

蔡邕《琴赋》“繁弦既抑,雅韵复扬。”

曹植《白鹤赋》:“聆雅琴之清韵。”

韦庄《哭同舍崔员外》:“祭罢泉声急,斋余磬韵长。”

3. 书法之韵。

苏轼《论沈辽米芾书》:“颇有高韵。”

黄伯思《东观余论·第三晋宋齐人书》:“逸少之书,凝之得其韵。”

四、“韵”与“气”合:气韵

“气韵”指诗文,书画,乐舞之气象与韵律。

《南齐书·文学传论》:“文章者,盖情性之风标,神明之律吕也。蕴思含毫,游心内运,放言落纸,气韵天成。”

《北史·文苑传序》:“气韵高远,艳藻独构。”

唐张彦远《历代名画记·论画六法》:“若气韵不周,空陈形似;笔力未遒,空善赋彩,谓非妙也。”

宋张表臣《珊瑚钩诗话》:“诗以气韵清高者绝,以格力雄豪者胜。”

《沧浪诗话·诗辨》:“诗之法有五:曰体制,曰格力,曰气象,曰兴趣,曰音节。”

《沧浪诗话·诗评》:“汉魏古诗,气象混沌,难以句摘。”

元辛文房《唐才子传·张南史》:“数年间,稍入诗境……气韵沉雄,时及之者。”

明唐志契《绘画微言》：“气韵生动与烟润不同…… 蓄气者有笔气，有墨气，有色气，而又有气势，有气度，有气机，此间即谓之韵。”

五、“韵”与“神”合：神韵

“神韵”指诗文，书画，乐舞的境象中，境中有神，象外有韵；韵外有味，味外有旨。神韵是诗人、艺术家性情（个性、情感）在作品中之流露，从而在作品中形成的神情与韵致的律动。

按：西方多讲“节奏”，中国与之对应的，似乎为“韵律”。但韵律不止是“节奏”，它含有更丰富的内容，即所谓气象、神情，意态、情态等等都在作品中的“律动”。其律动的内涵至少有意境的清晰，情感的浓郁，气韵生动，神韵的风致等等，以及结构的进止、快慢、疏密，声音的高低、长短、粗细，着墨的轻重、浓淡、深浅之匀称组合。

诗、画、舞，艺术相通，不能只是形似，而应求神似。而神似即含风神、韵致；要求意态生动，情趣摇曳，所谓“盼睐多姿，动容多致”（班婕妤《捣素赋》）。

张彦远《历代名画记 · 论画六法》云：“至于鬼神人物，有生动之可状，须神韵而后定。”

《沧浪诗话 · 诗辨》：“诗者，吟咏性情也。夫诗有别材，非关书也，诗有别趣，非关理也。然非多读书多穷理，则不能极至，所谓不涉理路，不落言筌者也。盛唐诸人，惟在兴趣（兴会情趣）；羚羊挂角，无迹可求。故其妙处，透彻玲珑，不可凑泊。空中之音，相中之色，水中之月，镜中之象，言有尽而意无穷也。”

胡应麟《诗薮 · 外编》卷五：“诗之筋骨，犹木之根干也；肌肉，犹枝叶也；色泽神韵，犹花蕊也……色泽，神韵充溢其间，而后诗之美善备。”

王夫之《唐诗评选》卷四：“虚实在神韵，不以兴、比，无以为别。”

翁方纲《复初斋文集 · 神韵论》：“神韵者，彻上彻下，无所不该。其谓羚羊挂角，无迹可求，其谓镜中水月，空中之象，亦皆此神韵之正旨也，非坠入空寂之谓也……神韵者，非风致情韵之谓也。”

翁方纲《复初斋文集 · 坳堂诗集序》：“神韵乃诗中自具之本然，自古作家皆有之……诗有以高古浑朴见神韵者，亦有于风致见神韵者，不能执一以论也。”

又按：从气韵到神韵，须境中有神，跃出境象之外，而象外有韵。

气韵多表现于作品的气势韵致，意态、情趣。神韵多表现在作品的象外之意，韵外之致，味外之旨，此始为有“神”，并有“我神”（作者之神）和“他神”（作品中描写对象之神）。钟嵘《诗品》：“不着一字，尽得风流”，“超以象外，得其环中”。司空图《二十四诗品》：“韵外之致”，“味外之旨”，“咸酸之外”。是以苏轼有“言有尽而意无穷，天下之至言”，王国维有为诗须有“言外之味，弦外之音”之至言。

小结

道是宇宙的本原，是中国文化和哲学的原点，天道之自然规律，人道之生命精神。在文艺领域，道即人之个体生命之情感，其生发于体魄，升华为一种无形、无声、无可感触之“无”的物质：情感及其律动。它是一切文学艺术创作的内驱力。

道生太极；太极即是一，所谓“道生一”。

太极，一；一分为二，即“一生二”，二即阴阳，是太极生阴阳二“气”。

“二生三”，三：阴气，阳气，冲（中）气即阴阳中间，使人类赖以生存的空间和空气，此之谓“三”。

“三生万物”，宇宙中有了人即一切生命，以尽一切有机、无机的物质。

道生太极，太极生阴阳二气。阴与阳为气之两极，区分万物之性质，万物之对待及统一。进入文学艺术领域，乃诗人、艺术家情性、作品之刚柔风格的总纲。

境乃接通宇宙本原之精神空间。

韵即此种精神空间之律动，寓一切变化于自然韵律之中。

中国山水诗的孕育

一、《诗经》中出现描写山水景物的诗句

中国最早的诗歌总集《诗三百》，汉武帝以后被称为《诗经》。《诗经》305篇，大约起自公元前11世纪的西周，至公元前6世纪东周初期，约五百年时间。其中许多是黄河流域与江汉（长江、汉水）流域所采集的民间歌谣，是中国周代北方诗歌的代表。

《诗经》大多为抒情诗，没有山水诗。其中一些诗出现若干描写山水景物的句子，只是用来作为引发诗人情感的媒介，或作为比喻，或以之为烘染衬托。如《关雎》云：

关关雎鸠，在河之洲；
窈窕淑女，君子好逑。

这里鸠鸟的鸣叫，并不是诗人着意描写的景物，只是以雌雄双栖的鸟儿，对伴侣的呼叫，引发诗人对一位贞静贤淑的姑娘的思恋。这在中国古代诗歌的表现手法上叫“兴”——兴发、引发内心的感情。

又如《桃夭》诗：

桃之夭夭，灼灼其华；
之子于归，宜其室家。

诗中对艳丽的桃花的描写，亦非着意于景物，仍然是因桃花红艳，开得适时，触发诗人心中的情感：这个姑娘很漂亮，她嫁得很是适时。这里"桃夭"所起的作用仍然是兴发、引发。

《诗经》中山水景物有时用作比喻，这种表现手法称之为"比"。

《小雅 · 节南山》云：

节彼南山，维石岩岩（那座南山高耸险峻，峥嵘怪石堆叠如山）。
赫赫师尹，民具尔瞻（尹太师何等威风啊，老百姓都盯着你看）。

此处南山之险峻，丛石之堆积，即用来比尹太师的威严刚愎，从而致乱。

又如《扬之水》：

扬之水，不流束薪（又浅又缓的水波，漂不起束紧的柴火）。
彼其之子，不与我戍申（我家中的妻子，不能同我一起来戍守）。

以流水之浅缓不能漂物，比喻自己与家中妻子的分离。束薪，缠紧的柴火，比喻夫妻的绸缪。

"节彼南山，维石岩岩"，"扬之水，不流束薪"，这两首虽有山水的句子，但仅起比喻的作用，山水只是一种抽象物，非如东晋和南朝宋时期的具象描写。

《诗经》中"赋"体的山水景物诗句则更多，但往往只起着烘染衬托的作用。

如《采薇》：

昔我往矣，杨柳依依（回想当年离家时，杨柳枝儿随风飘飞）。
今我来思，雨雪霏霏（如今我打完仗回家，雨雪漫天纷纷下）。

这里以"杨柳依依"反衬昔日出征时离家的痛苦依恋心情；以"雨雪霏霏"反衬今日回家的无比快乐；杨柳、雨雪都是抽象的景物，只是作为诗人心境的衬托，所谓"以乐景写哀"，"以哀景写乐"。（王夫之《薑斋诗话》）

又如《东山》云：

我徂东山，慆慆不归（我往东山出征，长久不得归程）。

我来自东，零雨其蒙（今日启程返家，绵绵小雨下不停）。

这里以“零雨其蒙”来烘染心情的渺茫。

以上说明两千余年前的《诗经》时代，山水景物只是诗人抒写心中感情的触发点，或用作比喻，或以为烘染、衬托；一篇中仅有二、三句子；而且山水景物只是一种写意，一种抽象物，不是具象化的极貌入微的刻画。因此，《诗经》中没有山水诗。虽然它已经有山水景物的诗句，并借以抒怀写心，排解忧愁，但毕竟过于抽象简略，充其量只能看作山水诗的萌芽。如“瞻彼淇奥，绿竹猗猗”（《卫风·淇奥》），“蒹葭苍苍，白露为霜”（《秦风·蒹葭》）：对丛竹的摇曳多姿只是“猗猗”二字；对蒹葭的茫茫白色，亦只“苍苍”二字概括而过，实在过于抽象简略，其景物之状貌，须借读者生活经验、审美情趣的极貌拟想，才能具象化。

二、《楚辞》描写山水景物诗句的特点

《楚辞》比《诗经》晚出了几百年，约当中国的战国时期，其产生地域在南方的楚国，故称《楚辞》。《楚辞》最主要的诗人是屈原（前340—前278），其次还有宋玉等人。

中国南方的山水远比北方秀丽，给予诗人的感悟也更多，更直接。但《楚辞》中仍然没有山水诗。如果说《诗经》的山水景物诗句只是诗人抒情的触发媒介、比喻和衬托，那么《楚辞》中的山水诗句也表现出自身的特点。下面以《九歌·山鬼》为例说明之：

若有人兮山之阿（有一个人，仿佛在深山），
被薜荔兮带女萝（身披薜荔，女萝带腰间）。
既含睇兮又宜笑（眉目含情，笑容满面），
子慕予兮善窈窕（你爱慕我窈窕静娴）；
乘赤豹兮从文狸（赤豹拉车我带着文狸），
辛夷车兮结桂旗（车上辛夷花，编结桂枝）。
被石兰兮带杜衡（身披石兰，杜衡挂腰前），
折芳馨兮遗所思（折枝香花，赠我之所思）。
余处幽篁兮终不见天（我在竹林深处，终日看不见天），

路险难兮独后来(独自来迟,只因路途艰险)。
表独立兮山之上(我特立独处,站立山巅),
云容容兮而在下(脚下白云,茫茫一片)。
杳冥冥兮羌昼晦(山深林密,白日变得幽暗),
东风飘兮神灵雨(东风吹拂,飘洒着雨点)。
留灵修兮憺忘归(为等你到来,我乐而忘归),
岁既晏兮孰华予(年华既暮,实难回转)?
采三秀兮于山间(采摘灵芝,我攀登巫山),
石磊磊兮葛蔓蔓(山石堆叠,葛藤蔓蔓)。
怨公子兮怅忘归(怨你不来,我心怅忘返),
君思我兮不得闲(你既思我,何能不得闲)。
山中人兮芳杜若(我山中之人,芬芳如杜若),
饮石泉兮阴松柏(处松柏下,饮石罅清泉),
君思我兮然疑作(你虽思念我,却又疑信参半)。
雷填填兮雨冥冥(雷声隆隆,阴雨冥冥),
猨啾啾兮狖夜鸣(猩猩啾啾,山猿哀鸣)。
风飒飒兮木萧萧(风声飒飒啊,林木萧然),
思公子兮徒离忧(思念你啊,空自悲咽)。

从《山鬼》全诗,可以看出以下特点:

第一,山水景物的诗句大大增多,全篇27句,一半以上描写景物,再不像《诗经》中的片言只语。

第二,景物描写不像《诗经》中抽象的写意概括,而渐趋于具体、个别的景物的描绘。身披薜荔,女萝作带;赤豹拉车,文狸从后,而非抽象地说“美裳”“丽兽”。处幽篁,立山巅;云茫茫,昼晦暝;东风飘,神灵雨;采灵芝,饮石泉;雷填填,风飒飒;猿啾啾,狖声哀……无一不是个性化、具体化的描写。

第三,景与情与《诗经》相比,有进一步的契合交融。山鬼,山中女神,当是人间孤恋而寂寞忧伤之少女的变形。她在凄风苦雨、乱石堆叠的山间,在雷声轰隆、苦雨连绵的时刻,在哀猿长啸、林木萧森的环境氛围中,独立山颠,眺望等待所思之人的到来,但对方却疑信犹豫,终于没有出现。诗中的山水景物描写,用以烘托“山鬼”的惆怅哀怨,自然景物已与诗人心中的情感交融成一片。这不能不说是《楚辞》对《诗经》的一大超越。

《九歌》中即便短幅如《湘夫人》，亦已臻情景交融的艺术境界：

帝子降兮北渚，目眇眇兮愁予；
嫋嫋兮秋风，洞庭波兮木叶下。

已经分不出哪是写景，哪是抒情了。

第四，借景物以象征自我心志和人物事件，也是《楚辞》山水景物描写超越诗经的一大特色。王逸、《文选》五臣及宋洪兴祖注都认为《山鬼》是屈原自伤诚信不能感君。山鬼出入乘赤豹，从文狸，结桂与辛夷作为车旗，实屈原象征自己的高洁；处幽篁、路险难则象征自己不得见君，谗致填塞，难以行进；“猿啾”“风飒”“雷填”“木萧”，又分明象征自己在深山之中，环境险恶，恐失其所。《楚辞》山水景物描写的四大特色，对后世山水诗有着深远的影响，其以景物象征心志，托物寄情，运用到《橘颂》中，则直接导出咏物诗的产生。但《楚辞》中的山水景物，仍然不能算作山水诗。

三、汉诗的借景抒情和汉赋的景物铺叙

汉代的山水景物描写，诗、赋分途。

汉代诗歌继承发扬了《楚辞》中的借景抒情、情景交融的艺术手法。可以汉武帝刘彻的《秋风辞》和《古诗十九首·明月皎夜光》为代表。

汉武帝《秋风辞》云：

秋风起兮白云飞，草木黄落兮雁南归。
兰有秀兮菊有芳，怀佳人兮不能忘。
泛楼船兮济汾河，横中流兮扬素波。
箫鼓鸣兮发棹歌，欢乐极兮哀情多，
少壮几时兮奈老何！

此诗以秋风白云，草木黄落，抒发悲秋叹老之情，景与情融，极人生易老之感慨。此自非描写山水之诗。

《古诗十九首·明月皎夜光》云：

> 明月皎夜光，促织鸣东壁；
> 玉衡指孟东，众星何历历！
> 白露沾野草，时节忽复易；
> 秋蝉鸣树间，玄鸟逝安适？
> 昔我同门友，高举振六翮；
> 不念携手好，弃我如遗迹。
> 南箕北有斗，牵手不负轭；
> 良无盘石固，虚名复何益。

前八句写景，后八句叙事抒情。借景物以抒写人情今昔的变化，其间景物均带有节序推移的特征。

汉代山水景物的描写超越于《诗经》《楚辞》的，主要是赋体的景物铺叙，一反比兴的手法，景物借铺叙而刻画更加细致；且一变抽象的景物写意，而成个别的精细的形象刻画。

如枚乘的《七发》，铺排变化，状物细腻而富有特征性。以下是关于江涛描写的两段文字：

> 恍兮惚兮，聊兮栗兮，混汩汩兮，忽兮慌兮，俶兮傥兮，浩洸漾兮。慌旷旷兮。秉意乎南山，通望乎东海。虹洞兮苍天，极虑乎涯涘。流揽无穷，归神日母（太阳）。汩乘流而下降兮，或不知其所止。或纷纭其流折兮，忽缪往而不来……

这段文字描绘江涛之浩荡，水势之盛大，浪涛之突起，水域之广阔，江水之曲折奔流，像驰向东方的太阳，令人惊心动魄，而纯用铺叙描写的手法。

又如：

> 疾雷闻百里；江水逆流，海水上潮；山出纳云，日夜不止。衍溢漂疾，波涌而涛起。其始起也，洪淋淋焉，若白鹭之下翔；其少进也，浩浩溰溰，如素

> 车白马帷盖之张。其波涌而云乱，扰扰焉如三军之腾装；其旁作而奔起也，飘飘焉如轻车之勒兵……

此段描写江涛之气象，将江涛之初起，细浪如白鹭纷降；接着巨浪滔天，如狂奔中之车马；继之浪涛汹涌澎湃，又如军队之奔跑行进了。汉赋对于山水景物之精细铺叙描绘，是《诗经》《楚辞》所开创的抒情文学向叙事文学之客观描写的过渡形态。山水诗的重要之点，正在于它对山水的客观描绘，将自然景物作为直接的审美对象，而不仅是言情写心的表现手段及附庸。但是汉赋就其整体而言，只是将山水景物纳入一种“讽谏”或“颂赞”的框架，它开启了山水诗以铺叙描写为主的表现手法，但并不能归属于山水文学。尽管如此，汉赋对山水自然的极貌图写，为山水诗的产生完成其孕育的阶段。

2000 年 6 月于温州市谢灵运研究会

曹公父子催生了中国山水诗

一、曹公父子感怀、宴游、游仙诸诗标志中国山水诗阵痛的到来

东汉末年，由于道教与农民结合的黄巾起义严重摧垮了封建王朝，摧毁了儒家意识形态的支配地位，导致了魏晋玄学的产生，兼之社会动荡，人命朝不保夕，士大夫向两极分化：或积极入世，成为乱世的英雄、谋士，参与平定战乱，运筹帷幄，以儒家的"比德"说，借山水言志；或心怀郁结，以山水自然抒怀写心，都促使山水诗在母体孕育中的勃动和阵痛。曹操《观沧海》就是这个阵痛的产物。《观沧海》云：

东临碣石（北征乌桓而登上碣石山巅），
以观沧海（从而得观渤海之波涛汹涌）。
水何澹澹（海水是多么的广漠摇漾），
山岛竦峙（山石岛屿耸立在无边的大海之中）。
树木丛生（岛上树木郁郁葱葱），
百草丰茂（各种草卉遍地丛生）。
秋风萧瑟（秋风吹拂，草木凋零摇落），
洪波涌起（巨大的波浪奔腾如山）。
日月之行（太阳和月亮在天空中运行），
若出其中（如同行走在大海之中）。
星汉灿烂（星星和银河闪烁灿烂），
若出其里（如像就出自那大海的波浪里）。

幸甚至哉(我多么幸运观赏到这汪洋的大海)，

歌以咏志(聊作短歌，用以抒发浩茫的心志)。

曹操的《观沧海》十四行，有人认为是中国“第一首完整的山水诗”，值得商榷。

关于什么是山水诗，可能因为对其含义的理解不尽相同，因而出现分歧，这是很正常的。笔者以为是否山水诗，可从以下几个方面来分析判断：

第一，从篇幅看，对山水景物的描写应占主要的成分，而不是三言两语；

第二，山水成为诗人直接的审美对象，而不仅仅是借以言志，感发诗性，或只作为比喻、衬托的修辞手段；

第三，诗中景物不是山水自然的概括和抽象物，而是具体化的、个性化的精细描写；

第四，它应与登山临水、游览骋目，或羁旅行役等途程所见所感相联系；

第五，对山水景物的描写，是一种有意识的、自觉的行为。

根据以上五点，曹操的《观沧海》，只是“感怀中的山水，山水中感怀”，应该是一首感怀诗。众所周知，此诗为献帝建安十二年(207)九月，曹操北征乌桓，其归程时所作，虽为军旅途中、登临所见，其主要篇幅亦多为写景，但末云“幸甚至哉，歌以咏志”，其借景言志十分清楚。曹操本非有意识地进行山水描写，而仅是借沧海之动荡，浪涛之汹涌以咏怀言志，抒发一已之豪情，实属言志感怀之诗。而且《观沧海》只是古题乐府《步出夏门行》组诗之一(夏门，洛阳城门)，序曲《艳》以外，尚有四首：《观沧海》《冬十月》《河朔寒》《龟虽寿》。或抒怀，或言风土，或于社会动荡感到忧虑，各首末句皆云“歌以咏志”。而序曲则明言“经过至我碣石，心惆怅我东海”，可证整组诗实是抒怀，只不过描写山水景物的诗句较多。尽管如此，在篇幅、行旅和具象化的描写方面，《观沧海》与南朝晋宋时期的山水诗已经非常接近，但也只是“接近”而已。

这种感怀诗中的山水描写，在魏文帝曹丕的诗中也曾存在，其中如乐府《丹霞蔽日行》：“丹霞蔽日，采虹垂天。谷水潺潺，木落翩翩。孤禽失群，悲鸣云间。月盈则冲，华不再繁。古来有之，嗟我何言！”十句中虽有八句为景物描写，而着眼点则在末二句之“嗟”叹。而曹植的同题诗则云：“纣为昏乱，虐残忠正。周室何隆，一门三圣。牧野致功，天亦革命。汉祖之兴，阶秦之衰。虽有南面，王道陵夷。炎光再幽，忽灭无遗。”一借山水，一借史鉴，同是《丹霞蔽日行》，却取径大异。因此,不能据曹丕诗多景物描写之诗句,便判其为山水诗。曹丕诗对于山水诗的催生不在感怀类,而在其宴游之诗,如《芙蓉池作诗》《于玄武陂作诗》,“模山范水比较细致,文词富丽,常用对偶”,在“山水诗的发展史上有一定地位”。具体地说,曹丕对山水景物的描写已经脱离了概念化、抽象化,而臻于个性化的刻画。《芙蓉池作诗》云:“乘辇夜行游,逍遥步西园。双渠相溉灌,嘉木绕通川。卑枝拂羽盖,修条摩苍天。惊风扶轮毂,飞鸟翔我前。丹霞夹明月,华星出云间。上天垂光彩,五色一何鲜!寿命非松乔,谁能得神仙?遨游快心意,保已终百年。”全诗十六句,首二句交代宴游时间(夜),地点(西园,即铜雀园)。末四句归结到宴游后的感叹。中间十句都是西园夜景的描写。这是游宴诗中山水描写的典型之作。在游玄武池的《于玄武陂作诗》亦属此类:

兄弟共行游,驱车出西门。
野天广开阔,川渠互相经。
黍稷何郁郁,流波激悲声。
菱芡覆绿水,芙蓉发丹荣。
柳垂重荫绿,向我池边生。
乘渚望长洲,群鸟欢哗鸣。
萍藻泛滥浮,澹澹随风倾。
忘忧共容与,畅此千秋情。

全诗亦十六句,首二句叙兄弟驱车共游。末二句游后感欢畅忘忧。中十二句写了野田开阔,川渠纵横,黍稷丰茂,流波悲声;水中菱芡,芙蓉红艳;杨柳荫绿,依依池边;群鸟欢声,风摇萍倾,景物描写精细,富于个性化。但它仍然不是山水诗,只是宴游诗中的山水景物描写。但由曹丕所开启的宴游与山水的结合,成为两晋宴游诗的楷式,并开启了后世山水诗与游览、登临的密不可分的关系。如石崇《思归叹》中的景物描写即始于“登临”:“登城隅合临长江,极望无涯兮思填胸。”其《金谷园序》亦云:“昼夜游宴,屡迁其坐,或登高临下,或列坐水滨”,“遂各赋诗,以叙中怀”。其最为典型则是“兰亭诗”中所表现的宴游之乐趣,临流之申怀,赋诗之雅兴,皆来自“散怀山水,萧然忘羁”(王徽之诗)的愉悦。

陈思王曹植则开启了游仙诗中的山水描写，对山水诗的催生也起到重要作用。曹植写了许多游仙诗，如《游仙诗》《仙人篇》《升天行》《五游篇》等，皆借以感叹年华消逝、功业无成的抑郁。其中《远游篇》的上半可以看作人间山水的移就：

远游临四海，俯仰观洪波。
大鱼若曲陵，承浪想经过。
灵鳌戴方丈，神岳伊嵯峨。
仙人翔其羽，玉女戏其阿。
琼蕊可疗饥，仰首吸朝霞。
……

曹植所开启的《游仙诗》，到了西晋开始大量出现。魏末晋初，权力交替之时，社会更其动荡。一些士大夫避祸全生，企求在宗教的幻想中获得精神上的慰藉。《说文解字》段玉裁注："仙，迁也，迁入山也。故其制字人旁作山。"意思说从俗世入山居住，所以"仙"字从"人"从"山"。看来，"游仙"从特定意义上说，就是进入山水中寻找仙人。人们在深山密林、高岩幽谷中自然能多接触山水景物，发为吟家，亦多自然景物之描写。如西晋张华《游仙四首》、何劭《游仙诗》、郭璞《游仙十九首》、张协《游仙诗》，尤以郭璞的《游仙》与山水景物最为契合，景物刻画的具象、精细，为其他《游仙诗》所不及。其八云：

炀谷吐灵曜，扶桑森千丈。
朱霞升东山，朝日何晃朗。
回风流曲水，幽室发逸响。
……

又其三云：

翡翠戏兰若，蓉色更相鲜。
绿萝结高林，蒙笼盖一山。

其营构之仙境，皆人间山水自然之移入，刻画精细，景物具体可感。游仙中的山水景物诗句，仍不可称山水，它是诗人仕途坎坷，或人生失意，心中有所郁结而幻想离尘超世的产物，亦应属抒情感怀一类。

由曹公父子所开启的感怀诗中融入山水，宴游、登临诗中融入山水，游仙诗中融入山水，山水诗的到来已经是呼之欲出了。但是“阵痛”不等于“产生”，它还必须有催生的因素。

二、中国山水诗的三大催生因素

第一，江南明媚秀丽的山水诱发了世人的灵感。

北方经过王室内乱、种族战争，西晋灭亡。公元317年元帝渡江在今日南京建立新的王朝，即历史上东晋。北方大家世族突然发现南方山水之秀丽大胜于北方。王羲之和谢安等家族转而在南方经营山水园林，建立世袭的庄园。其中浙东的会稽（今浙江绍兴）和浙南的永嘉（今日浙江温州）成为他们栖身或悠游的佳山秀水。北方大家世族王谢等具有很高的文化，在书法、绘画、诗文、历史、佛学等等都有超凡的造诣。浙江的山水成了绘画与诗歌的题材便是很自然的事。这也就是山水诗没有在北方产生的重要原因。

第二，玄学的感召，隐逸（隐居山林）之风盛行。

儒学衰落，以老庄思想为主的一种哲学思潮迅速兴起，取代了儒学，成为魏晋时期的主流意识形态。（《老子》：“玄之又玄，众妙之门。玄，深奥、玄妙。”）玄学调和儒家与老庄两种世界观，认为隐居山林和朝廷做官没有什么不同；行迹虽异，但在体味玄理，体察人生上殊途同归。所以晋宋时期隐逸之风大盛。隐居山林被看作人格的高尚清远。朝廷亦大力褒扬隐逸，征召隐士入朝为官。而士大夫则借隐居以为仕途捷径。他们与山水的默契，在优游中寄托自己的情怀，或借山水以傲世，或借山水以抚慰自己仕途的失落，在山林中寻找“适性”和寄托。必须附带提一下，与隐逸之风盛行的是招隐诗中融入山水的描写。西晋时如张华《招隐诗二首》，陆机《招隐诗》和《招隐诗二首》，左思《招隐诗二首》，张载《招隐诗》，闾丘冲《招隐诗》等等。但是隐逸盛行，如潘尼《逸民吟》就唱出：“我愿遁居，隐身岩穴。宠辱弗萦，谁能羁世！”由于长期生活于山林之间，吟啸赋诗，对于山水自然的清幽静谧之美有一种契合，从而借“招隐”以模山范水，将山水具象化与个性化，为山水诗的到来起了催生的作用。如左思的《招隐二首》其一：

杖策招隐士，荒途横古今。
岩穴无结构，丘中有鸣琴。
白云停阴冈，丹葩曜阳林。
石泉漱琼瑶，纤鳞或浮沉。
非必丝与竹，山水有清音。
……

左思《招隐二首》描摹山水，有声有色，刻画细致，层次分明，对后来山水诗在山形水态、水声山色的描绘，富有启发。

第三，五言诗日臻成熟，谈玄说理的四言体让位于五言诗。西晋时期出现的借山水谈玄说理的玄言诗，因缺乏诗情和形象，为士大夫所厌倦、抛弃。玄言诗中虽有山水的句子，却不能称为诗，它只是玄理的引子，是山水的抽象物，是玄理的附庸和外壳。山水诗迅速崛起，以具体的、个性化的描绘，取代了抽象的、概念化的山水句子；在语言格式上，则四言体让位于五言诗。所以《文心雕龙·明诗》云："庄老告退，山水方滋。"这里所说的"庄老"，指的就是玄言诗。

2000 年 6 月于温州市谢灵运研究会

谢灵运的永嘉山水诗

谢灵运先祖可上推至西晋的国子祭酒(相当于全国最高学府校长)谢衡。历经谢鲲、谢裒(第二代),谢尚、谢奕、谢据、谢安、谢万、谢铁、谢石(第三代),谢道韫、谢玄、谢朗、谢允、谢瑶、谢琰、谢韶、谢冲(第四代),谢瑍、谢重、谢述、谢混、谢思、谢方明(第五代),至第六代谢灵运、谢晦、谢纬、谢弘微、谢曜、谢惠连,谢氏家庭五人封为公爵。谢安,庐陵郡公;谢石,南康郡公;谢玄(谢灵运祖父),康乐县公;谢琰(谢安子),望蔡(县)公;谢晦(谢灵运从兄弟),武昌县公。有诗人、学者十四位。谢尚(《大道曲》)、谢安(《兰亭诗二首》)、谢万(《兰亭诗》)、谢道韫(《泰山吟》,世系"咏絮才")、谢混(《诫族子诗》)、谢晦(《从宋公戏马台送孔令诗》)、谢灵运(今存诗近百首、有集行世,历史学家、佛学家)、谢惠连(《雪赋》《秋怀诗》)、谢庄(《月赋》等,有集行世)、谢世基(连句《伟哉横海鳞》)、谢朓(与灵运并称大小谢,有集行世)、谢朏(《洞井赞》)、谢微(《济黄河应教诗》)、谢兰(《北州刺史萧楷德政碑》)。其中以谢灵运最为著名。

谢灵运(385—433),生于东晋孝武帝(司马昌明)太元十年(385),十天后,谢安逝世。太元四年(379),谢安与弟谢石,侄儿谢玄共同领导了抗击北方前秦苻坚号称百万大军(东晋仅有军队八万),史称"淝水之战"。后挺进中原,一度收复河南失地。由于东晋皇族忌其威名,谢安被迫出镇广陵(今扬州),不问朝政。

谢玄生谢瑍,谢瑍生谢灵运。谢瑍生而不慧,谢灵运却极聪明,谢玄爱如掌上明珠,曾说:"我乃生瑍,瑍那得生灵运?"

谢灵运十八岁时(402),袭封祖父封爵为康乐县公,食邑二千户。公元420年,九月,刘裕杀害晋恭帝,建立刘宋政权。不久,谢灵运从公爵降为侯爵。未久出为永嘉太守。因不满降爵、出守，在永嘉不理政事，游山玩水，约一年时间即称病辞官归里。

谢灵运政治上郁郁不得志，借山水以抒发内心不平，却造就他成为中国第一位山水诗人。其永嘉山水诗二十余首，如《晚出西射堂》，便是谢灵运初到永嘉，于深秋黄昏时节，游览永嘉西山而作。他借山水景物，抒发当时的孤独和忧愁苦闷：

> 连嶂叠巘崿（层峦叠嶂，山峰高耸），
> 青翠杳深沉（草树青葱，一片迷茫）。
> 晚霜枫叶丹（霜风凄厉，丹枫叶暗），
> 夕曛岚气阴（落日照山，雾霭阴阴）。
> 羁雌恋旧侣（失偶的雌鸟哀鸣，留恋旧侣不忍飞去），
> 迷鸟怀故林（迷途的鸟儿飞起飞落，是怀念它的旧巢）。
> ……

描写永嘉西山景色，景中有情，情中有景，情景相生，与唐人的山水诗没有什么差别。

又如《登永嘉绿嶂山》。绿嶂山是永嘉瓯江北面的名山，与永嘉郡城隔江相望。他是这样描绘绿嶂山的山水景物的：

> 澹潋结寒姿（山间流泉，摇漾着秋水凝寒），
> 团栾润霜质（经霜绿竹，远望似一团浓烟）。
> 涧委水屡迷（涧水逶迤，不知它流向何方），
> 林迥岩逾密（丛林幽远，层峦又耸蔽遮天）。
> 眷西谓初月（遥望西峰，似明月破云而出），
> 顾东疑落日（回首东山，又疑将落日衔山）。
> 践夕奄昏曙（暮色苍茫，于山间踯躅前行），
> 蔽翳皆周悉（小径荫翳，屐齿亦悉皆踏遍）。

写了山峦，山涧的流水；写了绿竹，幽远的丛林；写了苍茫的暮色，踯躅山间小路，落日衔山，仿佛明月破云而出，极貌写形，将山水作为直接的审美对象。

诗的末了借山水美景抒发自己的感慨，他认为如果一生一世都能隐居在这山中，贞美悠闲，高官厚禄又有什么用处呢？他在永嘉山水诗中多次表达了要隐居避世的思想，如游永嘉平阳岭门山，受到山水景物的感召，那山岭壁立耸秀，那云腾水涌，疾速奔流，那农夫樵子，在林荫中缓步归家，使他发出人生可贵的在于自由而无拘束的感慨。

谢灵运不仅想避世隐居，而且企慕能与仙人在山林美景中优游流连。永嘉楠溪江有一处独特的名胜古迹，名叫石室山。这是一个巨大的山洞，由一大块像箬笠帽形花岗岩石块覆盖着，当地人在石室中建一座大道观，所以又称大箬岩。谢灵运《石室山诗》写道：

清旦索幽异（清晨探寻，幽深奇异山景），
放舟城坰郊（放舟楠溪，经越野外林郊）；
莓莓兰渚急（草木葱茏，兰渚江水流急），
藐藐苔岭高（山高岭峻，绿茵渺渺迢迢）。
石室冠林陬（石室如冠，突起林莽树梢），
飞泉发山椒（瀑水争喧，山尖激越奔啸）；
虚泛径千载（空岩流声，已经千秋万载），
峥嵘非一朝（山势峥嵘，于今亦非一朝）。

在摹写山水美景之后，他忽然想到仙人王子乔，说自己非常企慕成仙，可以避开纷扰的尘世。结尾四句云：

灵域久韬隐（石室灵山，自来久处掩藏），
如与心赏交（于今遇我，遂结知己之交）；
合欢不容言（人山合乐，难以言辞表达）。
摘芳弄寒条（我心喜悦，捻花又弄枝条）。

谢灵运贬官后为什么想避世隐居，想当隐士，甚至企慕仙人？原来他心有隐忧，他预感到刘宋统治集团不会放过他，终有一天，他难免杀身之祸，所以他的放情山水，实在是一种全身远害的手段。在乘船游览永强滨海时，从清晨日暮，阴晴变幻的海景中，他悟到人生途程的变化不定。他说，直的树木先被砍伐，高俊的人先被摧残；自己应当皈于山水自然，才能避开杀身的祸端。（《游赤石进帆海》）为此，他强烈地思念故乡始宁别墅，希望能归乡隐居。他在游览永嘉郡郊外石鼓山之后，写了《登上戍石鼓山》诗：

旅人心长久（羁旅永嘉，久客他乡），
忧忧自相接（旅思而更接忧伤）。
故乡路遥远（望故里遥遥），
川陆不可涉（乱山烟水，归路何方）。
汩汩莫与娱（我心烦乱，郁闷少欢），
发春托登蹑（惟将一腔春愁，托付攀登）。
欢愿既无并（入仕与遁世，不可兼得），
戚虑庶有协（悲戚与愁纡，并来相伴）。
极目睐左阔（纵目侧望则寒江浩瀚），
回顾眺右狭（回首眺望而崖壑仄险。）
日没涧增波（残照中水溢山涧），
云生岭逾叠（暮云下山叠层峦）。
白芷竞新苕（看白芷与芦芽齐生），
绿苹齐初叶（觉绿苹与新叶竞秀）。
摘芳芳未谖（撷萱草却未能忘忧），
愉乐乐不燮（悦嘉音而声滞不流）。
佳期缅无缘（佳期渺远，缘会难期），
骋望谁云惬（望乡关何处，有赏心乐事）！

我们从诗中看到一位失意的诗人，一颗忧伤的心，一个渴望归乡隐居、与世无争的隐士。

谢灵运的足迹，踏遍永嘉郡的山山水水，一年时间，他又游览了华盖山、海坦山、南亭、瞿溪山、仙岩三皇井、梅雨潭、白岸亭、盘屿山……每到一处，均有纪游之作；每一首诗出，传至京城，王公显贵、市民百姓争相传抄。其永嘉山水诗最为人传诵的是游览江心孤屿和《登池上楼》两首。其《登江中孤屿》云：

江南倦历览，江北旷周旋。

怀新道转迥，寻异景不延。
乱流趋正绝，孤屿媚中川。
云日相辉映，空水共澄鲜。
表灵物莫赏，蕴真谁为传。
想象昆山姿，缅邈区中缘。
始信安期术，得尽养生年。

《嘉靖温州府志》卷二：“孤屿，在江心。”《万历温州府志》卷之一：“孤屿，在城北江心，两峰对峙，江流贯其中，而趾连亘，故昔人称为孤屿，后渐淤涨。（南）宋绍兴（中），蜀僧清了因篑土垒石，遂连其地建刹。东西峰各有塔，又有谢公亭、文丞相祠、澄鲜阁、浩然楼、卓忠贞祠。”又《太平寰宇记》卷九十九云：“孤屿在温州南（按：当作‘北’）四里，永嘉江中渚，长三百丈，阔七十步，有二峰。”

其中“乱流趋正绝，孤屿媚中川。云日相辉映，空水共澄鲜”最为人传诵。现借骚体一格，全诗译之如下：

历遍江南兮我心倦怠，
江湄北汫兮久未游览；
心怀新景兮旅程远绕，
寻觅异景兮时光何短！
江水浩渺兮截流横渡，
孤屿耸翠兮独媚中川；
日光云影兮交相辉映，
秋水长天兮澄澈明艳。
山屿灵秀兮无人游观，
真仙潜隐兮谁为言传？
想象孤屿兮恍似昆仑，
远隔人寰兮绝弃尘缘。
于今方信兮仙人之道，
隐此孤屿兮可得永年。

其《登池上楼》诗云：

潜虬媚幽姿，飞鸿响远音。
薄霄愧云浮，栖川怍渊沈。
进德智所拙，退耕力不任。
殉禄反穷海，卧疾对空林。
衾枕昧节候，褰开暂窥临。
倾耳聆波澜，举目眺岖嵚。
初景革绪风，新阳改故阴。
池塘生春草，园柳变鸣禽。
祁祁伤豳歌，萋萋感楚吟。
索居易永久，离群难处心。
持操岂独古，无闷徵在今。

《太平寰宇记》卷九九："谢公池，在州(府)西北三里，积谷山东。'池塘生春草'即此处也。"谢灵运因贬谪永嘉，忧愤卧疾。第二年(南朝宋少帝景平元年，公元423)初春，病稍痊愈，即登楼赏玩春景。诗中虽有春意盎然的描绘，但难掩其进退维谷、俯仰失据的沉重心情。其中"池塘生春草"，被认为是"清水出芙蓉，天然去雕饰"的典范。下面是新格律体诗今译：

潜龙深藏，闲静自持，可避害全身；
鸿雁高飞，挥洒清音，可远播声名。
搏击长空，愧对浮云，欲飞而不能；
栖息深潭，沉潜何用，又雌伏难行。
积极用世，匡时救弊，诚拙于巧智；
退隐居乡，归耕务农，又不胜体力。
委曲求禄，贬守永嘉，处穷困滨海；
卧疾抱病，漠对山林，望空斋寥寂。
衾枕为伴，日夜相拥，茫不知时节；
掀挑帷帘，推开窗户，临轩一凭栏。
顺耳聆听，楼下池中，惟春飔微澜；
举目纵望，山石嶙峋，耸高而峻险。

初阳初春，一扫寒冬，残腊之余风；
新春新阳，一改旧年，岁暮之阴晦。
俯视池上，堤塘岸边，长满了春草；
翘首园中，禽鸟欢歌，叫绿了柳叶。
春景融怡，日月消逝，伤豳风惨切；
春草萋萋，穷蹙难归，感楚声悲凄。
离群索居，永寄寂寞，觉日月悠长；

乡关失路悲，归去烟中远

——孟浩然与张子容泛舟温州永嘉江二首

孟浩然《永嘉上浦馆逢张八子容》：

逆旅相连处，江村日暮时。众山遥对酒，孤屿共题诗。
廨宇邻鲛室，人烟接岛夷。乡关万余里，失路一相悲。

唐时永嘉即今温州市。《明一统志》载：上浦馆在府城东七十里，唐孟浩然于此逢张子容赋诗。孟浩然四十岁(728)入京应试。《新唐书》本传载：

(王)维私邀入内署，俄而玄宗至。浩然匿床下。维以实对，帝喜曰："朕闻其人而未见也，何惧而匿！诏浩然出。"帝问其诗，浩然再拜，自诵所为，至"不才明主弃"之句。帝曰："卿不求仕，而朕未尝弃卿，奈何诬我？"因放还。

唐明皇一句话就决定了天才诗人一生困顿的命运。孟浩然留京约一年，上书献赋以求汲引，但毫无结果。于是浪迹越中，再自越至于温州。时孟浩然同乡好友张子容也因故遭贬，在乐城(乐清县)任县尉。张知好友来永嘉，即赴上浦驿馆候接。

一个考试落第，一个"投荒海边"(张子容《永嘉作》)，"同是天涯沦落人"，在远离襄阳故乡的永嘉，旅次相逢，怎能没有"失路"之悲呢？诗中末联"乡关万余里，失路一相悲"，正是这种思想感情的倾泻。

孟浩然绝句多含蓄蕴藉，以景语结；律诗则每以"叙事—写景—抒情"结构全诗。此诗末联抒乡关万里、失路相悲之情，而首联叙事，中间二联写景，就是这种“模式”。

一、二句叙相逢之时、地，时间在暮色苍茫之时，地点则是江村之逆旅即上浦馆。从一、二至三、四有较大的跳跃。张子容接到孟浩然以后，马上沿瓯江上溯，到了江心孤屿，为同乡好友洗尘接风，遥对众山而相与畅谈饮酒。他们在孤屿酒楼上，一边举杯，一边题诗。后人为纪念孟浩然在孤屿饮酒赋诗，即将此酒楼命名为“浩然楼”。《浙江通志》载引王叔杲《孤屿记》：孤屿江心寺，林木交荫，殿阁辉敞，独浩然楼峻竦洞达，坐其中，沧波可吸，千峰森前，孟襄阳所咏“众山遥对酒”是也。于今游客坐浩然楼上，仍可见瓯江南岸郭公、翠微，松台、积谷，华盖、海坦诸山遥对，而远处雪山、莲花峰等处也尽收眼底。缅想一千二百年前诗人在孤屿饮酒题诗的雅兴，会胸襟开阔，万虑俱消。殷璠在《河岳英灵集》中评此二句云：“无论兴象，兼复故实。”“众山遥对酒，孤屿共题诗”所以为千古登临之佳句！

五、六句分别从所见屋舍及人烟而言。“廨”，官舍，这里以“廨宇”兼指代民居。左思《吴都赋》：“泉室潜织而卷绡，渊客慷慨而泣珠。”李善注：“鲛人，水底居也。俗传鲛人从水中出，曾寄寓人家，积日卖绡……临去，从主人索器，泣而出珠满盘，以与主人。”因温州近海而远离中原，故称“邻鲛室”“接岛夷”。唐代多将“罪臣”贬逐温州，张子容《永嘉即事》即有“曾为谢客郡，多有逐臣家”语。此二句渲染温州之远离中土及滨海异俗，以逗出末联的乡关失路之悲。此诗叙事、写景、抒情，脉络清晰，亦山水景物诗之常法。

张子容《泛永嘉江日暮回舟》：

> 无云天欲暮，轻鹢大江清。归去烟中远，回舟月上行。
> 傍潭窥竹暗，出屿见沙明。更直微风起，乘流丝管声。

张子容，唐玄宗先天二年（713，十二月改元开元）进士，与孟浩然为同乡好友，后贬乐城（乐清县）为县尉。此诗写泛舟永嘉江（瓯江）日暮时回舟情景。

起联落笔擒题。首句点题中“日暮”字，二句切江中泛舟。“鹢”，一种水鸟，形如鹭，羽色苍白。《一切经音义》十九云：“鹢，水鸟，善高飞。”鹢善飞翔而不畏风暴，所以古时江南船户常于船头画鹢，以示顶风破浪，船因此而有“鹢首”“鹢舸”“鹢舟”之称，孟浩然《北津泛舟》云“本欲避骢马，何如同鹢舟”。二句

“轻鹢”即是“轻舟”。

三、四句点题中“回舟”。“烟中远”从平视角度写，描绘江上暮霭、水汽氤氲，远望江天迷茫的情景；“月上行”从俯视角度写，摹画大江清澈、月浸江心，而轻舟如行月上的美妙图景。

五、六句“傍潭窥竹暗”，写游船靠于江心孤屿水边，由于夜色朦胧，只能隐约看见屿上婆娑的竹子。“潭”（xún，音寻），水边，非深潭（tán，音谈）。《汉书·扬雄传》：“因江潭而往记兮。”颜师古注：“潭，水边也。”一“暗”字，既写出自日暮到夜晚时间的推移，又使竹林笼上一片夜色，如一幅写画。六句从“傍”到“出”，从“傍潭”到“出屿”，显示了轻舟的游弋划动。而“出屿”所见与“傍潭”时迥异：不再是“竹暗”，而是“沙明”，在意脉上照应了月明，即“月上行”。颈联“傍”“出”“暗”“明”，动静相辅，色彩分明，可谓妙对。七、八句以微风轻送丝管作结，由色转声，绘色绘声，有影有响。风景小诗，写得如许轻易空灵，有情有致，实是大手笔。

1990 年夏于温州江心寺

李白《菩萨蛮·平林漠漠烟如织》疏解

——附校注、集说、集评

菩萨蛮[1]·平林漠漠烟如织

平林漠漠烟如织[2]，寒山一带伤心碧。暝色入高楼[3]，有人楼上愁。玉阶空伫立[4]，宿鸟归飞急[5]。何处是归程[6]？长亭连短亭[7]。

【疏解】

明顾从敬《类编草堂诗余》沈际飞评本，题“闺情”。清许昂霄言：“玩末二句，乃是远客思归口气，或注作‘闺情’，恐误。”然许氏又据末二句，折中为“闺思”。

按，词于唐世始兴，皆未有题；题目当为后人所加。“闺情”，为闺中人念记、牵挂行役在外的丈夫；而“闺思”更属羁旅行役的惜别伤离之作，二者虽异而近似。然以为《菩萨蛮》题目，皆误；旨意当从词句中悟出。

张惠言《词选序》云：“意内言外谓之词。”其“言外”当为归思之作。

上阕首二行旅途中，一望平林漠漠，岚烟如织；寒山伤碧连绵，远山横亘如带。羁旅在外，何日得归？三四遥想之词，想得家中高楼，恐亦已是暮色苍茫，故云“暝色入高楼”。诗人浮想家中妻子或在楼中远望凝愁呢。此“有人”，当指“闺中人”。下阕过片，曲换而意连，仍是遥想：妻子下至“玉阶”，伫立眺望，行人过尽，惟远天一片茫茫，不见心中人还家。“空”，想其徒然久立，失望惆怅；却见宿鸟回巢，急急归飞。言外“何不见丈夫归家”。自“暝色”四句，不言己之思念家中妻子，而言家中妻子久立玉阶遥望，思念自己，更显自己思归之情之切！此翻过一步法。结拍“何处是归程”，一“归”字点明归思念家题旨，而以问句出之，怅惘哀叹之情立现。末以望“长亭短亭”相连，“十里五里”相接，以景结情，篇终混茫，归思无限；既道乡关遥远，又与开首“平林漠漠”“寒山伤碧”之景之情相应。

此李白行旅途中思念家室之词也。赵翼《瓯北诗话·李青莲诗》：“盖古乐府本多托于闺情女思。青莲深于乐府，故亦多征夫怨妇、惜别伤离之作。”其《春思》一首殆似之：

燕草如碧丝，秦桑低绿枝。
当君怀归日，是妾断肠时。
春风不相识，何事入罗帏？

然张惠言倡比兴寄托，以为词须自“言外”寻求“意内”。《词选序》云：“缘情造端，兴于微言，以相感动，极命风谣里巷，男女哀乐，以道贤人君子，幽约怨悱不能自言之情，低回要眇以喻其致。盖《诗》之比兴，变风之义，骚人之歌，则近之矣。”

以比兴言之，此或流夜郎赦归，思明皇之作。

起二夜郎赦归，旅途中高楼望远，但见平林漠漠，岚烟如织；寒山伤碧连绵，远山横亘如带。于今长流夜郎，何日得遇赦，回归朝廷，重建功业？回想天宝初年，金銮召见，草答蕃书，笔不停辍；被酒翰苑，优宠赐食。布衣之遇，前所未闻。入夜楼中暝色昏昏，愁思茫茫；长安不见，伤心惨目。悲凄之情，不觉涌上心头。故三四云“暝色入高楼，有人楼上愁”；“有人”者，李白自谓也。

肃宗至德元载（756）秋，李白五十六岁，隐居庐山屏风叠。十二月江陵大都督永王李璘以抗敌平乱为号召，领水军自广陵东下。至浔阳，屡诏李白入幕，辟为幕僚。李白入永王幕，有《永王东巡歌》十一首。其二云：

三川北虏乱如麻，四海南奔似永嘉。
但用东山谢安石，为君谈笑静胡沙。

又第十一首云：

> 试借君王玉马鞭，指挥戎虏坐琼筵。
> 南风一扫胡尘静，西入长安到日边。

可知李白入永王幕，本意在以“静胡沙”“扫胡尘”为己任。

至德二载(757)二月，永王兵败，李白亡走彭泽，未久因罪系浔阳监狱，旋长流夜郎，自浔阳溯江西上。乾元元年(758)十月，肃宗因册太子而大赦天下，李白却不在赦免之列。乾元二年正月春旱，朝廷于正月布《以春令减降囚徒德音》，云“其天下见禁囚徒，死罪降从流以下并宜释放”。二月又一次大赦，《以春令减降囚徒制》：“其天下见禁囚徒死罪从流，流罪以下一切放免。”(《唐大诏令集》卷八十四)。三月，李白江行至白帝城，闻赦，喜极，立返江陵。自流放夜郎溯江至遇赦，前后十五个月。流放途中每思长安，思念朝廷，《与史郎中饮听黄鹤楼上吹笛》云：“一为迁客去长沙，四望长安不见家。”又《放后恩遇不沾》，自比贾谊，而以明皇比汉文帝，云：“独去长沙国，三年未许回。何时入宣室，更问洛阳才？”按，至德二载(757)十二月，明皇自蜀返京，李白已放夜郎。遥想当年明皇之恩遇，比照今日流放，其思念明皇之切自不待言。此故托“男女哀乐，以道贤人君子，幽约怨悱不能自言之情，低回要眇以喻其致”。

【校注】

①菩萨蛮：杨慎《升庵诗话》“蛮”作“鬘”。唐崔令钦《教坊曲》有《菩萨蛮》曲名。后用为词牌。《尊前集》选李白词12首，有此，注：“中吕宫。”又名《子夜歌》《重叠金》。小令，44字，前后阕各两仄韵，转两平韵。唐苏鹗《杜阳杂编》卷下：“大中初，女蛮国贡双龙犀、明霞锦，其国人危鬓金冠，璎珞被体，故谓之菩萨蛮。当时倡优遂歌《菩萨蛮》曲，文士亦往往效其词。”明杨慎《丹铅总录·诗话·菩萨鬘》：“唐词有《菩萨鬘》，不知其义。按小说，开元中，南诏入贡，危髻金冠，璎珞被体，故号菩萨鬘，因以制曲。”清万树《词律》：菩萨蛮“两句一韵，其易四韵。‘连’字或作‘更’字。然此一字用平为佳；用平，则此首句一字可用仄。”按，小令，双调44字，前后段各4句两仄韵，转两平韵。

②“织”，明抄《尊前集》(一卷本)作“纤”。

平林：远望原上林木一片平齐。《诗经·小雅·车辖》：“依彼平林，有集维嫶。”毛传：“平林，林木之在平地者也。”漠漠：茫茫，迷蒙貌。汉王逸《九思·疾世》：“时昢昢兮旦旦，尘漠漠兮未晞。”谢朓《游东田》：“远树暖阡阡，生烟纷漠漠。”杜甫《茅屋为秋风所破歌》：“俄顷风定云墨色，秋天漠漠向昏黑。”

③暝色：暮色。谢灵运《石壁精舍还湖中作》：“林壑敛暝色，云霞收夕霏。”暝，同冥，幽晦，昏暗，晚暝。《集韵》：“冥，《说文》，‘幽也’，或从日。”又，“暝，夕也。”《玉篇》：“暝，夜也。”宋玉《神女赋》：“暗然而暝，忽不知处。”《孔雀东南飞》：“晻晻日欲暮暝，愁思出门啼。”庾信《秋夜望单雁飞》：“无奈人心复有忆，今暝将渠俱不眠。”

④“阶”，明抄《尊前集》、汲古阁津逮秘书本《湘山野录》卷上作“梯”。（以下简称汲古本）玉阶：用玉石砌成或装饰的台阶。班固《西都赋》：“玄墀钔砌，玉阶彤庭。”张铣注：“玉阶，以玉饰阶。”班婕妤《自悼赋》：“华殿尘兮玉阶落，中庭萋兮绿草生。”

⑤“鸟”，汲古本作“雁”。宿鸟：归巢栖宿之禽鸟。古“宿”，亦作宿鸟解。《论语·述而》：“子钓而不纲，弋不射宿。”杨伯峻注：“宿，歇宿了的鸟。”

⑥“归”，彊村丛书本、明抄《尊前集》作“回”。

⑦“连”，汲古本作“更”，彊村丛书本、明抄《尊前集》作“接”。汲古本原词后有“止”字。长亭短亭：古代城外大道、驿路旁，每五里设短亭，十里建长亭，供行人饯别送行或憩息之所。庾信《哀江南赋》：“十里五里，长亭短亭。”

【集说】

（1）宋张侃《拙仙词话·倚声起源》（节录）：乐府之坏，始于《玉台》杂体，而《后庭花》等曲流入淫侈。极而变为倚声，则李太白、白乐天、温飞卿所作《清平调》《菩萨蛮》《长相思》。

（2）宋《魏庆之词话·太白》：鼎州沧水驿，有《菩萨蛮》云（略）。曾子宣家有《古风集》，此词乃太白作也。

（3）宋释文莹《湘山野录》卷上：此词不知何人写在鼎州沧水驿楼，复不知何人所撰。魏道辅泰见而爱之。后至长沙，得古集于子宣内翰家，乃知李白所作。

（4）宋黄升《唐宋诸贤绝妙词选》卷一：二词（按含《忆秦娥》）为百代词曲之祖。

（5）明陈霆《渚山堂词话序》（节录）：其以李白《菩萨蛮》为百代词曲之祖，以今考之，殆非也。

(6)明杨慎《词品》卷一《菩萨鬘,苏幕遮》(节录):西域诸国妇人,编发垂髻,饰以杂华,如中国塑佛像璎珞之饰,曰《菩萨鬘》,曲名取此。

(7)明王世贞《艺苑卮言·隋炀帝望江南为词祖》(节录):昔人谓李太白《菩萨蛮》《忆秦娥》,杨用修又传其《清平乐》二首,以为词祖。不知隋炀帝已有《望江南》词。

(8)清王又华《古今词论·徐伯鲁词论》(节录):自乐府亡而声律乖,谪仙始作《清平调》《忆秦娥》《菩萨鬘》诸词,时因效之。厥后行卫尉少卿赵崇祚辑为《花间集》,凡五百阕,此近代倚生填词之祖也。

(9)清沈雄《古今词话·词品上卷·疏名》(节录):胡应麟曰:"《菩萨蛮》,谓南国人危髻金冠故名,非专指妇人髻也。"

(10)清沈雄《古今词话·词评上卷·李白》:郑樵《通志》曰:"李白《草堂集》,白蜀人,草堂在蜀,怀故国也。《菩萨蛮》《忆秦娥》二首为百代词曲之祖。"

(11)清王奕清《历代词话》卷一《李白菩萨蛮》:开元时,南诏入贡,危髻金冠,璎珞被体,号菩萨蛮,因以制曲。杨慎改"蛮"为"鬘",以戒经华鬘被首为据,殊失详考。

(12)清李调元《雨村词话序》(节录):词非诗之余,乃诗之源也……自唐开元盛日,王之涣、高适、王昌龄绝句流播旗亭,而李白《菩萨蛮》等词亦被之管弦,实皆古乐府也。

(13)清田同之《西圃词说·词须有寄托》(节录):词自隋炀、李白创调之后,作者多以闺词见长。

(14)清冯金伯《词苑萃编》卷一《隋炀帝李白词调始生》(节录):隋炀帝、李白,词调始生矣。然《望江南》《忆秦娥》,则以词起调者也;《菩萨蛮》则以词按调者也。

(15)清冯金伯《词苑萃编》卷二十《菩萨蛮乃晚唐人词嫁名太白》(节录):今诗余名《望江南》外,《菩萨蛮》《忆秦娥》称最古,以草堂二词出太白。近世文人学士或以为实然。予谓太白在当时直以风雅自任,即近体盛行,七言律鄙不肯为,宁屑此事……藉令真出青莲,必不作如是语。详其意调,绝类温方城辈。盖晚唐人词嫁名太白耳。《南部新书》亦载此事。则太白之世,唐尚未有斯题,何得预置其曲耶?又《北梦琐言》云:"宣宗爱唱《菩萨蛮》词,令狐丞相假飞卿新撰密进之,戒以勿泄,而遽言于人由是疏之。"按,大中即宣宗年号。此词新播,故人喜歌之。予疑屡近飞卿,至是释然。

(16)清吴衡照《莲子居词话》卷一《太白词不类温方城》(节录):唐词《菩萨蛮》《忆秦娥》二阕,《花庵》以后,咸以为出自太白,然太白集本不载。至杨齐贤、萧士赟注,始附益之。胡应麟《笔丛》疑其伪托,未为无见,谓详其意调,绝类温方城,殊不然。如“暝色入高楼,有人楼上愁”,“西风残照,汉家陵阙”,神理高绝,却非金荃手笔所能。

(17)清宋翔凤《乐府余论·实诗之余》(节录):太白《忆秦娥》《菩萨蛮》,皆绝句之变格,为小令之权舆。旗亭画壁赌唱,皆七言断句。后至十国时,遂竟为长短句。自一字两字至七字,以抑扬高下为声,而乐府之体一变。则词实诗之余,遂名曰“诗余”。男女哀乐,以道贤人君子,幽约怨诽不能自言之情,低回要眇以喻其致。

(18)清况周颐《蕙风词话》卷四《唐词三首》(节录):《杜阳杂编》亦云:“《菩萨蛮》乃宣宗大中初所制。”明胡元瑞《笔丛》据之,《太白集》中《菩萨蛮》四词为伪作。然崔令钦《教坊记》末,所载《教坊曲》名三百六十五中,已有此二调。崔令钦,见《唐书·宰相世系表》,乃隋弘农太守宣度五世孙,是其人当在睿、元之世。其书纪事,迄于开元,亦足略窥其时代。据此,则《望江南》《菩萨蛮》皆开元教坊曲……胡元瑞斥太白《菩萨蛮》四词为伪作,,姑莫与辩。试问此伪词孰能作,孰敢作者?未必两宋名家克办。元瑞好驳升庵,此等冒昧之谈,乃与升庵如骖之靳,何耶?

【集评】

(1)清王又华《古今词论·沈去矜词论》:男中李后主,女中李易安,极是当行本色。前此太白,故称:词家三李。

(2)清李调元《雨村词话》卷一《织》:词用“织”字最妙,始于太白词“平林漠漠烟如织”。孙光宪亦有句云:“野棠如织。”晏殊亦有“心似织”句,此后遂千变万化矣。

(3)清许昂霄《词综偶评·唐词》(节录):《菩萨蛮》,玩末二句,乃是远客思归口气。或注作“闺情”,恐误……楼上凝愁,阶前伫立,皆属遥想之词。或以“玉阶”句为指自己,于义亦通。盖“玉阶”“玉梯”等字,昔人往往通用。白石《翠楼吟》,亦有“玉梯凝望久”之句。

(4)清冯金伯《词苑萃编》卷二《太白词无事修饰》(节录):总统诸家而求其极致,于不食烟火,不落言诠,如女中之有国色,无事矜庄修饰,使当之者忽然自失，而未由仿佛其姣好，其惟太白之“暝色入高楼，有人楼上愁”乎。惜乎今之才人，动而不静，往而不返，识此宗趣者盖寡。

(5)清冯金伯《词苑萃编》卷十九《唐词多守诗韵》(节录)：李白《菩萨蛮》云：“何处是归程，长亭更短亭。”“覃”“咸”通用。

(6)清冯金伯《词苑萃编》卷二十《菩萨蛮乃晚唐人词嫁名太白》(节录)：(《菩萨蛮》《忆秦娥》)二词虽工丽，而气衰飒，于太白超然之致，不啻穹壤！

(7)清吴衡照《莲子居词话》卷一《太白词气体俱高》：汉人之诗，浑浑穆穆；魏人之诗，浩浩落落。汉诗高在体，魏诗高在气，太白词气体俱高，词中之汉魏也。

(8)清吴衡照《莲子居词话》卷一《太白词不类温方城》(节录)：“暝色入高楼，有人楼上愁”，“西风残照，汉家陵阙”等语，神理高绝。

(9)清黄氏《蓼园词评·李太白菩萨蛮》：按入首二句，意兴苍凉壮阔。第三第四句，说到“楼”、到“人”，又自静细孤寂，真化工之笔。第二阕“栏杆”(玉阶)字跟上“楼”；“伫立”字跟上“愁”。末联始点出“归”字来，是题目归宿。所以“愁”者此也。所以“寒山伤心”者此也。更觉前阕凌空结撰，意兴高远。至结句仍含蓄不说尽，雄浑无匹。

(10)清李佳《作庵词话》卷下《李白词》：(《菩萨蛮》《忆秦娥》)二作为此调鼻祖，实也千古绝唱。谪仙才固自不凡。

(11)清江顺诒《词学集成》卷五《刘熙载论各家词》(节录)：太白《菩萨蛮》《忆秦娥》，张志和《渔歌子》，两家一忧一乐，归趣难名。或灵均思美人、哀郢，庄叟濠上近之耳。

(12)清刘熙载《词概·梁陈诗具词体》：梁武帝《江南弄》、陶弘景《寒夜怨》、陆穷《饮酒乐》、徐孝穆《长相思》，皆具词体，而堂庑未大。至太白《菩萨蛮》之繁情促节，《忆秦娥》之长吟远慕，遂使前此诸家，悉归环内。

(13)清刘熙载《词概·太白词足抵少陵秋兴》：太白《菩萨蛮》《忆秦娥》两阕，足抵少陵《秋兴》八首，想其情境，殆作于明皇西幸后乎。

(14)清陈庭焯《白雨斋词话》卷一《皇甫子奇词》：唐代词人，自以飞卿为冠。太白《菩萨蛮》《忆秦娥》两阕，自是高调，未臻无上妙谛。皇甫子奇《梦江南》《竹枝》诸篇，合者可寄飞卿庑下，亦不能为之亚也。

(15)陈庭焯《白雨斋词话》卷五《太白菩散漫忆秦娥为词中鼻祖》：太白《菩萨蛮》《忆秦娥》两阕，神在个中，音流弦外，可以是为词中鼻祖。寻词之祖，断自太白可也，不必高语六朝。

李白轶事集录

1. 唐魏颢《李翰林集序》(节录)：入翰林，名动京师。《大鹏赋》，时家藏一本。故宾客贺公奇白风骨，呼为“谪仙子”。由是朝廷作歌数百篇。上皇豫游，召白。白时为贵门邀饮，比至半醉，令制《出师诏》，不草而成；许中书舍人。以张垍馋逐，游海岱间，年五十余，尚无禄位。(《全唐文》卷三百七十三)

2. 唐范传正《赠左拾遗翰林学士李公新墓碑》(节录)：天宝初，召见于金銮殿。玄宗明皇帝降车辇步迎，如见园、绮。论当世务，草答蕃书，辩如悬河，笔不停缀。玄宗嘉之，以宝床方丈赐食于前；御手和羹，德音褒美。褐衣恩遇，前无比俦。遂直翰林，专掌密命。将处司言之任，多陪侍从之游。他日泛白莲池，公不在宴。皇欢既洽，召公作序。时公已被酒于翰苑中，仍命高将军扶以登舟。优宠如是，布衣之遇，前所未闻。(《全唐文》卷六百十四)

3. 唐刘全白《唐故翰林学士李君碣记》(节录)：天宝初，玄宗辟翰林待诏。因为《和蕃书》，并上《宣唐鸿猷》一篇。上重之，欲以论诰之任委之。为同列者所谤，诏令归山。遂浪迹天下，以诗酒自适。又志尚道术，谓神仙可致，不求小官，以当世之务自负；流离坎坷，竟无所成名。(《全唐文》卷六百十九)

4. 唐李浚《松窗杂录》：开元中，禁中禁中初重木芍药，即今牡丹也(《开元天宝》花呼木芍药，本记云禁中为牡丹花)。得四本红、紫、浅红、通白者，上因移植于兴庆池东沉香亭前。会花方繁开，上乘月夜召太真妃以步辇从。诏特选梨园子弟中尤者，得乐十六色。李龟年以歌擅一时之名，手捧檀板，押众乐前欲歌之。上曰：“赏名花，对妃子，焉用旧乐词为？”遂命龟年持金花牌宣赐翰林学士李白，进《清平调》词三章。白欣承诏旨，犹苦宿酲未解，因援笔赋之。(按，此三章略)龟年遽以词进。上命梨园子弟约略调抚丝竹，遂促龟年以歌。太真妃持颇梨七宝杯，酌西凉州蒲萄酒，笑领，意甚厚。上因调玉笛以倚曲，每曲遍将换，则迟其声以媚之。太真饮罢，饰绣巾重拜上意。龟年常话于五王，独忆以歌得自胜者无出于此，抑亦一时之极致耳。上自是顾李翰林尤异于他学士。会高力士终以脱乌皮六缝为深耻，异日太真妃重吟前词，力士戏曰："始谓妃子怨李白深入骨髓，何拳拳如是?"太真妃因惊曰："何翰林学士能辱人如斯?"力士曰："以飞燕指妃子，是贱之甚矣。"太真颇深然之。上尝欲命李白官，卒为宫中所捍而止。

5. 唐段成式《酉阳杂俎》前集卷十二：李白名播海内，玄宗于便殿召见。神气高朗，轩轩然若霞举，上不觉亡万乘之尊，因命纳履。白遂展足与高力士，曰："去靴。"力士失势，遽为脱之。及出，上指白谓力士曰："此人固穷相。"

6. 唐孟棨《本事诗·高逸第三》(节录)：李太白初自蜀至京，舍于逆旅。贺监知章闻其名，首防之。既奇其姿，复请所为文。出《蜀道难》以示之。读未竟，称叹者数四，号为"谪仙"，解金龟换酒，与倾尽醉。期不间日，由是称誉光赫。贺又见其《乌栖曲》，叹赏苦吟曰："此诗可以泣鬼神矣"。

7. 唐孟棨《本事诗·高逸第三》(节录)：(玄宗)尝因宫人行乐，谓高力士曰："对此良辰美景，岂可独以声伎为娱，倘时得逸才词人吟咏之，可以夸耀于后。"遂命召白。时宁王邀白饮酒，已醉，既至，拜舞颓然。上知其薄声律，谓非所长，命为《宫中行乐》五言律诗十首。白顿首曰："宁王赐臣酒，今已醉。倘陛下赐臣无畏，始可尽臣薄技。"上曰："可。"即遣二内臣掖扶之，命研墨濡笔以授之，又令二人张朱丝栏于其前。白取笔抒思，略不停辍，十篇立就，更无加点。笔迹遒利，凤跱龙拏；律度对属，无不精绝。

8. 五代王定保《唐摭言》：李白着宫锦袍，游采石江中，神情高傲自得，旁若无人，因酒醉在水中捉月而溺毙。阳冰《草堂集序》与李华《太白墓志铭》，《唐摭言》所记载非是。

9. 宋祝穆《方舆胜览·州磨·溪》：针溪，在眉州象耳山下。世传李太白读书山中，未成，弃去。过小溪，逢老媪方磨铁杵，问之，曰："欲作针。"太白感其意，还卒业。媪自言姓武，今溪旁有武氏岩。

10. 宋胡仔《苕溪渔隐丛话》前集卷五引《该闻录》(节录)：唐崔颢《题武昌黄鹤楼》诗云(略)。李太白负大名，尚曰："眼前有景道不得，崔颢题诗在上头。"欲拟之较胜负，乃作《金陵登凤凰台》诗。

11. 宋胡仔《苕溪渔隐丛话》前集卷五引《蔡宽夫诗话》(节录)：太白之从永王璘，世颇疑之，《唐书》载其事甚略，亦不为明辨其是否。独其诗自序云："半夜水军来，浔阳满旌旃。空名适自误，迫胁上楼舡。从赐五百金，弃之若浮烟。辞官不受赏，翻谪夜郎天。”然太白岂从人为乱者哉！

12.《花庵词选》卷一：名白，贺知章号之为谪仙。

13.《白香词谱》卷一：白字太白，自号青莲居士。凉武昭王九世孙。蜀人，亦云山东人。天才奇特。游长安，贺知章见其文，曰：“谪仙人也。”言于明皇，召对金銮殿，诏供奉翰林。帝在沉香亭赏名花，召赋《清平调》三章。帝爱其才。因醉，命高力士脱靴。力士耻之，摘诗中语激扬贵妃，谮于帝；赐金放还。安禄山反，永王璘辟为府僚佐。璘起兵，白逃回。璘败，当诛。先是尝救郭子仪，至是，子仪请解官以赎。诏长流夜郎。赦还，客当涂令李阳冰所。代宗立，以左拾遗召，而白已卒矣。葬当涂之青山。

14.《历代诗余·词人姓氏》：李白，字太白，凉武昭王四世孙。其先陇西成纪人，后徙居蜀。天宝初，游长安。贺知章见其文，言于明皇，召见金銮殿。奏《颂》一篇，命供奉翰林。恳求还山，赐金放归。后坐永王璘事，流夜郎。会赦还。代宗立，以左拾遗召，已卒。其所制《清平调》《菩萨蛮》诸阕，实词调所自起云。

杨贵妃入宫处子说

一、杨玉环 17 岁，公元 735 年

唐明皇的女儿咸宜公主在洛阳举行婚礼，杨玉环应邀参加。咸宜公主之胞弟寿王李瑁，对杨玉环一见钟情，在武惠妃的要求下，唐明皇当年就下诏册立杨玉环为寿王妃。

据朱彝尊《曝书亭集》卷五五《杨太真外传书后》考证：杨贵妃 17 岁（735）时，杨家只是纳彩受聘，尚未与寿王李瑁举行婚礼。

《唐大诏令》载，开元二十三年十二月二十四日（按：已经进入公元 736 年 2 月），杨玉环被册封为寿王妃。

二、杨玉环 18 岁，公元 737 年 1 月，武惠妃（寿王母亲）逝

唐明皇因为看上杨玉环，即下诏，令杨玉环以“为武惠妃超度”名义，自己要求入宫为女道士。

杨玉环 19 岁（公元 737）。正月初二（按：距册封寿王妃一年又七天，距武惠妃逝世 25 天），杨贵妃就入了道，号曰太真。也就是说，虽然册封为寿王妃，但并未成婚。所以朱彝尊认为“妃由道院入宫，不由寿邸”。

三、补证如下

据史籍记载，寿王李瑁母亲惠妃薨，按规矩，须守丧三年，这是寿王不能与杨玉环马上成亲的根本原因。

《唐律疏议·户婚篇》规定：

居丧嫁娶。包括居丧期间身自嫁娶、为人主婚、为人媒合三类情况。凡父、母、夫丧，身自嫁娶者，徒刑三年。知其居父、母、夫丧，而仍与之完婚之家的家长，也要杖一百。凡为人主婚者，居父、母、夫丧杖八十以上。凡为人媒合者，居父母、夫丧笞（用竹板打）四十以上。

所以，寿王在母亲惠妃丧期不能完婚。

而白居易《长恨歌》也认为："杨家有女初长成，养在深闺人未识。"

四、以下史书有关年份的记载可以参证

1.《新唐书》卷五《玄宗纪》：

（开元二十五年）十二月丙午，惠妃薨。丁巳追册为皇后。

2.《唐会要》卷三《皇后门略》：

玄宗皇后武氏，幼入宫，赐号惠妃。开元二十五年十二月七日薨。（年四十）赠皇后，谥曰贞顺。

3.《资治通鉴》卷二一四《唐纪》三〇《玄宗纪》：

（开元二十五年）十二月丙午，惠妃武氏薨，赠谥贞顺皇后。

4.《大唐新语》之十一：

三庶（按：唐明皇的三个儿子，被武惠妃陷害，唐明皇废三子为庶人，旋赐死，故称"三庶"）以（开元）二十五年四月二十三日死，武妃至十二月而毙。

5.《旧唐书》卷一〇七《废太子瑛传》。叙述了唐玄宗杀他三个儿子的事。

太子李瑛、光王李琚、鄂王李瑶，因为武惠妃专宠，自己的母亲失宠，于是一向跟武惠妃不相对。开元二十五年四月，武惠妃的姑爷（咸宜公主的驸马）在武惠妃面前说那三兄弟的坏话。于是玄宗就把那三子为庶人，不久就全都赐死。后来，武惠妃就常常见到那三兄弟闹鬼，吓出毛病来，到十二月初七就一命呜呼。所以杨贵妃度为女道士，正是武惠妃死后的第二年正月初二。武惠妃前一年十二月初七薨，距杨玉环度为女道士仅二十五天。

2015 年 7 月于美国马里兰州哥伦比亚
"彩虹"活动中心的讲座提纲

子夜，杨妃鬼魂的悲歌

李商隐《曲江》诗云：

望断平时翠辇过，空闻子夜鬼悲歌。
金舆不返倾城色，玉殿犹分下苑波。
死忆华亭闻唳鹤，老忧王室泣铜驼。
天荒地变心虽折，若比伤春意未多。

此诗或以为“伤文宗崩后，杨贤妃赐死”之事（冯浩），或以为咏“甘露之变”（程梦星），或以为“借玄宗幸曲江以讽文宗时事”（沈德潜），或以为“专咏明皇、贵妃事”（张采田），然均未详解。笔者钩稽史事，曲探心迹，笺为确咏明皇杨妃之事。

据康骈《剧谈录》记载，曲江，至开元年间始辟为胜境，“花卉环周，烟水明媚，都人游赏，盛于中和上巳之节”。天宝间，唐明皇与杨贵妃时常临幸曲江游宴。诗以《曲江》为题，正“咏明皇、贵妃事”。（张采田《玉溪生年谱会笺》）

“望断平时翠辇过，空闻子夜鬼悲歌”。首联写安史之乱后，明皇之车驾不可复见，而曲江池苑唯闻夜半冤鬼悲歌。《旧唐书·音乐志》：“《子夜歌》声过哀苦。”又子夜，也指夜半，双关。此联写曲江乱后之荒凉破败，为全诗定下“心折”“伤春”的调子。诗句以虚写实，以“翠辇望断”和“子夜鬼歌”，渲染曲江的荒寂和夜半的阴森可怖，除细节选用的典型外，“望断”“悲歌”，情绪也极为浓烈。翠辇，饰以翠羽之辇车，为天子车驾，指代明皇；而与“鬼”之悲歌相对应，则此“鬼”当为杨妃鬼魂无疑。

史载：安禄山攻破潼关，天宝十五载（756）六月十四，唐明皇与杨贵妃等奔蜀至马嵬，神策军哗变，逼杀杨妃，时年三十八。《通鉴·唐纪》：京兆司录韦谔请速决贵妃，明皇曰："贵妃在深宫，安知国忠谋反？"高力士曰："贵妃诚无罪，然将士已杀国忠，而贵妃在陛下左右，岂敢自安？"唐明皇终被迫缢杀杨玉环，而心知其冤。

李商隐一向同情妇女的不幸遭遇。对当时妇女的无权地位有较清醒的认识，因而能够摆脱"女祸误国"的观念。其《马嵬》诗云："如何四纪为天子，不及卢家有莫愁！"对明皇失国而保不住一个妃子而深致慨叹。"鬼悲歌"正是写杨妃的枉死而阴魂不散，不仅显示杨妃游魂的飘荡无依、栖止无处，而且勾画出她因冤死而"悲歌"诉说的形象。由李商隐启其端，晚唐诗人咏明皇、贵妃之什，大多为感怀马嵬事变而为杨玉环鸣冤直枉。黄滔云："天意从来知幸蜀，不关胎祸自蛾眉。"（《马嵬》）徐夤亦云："未必蛾眉能破国，千秋休恨马嵬坡。"（《开元即事》）"张均兄弟皆何在，却是杨妃死报君。"（《马嵬》）

李商隐对杨妃的同情，塑造其冤死悲歌的形象，对后世诗人吟咏马嵬的影响和导向是很大的。

"金舆不返倾城色，玉殿犹分下苑波。"二联承上。倾城色，指杨妃。金舆，以金为饰之舆。金舆义同翠辇，所异者一饰以金，一饰以翠羽，均为皇帝车驾。"金舆不返倾城色"，言贵妃缢死后再不能乘銮舆而返帝京，亦老杜"血污游魂归不得"意（《哀江头》）。下苑，即曲江池苑。曲江水流入御沟，故云"玉殿犹分"。此联云杨妃固已逝矣，可叹其鬼魂只能在曲江游离，尚不如下苑之江波犹可通御沟而入玉殿。"犹"字重笔，有"人不如水"之慨，所谓"宫室依旧而人事全非"。故黄侃云："此诗吊杨妃而作……三句言杨妃已去，四句言宫殿犹存。"（《李义山诗偶评》）

"死忆华亭闻唳鹤，老忧王室泣铜驼。"颈联一"死"一"老"相待，"死"者自是杨妃，"老"则指明皇。"华亭鹤唳"典出《晋书·陆机传》。陆机死前曾叹曰："华亭鹤唳，岂可复闻乎？"出句意谓贵妃缢前当亦如陆机之萌生悔叹之意。悔叹当年之入宫，悔叹未能劝诱皇帝励精图治，更多的也许是悔叹"既有今日之缢杀，又何必当初之定情"……其意蕴极为深广。而死者已矣，老者长忧。《晋书·索靖传》："索靖知天下将乱，指宫门铜驼曰：会见汝在荆棘中耳。"对句意谓明皇失国，迁入西内，宦竖李辅国专权，唐室将从此不振，以至于亡国。此联一"死"一"老"，以贵妃对明皇甚明。诸家或以为咏"甘露之变"，则"老"字无着。或以为"老忧"，义山心情之写照，其实"甘露事变"时，李商隐年仅二十有四，不可云“老”。

“天荒地变心虽折,若比伤春意未多。”末联以“天荒地变”与“伤春”相较,则“伤春”尤甚于“天荒地变”。周振甫云:“这首诗的主旨是说伤春比天荒地变更可悲。”(《李商隐选集》)甚确。“天荒地变”所指即安史之乱及明皇之失国柄。“心折”,言中心摧伤。江淹《别赋》:“使人意夺神骇,心折骨惊。”

问题在“伤春”的内涵是什么。考义山诗“伤春”句约有三义:或指男女相思,情感失落,如《寄恼韩同年》,“我为伤春心自醉,不劳君劝石榴花”;或指伤时感事,忧念家国,如《杜司勋》,“刻意伤春复伤别,人间唯有杜司勋”;或又自伤身世,叹机遇之屡失,如《朱槿花》,“君问伤春句,千辞不可删”。《曲江》诗之“伤春”,周振甫云:伤春,“指唐朝的没落,比大变乱更可悲。因为大变乱还可以平定,而唐王朝的没落却无法挽救”(《李商隐选集》),即为第二义。

李商隐诗有一个重要特点,即意蕴深隐。此处“伤春”,除振甫先生所释一义外,也可解为:安史之乱,天荒地变,虽使明皇中心摧悲,但若比起杨妃的缢杀冤死,则其可伤犹未如也。张采田云:“倾城已不返金舆矣,所谓伤春也。”黄侃云:“临命之悲,亡国之恨,犹未敌倾城夭枉、遗迹荒残之恸也。”此即所云第一义也。

1988 年于温州

杨贵妃的结局与《长恨歌》的立意

——在美国特拉华州的一次讲座

一、杨贵妃籍贯与家世

杨玉环：开元七年（719）六月初一，至天宝十五载六月十四（756），享年三十有八，实足37岁。名玉环，唐玄宗李隆基的宠妃，原名杨芙蓉（义取“芙蓉出水”），小字玉环，道号太真，生于容州，即今广西容县。

杨贵妃的曾祖父杨汪是隋朝的上柱国、吏部尚书，唐初被李世民所杀。父亲杨玄琰，是蜀州（四川重庆）司户，去世时杨玉环仅十岁。三叔父杨玄璬（音jiào）曾任河南府士曹。杨玉环的童年在四川度过，父亲去世后，寄养在洛阳的三叔家。后来又迁往永乐（山西永济）。

杨玉环是一个单纯的女子，其人心地善良，与宫女相处如姐妹。她从不干预朝政，也没有什么裙带关系。入宫后，其养父、堂兄均未提拔可证。至于杨国忠，虽以“堂兄”自称，实际上仅是同乡亲堂。虢国三夫人，虽姓杨，却不是堂姊妹。

李肇《国史补》载：“（明皇）诏令杨氏三夫人约为（女）兄弟。”唐明皇为何要“诏令杨氏三夫人约为兄弟”。根据唐崔令钦《教坊记》记载：“坊中诸女，以气类相投，约为香火兄弟……儿郎既聘一女，其香火兄弟多相奔，云学突厥法。”李唐出自陇西，保留不少“胡”（突厥）气，突厥风俗大行，其实也是上古姊妹共夫风俗的遗存。杨氏三夫人全有夫婿，又非明皇嫔妃，不能随便“承幸”。所以“三夫人”只有按“突厥风俗”，以贵妃姐妹的名义才能入宫，与唐明皇“朝夕相处”。

唐明皇的女儿咸宜公主开元二十五年（735）在洛阳举行婚礼，杨玉环也应邀参加。咸宜公主之胞弟寿王李瑁对杨玉环一见钟情，在武惠妃的要求下，唐明皇当年就下诏册立她为寿王妃;杨玉环时年一十七。

二、杨贵妃入宫处子说

据朱彝尊《曝书亭集》卷五五《杨太真外传书后》考证:杨贵妃17岁(735)时,武惠妃洛阳选寿王妃,挑中她为寿王李瑁妃,只是纳彩受聘,尚未入宫(举行婚礼)。

《唐大诏令》载,开元二十三年十二月二十四日(已经进入736),杨玉环被册封为寿王妃。

开元二十四年(736),武惠妃(寿王母亲)逝,紧接太后(唐明皇母亲)忌辰。唐明皇因为看上杨玉环,即下诏,令其为皇妃及太后超度名义,要求入宫为女道士。

开元二十五年的正月初二(按:距册封寿王妃仅一年又七天),杨贵妃就入了道,号曰太真。也就是说,虽然册封为寿王妃,但并未成婚。所以朱彝尊认为"妃由道院入宫,不由寿邸"。

现补证如下:

据史籍记载,寿王李瑁母亲惠妃薨,按规矩,须守丧三年,这是寿王不能与杨玉环马上成亲的根本原因。

《唐律疏议·户婚篇》规定:居丧嫁娶,包括居丧期间身自嫁娶、为人主婚、为人媒合三类情况。凡父、母、夫丧,身自嫁娶者,徒刑三年。知其居父、母、夫丧,而仍与之完婚之家的家长,也要杖一百。凡为人主婚者,居父、母、夫丧杖八十以上。凡为人媒合者,居父母、夫丧笞(用竹板打)四十以上。所以,寿王在母亲惠妃丧期不能完婚。

1.《旧唐书》卷九《玄宗纪下》:(开元二十五年)十二月丙午,惠妃武氏薨,追谥为贞顺皇后。(按:开元二十五年,736;十二月,已经是737)

杨玉环年十八,与寿王尚未成婚。所以《长恨歌》云:"杨家有女初长成,养在深闺人未识。"

2.《新唐书》卷五《玄宗纪》:(开元二十五年)十二月丙午,惠妃薨。丁巳追册为皇后。

3.《唐会要》卷三《皇后门略》:玄宗皇后武氏,幼入宫,赐号惠妃。开元二十五年十二月七日薨。(年四十)赠皇后,谥曰贞顺。

4.《资治通鉴》卷二一四《唐纪》三〇《玄宗纪》:(开元二十五年)十二月丙午,惠妃武氏薨,赠谥贞顺皇后。

5.《大唐新语》之十一:"三庶(按:唐明皇的三个儿子,被武惠妃陷害,唐明皇废三子为庶人,旋赐死,故称"三庶")以(开元)二十五年四月二十三日死,武妃至十二月而毙。

6.《旧唐书》卷一〇七《废太子瑛传》叙述了唐玄宗杀他三个儿子的事。太子李瑛、光王李琚、鄂王李瑶,因为武惠妃专宠,自己的母亲失宠,于是一向跟武惠妃不相对。开元二十五年四月,武惠妃的姑爷(咸宜公主的驸马)在武惠妃面前说那三兄弟的坏话。于是玄宗就把那三子为庶人,不久就全都赐死。后来,武惠妃就常常见到那三兄弟闹鬼,吓出毛病来,到十二月初七就一命呜呼。所以杨贵妃度为女道士,应该在武惠妃死后,即公元737年初。

(附)李商隐有两首诗云:

(1)《骊山有感》:"骊岫飞泉有暖香,九龙呵护玉莲房。平明每幸长生殿,不从金舆惟寿王。"

(2)《龙池》:"龙池赐酒敞云屏,羯鼓声高众乐停。夜半宴归宫漏永,薛王沉醉寿王醒。"

二诗写到寿王李瑁与杨妃的事。有人据"不从金舆"句,认为李瑁因明皇已纳杨玉环为妃。其实不必如许解读,亦可解为李瑁因玉环入宫为女道士,后又成为贵妃,是故"不从"。同理,"寿王醒"亦可作如是观。

三、杨贵妃缢死马嵬坡及其坟墓

马嵬坡,后为驿站,故又称马嵬驿。在今陕西省兴平市马嵬办西400米处。据传晋人马嵬驻兵于此,故称马嵬。

唐明皇天宝十四载(755),发生安史之乱。第二年六月攻破潼关,唐明皇仓猝之间带了宰相、贵妃、太子和一万多士兵及各国使者于六月十三早晨逃离长安。六月十四中午逃至马嵬驿,军士哗变,杀死宰相杨国忠,又逼唐玄宗杀死杨贵妃。玄宗无奈,令高力士赐白绫,最后被缢死于驿馆佛堂内,死时三十八岁。

传说运尸时,杨贵妃脚上的一只袜子失落,被一老妇捡去,路人想一见,须付钱五十,老妇因此而发财。

这是一次由太子李亨和御林军头子陈玄礼合谋的兵变，反映了帝党和太子党的一场残酷的斗争；杨玉环就是这一场斗争的牺牲品。

杨贵妃墓在今陕西省兴平市马嵬办西500米处，进入陵园正门，是为三间仿古式献殿，过献殿即为墓冢，高约三米，墓冢砌以青砖。墓东、西、北三面有回廊，镶嵌有大小不等的石碑，刻有历代诗人的题咏。

(附)杨贵妃之死的史料记载

1.《旧唐书·玄宗纪》：

兵士围驿四合，及诛杨国忠、魏方进一族，兵犹未解，上令高力士诘之，回奏曰："诸将既诛国忠，以贵妃在宫，人情恐惧。"上即命力士赐贵妃自尽。

2.《旧唐书·杨贵妃传》：

既而四军不散，玄宗遣力士宣问，对曰："贼本尚在！"盖指贵妃也，力士复奏，帝不获已，与妃诀，遂缢死于佛室。时年三十八。

3.《新唐书·杨贵妃传》：

及西幸至马嵬，陈玄礼等以天下计诛国忠，已死，军不解。帝遣力士问故，曰："祸本尚在！"帝不得已，与妃诀，引而去，缢路祠下。

四、《长恨歌》的创作缘起

唐宪宗元和元年(806)四月，白居易自朝廷秘书省外调为盩厔(今作周至)尉，时年三十有五，尚未成家。十二月的一天，白居易同好友陈鸿、王质夫三人同游仙游寺，谈起唐明皇和杨贵妃的悲剧，十分感叹。王质夫说："希代之事，非遇出世之才润色之，则与时消没，不闻于世"，认为白居易善于写诗，而且是"深于情者也"(是一个重感情的人)希望白居易为唐明皇和杨贵妃的悲剧写一首诗。他们商量后，由白居易写《长恨歌》，而陈鸿作《长恨歌传》。

五、《长恨歌》立意五说

(一)讽刺说：讽刺唐明皇、杨贵妃的荒淫误国

1.清代以前的传统观点：

贺贻孙《诗筏》：讽刺深隐，意在言外。

唐汝询《唐诗解》：讥明皇迷于色而不误也。

清乾隆帝：从古女祸，未有甚于唐者。姚、宋诸贤臣辅之而不足，一太真败之而有余。

2. 当代大陆少数学者：

一个以色邀宠，一个重色，沉溺于酒色歌舞，是以政治腐败，导致“安史之乱”，几至亡国。此说根据《长恨歌》如下诗句：

“汉皇重色思倾国”，“此恨绵绵无绝期”。“春宵苦短日高起，从此君王不早朝。”“姊妹弟兄皆列土，可怜光彩生门户。”“缓歌曼舞凝丝竹，尽日君王看不足。”“渔阳鼙鼓动地来，惊破霓裳羽衣曲。”

（二）爱情说：歌颂唐明皇、杨贵妃生死不渝的爱情

1. 引史证诗：

《旧唐书》：一日妃以言语不合，明皇怒，斥之还家。出，至玄璬家。上一日不乐，气恼，鞭笞内侍、女官。力士善揣上意，跪言：“须当迎入贵妃。”上默许之。及贵妃回宫，上颜怡色和，甚欢。遂如初。

《资治通鉴》：妃以忤（皇）上，为遣出宫。上闷闷不乐者累日。御膳进食，上语曰：“此贵妃日常所喜食。”内侍张韬光跪曰：“何不令膳房赐贵妃？”上许之。张韬光率御膳房挑送杨府。贵妃感动流泪。剪长发附予皇上。明皇见之感激，曰：“速！速迎贵妃。”

《开元天宝遗事》：

卷一：助娇花。御苑新有千叶桃花。帝亲折一枝，插于妃子宝冠上，曰：“此千叶桃花尤能助娇态也。”

卷二：醒酒花。明皇与贵妃幸华清宫，因宿酒初醒，凭妃子肩，同看木芍药。上亲折一枝与妃子，递嗅其艳。帝曰：“不惟萱草忘忧，此花香艳，尤能醒酒。”

卷三：投钱赌寝。明皇未得妃子，宫中嫔妃辈，投金钱赌侍帝寝，以胜者入侍。召入妃子后，遂罢此戏。

解语花。明皇秋八月，太液池有千叶白莲，数枝盛开。帝与贵戚宴赏焉，左右皆叹羡。久之，帝指贵妃，示于左右曰：“争如我解语花。”

2. 据《长恨歌》原有诗句“杨家有女初长成，养在深闺人未识”，证明其有真挚爱情。

3. 结构：相爱—死别—苦思—招魂。全诗写爱情、相思篇幅占三分之二。

（附）当代学者马茂元（上海师大教授）的“爱情说”：

“《长恨歌》通过对李、杨爱情悲剧的描写，歌颂了爱情的坚贞专一，倾诉了对他们在爱情上不幸遭遇的深刻同情，同时在客观上反映了李杨故事的原始创造者——处在中唐战乱时代的人们（包括文人）对美满爱情的理想和渴求，以及在现实生活中爱情被破坏给他们造成的终身痛苦，和对这种痛苦的无可奈何的自我解脱——把重圆的希望寄托于幻想中的仙山世界。”

（三）双重说：既讽刺其荒淫误国，又歌颂其真挚爱情

中学教材《长恨歌导读》持此说。

关于《长恨歌》的主题之争，笔者虽然反复思考过，但引入湘灵等事，则先后获益于朱金城先生和王拾遗先生的白氏年谱，特别是黄世中先生的《论〈长恨歌〉的创作动因及深层意蕴》一文。但需要补充说明的是黄文对于《长恨歌》的情爱义予以重视并揭示出其深层意蕴是别具慧眼的，而对其讽喻义似乎有所忽略。

（四）情殇说：召唤历史亡灵，寄托心中长恨

1. 创作动因：失恋苦痛的人生背景

贞元二十年（804），作者25岁至33岁家居徐州符离之埇桥，与邻女湘灵有着刻骨铭心的一段爱情，为家庭所阻扰。

白居易有诗《寒闺夜》《寄湘灵》《冬至宿杨梅馆》《怀湘灵》《寄远》《长相思》《生离别》《潜别离》《旧梦》《感情》，等等，都是与湘灵相恋、相别、相思之作。

（附）白居易诗二首

（1）《潜别离》：“不得哭，潜别离；不得语，暗相思；良心之外无人知。深笼夜锁独栖鸟，利剑斩断连理枝。河水虽浊有清日，乌头虽黑有白时。唯有潜离于暗别，彼此甘心无人知。”

（2）《感情》：“中庭晒服玩，忽见故乡履。昔赠我者谁？东邻婵娟子。因思赠时语，特用结终始。永愿如履綦，双行复双止。自吾谪江郡，漂荡三千里。为感长情人，提携同到此。今朝一惆怅，反复看未已。人只履犹双，何曾得相似？可嗟复可叹，锦表绣为里。况经梅雨来，色暗花草死。”

2. 深层意蕴：召唤历史亡灵，宣泄心中长恨

（1）一种非正常的创作心态。白居易于804年迁居长安，这就意味着这一段爱情的彻底结束。他写了《生离别》和《潜别离》两首诗，心情十分痛苦。两

年后在创作《长恨歌》时，这段恋情自然就融入《长恨歌》之中。文学与艺术创作是一种飞涨常状态，这时，作者“进入角色，全身心的投入”正如摄影艺术家萧云集先生评论拙作《论〈长恨歌〉的创作动因及深层意蕴》时所说的，“学者黄世中认为：白居易写《长恨歌》是诗人陷入失恋苦痛的背景下写成的，故而自觉不自觉地把自己满腔的悲伤怨乱及绵绵长恨尽寄于笔底，成此‘古今长歌第一’之绝唱。一切伟大的艺术品都不是理念的产物，相反，它却是情感‘迷狂’的结晶。痛苦出诗人！‘千古绝调，必成于失意不可解之时。唯其失意不可解，而发言乃绝千古’。”

(2)白居易与湘灵，李隆基与杨玉环都是爱情悲剧，都是震撼人心，催人泪下的一种巨大的人生缺陷，存在一种普遍的、共通的人性；

(3)两个悲剧，同是外力干预的结果，虽然外力不一样，但给主体造成的终生伤害却完全相同；

(4)帝妃之间的相爱、相思，至死不渝的爱情，与平民之间的相爱、失恋和刻骨铭心的痛苦，有着异质同构的关系；

(5)中国文学的比兴特征，提供了以古喻今，以历史借鉴现实的艺术手法，去取之间自有匠心：对历史人物的比附，历史事件的兴亡，都寄托着今人的观点和感情。

结论：白居易召唤历史的亡灵，宣泄着个人心中的长恨！

(五)隐事说：《长恨歌》写了李唐王朝一件隐秘的事情或云杨贵妃在马嵬坡被缢死前，由一个宫女替死，后来沦落为半娼妓式的女冠(女道士)，或云杨贵妃没有死，后来跟日本遣唐使到了日本。

俞平伯最早提出杨贵妃在马嵬坡没有死，后得到周作人的支持，告以日本山口县久津有杨贵妃墓，又山口县相邻的萩县(日本假名训读为 Hagi)也存有杨贵妃墓。

1927 年俞平伯作《长恨歌与长恨歌传的传疑》，发表于 1929 年《小说月报》20 卷第 2 号。其主要观点：杨玉环马嵬坡没有死，后沦落为女道士(亦道亦娼)，或由日本的“遣唐使”(来唐朝留学的学生)偷偷带往日本。周作人写信给俞平伯，支持“流落日本”说。其主要依据：

1. 文本的质疑：

(1)杨玉环缢死，唐明皇并没有亲见：“君王掩面救不得，回看血泪相和流。”

(2)第二年明皇回銮后，重新以贵妃礼节埋葬杨玉环，开坟墓时，不见有尸体：“马嵬坡下泥土中，不见玉颜空死处。”

(3)招魂的道士找到杨玉环，带回钿盒、金钗，并转达“夜半私语”(俞平伯说：“夜半私语，只有明皇贵妃知道，如果不是杨玉环亲口告诉道士，道士银河得知?”)：“惟将旧物表深情，细合金钗寄将去。钗留一股合一扇，钗擘黄金合分细。但令心似金细坚，天上人间会相见。临别殷勤重寄词，词中有誓两心知。七月七日长生殿，夜半无人私语时。在天愿作比翼鸟，在地愿为连理枝。”

2. 蓬莱山的诠释：

(1)蓬莱山，道观：暗示杨玉环沦为女道士；

(2)中国唐时曾称日本为“东瀛”；东瀛即蓬莱、瀛洲。

在日本的文学创作的概念中，他们常常把蓬莱山本身就指为日本本所，因为蓬莱山是中国道教所构思的神仙生活的在大海中的一种神山，但是在日本的文学中呢，常常把蓬莱山作为日本本身，加以演化的，所以这个能剧呢，多少暗示了杨贵妃在安禄山事变之后，她其实没有死，她可能到达了日本。但是在和中国的史料中并没有记载“蓬莱山就是日本”的说法，人们还是陷入了迷惑之中。

3. 日本有杨贵妃坟墓和塑像：

(1)杨贵妃坟墓在日本有两处：山口县和萩县，并存有杨贵妃的塑像。

日本沿海的久津村，被称为“杨贵妃之乡”，因而闻名日本。人们相信当年杨贵妃在马嵬坡兵变的形势逼迫下，一名侍女代替她去死，杨贵妃在遣唐使的帮助下，乘船离开了大唐，经过漫长的时日漂泊到山口县久津村。

传说杨贵妃到达日本后，受到日本孝谦皇后的重用，杨贵妃居住的日本宫廷就像是唐朝的建筑模式，最终她由于思念唐玄宗郁郁寡欢，死在日本。

据说山口百惠就是山口县杨氏家族的一员。

南宫博的《杨贵妃外传》和渡边龙策的《杨贵妃复活秘史》中，都有这样的描述，他们推断杨贵妃逃到了日本。

(2)日本古城京都存有杨贵妃的塑像。

此外，紫式部《源氏物语》，写到了《长恨歌》和杨贵妃，只是没有说杨贵妃到了日本。

大约在我国的宋代，日本宫廷女作家紫式部，根据白居易的《长恨歌》写了当时世界上最长的一部长篇小说《源氏物语》，被认为是日本的《红楼梦》。“物语”，在日文中有“故事”的意思。紫式部原为宫廷女官，为宫廷贵族夫人讲授汉学。她熟悉宫廷中贵族妇女之间的钩心斗角，《源氏物语》就是描述宫廷贵妇人的明争暗斗；而源氏的命运与中国的杨贵妃有很相似之处。

《源氏物语》第一卷《腾壶》，即以白居易的《长恨歌》作为基本的构思来展开她的小说的脉络的。

附言：1963年日本电视台曾为山口县、萩县组织过辩论：哪处杨贵妃墓更具真实性？

商山隐者与行义之山

李商隐有《四皓庙》七绝云：

羽翼殊勋弃若遗，
皇天有运我无时。
庙前便接山门路，
不长青松长紫芝。

李商隐于唐宣宗大中元年(847)三月，跟随桂州刺史郑亚赴桂林任掌书记，大约相当于今日掌管起草文书的秘书。自长安赴桂，途中经过商洛山，谒拜“四皓庙”，写了这首诗。

这首七绝虽然写得沉着、冷峻，心有感愤而淡然出之，却并不是李商隐诗歌中的上乘之作。但是，它与李商隐的名字有关，所以选来列入第一篇故事。

商山四皓：东园公，姓唐，名秉，字宣明；夏黄公，姓崔，名廓，字少通；甪里先生，姓周，名术，字元道；绮里季，姓朱，名晖，字文季。(郎瑛《七修类稿》引《陈留志》；皇甫谧《高士传》)这四个隐者，已经须发皆白。秦朝末年，避乱，居于商山，史称为“四皓”。

细心的读者当能想象到：“商山隐者”与李商隐的名字当有一些关系。

是这样！“商山隐者”，不仅寄托着李商隐父亲为他起名的寓意，甚至“商”“隐”两字即在其中。

古代小孩出生后由父母命名，再由师长或戚友命字；而“名”和“字”一定要相关联，因为“字”是由“名”派生出来的。纵观古人名与字的关系，大略有“名字互训”“名字同典”“名字相关”“名字反义”等等。如诸葛亮，字孔明，明与亮互训，这是以字解释名。岳飞字鹏举，怎么“飞”？像大鹏鸟那样展翅飞翔，即名与字相关。韩愈字退之，“愈”者，过也，过则“退之”；名与字义相反，等等。李商隐父辈师友或以为“商山四皓”虽是隐者，却能为朝廷“行义出山”，所以就为李商隐命字为“义山”。

汉初，刘邦想废太子刘盈（前211—前195）、立戚夫人的儿子赵王如意为太子。吕后急找张良商量，张良替她出主意说：

“现在贤能之人，都因为皇上傲慢无礼、侮辱士人，不愿意为汉廷所用而隐居深山。但皇上最看重商山这四个隐居的老人，多次想请他们出山，可四个人都不答应。如果太子能够卑辞大礼，派车将‘四皓’迎入太子府，那么皇上就会认为太子在贤者之中已经有了威望，羽翼已成，便不会轻易废掉太子了。”

事情果真像张良分析的那样，刘邦终于没有废弃太子刘盈。史书记载，吕后、太子置酒，宴请“四皓”。刘邦在席上，惊问：“这四个老头子是谁”？吕后代太子刘盈回答说：“商山四皓。”刘邦听后吃了一惊，暗忖自己作为皇帝，都请不来这四个人，太子却能请到！心中又感叹又欢喜。送走“四皓”以后，刘邦立刻找戚夫人，对她说：“我想换掉太子，可是‘四皓’辅佐他，现在羽翼已经形成了，不能再改动了。”

李商隐诗说：“商山四皓”对于汉廷有“殊勋”，可是刘盈即位以后，吕后当政，对“四皓”并不重用。“弃若遗”，弃之如草蕢（蕢，草筐，与“遗”通）。第二句忽然转笔，接着说“皇天有运我无时”，不再说“四皓”，却说自己“无时”，也就是运气不好。李商隐自我感叹：

“即便皇天有运，而我却时命不济，奈何！奈何！”

原来当时朝廷牛党和李党斗争十分激烈，李商隐无意中被卷入“牛李党争”的漩涡中，一生沦落困顿。

文宗开成二年（837）由牛党令狐绹推荐，李商隐中了进士；而友人为他做媒拟娶李党王茂元的小女儿，因此得罪了牛党。令狐绹攻击他背叛牛党，“放利偷合”。第二年春天的博学鸿词考试，已经录取了，却被牛党当权者杨嗣复拙落。后来有机会进入皇帝的秘书班子，不到半年，又被牛党赶出朝廷，到一个偏僻的小县任县尉；不久又被借故罢免。等到李党的李德裕当宰相，李商隐有机会重新回到朝廷做官，却又因为岳父病逝，无人提携；又兼母亲去世，必须在家守丧三年。等到三年过去，守丧结束再到朝廷时，唐武宗突然病逝，宣宗即位，大反武宗朝政,政局又一次反复;李德裕被罢去宰相,流放到儋州,即今日的海南岛。李商隐只好远离长安和妻子,跟随郑亚南下桂林。这就是诗中所感叹的“皇天有运我无时”了!

从“四皓”为汉廷建立殊勋却被遗弃,李商隐联想到自己进士及第,才学兼擅,两度进入朝廷秘书省,却又被赶出。所以借“商山四皓”,慨叹自己的相似遭遇:不能像青松,成为国家的栋梁,只能隐沦于下僚。

李商隐另有《有感》诗也同样发出“有才无命”的感叹:

中路因循我所长,
古来才命两相妨。
劝君莫强安蛇足,
一盏芳醪不得尝。

看来,李商隐父亲替他取名“商(山)隐(者)”、字“(行)义(之)山”,并不希望他从政为官,或许预感他“有才无命”……

2005 年 6 月于浙江温州

隐篇秀句义山诗

李商隐（812—858），字义山，号玉溪生，又号樊南生，原籍怀州河内（今河南沁阳、博爱），祖父时迁居郑州荥阳（今郑州荥阳市）。李商隐是我国唐代后期最为杰出的诗人，因卷入朋党斗争，终生沉沦使府，郁郁而逝。他的诗抒写了那一时代知识分子的悲剧命运与苦痛生涯，深刻反映了晚唐的政治斗争和衰亡破败的社会现实，揭露统治阶级腐朽无能，同情人民的疾苦，于文、武、宣三朝，堪称“诗史”。他所独创的无题诗，含蓄蕴藉，音调谐美，深情绵邈，沉博绝丽，且富于象征和暗示色彩，将唐代诗歌的抒情艺术推上一个新的高峰。清初吴乔云：“于李、杜后，能别开生路，自成一家者，唯李义山一人。”（《围炉诗话》卷三）

李商隐出身于下层官吏之家，三岁时随父亲至浙东孟简幕府（绍兴），约三年转至浙西李翛幕（镇江），在江南生活了六七年。十岁时父丧，躬奉板舆，返回荥阳，“四海无可归之地，九族无可倚之亲”，过着“佣书贩舂”的生活。（《祭裴氏姊文》）少年李商隐勤奋攻读，求师问道，期以将来能报效朝廷。然而唐帝国进入晚期，各种矛盾交织，已是残阳夕照，无可挽回。李商隐有理想，有抱负，希望自己能匡国理政，回转天地。其《安定城楼》云：“永忆江湖归白发，欲回天地入扁舟。”终因朋党小人猜忌，抱负难酬，理想破灭。

李商隐年轻时为牛党令狐楚所赏识，后又得令狐绹之力进士及第。观令狐父子之赏拔，实亦为牛党搜罗人才。而李商隐似不以此为意，从未将自己置身于牛党或“李党”（李德裕实未树党，此当别论）。其所交往有牛有李，其现存诗文对牛、李双方均有所肯定，也有所批评，并未介入党局。然因娶泾原节度使王茂元女，而被牛党目为“李党”中人。《旧唐书》本传云：“宗闵党大薄之”，令狐绹亦“以商隐背恩，尤恶其无行”。《新唐书》本传云：“茂元善李德裕，而牛（僧孺）李（宗闵）党人蚩谪商隐，以为诡薄无行，共排笮之。”又云：“（郑）亚谪循州，商隐从之,凡三年乃归。亚亦德裕所善,绹以为忘家恩,放利偷合,谢不通。"一位有理想、有才华的诗人就这样被扼杀了,终其一生,穷愁潦倒。"十年京师寒且饿,人或目曰:韩文杜诗,彭阳章檄,樊南穷冻。"(《樊南甲集序》)其《回中牡丹为雨所败》云:"前溪舞罢君回顾,并觉今朝粉态新。"他对自己的处境和前程,即在赴泾原之回中道上,已有预感,言今日虽"为雨所败",然"粉态"尚新;他时零落成泥,则求今朝之"粉态"并亦不可得矣。

李商隐一生官不挂朝籍。进士释褐,二为俗吏,三入幕府,洪泬依人,最后寂寞地死去。"如何匡国分,不与夙心期?"(《幽居冬暮》)他哀叹匡国无分,报国无门,夙心之期完全破灭!其感怀及部分咏史、咏物、酬赠之诗,主要即抒写自己一生的遭际,反映了晚唐知识分子的悲剧命运。《安定城楼》《夕阳楼》《晚晴》《听鼓》《蜂》《流莺》《回中牡丹》《过郑广文旧居》《宿骆氏亭寄怀崔雍崔衮》《任宏农尉献州刺史乞假归京》等,是其人生遭遇的感慨之作。

鲁迅说:"我总以为倘要论文,最好是顾及全篇,并且顾及作者的全人,以及他所处的社会状态,这才较为确凿。"(《题未定草·七》)二十世纪八十年代前,李商隐诗常被目为"绮靡浮艳""唯美主义",其实他的许多感怀、咏史、咏物之诗,大多关注社会现实,而他的政治抒情诗则更是晚唐社会和政治斗争的一面镜子。由于出身低微,兼之父亲早逝,又误入朋党漩涡,故一生艰虞沦贱,沉沦使府,这使他有机会更多接近下层民众,对统治阶级有较为清醒的认识,从而能够写出许多反映现实的优秀诗篇。

唐代自安史之乱以后,矛盾错综复杂,这些矛盾在李商隐诗中都有深刻的反映。其《行次西郊作一百韵》,直可与杜甫《北征》相匹。其所叙京郊农村荒芜残破、农民生活悲惨的情景,令人怵目:

> 高田长檞枥,下田长荆榛。农具弃道旁,饥牛死空墩。
> 依依过村落,十室无一存。存者背面啼,无衣可迎宾
> ……
> 凤翔三百里,兵马如黄巾。夜半军牒来,屯兵万五千。
> 乡里骇供亿,老少扳依牵。儿孙生未孩,弃之无惨颜。
> 不复议所适,但欲死山间……

农民不仅饥饿倒毙,且随时被乱兵所屠戮。为了逃命,甚至将出生不久、尚

不知呵呵发笑(未孩)的婴儿抛弃！此诗作时他年仅二十有六。而在反映宦官专权、藩镇割据、朋党斗争和帝王荒淫腐败等方面，李商隐的作品不仅数量多，反应迅速，而且同样十分深刻尖锐。如反映“甘露之变”的《有感二首》《重有感》；警告藩镇和朝廷之姑息的《井络》《寿安公主出降》；揭露朋党斗争的《霜月》《赋得鸡》；讽刺帝王求仙佞道的《瑶池》《过景陵》等等。尤其咏史、怀古之什，如《马嵬二首》《龙池》《贾生》《隋堤》《吴宫》《南朝》《北齐二首》等，或吟咏史事，或借古喻今，讽咏现实，无不令人警醒。

李商隐是一位深切关注现实、关心国家命运，忧愤深广的诗人，他的诗歌的题材非常广阔，成就是多方面的。特别是他的恋情诗，是我国古代文人恋情诗的杰出代表。

李商隐以其独特的“无题”诗而著称，“春蚕蜡炬”与“秋水蒹葭”(民间恋情诗)一样不朽。他丰富了我国爱情文学的宝库，开拓了抒情诗的新领域。纪晓岚《四库总目提要》云：

> 《无题》之中，有确有寄托者，“近知名阿侯”之类是也。有实属狎邪者，“昨夜星辰昨夜风”之类是也。有失去本题者，“万里风波一叶舟”之类是也。有与《无题》相连，误合为一者，“幽人不倦赏”之类是也。其摘首二字为题，如《碧城》《锦瑟》诸篇，亦同此例。一概以美人香草解之，殊乖本旨。

纪晓岚认为，对“无题”之是否有寄托，必须具体分析，其言固近情理。但是，对“无题”诗之界定及对具体诗篇之诠释，则仍见仁见智，分歧较大。

本人以为，“无题”之什，大多为恋情诗，主要应是抒写与玉阳山灵都观女冠宋华阳氏之一段恋情；另有少数写洛中里娘柳枝及婚前恋念王氏之作。各首具体抒写之对象，详见每首“题解”，此不赘述。然笔者所解，亦仅一家之见，不敢自以为是。明杨眉庵倡《无题》“皆托于臣不忘君之意”(《眉庵集》卷九)清初吴乔则以《无题》为“陈情令狐”(《西昆发微序》)，至朱鹤龄、程梦星、冯浩、张采田诸人，“无题寄托说”发挥到极致。然诗家仿作《无题》，则皆认同为情诗，如明末王彦泓、清代黄景仁、清末民初苏曼殊、近世郁达夫等无不将“无题”与恋情相联系。1927 年，苏雪林着《李义山恋爱事迹考证》，揭示了李商隐早年学仙玉阳时与女冠宋华阳恋爱之事，虽考证未周，然为“无题”之解说另外开辟了一条路径。今日学者对“无题”的解说，仍然沿着“寄托说”和“爱情说”两条路径，当然已有很大的变化与发展。如“寄托说”，多以为“寄托身世之感”；而“爱情说”则除女冠宋华阳外，还有柳枝、王氏及幕府中一、二不知名之女子。

1991 年，著名作家王蒙发表了《对李商隐及其诗作的一些理解》（《双飞翼》第 52—76 页；又见《心有灵犀》第 222—238 页），提出了“内心体验同构说”，以取代明清以来的“无题寄托说”。王蒙指出，李商隐那种“无益无效的政治关注与政治进取愿望，拓宽了、加深了、熔铸了他的诗的精神，甚至连他的爱情诗里似乎也充满了与政治相同的内心体验”。以爱情失意和政治失败的“内心体验同构对应说”，取代“无题寄托说”，是王蒙的一大发现，具有原创性。笔者在“无题”诸诗的“题解”中，服膺并吸取了这一见解，特加说明。

综览义山全部诗作，据其诗题，参照内容，可将“无题”分为三类：

一、以“无题”为题之诗 20 首。其中“幽人不倦赏”“万里风波一叶舟”显为钱若水、杨大年（北宋）搜辑时误入。“待得郎来月已低”及“户外重阴黯不开”则是戏为艳体。若必言有寄托，似仅“何处哀筝随急管”一首，然仍可作代言体之恋情解。

二、以首二字为题如《锦瑟》、《碧城》、《昨日》、《一片》（一片非烟）等约 20 首。按以首二字为题之诗，《玉溪集》中共 37 首，有的本意自明，如《人欲》《明神》《龙池》《滞雨》等；有的为地名，如《潭州》《井络》《咸阳》《商於》等；有的则应归于咏物，如《流莺》《高松》《残花》《垂柳》等，不应作“无题”看。

三、虽有题实亦无题，如《春雨》《圣女祠》《重过圣女祠》《银河吹笙》等，亦约 20 首。总计 60 余首，占义山现存诗的十分之一。

李商隐诗歌的艺术特征，可以用“隐秀”二字来概括。《文心雕龙·隐秀篇》云：“隐也者，文外之重旨也；秀也者，篇中之独拔者也。隐以复意为工，秀以卓绝为巧。”可见“隐”就篇章而言，诗外须重旨、复意，即双重或多重旨义；而“秀”则就语言而论，诗句应独拔卓绝，即超迈、警策或形象鲜明、特出的辞句。

孙联奎《诗品臆说》云：“含蓄大多用比兴。”贺裳《载酒园诗话》云：“魏晋以降，多任务赋体，义山犹存比兴。”可见比兴是李商隐诗旨义含隐的重要手段。其诗多托物寄情，亦物亦人；借史兴怀，亦古亦今；以仙喻世，亦道亦俗，故诗多复意重旨。“物比”“史比”“仙比”代表了义山比兴诗的内容和特色。其比物之诗善以物态暗示人事，托物性兴寄人情，借物理以象征心态，且大多摹状而不即，托意而不离；不即不离而又若即若离，境象迷茫而旨义含蓄。此类诗约有百首之多，或比而兼兴，或兴而兼比，取材非常广泛。《蝉》《流莺》《蜂》《蝶》《柳》《牡丹》《槿花》《落花》《月》《七夕》《乱石》《哀筝》，为比物诗中之佳构。其以史为比之诗多借史兴怀，案而无断，不落言筌；只述史事，不涉理路而理在象外。前面所举外，如咏听鼓，比祢衡，兴心中不平之情；咏贾生才调，比贾谊，刺统治者不能用人；咏宋宅庾居，比宋玉、庾信，叹己一生才而不遇，既不如宋玉，也不如庾信；过楚宫，吊屈原，寓千古才人冤抑之悲，皆借古贤、古人以自比，兴怀身世沉沦之感。“物比”“史比”外，义山诗文之“隐”，之含蓄蕴藉，更多采用“仙道比兴”，即托仙人仙境暗示和象征人世俗事，亦仙亦俗，充满一种仙道情韵。“仙比”是义山比兴体之一大创造。其“无题”诸作因摄取神天仙道、世外传谈的物象入诗而加以意化、情化，成为义山诗的诸多意象群，故“无题”诗之境象往往涂上一层窈渺之色彩，如轻纱，如梦境，如雾里之花，极朦胧含隐之致。据粗略统计，李商隐诗采用神天仙道、世外传谈的物象、故事，有轩辕黄帝、羲和日御、帝阍守天等800余事。这些世外传谈已经从我们民族的文化折射到人们的心理，具有特定之意象与情韵，且象外有意，韵外有致。

《二十四诗品》云：“登彼太行，翠绕羊肠”，“似往已回，如幽匪藏”。言诗之脉络须往复幽曲而不隐晦。《白石诗说》云：“血脉欲其贯穿，则其失也露。”言脉络若直贯则旨义显露而不含蕴。义山诗情感沉潜而不直泻，故其诗脉络婉曲，往复回环。其主要艺术手法约有六端。

一、运用复辞重言之法，使含思婉转，往复回环。复辞重言诗约70首。如“一弦一柱思华年”，“此花此叶长相映”，“地险悠悠天险长”，“半留相送半迎归”；有的同一联前后句蝉联，“上下相接，如继踵然”（陈骙《文则》），呈现一种上递下接、滚珠反荡的曲折感。如“春日在天涯，天涯日又斜”；“回头问残照，残照更空虚”。还有同一联前后句首尾衔顾，使回环增大而覆盖全联的，如“春风为开了，却拟笑春风”；“回肠九回后，犹有剩回肠”。甚至有整首诗或组诗中也兼用复迭，如《石榴》《赠杜司勋十三员外》《嘉陵江水二绝》等，如《赠杜》云：“杜牧司勋字牧之，清秋一首杜秋诗；前身应是梁江总，名总还应字总持。”3“总”、2“杜”、2“牧”、2“秋”、2“字”、2“应”，往复交叠，极尽回环曲折之美。

二、运用近离远合之法，使句脉走向萦回曲绕，增跌宕摇曳之态。如《无题》：“来是空言去绝踪，月斜楼上五更钟。梦为远别啼难唤，书被催成墨未浓。”第二句本应接如何相思，然却“离”去，而言月斜、钟声，此即“近离”也；三、四“离后复转”，而与一句合，极言其因“空言”“绝踪”而相思，此即“远合”。其他如《无题》(万里风波)、《昨日》等皆是此种艺术手法。

三、运用点情染景之法,使情语具象化,因而诗境也更加朦胧幽隐,而具烟水迷离之致。义山诗出句常以情语点之,而对句则以景语染之。乍看似乎出句、对句之间横隔语脉,实则"上意本可接下意,却偏不入,而于其间传神写照,乃愈使下意栩栩欲动"(《艺概·词概》)。如《无题》:"相见时难别亦难,东风无力百花残。"清人冯舒评:"第二句毕世接不出。"(《义门读书记》引)冯极称誉第二句,其佳处正在点、染之间。《无题》(何处哀筝)、《碧城》(其二)等皆用此法,从而因脉络婉曲而使旨意含隐而呈现多重性。

四、运用翻转反向之法,从对面落笔。这种手法常在联与联之间翻转。《无题》:"梦为远别啼难唤,书被催成墨未浓。蜡照半笼金翡翠,麝熏微度绣芙蓉。""梦为"联极言己之相思,而"蜡照"联转从女子一方落笔,翻转反向,拟想对方亦彻夜辗转反侧、思我难眠,蜡尚照而麝尚燃。《诗概》云"取径贵深曲","正面不写写反面,本面不写写对面、旁面,须如睹影知竿乃妙",说的正是翻转反向使诗脉深曲之法。

五、运用时空穿透跳跃之法,使诗歌意象来回跳跃于多维的时空结构之中,既拓宽了诗境,又收一气转旋之妙。如《夜雨寄北》:"君问归期未有期,巴山夜雨涨秋池。何当共剪西窗烛,却话巴山夜雨时。"时、空之穿透跳跃在昔日,长安家中;今夜,巴山夜雨;今夜之拟想日后,巴山之预飞至长安家中西窗之下;日后之再言今夜,自长安家中西窗下返回巴山夜雨,极尽穿透跳跃、跌宕往复之妙。其他如《回中牡丹为雨所败》云:"前溪舞罢君回顾,并觉今朝粉态新。"此亦时空穿透法。

六、运用以景结情或宕出远神之法,使诗歌之结尾境象混茫,含不尽之意在言外、象外。沈义父《乐府指迷》云:"结句须要放开,含有余不尽之意,以景结情最好。"如《春雨》云"万里云罗一雁飞",《日射》云"碧鹦鹉对红蔷薇",《过招国李家南园》云"雪絮相和飞不休",《吴宫》云"日暮水漂花出城"等等,皆是此法。"以景结情"则景中含情,情景相生则象朦胧,诗旨多有复意、重旨,所谓"形象大于思想"。而结尾"宕出远神",则诗中有"我",作者不发议论而以"我神"出之,则境中不仅有情、有思,且有诗人之"神",呼之欲出。《艺概》云:"神有我神、他神之别。"《桂林道中作》云:"欲成西北望,又见鹧鸪飞。"《如有》云:"良宵一寸焰,回首是重帏。"《杨本胜说于长安见小男阿衮》云:"语罢休边角,青灯两鬓丝。"诗有"西北望""回首""语罢",则皆可见诗人之"神",所谓"我神"也。《白

云夫旧居》云："墙外万株人绝迹，夕阳惟照欲栖乌。"《昨日》云："平明钟后更何事，笑倚墙边梅树花。"此皆未见诗人之神，惟夕阳栖乌及所思之人的笑倚梅树，是为"他神"。

"隐篇照文苑，秀句侈翰林。"（《文心雕龙·隐秀》）义山诗不仅篇"隐"，且句也"秀"。陆机《文赋》云："立片言以居要，乃一篇之警策。"殆即刘勰所云之"独拔""卓绝"之秀句。汉魏古诗，气象混沌，一气转旋，难以句摘。唐近体兴起之后，始有佳句、秀句。李义山现存诗约六百首，可摘之句当在百数十联，许多句子至今仍脍炙人口，活在人们日常口语或书面语之中。如"春蚕到死丝方尽，蜡炬成灰泪始干"；"春心莫共花争发，一寸相思一寸灰"；"刘郎已恨蓬山远，更隔蓬山一万重"；"身无彩凤双飞翼，心有灵犀一点通"；"斑骓已系垂杨岸，何处西南待好风"；"潇湘浪上有烟景，安得好风吹汝来"；"何当共剪西窗烛，却话巴山夜雨时"；"武昌若有山头石，为拂苍苔检泪痕"；"如何四纪为天子，不及卢家有莫愁"；"阆苑有书多附鹤，女床无树不栖鸾"；"飒飒东风细雨来，芙蓉塘外有轻雷"；"千里嘉陵江水色，含烟带月碧于蓝"；"为报行人休尽折，半留相送半迎归"；"如何肯到清秋日，已带斜阳又带蝉"；"庄生晓梦迷蝴蝶，望帝春心托杜鹃"；"一自高唐赋成后，楚天云雨尽堪疑"；"不须浪作缑山意，湘瑟秦箫自有情"；"永忆江湖归白发，欲回天地入扁舟"……以上仅本册所选诗随手所摘，即满口生香，"味有穷而炙愈出"矣（《皇宋事实类苑》引杨大年语）。

李商隐诗的隐秀特征，在感情表达上细腻而又深沉，在脉络节奏上婉曲而又缓慢，在语言色彩上哀艳而又清丽，在吐字音响上又往往表现为低抑而又沉郁。故其言景物则如笼晓雾，抒感怀则如在梦境；以喻声音，常似有似无，不绝如缕，以比色相，则有如镜中之花，相中之色，水中之月，可望而不可置于眉睫之前也。

千古言情第一人

一、暮春别离的忧伤

《无题·相见时难》云：

相见时难别亦难，东风无力百花残。
春蚕到死丝方尽，蜡炬成灰泪始干。
晓镜但愁云鬓改，夜吟应觉月光寒。
蓬山此去无多路，青鸟殷勤为探看。

这首诗抒写暮春时节与恋人别离的忧伤。

唐代男女之间的情爱，并不像后期防范得那么严厉，青年男女多少还是有一点自由的。从末联“蓬山此去”看来，这对恋人分离，并不是来自礼教的压迫，而是另有一种外力在。他们已经难得相见，而这一次别后又恐怕永无再见之期。诗人满腔的忧思，在胸中潜流，肠回气摇，终于在千回万转之后吐出了这饱含哀思的第一声：“相见时难别亦难。”

曹丕《燕歌行》：“别日何易会日难。”李商隐则用“相见”取代“别日”，去掉“何易”字，改为“时难”，从而使末顿“难”字复叠。然后把“别日”更一字成“别亦”，不仅音节和鸣，也使这一“情语”略具才一相见又将相别的境象，突出了离别之难分难舍。特别是两个“难”字重叠在前后音步的末顿上，形成诗句的往复迂回，更使两人睽隔之态、聚少离多之情随文而生。后来的诗人在抒写“别”“会”时，总不能超越这一句。唐彦谦《无题》云“谁知别易会应难”，韩偓《复偶见》“别易会难长自叹”，都显得瘦硬乏情。只有李煜“别时容易见时难”，写出了心中的感慨，但终不如“相见时难别亦难”深情绵邈，曲折回肠。

“东风无力百花残”，这第二句横插进来。似乎显得有点突兀，实在却是神来之笔。清人冯舒以为“第二句毕世接不出”，评价很高。“东风无力”即春风绵绵，连下“百花残”，不仅点明相别的时令在春之将暮，而且为两人的别离设置了一幅黯然销魂的背景。如果说第一句是情语，那么第二句便是景语。情语所表现的只是一种潜藏的心态，单有情语，意象常常不够鲜明，有了这第二句，男女主人公话别的情景便具象化了，达到情与景谐。所以，春风绵绵，百花凋零，既是男女双方发自内心深处的咏叹，又象征了他们青春、爱情的即将消逝。

李商隐善于化用前人诗句，第二联也是很典型的。

乐府西曲歌有“春蚕不应老，昼夜常怀丝（思）”，南齐王融云“思君如明烛，中宵空自煎”，但都未若李商隐“春蚕到死”“蜡炬成灰”来得沉痛执着。出句说“丝尽”，对句说“泪干”，但着眼点却在“丝（思）不尽”“泪不干”，以表示虽后会无期，而相思之情永在，离恨之苦难消；除非身死成灰，此情不泯。诗人《暮秋独游曲江》云“深知身在情长在”，和这两句同一意绪，对生离死别寄托了深刻的悲哀，而对人生“乐聚恨别”的感情给予了极高的评价：为了欢聚，是可以用生命去换取的！

这一联是全诗的“秀句”，刘勰所谓“篇中之独拔者也”（《文心雕龙·隐秀》）。这种“秀句”，唐以后才多起来，而李商隐尤多。其意象所蕴含的丰富情思远远超过形象本身，成为一种蕴含哲理的警策之言。蘅塘退士孙洙评这两句说：“一息尚存，志不少懈，可以言情，可以喻道。”由于它高度的典型化。故意蕴深广，读者可以根据自己的思想感情、生活体验和审美情趣，越出“春蚕”“蜡炬”在诗中的意象，进行由此及彼的象外之旨、弦外之音的联想。

五、六句的表现手法又不相同。放开自己，从对方落笔，是翻过一步法。诗人设想恋人别后的情景：早晨照镜，愁白了头发；长夜吟诗，难耐孤寂。不说自己的相思，而拟想恋人对自己的深切怀恋，从脉络上说是透过一层或翻过一步，但从立意上看，却正是从相反方面拓展和深化了第二联，为全诗平添了一层悲剧的色彩。

末联“蓬山”指的是恋人被迫而必须去的遥远的地方，是可望而不可即的仙界所在。对于凡人来说，“蓬山”是无法到达的，这是物理的距离；但从心理距离来说，不管天边海角，恋人们都是永远贴近的，所以又说是“无多路”。而更妙的在于以慰藉之辞写心中之苦:别伤心难受了,你所去的蓬山离开这里也没有多少路程,我会经常捎信去探望你的。何义门评说:“末路人不作绝望语,愈悲。”自己已经伤痛到了极点,却反过来安慰对方,强抑自己内心的苦楚,更显悲痛。

显然,这首《无题》是恋人被迫离去的哀诉,是诗人青年时期心路历程中一曲失恋的哀怨、苦痛的歌。

二、怅惘忧思,触绪纷来

《无题·昨夜星辰》:

> 昨夜星辰昨夜风,画楼西畔桂堂东。
> 身无彩凤双飞翼,心有灵犀一点通。
> 隔座送钩春酒暖,分曹射覆蜡灯红。
> 嗟余听鼓应官去,走马兰台类转蓬。

这首《无题》是诗人婚前追慕妻子、两人深挚相爱的恋歌。

李商隐二十六岁考中进士,第二年春天即到泾川(今甘肃)王茂元幕府为掌书记,并得侍御史衔(《旧唐书》本传)。汉代御史中丞在殿中兰台,后世因通称御史府为兰台寺。诗末“走马兰台类转蓬”句可证这诗正作于泾川。

第一联说昨天晚上,在画堂西畔、桂堂东面和她甜蜜的幽会。“昨夜”复叠,强调这是难得的相会的时刻,是令人销魂的时刻。作者采用环境气氛的烘染和象征的手法,把自己心中的追求婉曲地表露出来。这是一个多么美好的春宵!天空缀着稀稀点点的星儿,微微的春风轻轻地吹拂。在这种恬静的春夜,同自己的心上人相遇,是人生最惬意的事。《诗·绸缪》中写到“绸缪束薪,三星在天”,“今夕何夕,见此邂逅”,“今夕何夕,见此粲者(美女)”。“昨夜星辰”正暗用了《绸缪》篇抒写男女相爱及夜间邂逅相会的情景。而“风”,又有男女相恋的特定情韵。再加上“画堂”“桂堂”,就使这一相遇的环境充满着温馨的诗情和缠绵的意绪。

二、三两联用的是倒折法。“送钩”“射覆”都是酒席上的游戏:席间各分为两座(隔座),两曹(分曹)即两班人,有时传送酒钩,叫对座猜;有时覆物于盂,让匹曹射,以中否角胜负,负者罚酒。三联说的即是今晚的事:你在私宅“送钩”

“射覆”，酒暖灯红，好不热闹，而我却不能身与其中，徒羡望而不可即也。赵臣瑗《山满楼唐诗七律笺注》云：“此义山在茂元家窃窥其闺人而为之。”弃去“窃”“闺人”字，这个见解是可以接受的。由于不与其中，未能和心上人相近，诗人充满着寂寥和怅惘。但心中热烈的爱情，化成了执着的追求，他想插上双翅飞到她身边，可是“身无彩凤双飞翼”。他深信不仅是自己眷眷于她，而且意中人也和自己心心相印，正如犀角之两端，有白理如线相彻。于是“心有灵犀一点通”的喻象同出句工丽相对。这一联千百年来成为恋人传递相思的妙联佳句。屈复笺释说：“身虽似远，心已相通。”孙洙说：“形相隔，心相通。”

但是，真挚的爱情只有“心相通”是不能满足双方的相思之渴求的，任何感情的升华都抵不过现实分隔的煎熬。因而诗人怅惘、忧思、哀怨……触绪纷来，郁勃于心，最后逼出“嗟予”的一喟。“应官”就是应官府的点卯，走马供差，往来兰台，像飘转的断蓬，真是身不由已啊。

这首抒情小诗，从所见“灯红酒暖”的刺激，引出落寞惆怅的主体感受；从灼烧的爱情的苦痛，升华为热烈执着的追求；从心幻的优美的情思，最后跌落到现实阻隔的忧伤和感喟，各种复杂的感情，抑郁心中，万转千回却又从“昨夜”这一特定的时间切入，曲折地流出，节奏缓缓而深沉，沁人心脾。

三、愿为西南风，长逝入君怀

《无题·凤尾香罗》：

凤尾香罗薄几重？碧文圆顶夜深缝。
扇裁月魄羞难掩，车走雷声语未通。
曾是寂寥金烬暗，断无消息石榴红。
斑骓只系垂杨岸，何处西南待好风！

这首诗的抒情主人公，有说是女子，有说是男子。说是女子的，认为“车走雷声语未通”用了《长门赋》“雷殷殷而响起兮，声象君之车音”的典故，分明是男子驱车而过，女主人公未能与他通语。认为抒情主体是男子的，则以为唐宋时一般是女子乘车，男子骑马，而七、八句已经点明男子把青骢马（斑骓）系在垂杨岸边，深切地盼望。

李商隐诗“斑骓”共用了四次，除这一首外，《春游》云：“桥峻斑骓疾”，《无题》云：“斑骓嘶断七香车”，《对雪》云：“关河冻合东西路，肠断斑骓送六郎”，都是男子骑马，而抒情主体又似乎都是诗人自己。

我们不妨也把这诗的抒情主人公看作诗人自己吧。首联是作者的拟想之辞：自己所爱恋的人一定在深夜缝制着凤尾纹的碧罗帐呢，那帐子薄薄的，散发着绮罗的芳香，不知有多少层呢……正是这深挚的怀恋，给诗人插上了彩凤的双翼，对恋人的居室加以美化、情化。原来这种多层的复帐，唐人叫“百子帐”，一般是在婚礼时用的。首句“罗”用“香”（相），次句用“缝”（逢），寄意显然；而“缝”又有“合”的意思。看来，诗人已经进入了梦幻之境了。

三、四句回顾他们一次匆匆相遇的情景。她用圆月般的团扇，遮住那羞红的脸蛋，可是却只是含羞半掩。当车子隆隆急驰时，诗人抢前一步，他们都想说一说心中的话儿，但谁也来不及倾吐。这一戏剧性的细节，刻画入微。李商隐另有《无题》云：“白道萦回入暮霞，斑骓嘶断七香车。春风自共何人笑？枉破阳城十万家。”这首诗中也是女子乘车，诗人骑着斑骓，正可为“扇裁月魄羞难掩，车走雷声语未通”一联作注脚。或许，在萦回的白道上邂逅的人，竟是诗人此诗所写的心中深切怀恋忆念的女子。

五、六句转写相思的无望。用灯暗和春尽作比，比中有赋。“曾是”，已然，已是。“金烬”，灯盏上的残烬。出句说，无数个夜晚，都是伴随着残灭的灯花，孤寂地度过。“石榴红”即石榴花，五月始开。对句进一步计数相思难耐的日子，说从春等到了夏，你一点消息都没有。两句既写自朝至暮，从春到夏的夜夜相思，日日企盼，又以“金烬暗”（灯灭）和“石榴红”（春尽）象征爱情的无望。孔绍安《石榴》诗：“只为来时晚，开花不及春”。

第六句暗用此意，于无望的相思中，又寄托着一丝微茫的悔恨。

末联反照三、四句，告诉她：前次相遇匆匆，未能一诉情怀；如今我的马儿离你并不远，就在垂杨岸边等着，你就不能来吗？诗人搔首踟蹰，急切等待。可是咫尺天涯，相会难再。曹子建的《七哀》诗：“愿为西南风，长逝入君怀。”给了诗人以灵感，于是在无望的怅惘之中，忽作奇想：那里去等来一阵西南好风，把她吹到我身边来呢？“西南待好风”即“待西南好风”。“何处”二字极写企盼之急切。

诗以幻想起，也以幻想结，而情真意挚也正在这虚构之境中。

李商隐的爱情诗极少对女子的外貌作形象的描述，但使人觉得每一个女子都十分美丽，其间环境的烘染，细节的选择，心态的揣摩，乃至象征暗示的运用等等，交叠使用，织就了一幅幅各具容态而皆秀色可餐的美人画卷。李商隐的爱情诗是以情写容，容情并美，而以情取胜，因而情思茫茫，极具含蓄朦胧之致。

1988 年 9 月赴太原参加唐代文学第四届年会前夜作

《锦瑟》与庄生梦蝶

李商隐《锦瑟》诗云：

锦瑟无端五十弦，一弦一柱思华年。
庄生晓梦迷蝴蝶，望帝春心托杜鹃。
沧海月明珠有泪，蓝田日暖玉生烟。
此情可待成追忆，只是当时已惘然。

李商隐《锦瑟》是中国诗歌史上争论最大、解人最多、聚讼最繁的一首诗。其中“悼亡”和“自伤身世”两说影响较大。当然，悼亡诗也有作者的某些身世之感。

首句以锦瑟起兴。“无端”即平白无故、无来由之意。诗人面对锦瑟兴悲，发为痴语，以寄怨悼。锦瑟有多少根弦，本无关于人事，而发为痴语，责以“无端”，一片痴怨之情立现。所以薛雪在《一瓢诗话》中评说：“此诗全在起句‘无端’二字，通体妙处，俱从此出。”意云锦瑟一弦一柱，已是令人怅望年华，不知何故有此弦柱。令人怅望不尽，全似埋怨锦瑟无端有此弦柱，遂致无端有此怅望。原来诗人的妻子王氏喜爱弹瑟，《西溪》诗云：“凤女弹瑶瑟，龙孙撼玉珂”，《寓目》诗又云：“新知他日好，锦瑟傍朱栊”。

大中五年(851)秋，王氏病逝。李商隐当时正从徐州转汴州卢宏正幕，归家时妻子已经亡故，而房中锦瑟仍在，诗人睹物思人，不禁感悼而作《房中曲》，有“归来已不见，锦瑟长于人，今日涧底松，明日山头蘖”之句。由此可见，“锦瑟无端五十弦”是诗人“睹物思人，因而托物起兴”(朱彝尊笺)，不必强为深解。

二句睹锦瑟之“一弦一柱”而起“华年”之思。笺家一般只注意它“逗下四句”，其实妙处还在“一弦一柱”四字。首联由“五十弦”而“一弦一柱”，是辞相续；二句由“一弦一柱”而“思华年”，则是意相承。

三、四两联正是从第二句逗出。四个典故在诗句中只是四个喻象，四个浸渍着诗人感情的“以事象意”的朦胧的画面，给人一种可此可彼、飘忽迷茫的感觉。《庄子·齐物论》：

> 昔者庄周梦为蝴蝶，栩栩然蝴蝶也，自喻适志与！不知周也。俄然觉，则蘧蘧然周也。不知周之梦为蝴蝶与？蝴蝶之梦为周与？周与蝴蝶，则必有分矣。此之谓物化。

庄子以其绝对的相对论，寓说人生如梦的虚幻境界。诗人不说妻子亡逝或物化，而用“庄生晓梦迷蝴蝶”，就化理念的演绎为具象的摹写。“晓梦”、梦、“迷”、“蝴蝶”的翩翩起舞，构成一幅混茫的境象，也渗透着作者无限迷惘和人生无常的感慨，而妻亡之意已蕴含其中。

李商隐是运典的巧手，他的诗常一典多用，“庄生梦蝶”就是两喻并用，除借“物化”喻妻子亡逝外，又以庄生自比，以蝶喻妻，以“晓”喻青春年华即所思之“华年”。“迷”，被动词，“迷蝴蝶”即为蝴蝶所迷。连同下句，说自己当青春华年之时，热恋于妻子，而今妻子亡故，自己有如“春蚕到死”，而且即便死后，也将如望帝把伤春之心托杜鹃而日夜哀鸣。李商隐诗多次将妻子比为凤，比为蝶，原来两个比喻是一回事。崔豹《古今注》云：“蛱蝶大如蝙蝠者，或黑色或青斑，名为凤子，一名凤车。”

这诗有可能是诗人晚年在梓州幕府所作，因在蜀地，所以将“望帝”顺手拈来，实只取义杜鹃啼血，不一定看作义山自比，但看作自比也可通。李商隐诗经常把自己比作李唐的“王孙”“龙孙”，比儿子为“龙种”，既可比“龙孙”“龙种”，为什么就不可比“望帝”呢？“望帝春心托杜鹃”，是一个十分哀怨动人的故事。传说古巴蜀地方的国君望帝杜宇，因国亡身死，死后魂魄化为杜鹃。《华阳国志》称“时适二月子规鸣”。诗人同妻子的婚期也正是二月鹃啼之时，所以每当诗人远离，就与妻子约定二月归家：“青陵粉蝶休离恨，长定相逢二月中”（《蜂》）；或者慰妻以二月相见：“龙山万里无多路，留待行人二月归”（《对雪》）。可是，“木兰花尽失春期”，诗人借用杜鹃之二月哀鸣，可哀亦可思。

五、六句转从亡妻方面落笔。古代玉也可名之为珠。珠、玉两个喻体实同喻王氏。五句“沧海月明珠有泪”，正是诗人拟想妻子逝后，当于月明之下思念生者而夜夜哭泣流泪。六句“蓝田”即玉山。相传伏羲氏母华胥氏陵墓在此山，唐时士女多葬此。李商隐妻子当也葬于蓝田玉山之上。《搜神记》载：吴王小女(紫)玉，因相思不遂，气结而死，葬阊门外。末云“王妆梳，忽见玉，惊愕悲喜，问曰：‘尔缘何生？’玉跪而言曰：‘昔诸生韩重来求玉，大王不许。重从远来，闻玉已死，故赍牲币，诣冢吊唁。感其笃终，辄与相见，因以珠遗之，不为发冢，愿勿推究。’夫人闻之，出而抱之，玉如烟然”。“玉生烟”即用此典故。全句说，蓝田山上，王氏的灵魂在明月下精气氤氲，如紫玉之化烟，再无处寻觅妻子之玉魄。上面说过，李商隐善于一典两用，五、六句又都是一句两典。如六句用“紫玉化烟”又暗含“蓝田日暖，良玉生烟，可望而不可置于眉睫之前”意。李商隐《谒山》诗写自己到蓝田玉山谒祭妻子灵墓，可为五、六句作注。诗云：“从来系日乏长绳，水去云回恨不胜。欲就麻姑买沧海，一杯春露冷如冰。”

诗人在灵墓前痴想，如果能用长绳将日系住，使时间倒流，那么妻子不就永远年轻不死吗？但是回答是否定的。妻子如水之东逝，永无复归之日；如云之氤氲回没，永无形聚之期，故有不胜之恨。诗人之拟想妻子哭于沧海，正是神仙不助，添寿无门之恨。而王氏女于月明下，夜夜在沧海祈求饮泣的形象又是何等感人！

末联云此情岂待今日追忆时才伤心哀感，即在初婚欢会的日子，就想到夫妇两人终有一人先逝而已经感到人生如梦，惘然若失了。元稹悼亡诗云：“昔日戏言身后意，今朝都到眼前来”，“同穴窅冥何所望，他生缘会更难期”，殆与此同一意绪，不过元句真朴而浓挚，李诗哀婉而缠绵，用退一步法而以“可待”“只是”倒折出之。

1989 年 9 月

附记：“自伤说”或言锦瑟为义山自喻，五十弦指年近五十。此说非是。我国古代以琴主阳、主君、主夫，而以瑟主阴、主臣子、主妻妾(见《帝王世纪》及《路史》)，故有夫妇“琴瑟”和鸣之喻。而丧妻即言“断弦”，再娶则曰“续弦”。瑟本二十五弦，无端而成五十弦，是二十五弦一齐断了……见拙作《〈锦瑟〉笺后重有新笺》及《类纂李商诗笺注疏解》卷三。

蓝田日暖玉生烟

笔者解《锦瑟》“蓝田日暖玉生烟”句云：“蓝田”即玉山。相传伏羲氏母华胥氏陵墓在此山，唐时士女多葬此。李商隐妻子当也葬于蓝田玉山之上。《搜神记》载：吴王小女（紫）玉，因相思不遂，气结而死，葬阊门外。末云“王妆梳，忽见玉，惊愕悲喜，问曰：‘尔缘何生？’玉跪而言曰：‘昔诸生韩重来求玉，大王不许。重从远来，闻玉已死，故赍牲币，诣冢吊唁。感其笃终，辄与相见，因以珠遗之，不为发冢，愿勿推究。’夫人闻之，出而抱之，玉如烟然”。“玉生烟”即用此典故。全句说，蓝田山上，王氏的灵魂在明月下精气氤氲，如紫玉之化烟，再无处寻觅妻子之玉魄。义山《玉山》《谒山》二诗可为内证。其《玉山》诗云：

玉山高与阆风齐，玉水清流不贮泥。
何处更求回日驭？此中兼有上天梯。
珠容百斛龙休睡，桐拂千寻凤要栖。
闻道神仙有才子，赤箫吹罢好相携。

关于诗题，旧注皆称引《山海经》“玉山，西王母所居”，以喻令狐地位之高，从而把诗旨纳入“陈情令狐”的意阈。明胡震亨在《唐音戊签》中臆度：“似为津要之力能荐士者咏。”入清后，吴乔首断其为令狐作。吴云：“当时权宠未有如绹者，此诗疑为绹作。”（《西昆发微》）此后三百多年直至于今，《玉山》之解，未能出此二笺。程梦星云：“此亦望恩干进之意。”（《重订李义山诗集》）姚培谦云：“此以吸引望同调也。”（分体笺注《李义山诗集》）屈复云：“玩结句，似求人荐达之意。”（《玉溪生诗意》）纪晓岚云：“此望荐之诗也。”（《抄诗或问》）冯浩除肯定“吴氏《发微》谓为绹作，信然”外，并特别加以申明：“余初疑《集》中前人泛指令狐者，未可尽信。及订明全集，乃知属望子直……读者勿疑。”对于冯浩的论断，张采田在《玉溪生年谱会笺》中很表赞同，云“殊如冯说”。

旧注引《山海经》“玉山，西王母所居”，并据此认为首句比令狐绹“地望之峻”，二句喻其“流品之清”（姚培谦笺），“一地之高，二清明之极”（屈复笺），“二句言其地位清高”（纪晓岚笺），等等。其实这种笺解也是很牵强的。因为若单取群玉之山，那么用西王母来比喻令狐相业之高要、清望，似乎有点不伦不类，而且群玉山下也并无玉水。倒是又名玉山的蓝田山谷有蓝水一条，也称蓝溪，似即诗中所云之玉水。杜甫《九日蓝田崔氏庄》云“蓝水远从千涧落，玉山高并两峰寒，”即以蓝水对玉山。原来李商隐用典常虚涵两义，或以虚为实，或以实为虚。诗中“玉山”，除取神话中之群玉、阆风外，也以暗示现实中的蓝田玉山，而以两义归于一意。

《长安志》：“蓝田山在长安县东南三十里，其山产玉，亦名玉山。”相传伏羲氏母亲华胥氏陵墓即在此山，所以唐代蓝田玉山多为长安士宦女眷卜葬之地。李商隐亡妻当也葬玉山之上，诗即是李商隐谒奠玉山妻子陵墓后以“玉山”为题的悼亡之作。

“玉山高”“玉水清”，比喻王氏葬处之高洁，同时寓含其生前人品，是为颂赞妻子之辞。但是何处更求回天之力而起其九原之下呢？日驭，即日轮。“回日驭”，使日轮倒转，使时光倒流意。但“何处更求”，已将日驭之能回彻底否定，徒存希冀感叹而已。此句同《谒山》云“从来系日乏长绳”正同一意绪，比喻无法挽回妻子生命之逝去，这说明两诗立意有其相似之处，决非巧合。

四句“此中兼有上天梯”，承一句，说妻子葬处不仅高，而且兼可由此而魂升天廷。王逸《九思》云“缘天梯兮北上，登太乙兮玉台”可为本句注脚。

《庄子·列御寇》：“千金之珠，必在九重之渊，而骊龙颔下。子能得珠者，必遭其睡。”珠，喻妻；龙，商隐自比。此句言百斛之“珠”，当时若要保住，除非我有力致焉，所谓“龙休睡”。言下“龙”因“睡”去而未能保此百斛之“珠”。可悟为仕途奔波、赴卢宏正幕而未能早归为妻子延医治病。六句以凤比妻，以桐自喻。

“桐拂千寻凤要栖”，一典两用。一云妻子一生恋我，是为“凤要栖”，《诗·卷阿》疏：“梧桐自是凤之所栖”。《初学记》三十《凤》：“《毛诗疏》：凤非梧桐不栖”。同时梧桐又暗寓妻子亡逝，自已亲到灵墓述哀。枚乘《七发》：“龙门之桐，高百尺而无枝，其根半死半生。”诗人用此，往往以寓表丧偶、悼亡。白居易《为薛台悼亡》云“半死梧桐老病身”，李商隐《上河东公启》：“梧桐半死，方有述哀。”可证“桐拂”句兼寓悼妻之亡。末云而今先我而去，唯有慰以天上相会。冯浩笺云：“实暗用萧史吹箫，夫妻同凤飞去，故曰‘相携’。”甚确，但又以为“以比朋友”云云，可谓失之交臂。

葬王氏后，义山又作《谒山》云：

从来系日乏长绳，水去云回恨不胜。
欲就麻姑买沧海，一杯春露冷如冰。

这首诗在《玉溪集》中属难解之作。朱彝尊云：“想奇极矣，不知何所云?”（沈辑三家评）纪晓岚云“不解”（《抄诗或问》），又曰：“未解其旨。”（沈辑三家评）冯浩、张采田作过笺解，都认为《谒山》是李商隐“陈情令狐”之作，但两家对诗题的解释却截然相反。冯浩笺：“‘谒山者’谒令狐也。”（《玉溪生诗集笺注》）以“山”喻令狐。张采田则以为“山”为义山自谓。1963 年 8 月中华书局版《玉溪生年谱会笺》的前言对张采田笺极口称赏，认为张笺“辨别深细，能解人所不能解”，其“解《谒山》诗的‘山’字谓‘山’即义山，诗是暗记令狐来谒之事……是本编的精彩处”。

其实冯、张两笺，不论就题面或诗中旨意，均属牵强。

就题面看，关键在对“山”字的解释。冯浩以“山”指令狐，纯为臆度。查《玉溪集》中从无以“山”喻令狐之例，附会无据显然。张采田以“山”为李义山自谓，不仅同诗意了无关涉，即以字行称谓看也不合。李商隐字义山，取商山四皓虽隐而能行义之意，故曰“义山”。古人以字行不论称人或自谓，皆须两字连用，不可单用其一。如关羽、岳飞、均用《庄子·逍遥游》“鹏之背，不知其几千里也，怒而飞，其翼若垂天之云”句意为字：关羽字云长，岳飞字鹏举。人称、自谓均应云长、鹏举连用，不可径作“长”“举”。同样，义山也不可自称为“山”，笔者以为《谒山》的“山”当是实指，即长安东南之蓝田玉山，是为商隐妻子王氏之葬处。

再说“谒”。《释名·释书契》：“谒，诣也；诣，告也。书其姓名于上。以告所至诣者也。”引申为“参谒”“谒荐”“谒奠”，则于拜谒佛事、献供郊庙、祭奠神明死者，均可言谒。如《世说新语·政事》：“百姓至者，先拜而后谒佛。”鲍照《河清颂序》：“谒荐郊庙，和协律吕。”《宋史·礼志》：“集诸州府所贡第一人，谒奠先圣。”以上“谒”皆为拜神（鬼）献供之意。由此看来，《谒山》这个诗题说的应是诗人到蓝田玉山谒奠亡妻王氏的灵墓。

傅休奕《九曲歌》：“岁暮景迈群光绝，安得长绳系白日。”李白赋也有“恨不得挂长绳于青天，系此西飞之白日”。《谒山》首句即用此，写诗人在灵山坟地之前一边奠祭，一边痴想：如果能用长绳把太阳系住，使日轮不动，时间不流，那么妻子不就可以永远年轻不死吗！下面将说到的《玉山》诗云“何处更求回日驭”，也是这个意思。但“从来系日乏长绳”，用“从来乏”已经对“长绳系日”作了沉痛的否定，所以第二句紧接写亡妻如水之东逝，永无复归之日；如云之氛氲回没，永无形聚之期，因而“水去云回，不胜遗恨”。《论语·子罕》：“子在川上曰：‘逝者如斯夫，不舍昼夜。’”是“水去”点“逝”。沈约《和王中书白云诗》：“氛氲回没。”陆机《浮云赋》：“有轻虚之艳象，无实体之真形。”成公绥《云赋》：“去则灭轨以无迹，来则幽暗以杳瞑。”故“云回”即氛氲回没，无形无迹。

第三句从“水去云回”转而想到了长生不死的女仙麻姑。世传麻姑能为女子添寿，她曾见沧海三为桑田。（葛洪《神仙传》）每逢为妇女祝寿，必写出麻姑献寿数字，或绘麻姑形状，手捧蟠桃以为吉利，世所谓“麻姑献寿”云。因而诗人拟想沧海之水尽属麻姑。“逝者如斯夫”，即逝者如水，尽归沧海，所以诗人想到亡妻当也去了沧海。为向麻姑乞求给妻子添寿回阳，诗人愿意去沧海觅麻姑，买回全部岁月，这就是“欲就麻姑买沧海”之意，可是麻姑却是那么吝啬，连一点恩泽（春露）也不沾溉，是所谓“一杯春露冷如冰”也。

一、二句“系日乏绳”“水去云回”是诗人在玉山上谒奠时面对妻子亡魂“氛氲回没”“灭形无迹”的残酷现实；而三云“欲买沧海”，只是诗人深挚念妻、悼妻的奇极之想，朱彝尊云“想奇极矣”主要即指此。这奇极之想不过是永无实现之期的幻梦。第四句又回到现实中来，不说妻子永无复归之日、永无形聚之期，却说麻姑不助，添寿无门，反跌一步作结，更是奇想。

1989 年 9 月于温州洪殿北路师院宿舍 2－403

苏轼《水调歌头·明月几时有》疏解

水调歌头·明月几时有

丙辰中秋，欢饮达旦，大醉。作此篇，兼怀子由。

明月几时有？把酒问青天。不知天上宫阙，今夕是何年？我欲乘风归去，又恐琼楼玉宇，高处不胜寒。起舞弄清影，何似在人间。　　转朱阁，低绮户，照无眠。不应有恨，何事长向别时圆？人有悲欢离合，月有阴晴圆缺，此事古难全。但愿人长久，千里共婵娟。

【疏解】

水调歌头，词牌名，上下阕，九十五个字，平韵，偶也押仄韵。据《隋唐嘉话》载，“（隋）炀帝开汴河，自制《水调》歌”，或谓“将幸江都（扬州）时所制（《脞说》）唐人衍为大曲，分散序、中序、入破”。“歌头”为中序第一章。前后片各四平韵。宋代于前后片之六字句，夹仄韵。

此词为苏轼于宋神宗熙宁九年（1076）中秋所作，时年四十有一。当时苏轼因反对王安石变法，自感与朝廷政见不同，要求外放，先任杭州通判（相当于副州长或州长助理）。大约西湖苏堤始成，即调任山东密州知府，明升暗降（密州，小州）。中秋月圆，正是人生圆满、亲人团聚的日子，而自己则远离朝廷，仕途偃蹇，与苏辙多年别离未得相聚。感喟现实，面对天庭皓月，心澜波涌，于是借酒兴感，欢饮达旦作此。其立意可概括为：政治失意、亲人分离，忧思郁结，因而借酒浇愁，对月起舞，而自我调适，消解苦闷。

《水调歌头·明月几时有》是苏轼的代表作。构思奇逸，意境飘忽，以幻想始而以现实终：以内心的热切希望而终至跌落现实的苦闷，以不泯的希冀，回向苦涩与无奈。

（上片）

“明月几时有？把酒问青天。”脱化自李白的《把酒问月》“青天有月来几时？我今停杯一问之”。举着酒杯询问青天，天上的月亮是何时才有的？表达了明月长在而人生无常的感慨。将心中的郁结，轻轻拖出，却深藏着心中对人生短暂的无奈和伤感。

“不知天上宫阙，今夕是何年”脱化自张若虚《春江花月夜》“江畔何人初见月，江月何年初照人”。此问发思古之幽情：将历史的无尽和人生的短暂更推进一层。东坡看到月亮如此之浑圆、月光如此之明亮亮，他忽发奇想：去看一看！所以紧接：“我欲乘风归去，又恐琼楼玉宇，高处不胜寒。”他认为自己本来就在天庭今晚很想驾着清风回到天宫去。但是，又怕天庭太高了，自己禁不住那袭人的寒冷。我们如果把“天庭”与“朝廷”相类比，会感受到苏轼发自内心的一种恋阙的回归之情。应特别注意一个“归”字：诗人认为自己本就在朝廷为官，无奈政见不同而只好外放；一个“恐”字，一句“高处不胜寒”，都说明朝廷党争的严重性。事实也确实如此，“乌台诗案”就使诗人坐了四个月牢，如果不是太后（神宗母亲）干预，说不定将长期流放！这里将天宫与朝廷绾合为一，比兴十分贴切。

“起舞弄清影，何似在人间？”李白《月下独酌》：“举杯邀明月，对影成三人”句用此。苏轼“欢饮达旦”，对酒当歌，月下翩翩起舞，月下歌、舞、酒，对着自己的月影，觉人间胜过天上多多，故云“何似在人间”。

（下片）

“转朱阁，低绮户，照无眠。”转、低，指月光的移动，暗示夜已经深了。但同进窗户，照着的是屋里失眠的人。这“无眠”之人正是作者自己。因为政治上的失意，兄弟的别离不能团圆，以致不能入睡。可知，苏轼是试着入室就寝，可是辗转反侧，只好又起床，欢饮达旦！

“不应有恨，何事长向别时圆？”“恨”，憾；不是怨恨。他转而再问明月：明月你总不该会有什么遗憾吧，为什么总是在人们离别的时候才圆呢？此借怨问明月，而自我怨叹，自叹自己一生不论在政治，家庭，都不曾“圆”过：为官则出离朝廷，妻子则十年生死，兄弟又离别七年；在此中秋月圆之时，难耐孤寂、苦痛。

“人有悲欢离合，月有阴晴圆缺，此事古难全。”此自宽、自慰、自我调适之辞。人生总会有悲、欢、离、合，月亮也会有阴、晴、圆、缺，这是自古以来都是难以圆满的事。且看今日中秋月满，明日呢？后日呢？“二八月轮蟾影破，十三弦柱雁横斜”。自然现象与人生流程都是一个样！此聊为旷达，实亦参悟人生之辞。是人生经历了无数痛苦、欢乐的经验的概括。

“但愿人长久，千里共婵娟。”只希望人们能够永远顺适安康，即便相隔千里万里，也能在异处他乡共赏美好的月色。既是自我解脱，也是对亲人的怀念，和祝福。

东坡《水调歌头》，为咏中秋第一词，至今没有此人能够超越。“人有悲欢离合，月有阴晴圆缺，此事古难全”，极尽人生感慨！“但愿人长久，千里共婵娟”，只是“祝愿”之词，然又谁人能够“长久”？故又使人苍凉悲慨。南宋初胡仔《苕溪渔隐丛话》云：“中秋词，自东坡《水调歌头》一出，余词尽废。”可知即在宋代，就被认为是最好的一首中秋词。

附［今译］

天上明月，你是什么时候才有的？
举起酒杯，且问苍天：
不知道天上宫阙，
今晚是第几个年头了？
我想驾着轻风回到天宫去，
又恐怕天庭琼楼玉宇，
太高了，我禁不起寒冷。
欢饮起舞，清影相随，
天上又如何比得人间！

月光转过朱红的楼阁，
低低地进入雕花的窗户，
照着不眠的人。
明月你不该会有什么遗憾吧，

为什么常常在亲人别离的时刻才圆呢？
人有悲欢离合，
月有阴晴圆缺，
此事古难全。
但愿人们都健康长寿，
即便相隔千里万里，
也可共赏这美好的月光。

附[简注]

歌头：大曲《水调歌》的首段，故曰“歌头”。

丙辰：熙宁九年(1076)。

子由：苏轼弟苏辙，字子由。

“明月”句：李白《把酒问月》：“青天明月来几时？我今停杯一问之。”又《月下独酌》：“举杯邀明月，对酒成三人。”

把酒：端起酒杯；把，握。

宫阙：宫殿。

“今夕”句：传说“天上方七日，世上几千年”。张若虚《春江花月夜》：“江畔何年初见月，江月何年初照人。”牛僧孺《周秦行纪》：“共道人间惆怅事，不知今夕是何年。”

乘风归去：驾着清风，回到天上去。作者在这里浪漫地认为自己是下凡的神仙，暗寓自己由于政见不同，离开了朝廷。

琼楼玉宇：美玉砌成的楼宇。指想象中的仙宫，暗示朝廷。

不胜：禁不起，受不住。

弄清影：月下婆娑，影随人舞。

何似：哪里比得上。

“转朱阁”三句：言月光转过朱红色的楼阁，照进雕花的窗户，照着不眠的人们。朱阁，漆上红色的楼阁；绮户，雕着花纹图案的窗户。

“不应有恨”二句：月亮不会对人间有什么遗憾吧，为什么总是在人们别离的时刻才圆呢？意月圆而人(据小序，当指其弟苏辙)却未能团聚。司马光《温公诗话》记石曼卿诗：“月如无恨月长圆。”

“但愿”二句：希望人们都能长寿，即使相隔千里，也可共赏美丽的月色。婵娟，借指月亮。

民族音乐家王洛宾

二十世纪四十年代，还是小学生时，就喜欢老师教唱的《达坂城的姑娘》，却不知道作者是谁。上中学时，唱过《在那遥远的地方》，一样不知道作者是谁，歌曲上只注明是“新疆民歌”。一直到了自己当了大学老师，仍然喜欢唱这两支歌；还有《青春舞曲》《半个月亮爬上来》等等美妙动人的歌曲。八十年代末，忽然在报上看到了王洛宾的事迹介绍，才知道，伴随自己一生的几支歌曲的作者就是王洛宾。

报载，王洛宾一生创作歌曲一千余首，出版歌曲集六册，创作歌剧七部。歌曲中，除了大量的抗战题材外，最有名的就是上述几首，以及《依拉拉》《亚克西》《阿拉木汗》《暮色苍茫》《流浪之歌》《康定情歌》《我等你到明天》《喀什噶尔舞曲》《黄昏里的炊烟》《掀起你的盖头来》等；歌曲集有《西北歌声》《青海歌声》《哈萨克抒情歌曲集》《洛宾歌曲集》等；歌剧则有《沙漠之歌》《无人村》《两代人》《战斗的历程》《带血的项链》《托木尔的百灵》等。

薛宝钗名寓“分离”说补笺

吴世昌先生[1]关于(薛)宝钗名的寓意云:

宝钗之名始见于秦嘉《赠妇诗三首》之三:“宝钗好耀首,明镜可鉴形。”此诗序云:“其妻徐淑,寝疾还家,不获面别,赠诗云尔。”香菱引李义山诗“宝钗何日不生尘”已不甚佳,而钗字有分离之意,读者或未注意。梁陆罩《闺怨》:“自怜断带日,偏恨分钗时。”白居易《长恨歌》:“钗留一股合一扇,钗擘黄金合分钿。”杜牧《送人》:“明镜半边钗一股,此生何处不相逢?”辛弃疾《祝英台近》:“宝钗分,桃叶渡,烟柳暗南浦。”言分别尤极明显。是则分钗正如破镜,乃情人离别之征。然德昌公主破镜有重圆之例,而分钗无再合之事,则宝钗之以“钗”名,殆已有生离之兆乎?又韩偓《香奁集·寄恨》:“秦钗枉断长条玉,蜀纸空留小字红”,则不仅分钗竟至断钗矣。韦縠《才调集》卷二无名氏七绝:“翠羽帐中人梦觉,宝钗斜坠枕函声”,亦指单栖,非佳兆也。[2]

吴先生指出“钗字有分离之意”,又云“分钗正如破镜,乃情人离别之征”“有生离之兆”“亦指单栖,非佳兆也”。总之宝钗有“分离”“生离”“单栖”“情人离别”之义。吴先生的分析是正确的,以下略作补笺。

一

宝钗,作为古典诗词的一种自然意象,为什么有“分离”“生离”“单栖”“情人离别”的含义?这与宝钗物象的固有特征密切相关。《说文》云:“叉,手指相错也,从又,象叉之形。”段注云:“凡岐头皆曰叉”“今字作钗”。《玉篇》:“钗妇人岐笄也。”《正字通》:“钗,妇人两股笄。”可见钗为双股簪子,因两股分叉,故以隐喻夫妻、情侣的“分离”。《红楼梦》称女子为“钗”,如“金陵十二钗”,实亦喻十二位与丈夫、情侣分离的薄命女子。

但是，“宝钗”作为古典诗词意象，并不是一开始便具有“分离”“生离”“离别”“单栖”的特定情韵。“宝钗”为古代玉石、骨器、象牙、玳瑁、金银、翡翠等珠宝所制钗子的总称。

《中华古今注》：“钗子，盖古笄之遗象也。至秦穆公，以象牙为之，敬王以玳瑁为之，始皇又以金银作凤头，以玳瑁为脚，号曰凤钗。”又至东晋，有童谣言：织女死，时人插白骨钗子。白妆，为织女作孝。上引象牙、玳瑁、金银、骨器所制皆可谓“宝钗”。其玉制则称“玉钗”。司马相如《美人赋》：“玉钗挂臣冠，罗袖拂臣衣。”金制（先是铜制）称金钗；钗头有爵（通雀），又称金爵钗。《释名·释首饰》：“钗，叉也，象叉之形因名之也；爵钗，钗头施爵也。”而翡翠所制则为翠钗或翠云钗。刘孝绰《淇上戏荡子妇》云：“翠钗挂已落，罗衣拂更香”。王涯《宫词》：“春来新插翠云钗，尚著云头踏殿鞋”。而玳瑁所制则称玳瑁钗。繁钦《定情诗》：“何以慰别离，耳后玳瑁钗。”以上总称为宝钗。自然，贫苦人家妇女，则只能以紫荆、牡荆之枝条为钗而称“荆钗”。李山甫《贫女》诗云：“平生不识绣衣裳，间把荆钗亦自伤。”荆钗常与布裙相连，《太平御览》卷七一八引《列女传》云：“梁鸿妻孟光，荆钗布裙。”李商隐《重祭外舅司徒公文》云：“苎衣缟带，雅况或比于侨、吴；荆钗布裙，高义每符于梁、孟。”故荆钗是不能称之为“宝钗”的。

“宝钗”作为诗歌语汇，只是宝钗这一物象的语义外壳；人们使用它，也只是作为一种“歧笄”首饰的名称，并未赋予它何种情韵。从语义学上看，本义、引申义、假借义均已出现。但诗歌意象的情韵义，却不是语义训诂所能阐释，所以对古典诗词意象必须以艺术美学的方法去感悟、分析它。

二

从词汇义到情韵义是一个逐渐积淀、变异，增殖、稳固的过程。

（1）先是寓有“吉祥”的情韵义。

司马相如《美人赋》中的“玉钗”并没有什么特定的含义，而《洞冥记》的记载则有了“吉祥”的情韵。《洞冥记》云：“元鼎元年，起招仙阁于甘泉宫西”“以迎神女。神女留玉钗以赠帝，帝以赐赵婕妤。至昭帝元凤中，宫人犹见此钗。因名玉燕钗，言吉祥也”。

（2）寓有“生子吉庆”的情韵义。

《开元天宝遗事》载："张说母梦玉燕自东飞，投入怀中，已而孕，生说。"此玉燕钗则自"吉祥"而具体为生子吉庆之祥。又《宋史·李宸妃传》："真宗以为司寝，既有娠，从帝临砌台，玉钗坠。帝心卜，钗完当为男子。左右取以进，钗果不毁，帝甚喜，已而生仁宗。"这故事亦赋予玉燕钗以"生子吉庆"的情韵。玉燕投怀而生宰相张说；宸妃坠钗，完好无毁，而生天子，皆至贵之详。故殷尧藩《汉宫词》有"惟有君恩白燕钗"语。又，杜牧《山石榴》云："似火山榴映小山，繁中能薄艳中闲；一朵佳人玉钗上，只疑烧却翠云鬟。"诗咏山榴多子，而以"佳人玉钗"增其情韵。

当然，有许多诗出现玉钗意象，只是作为妇女首饰的描绘，并不具有何种情韵，如高适《听张立本女吟》"自把玉钗敲砌竹，清歌一曲月如霜"，王僧孺《徐仆射妓》云"稍知玉钗重，渐见罗襦寒"，王建《白苎歌》"低鬟转面掩双袖，玉钗浮动春风生"，卢肇《湖南观双柘枝舞赋》云"整金蝉，飞玉燕"等皆无"分离"或"吉祥"的情韵。

宝钗有"分离"意，又有"吉祥"意。"分离"原于钗分双股，"吉祥"则原于白燕飞天、玉燕投怀。这是意象情韵义在发展过程中的增殖及变异。但后来，"分离"义则逐渐稳固，而"吉祥"义则转而消失。

宝钗的"分离"意，见晋袁宏《后汉纪·灵帝纪上》："夏侯氏父母曰：'妇人见弃，当分钗断带。'"后即以分钗断带，或即以分钗喻夫妇离异和情侣们的分离。南朝梁陆罩《闺怨》云："自怜断带日，偏恨分钗时。留步惜余影，含意结愁眉。徒知今异昔，空使怨成思。欲以别离意，独向靡芜悲。"唐代诗人以"分钗"隐喻"分离""离别"或"单栖"诗甚多。刘禹锡《怀妓》云："玉钗重合两无缘，鱼在深潭鹤在天。"刘损《愤惋诗》云："金钗分股合无缘，鱼在深潭鹤在天。"（分离义）杜牧《送人》云："明镜半边钗一股，此生何处不相逢。"（离别义）韩偓《惆怅》云："身情长在暗相随，生魄随君君岂知！被头不暖空沾泪，钗股欲分犹半疑。"（单栖义）词中如贺铸《绿头鸭》云"翠钗分，银笺封泪，舞鞋从此生尘"，亦寓含离别与单栖的情韵。但是大多数诗并未直用"分钗""分股"字，而直以"宝钗"意象入诗。

这是由于"宝钗"在诗词中的特定情韵义已经稳固并为诗人和大多数读者所知晓。

以下是十个书证：

（1）李白《白头吟》："东流不作西归水，落花辞枝羞故林。头上玉燕钗，是妾嫁时物；赠君表相思，罗袖幸时拂。莫卷龙须席，从他生网丝(思)；且留琥珀枕，还有梦来时。”诗以卓文君口吻婉责司马相如的拟定娶妾，因此赠以玉钗望时时拂拭，莫使宝钗生尘。

(2)王建《宫词》则以“舍钗”写宫女之入道观单栖：“私缝黄帔舍钗梳，欲得金仙观里居。”

(3)温庭筠《咏春幡》写征妇诵经独宿的悲凄：“代郡嘶金勒，梵声悲镜台。玉钗风不定，香步独徘徊。”

(4)李商隐《圣女祠》云：“寄问钗头双白燕，每朝珠馆几时归？”借人神相恋而惜圣女“单栖”天上珠馆，所以特问钗头双燕以反衬天上之不如人间！

(5)李义山《残花》云：“残花啼露莫留春，尖发谁非怨别人。若但掩关劳独梦，宝钗何日不生尘？”诗借“残花”之无计留春而掩关独梦，如此则宝钗无日不为尘埃所封。以“残花”喻人，或即冶游所遇，而慰以不须掩门独思，以暗寓其“单栖”之苦。

(6)其他如韦庄《宫怨》云：“钗上翠禽应不返，镜中红艳岂重芳”，写分离；韩偓《松髻》云：“髻根松慢玉钗垂，”“背人匀却泪胭脂”，《三忆》云：“辗转不能起，玉钗垂枕棱”，则又表达离别单栖及相思之苦。

(7)有时诗人更进一层而以“折钗”“断钗”表达夫妻和情侣们的离异。如韩偓《代小玉家为蕃骑所虏后，寄故集贤裴公相国》云：“折钗伴妾埋青冢，半镜随郎葬杜邮。”折钗、半镜即寓小玉为蕃骑所虏而与情侣的分离。

(8)又《夜闺》诗写一女子离异独宿的相思：“敲折玉钗歌转咽，一声声入两眉愁。”两诗用的都是“折钗”。

(9)而《寄恨》云：“秦钗枉断长条玉，蜀纸空留小字红。死恨物情无会处，莲花不肯嫁东风。”因“无会处”故用“断钗”。

从诗歌意象看，分钗、折钗、断钗以寓分离、离别、单栖，是正向象征；钗、宝钗、玉钗、燕钗、金钗等等，则寓意较为含蓄。

(10)也有从逆向设喻的，如温庭筠《懊恼曲》云：“两股金钗已相许，不令独作空成尘。”所谓金钗相许，不令成尘，亦即两情已定，宝钗常拂不生尘意。而温词《菩萨蛮》“双鬓隔香红，玉钗头上风”，《酒泉子》“玉钗斜簪云鬟重，裙上金缕凤。八行书，千里梦，雁南飞”，亦同样寄寓抒情主体的单栖和相思。

曹雪芹为薛宝钗命名为“宝钗”，给予“金陵十二钗”之首，却又让警幻仙姑引舞女为她编写了一支《终身误》(都道是金玉良缘)，则诚如吴先生所云，盖取义“分离”也。

①吴世昌(1908—1986)浙江海宁人。1948—1962 年为牛津大学教授。1962 年回国,任中国科学院研究员。1979 年起任全国人大常委会副委员长。1998 年在海宁举行“吴世昌先生诞辰九十周年学术研讨会”,余与会焉。在会上作此发言。

②见《罗音室学术论著》(第 3 卷),社会科学文献出版社,1996 年,252 页。

“薛宝钗”不会写七绝
——评刘心武拟宝钗作《十独吟》

有友人赠以《刘心武续红楼梦》（八十一回至一百零八回，江苏人民出版社，2011 年 3 月第 1 版）。欣喜异常，接手随意一翻，见第九十二回《霰宝玉晨往五台山，雪宝钗夜成十独吟》，第 134—136 页，有薛宝钗所作《十独吟》七绝十首。第一首《嫦娥》云：

冷萤残桂浸空房，往事悠悠隔雾瘴；
谁言已悔偷灵药？玉珂微微传佳响。

读之，觉不大顺口；思之，原来不仅韵部不对，而且不合平仄。

原来，刘先生用的是普通话押韵：房（fáng），瘴（zhāng），响（xiǎng）；押 ang 韵。可是，薛宝钗若有其人，当生于清代康熙、雍正年间，距今也该近 300 年，她从哪里学习了普通话诗韵呢？

唐初，诗人依照《切韵》206 韵，写作律绝。由于韵部过繁，许敬宗奏议减少和归并韵部，所以唐韵实际上与南宋平水韵已经很接近。至南宋理宗赵昀淳祐（1241—1252）年间，平水人刘渊将《切韵》合并为 107 韵；至康熙时的《佩文韵府》又合并为 106 韵，即今日通用之诗韵。

近体律绝产生于初唐，定型于沈（佺期）宋（之问）。有一些比较严格的规定：如偶句应压平声韵，首句可入韵，也可不入韵；一句之中，（二、四、六顿位）平仄相间；两句之间，平仄相对；下联上句与上联下句，平仄相粘，等等。

“薛宝钗”所作《嫦娥》，首句“房”为下平声七“阳”，而第二句忽然压上“瘴”；这“瘴”字属去声二十三“漾”。第四句居然用了上声二十二“养”。“瘴”“响”均为仄声，首先就违反了律绝必须押平声韵的原则。

再说平仄。此诗为"平起首句入韵"式,其平仄律应是:

平平仄仄仄平平,仄仄平平仄仄平

仄仄平平平仄仄,平平仄仄仄平平

可是,"薛宝钗"完全不懂平仄,除了二、四句末了两处,该平用了仄声字的"瘴"和"响"以外,第三句"谁言已悔偷灵药",二、四、六应该是仄、平、仄相间,与第二句平仄相粘,却变成了平(言)、仄(悔)、平(灵)与第二句平仄相对了。还有,第四句第四个字也错,应该用仄声却用了上平声五"微"。

"薛宝钗"《十独吟》七绝10首,是否仅此第一首出韵和违反平仄律呢?原来10首全都出韵,全不合平仄。"薛宝钗"枉为大观园里的"才女",错得太离谱,太不应该了!

如第三首《孟姜女》:

> 不信夫君不回还,把剪拈针纫心线;
> 长城自倒莫飞泪,阴霾散去有晴天。

与第一首不同,此为"仄起首句入韵"式,其平仄规律应是:

仄仄平平仄仄平,平平仄仄仄平平。

平平仄仄平平仄,仄仄平平仄仄平。

此首也是出韵:第一句"还",上平十五"删";第二句"线",去声十七"霰",不仅出韵,且该用平而用仄;末句"天",却又是下平声"先"。全乱了套!"薛宝钗"怎么连起码的韵部都搞不清楚?如果从平仄律看,则第一句"回"的地方,应该用仄声却用了上平声十的"灰"韵。第二句错得更多:除"线"字出韵、用仄,上面已经指出外,还有第二字本该用平声,却用了上声十六"跣"的"剪";第二顿位"针"该用仄声,又误用了下平十二"侵";第五字"纫"应该用仄,却又误为上平十一"真"韵。

又如第四首《苏武》:

> 旄节已成坚冰柱,胸臆犹存炽热心。
> 去往归来皆常事,只等旧日翻成新。

此为"仄起首句不入韵"式,其平仄律应该是:

仄仄平平平仄仄，平平仄仄仄平平

平平仄仄平平仄，仄仄平平仄仄平

二句“心”，下平十二“侵”；四句“新”，上平十一“新”，出韵。一句“冰”用了下平十“蒸”，实际上这里应该用仄声。二句“臆”用了入声十三“职”，其实应该用平；“存”用了上平十三“元”，正确的应该用仄；“热”是入声九“屑”，实际上这里应该用平。这第二句平仄全颠倒了：本应是平、仄、平相间，变成了仄、平、仄相间了。三句与第二句平仄本应相粘为平、仄、平，结果成了仄、平、平，既不相粘，也不相间。四句“旧日”两字皆用仄，“旧”用去声二十六“宥”，“日”用入声四“质”，实际上这两字都应该用平声；还有“成”为下平八“庚”，按诗韵应该用仄声。

七绝平仄有四种基本形式，薛宝钗《十独吟》十首用了三式，即“平起首句入韵”式，“仄起首句入韵”式，“仄起首句不入韵”式。上面各举一例简要分析其韵律；另有“平起首句不入韵”式一种，《十独吟》未用。

从分析的三首诗看，刘心武先生之拟薛宝钗所作，完全未遵守七绝的韵部和平仄律，其余七首也如此，甚至更甚。

如第十首《李香君》：

挣扎谁似一根簪？裂衣撕扇亦枉然；

设若命中该如此，雪埋深陷犹指天！

韵部、平仄，句句皆错。从簪（zān）、然（rán）、天（tiān），刘先生还是以普通话韵部代替平水韵。虽然有人主张当代人写七绝可以用新韵，但平仄律却是不能不讲的。何况薛宝钗在曹雪芹笔下，是清朝人，怎么可以用普通话韵部？又怎么连平仄也不通呢？这不是让薛才女成为大观园里的傻大姐了吗？

贾宝玉与史湘云联句既出韵又未对仗

——略说《刘心武续红楼梦》中的贾、史联句

贾宝玉与史湘云联句既出韵又未对仗[1]。

《刘心武续红楼梦》写贾宝玉与史湘云联诗（见一百零六回《麒麟邂逅中秋联诗，骁骑相撞寒露喋血》，该书第291—302页），

又一次暴露了刘心武不懂中国诗词曲赋。贾宝玉、史湘云联句如下：

宝玉出句：中秋竟无[2]月[3]，

湘云对句：俯首听水音[4]。（下平十二“侵”）

湘云出句：麒麟已合璧，

宝玉对句：慰我离乱人（上平十一“真”）[5]

宝玉出句：昔栖祖慈翼，

湘云对句：两小真意存[6]。（上平十三“元”）

湘云出句：珍珠理发辫，

宝玉对句：喁喁私语陈[7]。（上平十一“真”）

宝玉出句：何时效新妇，

湘云对句：色色花样新[8]。（上平十一“真”）

湘云出句：头簪纽金坠，

宝玉对句：耳缀明月锟[9]。（上平十三“元”）

宝玉出句：摇摇若春柳，

湘云对句：步步嗔笑频[10]。（上平十一“真”）

湘云出句：鞶儿自天降，

宝玉对句：卫子人世存[11]。（上平十三“元”）

宝玉出句：情情泪还尽，

湘云对句：耿耿捐兰魂[12]。（上平十三“元”）

湘云出句:方知红绳系,
宝玉对句:你我缘本深[13]。(下平十二“侵”)
宝玉出句:嗟钗艳而冷,
湘云对句:悒悒终未祯[14]。(下平八“庚”)
湘云出句:煌煌妙姑现,
宝玉对句:饲虎成圣身[15]。(上平十一“真”)
宝玉出句:家亡落刀雨,
湘云对句:残命一隙吟[16]。(下平十二“侵”)
湘云出句:堪堪岁月速,
宝玉对句:念念人事纷[17]。(上平十二“文”)
宝玉出句:回天本无志,
湘云对句:只欲真性伸[18]。(上平十一“真”)
湘云出句:人心若山谷,
宝玉对句:郁郁那可论[19]?(上平十三“元”)
宝玉出句:拳拳善心隐,
湘云对句:孳孳邪恶生[20]。(下平八“庚”)
湘云出句:荆棘绊跬步,
宝玉对句:榛莽携手行[21]。(下平八“庚”)
宝玉出句:漾漾水中月,
湘云对句:隐隐飞雁鸣[22]。(下平八“庚”)
湘云出句:浮云自来去,
宝玉对句:喜乐味在心[23]。(下平十一“侵”)
宝玉出句:明朝藜杖去,
湘云对句:莫问阴与晴[24]。(下平八“庚”)
湘云出句:人生任漂泊,
宝玉对句:穷径真谛寻[25]。(下平十二“侵”)

从以上分析可见:

(1)刘心武不懂排律一韵到底的规则。

(2)大多不合“平仄律”,违反粘对规则。

(3)大多没有对仗,除了首尾两韵外,其余二十韵:十二韵全未对仗;五韵稍有对仗;三韵基本对仗。

下面是曹雪芹《红楼梦》第七十六回(《凸碧堂品笛感凄清,凹晶馆联诗悲寂寞》)林黛玉与史湘云的联诗:

黛玉起:三五中秋夕,
湘云对:清游拟上元。
湘云出:撒天箕斗灿,
黛玉对:匝地管弦繁。
黛玉出:几处狂飞盏,
湘云对:谁家不启轩。
湘云出:轻寒风剪剪,
黛玉对:良夜景暄暄。
黛玉出:争饼嘲黄发,
湘云对:分瓜笑绿媛。
湘云出:香新荣玉桂,
黛玉对:色健茂金萱。
黛玉出:蜡烛辉琼宴,
湘云对:觥筹乱绮园。
湘云出:分曹尊一令,
黛玉对:射覆听三宣。
黛玉出:骰彩红成点,
湘云对:传花鼓滥喧。
湘云出:晴光摇院宇,
黛玉对:素彩接乾坤。
黛玉出:赏罚无宾主,
湘云对:吟诗序仲昆。
湘云出:构思时倚槛,
黛玉对:拟景或依门。
黛玉出:酒尽情犹在,
湘云对:更残乐已谖。
湘云出:渐闻语笑寂,

黛玉对：空剩雪霜痕。
黛玉出：阶露团朝菌，
湘云对：庭烟染夕棔。
湘云出：秋湍泻石髓，
黛玉对：风叶聚云根。
黛玉出：宝婺情孤洁，
湘云对：银蟾气吐吞。
湘云出：药经灵兔捣，
黛玉对：人向广寒奔。
黛玉出：犯斗邀牛女，
湘云对：乘槎待帝孙。
湘云出：虚盈轮莫定，
黛玉对：晦朔魄空存。
黛玉出：壶漏声将涸，
湘云对：窗灯焰已昏。
湘云出：寒塘渡鹤影，
黛玉对：冷月葬花魂。

点评：

①曹雪芹《红楼梦》第七十六回，写林黛玉与史湘云凹晶馆联诗，末韵湘云出"寒塘渡鹤影"，黛玉"冷月葬花魂"收，以诗谶结，为《红楼梦》之名联。《刘心武续红楼梦》也想"画虎"，在第一百零六回写了贾宝玉、史湘云联句，也是二十二韵。但是，平仄大多不协，不对仗。刘在九十二回写薛宝钗作《十独吟》绝句，已经看出刘心武不懂绝句，此处又可见刘心武不懂联句。窃以为不懂中国诗词曲赋的当代作家，最好不要续写《红楼梦》。

②平仄不协。出句平仄多不协，下略。

③平仄不协。

④下平十二"侵"。

⑤"人"，上平十一"真"，出韵。又，此联未对。"麒麟"与"慰我"，"已合璧"与"离乱人"皆未对仗。是贾宝玉不会对，还是刘心武不懂对仗？

⑥"存"，上平十三"元"，出韵。此联也未对仗：看"昔栖"与"两小"，"祖慈

翼”与“真意存”如何对？

⑦“陈”又回到上平十一“真”。此联也未对仗，看“珍珠”与“喁喁”即可知。

⑧“新”也出韵。此联仍未对，“色色”怎能对“何时”？

⑨“琨”，上平十三“元”，出韵。此联对仗差可；然“纽金”与“明月”亦尚可推敲。

⑩“频”又是上平十一“真”，出韵。“摇摇”“步步”对，“若春柳”与“嗔笑频”未对。

⑪“存”与第三联重，又变成上平十三“元”。对仗差可。

⑫“泪还尽”与“捐兰魂”未对：“泪还尽”指黛玉还泪；“捐兰魂”指卫若兰之死。“捐”如何对“泪”？“兰魂”为名词性偏正结构；“还尽”为动补式偏正结构，未可对。

⑬直到第九韵“深”，才呼应首韵下平十二“侵”的“音”。至于宝玉的对仗，则非常可笑：“你我”对“方知”？“缘本”对“红绳”？不知刘心武是如何下笔的。

⑭“祯”又变成下平八“庚”！以下共五联用下平八“庚”韵，皆为走韵，不再点明。而“悒悒”形容词相叠，对动宾结构“嗟钗”，全不通；而以“终未祯”对“艳而冷”，更不知所云。

⑮“煌煌”也是形容词相叠，怎么同“饲虎”对仗？“妙姑”似指妙玉，人名，同“成圣(人)”相对？“现”，动词；“身”，名词，也不能对。

⑯十字全不对。且“落刀雨”“一隙吟”使人不知所云。

⑰此联对仗似可，然为同“念念”对，硬凑一个“堪堪”；不知何谓“堪堪”？

⑱“只欲”与“回天”；“真性”与“本无”；“伸”与“志”，全非对仗。

⑲“郁郁”对“人心”？

⑳此联对仗尚可。

㉑平仄不协。

㉒“飞雁鸣”与“水中月”不对：“水”，名词；“飞”，动词。“中”，方位词；“雁”，名词。“月”，名词；“鸣”，动词。

㉓全不对仗。

㉔全未对仗。

㉕末联可以不对仗。“寻”，下平十二“侵”，与首韵合。出句“生”，下平八“庚”；“漂”，下平二“萧”，皆平，不协。对句“径”，去声二十五“径”；“谛”，去声八“霁”，皆仄，不协。

不要愧对了诗的国度
——不懂中国诗词曲赋的当代作家，不要续写《红楼梦》

刘心武在百家讲坛讲《红楼梦》，还是有些见解的。但正如一位朋友所说的，他根本没有必要，也不可能续写《红楼梦》。刘心武在思想、学问、才华三个方面，同曹雪芹相比，实在有天渊之别，相差非常之大；甚至与续了后四十回的高鹗相比，也相去甚远。在泰山的前面，其他的山都是小阜；在巨人的面前，我们都是矮子。谁续了《红楼梦》，谁的牌子就砸了。刘心武过于自信，不懂得扬长避短。他充其量只是一个当代小说家，中国的传统文化，尤其是古典诗词曲赋的写作，对刘心武来说明显是个弱项：他连起码的近体诗的格律也不懂，居然敢于续写《红楼梦》，胆子实在也太大了。

前段时间，《人民日报》海外版《望海楼》评论专栏，一连发了三篇关于古典诗歌的文章，三篇文章是：

一、《不要愧对了“诗的国度”》(《人民日报》海外版特约评论员肖复兴)；

二、《复兴中华文化，不能少了格律诗》(国务委员、国务院秘书长马凯)；

三、《“求正容变”，格律诗的复兴之路》(国务委员、国务院秘书长马凯)。

国务院秘书长马凯在文章中说：

> 格律诗是中华传统诗词最具典型意义的诗体。它有多种具体形式，主要包括五言、七言律诗和绝句，以及按词牌和曲调填写的词和曲等。

有人说刘心武不仅不会写七绝(如第九十二回代薛宝钗拟作《十独吟》)，好像也不熟悉联句(如一百零六回代贾宝玉、史湘云作五言联句)，何论其他形式之格律诗。而曹雪芹在《红楼梦》中的诗词曲赋，几乎囊括了古典格律诗的全部。别的都不说，单就这一点，刘心武又如何能续写《红楼梦》？

刘心武或者会认为自己是一种“创新”，应该“容变”。这完全是误会了，“容变”之前，还有一个“求正”；没有“正”，何来“变”？请读一读马凯的论述：

> 以五七言律诗为例，其正体至少有以下五个要素：一是篇有定句，即每首诗都有固定的句数。二是句有定字，即篇中每一句都有固定的字数。三是字有定声，即句中每一字位的声调都有明确的规定。四是韵有定位，即每首诗必须押韵，且押韵的位置和要求是有明确规定的。五是律有定对，即作为五言律诗或七言律诗，除首尾两联可以不对仗外，中间颔联、颈联两联的出句与对句要讲究对仗。这就是五七言格律诗的正体。丢掉了这些基本要素，即非五七言格律诗。

七绝自然和七律有些不同，只有四句，对仗要求也不像七律那么严格。律诗八句，要求颔、颈两联必须对仗。绝句只有两联，可以一、二对仗，可以三、四对仗，也可以都不对仗（这种形式较多），当然也可以两联全都对仗（这一种形式较少）。刘心武拟薛宝钗所作的十首绝句，其误在：

一、用普通话的诗韵代替了曹雪芹时代普遍使用的“平水韵”；

二、字无定声，平仄几乎全部不协调，既不粘，也不对；

三、各首全都出韵、走韵、窜韵。

作为一个作家，连我们民族最精粹的文学样式也没能掌握，又如何去续《红楼梦》？实在不可解！结果是如朋友所说的，“真是大煞风景”，“砸了自己的牌子了”！

而且，这还只是刘心武续书一个方面的问题。其他的，如以当代口语续写二百五十年前的小说，也是一个问题。随便看一下《刘心武续写红楼梦》第129页，像下面这种语言，用在二百多年前，真令人捧腹：

> “稍微摸几册书”；
> “可是你那一套”；
> “咱们再讨论讨论”；
> “成日家要打算，打算这个，打算那个”；
> “晾出来晒晒”；
> “前五代本钱耗光了”；

“对家族不负责任，对自己放任自流”……

曹雪芹大约于 1750 年前后写作《红楼梦》，怎么可能写出今天的文学语言呢？

其他就先不说了。总之，希望刘心武先生花一点时间学习古典诗歌的格律，将续书好好修改，正如《人民日报》海外版特约评论员肖复兴先生文章所说的：

不要愧对了“诗的国度”！

艰难困苦，玉汝于成

宋人张横渠在《西铭》中有言："贫贱忧戚，庸玉汝于成也。"

人生起点，剪却脐带，进入襁褓之中，即开始在人海中漂浮！官贵豪富人家，替婴儿内外包装，视孩子如宝贝，称之为"宝宝"；贫困人家，只能用父母的破旧衣裳，随意包裹一下。官贵豪富人家雇有奶妈，有用人专门侍候；贫困人家，将孩子往破床铺上一放，随意滚动……

这是人生的起点，不论富贵、穷困，都开始在人海中漂浮了。

出生背景不同，起点不同，已经是客观存在的现实，但不能怨天尤人，只有创造条件，奋起直追。

"天无绝人之路"！出生于何等人家，无可选择，但是，后天的努力，靠的是自己，靠的是你能不能付出五倍、十倍的精神和毅力?！艰难困苦，玉汝于成！你应该想到，只要一息尚存，努力奋斗，将来就一定会有所成！

许多出生于官贵人家的子弟，成了庸人，成了纨绔，甚至成了罪犯的，也大有人在。

从穷乡僻壤走出来的人，由于持之以恒地勤勉奋斗，在中小学阶段就出类拔萃的穷孩子就很多。他们珍惜来之不易的学习条件，上了大学，进了研究院。小树最终成为参天大树。这种成材，更鼓舞人！历史上许多出身于贫寒家庭的人后来获得了很大成就，就是证明。且不说"匡横凿壁""车胤囊萤""孙康映雪"，就像北宋的范仲淹、欧阳修，明代的宋濂，都是自小勤学、终于有成的读书人。以下三段文字，对于出身贫困农家的子弟，当有所启发。

范仲淹：

二岁而孤，母贫无依，再适长山朱氏。既长，知其世家，感泣辞母，去之南都，入学舍。昼夜苦学，五年未尝解衣就寝。若夜昏怠，辄以水沃面。往往饘粥不继，日昃固始食。遂大通“六经”之旨，慨然有志于天下。常自诵曰：“士当先天下之忧而忧，后天下之乐而乐。”

欧阳修：

四岁而孤，太夫人以荻画地，教以书字。多诵古人篇章，使学为诗。及稍长，而家贫无书读，就闾里士人家借而读之，或因而抄录。抄录未必，而已能诵其书。以至昼夜忘寝食，唯读书是务。自幼所作诗赋文字，下笔已如成人。

宋濂：

负箧曳屣，行深山巨谷中。穷冬烈风，大雪深数尺，足肤皲裂而不知。至舍，四肢僵劲不能动……无鲜肥滋味之享。同舍生皆被绮绣，戴朱缨宝饰之帽，腰白玉之环，左佩刀，右备容臭，烨然若神人；余则缊袍敝衣处其间，略无慕艳意。

范仲淹、欧阳修、宋濂均经历过人生的艰难困苦，至于贫贱忧戚。然三人皆自小便立下宏伟之大志，并躬行勤学苦练。后来，范仲淹、欧阳修，皆任至参知政事(副宰相)，宋濂也官至侍讲学士、《元史》编纂总裁。这三个人家庭都非常贫困，最终成了宰相和进入皇帝的秘书班子，而且成为中国历史上著名的文学家、史学家，就是靠少年时的立志和持之以恒的艰苦奋斗！

窗前明月枕边书

年轻时，经常梦见自己坐拥书城，读了一本又一本的书，又写了一本又一本的书。那梦境现在回想起来，恍如昨天夜里，刚刚梦过一般清晰：

那是一个秋天的夜晚，
圆月飞入窗幌，
照在床上，枕边；
照在桌子上，书橱里；
照在地板上和楼阁顶上，
都堆叠得满满的书……

我曾按那美妙的梦境给自己镌刻一枚闲章：

窗前明月枕边书

啊，美丽的梦境！生活中如果没有你，那色彩将会失去光泽而无比的暗淡。

梦是追求的缩影，
梦是心灵的希望，
梦是理想与现实
碰击发出的闪光。

中国人说梦，最著名的莫过于庄周了。他的梦蝶的故事，后来竟成了"蝴蝶梦”的千古典故。《庄子 · 齐物论》里面说，从前，庄周梦见自己变成了一只蝴蝶，翩翩起舞，好像真成了一只蝴蝶；优哉游哉，却不知道自己原来就是庄周。忽然醒来，又分明觉得自己就是庄周。不知道是庄周梦见变成了蝴蝶呢，还是蝴蝶梦见变成了庄周。庄周和蝴蝶必定是有所分别的，这就叫做“物化”（事物往相反的方向转化）。

庄子以其绝对的相对论，寓说人生如梦的虚幻境界，所谓死生无别、梦醒难分，庄蝶之别，也不过物象的变化而已。因此，后世每以“梦蝶”来比喻生命的变幻无常。但是，同“蝴蝶梦”相比，我更认同奥地利精神分析学家弗洛伊德的理论：梦是对不能满足的现实的一种补偿，人通过梦境获得愿望的实现和满足。

这颇有点像中国古话所说的“日有所思，夜有所梦”了。年轻时，一心想做“蛀书虫”，希望有朝一日也能写出书来，把自己的思想和感情寄托其中。这种愿望在现实中不能得到满足，于是转入了潜意识，而借梦境加以变形，这才有“窗前明月枕边书”的梦。

1956 年 8 月，在青岛参加国家第一届青少年田径体操运动大会，每天有一点津贴，节省起来。记得，在栈桥附近一家书店里，买了北师大谭丕谟编纂的《中国文学史》（上册，未续写），沙鸥《谈诗》，《艾青诗选》，还有一套清人管世灏《影谭》（线装一函四册）等。9 月自鲁东大学转至武林师院，在众安桥旧书摊，搜罗到许多好书，毕业后共有书三十九箱（含家里邮寄十箱），共五千多册，包括百衲本二十四史及毛晋汲古阁十七史，康熙版《全唐诗》，百部丛书集成版图书多种，以及四部丛刊本许多古籍。

后来，节衣缩食，两夫妻工资几乎又全投入购书藏书；从零开始，至 1995 年，家中藏书又达到一万八千多册，被评为“温州市第一藏书家”。至 2008 年 6 月去美国前，家里藏书已是两万九千多册……

本人藏书是为了读书，著书立说。本人原籍福建泉州泉港，福建教育出版社曾出版王长英《福建藏书家传略》，王长英以《学者型藏书家黄世中》为题的约九千字介绍。《温州日报》也曾以《与温州有关的福建藏书家》的长篇报道，重点介绍了清代梁章钜，近代郑振铎，以及本人的事迹和图片；《温州都市报》则刊出记者采访的《黄世中：一人四书房》及藏书照片，均言及本人的学术著作。

检阅个人学术论著及其他著作，计有：

《类纂李商隐诗笺注疏解》（一匣五册精装），350 万字；

《李商隐无题诗校注笺评》，28 万字；

《李商隐研究》，36 万字；

《相见时难别亦难——李商隐诗选注》，26 万字；

《李商隐诗选》（多次再版，并有插图本），13.8 万字；

《李商隐诗精选精注精评》（收入《全唐诗精选精注精评》）22.5 万字；

《李贺诗选注》（多次再版），13.7 万字；

《唐诗与道教》，13.7 万字；

《古代诗人情感心态研究》，22.5 万字；

《钗头凤与沈园本事考略》，21.8 万字；

《中国古典诗词考证与解读》，36 万元字；

《与石居论集》，42 万字；

《新东方学概论——易儒道佛与古典诗歌》，66 万字；

《王映霞：关于郁达夫的心声》，40.2 万字

《情多处处有悲欢——民国才子诗人的女性情感心态》，20 万字；

《起名艺术》（再版改为《新百家姓起名艺术》），32 万字；

《文言语法》（再版改为《古代汉语实用语法纲要》），24 万字；

《散文写作技巧》，20 万字；

《昨夜星辰》（散文随笔集，上、下册），80 万字；

《潇湘水云》（诗歌选集），15 万字；

《昨夜群星陨落》（长篇小说），55 万字；

《血魂》（长篇小说）（45 万字）。

以上计 22 种，1023.2 万字。此外。与人合著《古来才命两相妨——李商隐传》，32 万字；未刊印书《著名学者书信笺注》42 万字；主编《谢灵运研究丛书》100 万字；副主编《李商隐研究论集》《中国山水的艺术精神》两书 100 万字。目前正在修订长篇小说《勿忘我》约 72 万字。

移居美国已经八年余，“但愿人长久，千里共婵娟”，窗前明月永在，枕边堆叠有书，则或可再写数百万言……

2016 年 8 月于美国马里兰州陶森近郊

墨史与家藏之墨

一、制墨的历史

墨为中国“文房四宝”之一，是古代文人须臾不离之物。明清以来，文人墨客爱墨藏墨蔚为风气。

中国墨究竟起于何时？陶宗仪《辍耕录》云：“上古无墨，竹挺点漆而书。中古方以石磨汁，或云是延安石液。至魏晋时始有墨丸，乃漆烟，松煤夹和为之。”桂馥《说文解字义证》；“古者，漆书之后，皆用石墨以书，《大戴礼》所谓‘石墨相着即黑’是也。汉以后，松烟，桐煤既盛，故石墨遂湮废。”上引二书，一言“魏晋”，一云“汉以后”始有墨，而秦以前只有石墨。按，《庄子·田子方》载：“宋元君将画图，众史皆至（众画家都到），受揖而立（受命揖拜站于一旁）；舐笔和墨，在外者半（元君濡笔磨墨，站在外面的画师不能入内的还有一半）”。是春秋宋元公时，已用墨作画。余疑亦为石墨。石墨古时亦用以画眉，今多作铅笔之笔芯。然据《述古书法集》记载：西周宣王（前827—前782）时，有一个名叫刑夷的人，发明制墨，并认为用的是“煤烟”。我国徽墨的中心地安徽歙县亦传说，刑夷用松炭捣灰，和以糯米饭，搓成团墨，或捏成扁墨、方墨。此为传说，恐不可信。

据《墨谱》《墨苑》《墨林》诸书记载：我国大约在汉代以后，即开始用松炭，松烟制墨。

长安为汉代政治、文化中心，因书写之需，所产名墨亦皆集中于长安及周边地区，如扶风墨、千阳墨、延州墨等。三国时魏国书法家韦诞字仲将，善制墨，世称“仲将之墨”。“仲将墨”用纯粹松烟干捣，然后用细绢筛子筛滤，弃其杂质，再入臼中，捣三万杵，配以名贵之香料，药物。《三国志·魏书·韦诞传》裴松之

注：曹魏宝器铭题皆韦诞所书；曾乘坐辘轳（滑轮牵引），登上二十五丈高壁，用“仲将之墨”为魏明帝凌云殿书题，字如点漆，光亮异于常墨。

五代战乱，河北易县墨师奚超、奚廷珪父子逃难南奔，定居安徽歙县。后来廷珪成为南唐李后主的御用墨师。后主赐廷珪以“国姓”，遂改姓李；以李廷珪名世。李廷珪为徽墨开山。史载宋代“廷珪墨”价比黄金，与“钟隐画”（李后主自号钟山隐士，其画皆自题“钟隐笔”）等价。

北宋是我国制墨史上的繁荣期，大科学家沈括与风流皇帝宋徽宗，值得大书一笔。沈括，杭州人，善学，博文，于天文、地理、方志、律历、医药、卜算、音乐、文字，无所不通。沈括曾积极支持和参与王安石变法。其所著《梦溪笔谈》被誉为“百科全书”式著作。《笔谈》卷二十四载：

> 鄜延（今陕西户县至延安一带）境内有石油，旧说高奴县出脂水即此也。生于水际沙石，与泉水相杂，惘惘而出，土人以雉尾浥之，乃采入缶中，颇似淳漆，燃之如麻，但烟甚浓，所沾屋幕皆黑。余疑其烟可用，试扫其煤以为墨，黑光如漆，松墨不及也。遂大为之，其识文为“延川石液”者是也。此物后必行于世，自语余始为之。盖石油至多，生于地中无穷，不若松木有时而竭。今齐鲁间松林尽矣，渐至太行、京西、江南，松山太半皆童矣。造煤人盖未知石烟之利也。

由此可知，沈括乃我国油烟墨的创始人。以油烟替代松烟，保护了国家大片森林不被砍伐；其预言油烟之墨“必大行于世”，亦已为后世之制墨历史所证实。同时人苏轼、黄庭坚、秦少游等皆仿沈括烧油取烟，自制家墨。

稍后，宋徽宗赵佶仿沈括之法，唯改煎苏合香油取烟胶，再配以药物和其他香料，制成墨笏，香气浓郁，大胜石油烟墨。苏合，金缕梅科乔木，“取皮薄，子如金色气烈者”（刘禹锡《传信方》），入鼎，煎成糊胶状，再烧制成烟即成。苏合炼香，在我国行之甚古，为男女互赠之定情物。晋代傅玄《拟四愁诗》即云：“佳人赠我苏合香，何以要之翠鸳鸯。”李白《捣衣篇》亦云：“横垂宝幄同心结，半拂琼筵苏合香。”看来宋徽宗治国无能，而制墨、书画、填词、度曲、吹箫、按笛，却样样精通，实在是一个风流皇帝。据载，徽宗之苏合香墨，十倍于黄金价格；贮衣橱书柜中，可驱蠹鱼。人嗅其香，可通窍理气，开郁辟秽。宋徽宗在墨史上的贡献，就在于发展了药墨的制作。但因苏合香油价格太昂贵，难以普及，所以到了明清，徽州之油烟墨仍以石油为主要原料，而兼以价廉易得之桐油、漆油，或和以松烟，四者合一。

二、家藏之墨

家里藏有许多“古墨”，都是父亲一生所爱。其中有明代程君房，亲自制作的“百老图”墨；有乾隆二十五年的墨质砚台，整块砚台就是一锭墨。1961 年 8 月 17 日，自漳州探望父亲，父亲吩咐说：“家中藏有许多古墨，你回家后仔细检点，都带在身边；回外省时就都带走。”我的藏墨，就是父亲所传。

明代晚期至清中叶，是我国制墨的鼎盛时期，涌现了许多制墨大家。最为著名的，如明万历间的程君房（名大约，字幼博，号君房）、方于鲁等；清康熙时的曹素功，乾隆朝的胡开文。即以程君房论之，其所制之墨，“坚而泽，黝而润，不胶笔，不晕纸，被誉为李廷圭后第一人”。

父亲所传古墨，有程君房“百老图”明墨一锭。墨为轮盘形，直径 13.8 厘米，轮盘厚 2 厘米，重约半市斤（250 克），正面背面各刻 50 位老人合“百老”，形态各异，栩栩如生，有听经、唱曲、弈棋、盆浴、擎旗、持幡、挑灯、划船、栽树、播种、折荷、潜水……实为两幅老人众生相。而两面的背景则镌有亭台楼阁、花草树木、麒麟灯具等等。轮盘边款识，镌有“明古歙程大约制”字样。程大约后人或族人在清代康乾嘉道间，皆承其业，以制墨名世。如程一卿、程正路、程后村、程怡甫等皆是。程怡甫《跋尺木堂墨等》云：

> 歙墨冠天下，自廷圭始，其后代不乏人。吾宗君房制作最精，三百年来，直欲凌轹古人。然其墨今亦罕存者。

明代书画家董其昌曾言：

> 百年之后，无君房而有君房之墨；千年之后，无君房之墨而有君房之名。

程君房逝世至今已经四百多年，未及千年，而笔者家藏尚存其墨也。

此外，家藏又有多种“集锦墨”。据藏品考察，乃专题集藏不同造型，不同图案之墨，汇于一锦（锦盒）；以玉签（或象牙骨签）绒封如线装书函。家藏可称名墨者，计有四锦。

其一为湘阴左氏藏墨“八宝奇珍”一盒八锭，乾嘉时歙县胡开文制。八锭八种造型，有钟形、壶形、梭形、菱形、鳞形，以及不同碑石形三锭。正面镌有飞龙、麒麟、凤凰及各种图案；背面刻有“湘阴左氏藏墨”，或“湘阴左氏珍藏”。疑为湘阴左宗棠特请胡氏专门制作之左宗棠家墨。

其二为“纺织图墨一锦八笏。正面为填金阴文，自“采棉”“弹花”“纺线”“上机”至“收贩”，八道工序分制八笏，皆配以图案。图案中的人物则为阳文金涂；树木阳文错绿。每笏背面配有填金阴文七绝一首，题词一篇。如《采棉》一笏诗云：

> 实亦称花花实同，携筐妇子共趋功；
> 非虚观却资真用，植物依稀庶子风。

左附原（墨）色题文一篇4行120个字，略摘数言：

> 花落实生，实横三间，有四瓣者，其中呼为花桃，裂见为棉。熟时采之，此枝已絮，彼枝犹花相错。

其三为“手卷图”藏墨。此亦胡开文制。共十锭：“谪仙”“安期生”“漆园叟”“黑松使者”“鄜延石液”“金壶墨汁”“宝锷”“双龙”“飞凤”“龙文双脊”。正面为题称，图案；背面为题识、刻铭。如“宝锷”一锭，背面有“新安胡开文法制”；“谪仙”一锭背镌“兴来洒笔会稽山”；“黑松使者”一锭背镌“非人磨墨墨磨人”，皆寓含情韵哲理。

其四为为“十大高僧”，一锦十锭，亦明代程君房制。

此外，家藏名墨尚有乾隆间“尊者砚”墨及花瓶状墨。“尊者砚”墨为砚与墨合一之墨，长宽高分别为11.5厘米、9.5厘米、4.5厘米；重半公斤（500克）。此墨制成砚台形，既是砚台，又是锭墨；入水少许，以笔濡之，即可书写，不须磨墨。此砚之砚槽为三瓣梅花之形状，砚面有一株盘曲的松树，树身涂为金色，树叶错绿，十分美观。背面款识为“大清乾隆二十五年徽州胡开文精制”。（按：乾隆二十五年，为公元1760，则此墨距今已三百五十余年。）“花瓶状墨”为插花瓶形，瓶高16.5厘米，瓶口6厘米，瓶颈5厘米，瓶腹10厘米，瓶底6.5厘米，整座瓶厚2厘米；重约300克。此墨为明代歙县方于鲁制。方氏程君房墨法，取桐液为烟，以广胶和之；其名重万历间，与程君房相颉颃。此墨正面为高僧图，背面题识为“第十七庆友尊者”瓶右缘镌有原（墨）色阳文“大明方于鲁制”。

2005年7月为《温州都市报》作

杂说茶书与品茗

我国茶文化之书，可谓汗牛充栋，少说也在千种以上。笔者日常浏览，随手摘录，即不下五十种，略举唐宋明清数种：

唐人陆羽《茶经》，为世界最早之茶叶专著；

唐代诗人张又新著有《煎茶水记》，专门品藻煎茶的水泉等次；

晚唐著名诗人温庭筠的《采茶录》，则记述品茶杂事；

唐末苏廙有《十六品汤》，专论和品评煮茶技术和茶汤品色；

北宋初丁谓《北苑茶录》，记载福建北苑贡茶；

北宋中期蔡襄的《茶录》，详载建安茶之色、香、味及炙茶、碾茶、藏茶诸种方法；

同时人宋子安撰《东溪试茶录》，首次对茶树进行分类；

北宋末赵佶（宋徽宗）作《大观茶话》，极论北宋茶艺之精妙；

明朝朱权，顾元庆两种《茶谱》，记载了明代的茶道水平及其制茶工艺；

晚明屠隆的《茶笺》，评述虎丘、龙井等六种名茶；

同为晚明人夏树芳《茶董》、陈继儒《茶董补》，辑录了许多有关茶的神话、传说、诗句、典故；

降及清代，则有刘长源的《茶史》，是我国第一部谈茶的发展历史的专著；

冒襄《岕茶类钞》，综合记述江苏阳羡的罗岕茶；

龚自珍《记会稽茶》，评定会稽茶在碧螺春和龙井茶之间；

俞樾《茶香室三抄》，记康熙南巡，御赐太湖洞庭东山茶名“碧螺春”云。

……

家中尚存有蔡襄《茶录》、赵汝砺《北苑别录》、许次纾《茶疏》，以及陆树声

《茶寮记》等十数种。闲时，香茶一壶，翻翻茶书，品品香茗，书香与茶香并溢；如果是月明风清的夜晚，则于阳台上置一小几茶案，其清散消闲，何其怡乐也乎！真可谓“清风明月不用一钱买”。

考先秦古籍无“茶”字，只有“荼”字。

《尔雅》的《释木篇》说：“槚，苦荼。”

郭璞注曰：“树小如栀子，冬生，叶可煮羹饮。今呼早采为荼，晚取为荈，蜀人名之苦荼。”

至唐高宗显庆（656—661）年间，长孙无忌等人注释《唐本草》，始将“荼”字减去一笔，改定为“茶”字，用以区别作为苦菜的“荼”字。

我国发现茶叶，最早是作为药用的。《神农本草经》云：“神农尝百草，日遇七十二毒，得茶而解之。”

陆羽《茶经》则以为，茶作为饮料，起于西周的周公。据传，公元前 1135 年周武王联合古代巴国地方的庸、蜀、羌三族，共同讨伐商朝的纣王。周武王建立西周以后，巴蜀族即以茶叶为贡品。

而顾炎武《日知录》则认为是秦朝的事，他说：“秦人取蜀，始知茗饮事。”

据以上两书的记载，茶作为饮料，当在周秦间，即西周、春秋、战国的时代。

有一则记载可以证明，我国最迟在西汉武帝前后，茶已经作为重要商品进入市场，则其产生和作为日常饮品，最迟也当在春秋战国年间。西汉王褒写了一篇《僮约》，记载了这样一件事：王褒于汉武帝曾孙汉宣帝神爵三年（公元前 59 年），从资中（今四川资阳市）到成都，住亡友家，与亡友妻杨惠过从甚密。杨惠有一个小奴仆，名叫便了，怀疑杨惠与王褒有奸情，常不服管教。王褒用了一万五千钱买断便了终生为奴，并立下契约，即是“僮约”；僮，未成年之奴仆。《僮约》中约定便了必须做的日常杂事就有：“武阳买茶”“烹茶净具”两件事。武阳，即今四川彭山县双江镇，是汉代繁荣的茶市场所在地。

又据《三国志》记载，吴国末主孙皓，每次宴请臣僚，都强迫大臣饮酒，至少要饮七升。有一个叫韦曜的，不善饮酒，因他同孙皓关系较好，孙皓就用茶代酒偷偷递给韦曜。可见三国时茶已经上了酒筵。

又据《晋书》记载：大司马桓温待客多用茶果，不备酒席；吴兴太守陆纳招待谢安，也只用茶点。可见，汉晋时期，茶已经完全从药用转而成一种常备的饮品了。

茶能治病。据李时珍《本草纲目》记载：“茶叶苦寒，最能降火。”

所以，唐代以前烹茶有如煎药，称为“煮茶”，即将新鲜茶叶加水，煮沸后饮用。不像我们今天用的是经过多道工艺，炒制、晾干后的茶叶。

进入唐朝以后，茶作为饮品，其需求量大增。浔阳江头的九江，成为全国最大的茶市。白居易《琵琶行》云：

商人重利轻别离，
前月浮梁买茶去。

浮梁即今之景德镇。琵琶女的丈夫到景德镇贩茶回九江销售，千里路遥，绝非新鲜的茶叶。原来自中唐以后，为了便于储存，新鲜茶叶逐渐为晾干的“茶饼”所取代，所以才能长途贩运。据载，茶饼大者，一斤八枚，小饼一斤二十枚。煮以前，将茶饼碾成碎末，然后用茶罗筛过。元稹《莺莺传》写崔莺莺回赠给张生的物品，就有“文竹茶碾子”一枚。文竹即斑竹，莺莺被元才子抛弃以后赠以斑竹茶碾，取意在“泪痕点点斑竹枝”。到了宋代，据蔡襄《茶录》记载，茶碾多用白银或锻铁制成；“黄金性过柔”，不合用。

碾茶的方法，是“先以净纸密裹槌碎，然后熟碾”，而“茶罗则”以绝细为佳，罗底用蜀东川鹅溪画绢之密者。

茶罗筛过以后，再加薄荷、酥椒、桔皮和葱、姜、盐等，然后加水，三沸而后饮。

北宋末年，开始出现滚水冲泡，而民间仍多用煮法，唯不再多添香料，直取茶之真味。到了明代，冲茶，泡茶的方法盛行起来。陆树声《茶寮记》说：“投茗器中，初入汤少许，候汤茗相投，即注满。”这种方法一直沿用到今天。

茶与诗人，文士结缘至深，有人揶揄说：“文士三夫人：书夫人，茶夫人，酒夫人。”

杜甫《寄赞上人》云：

柴荆具茶茗，遥路通林丘。
与子称二老，来往亦风流。

卢仝《走笔谢孟谏议寄新茶》：

一碗喉吻润，两碗破孤闷。

三碗搜枯肠，惟有文字五千卷。

四碗发轻汗，平生不平事，尽向毛孔散。

五碗肌骨轻。

六碗通仙灵。

七碗吃不得也，惟觉两腋习习生清风。

王安石《茶法》云："茶等米盐，不可一日所无。"

元曲《玉壶春》云："清晨起床七件事，柴米油盐酱醋茶。"

清明时节雨纷纷。浙江龙井之"明前茶"（即清明节前茶），永嘉之乌牛早茶皆已上市，应较卢仝多饮两碗。

1995 年清明前一日

一生坎坷为情多
——《古代诗人情感心态研究》后记

看到这部书的扉页，儿时的美好记忆一下子全都苏醒过来。青梅竹马，非关情恋，不是知音。唯有故乡的崇山深水，行云塔影，至今犹历历在目。

——1962 年 11 月 7 日手记

这是 1962 年 11 月 7 日，接父亲邮寄清人姚培谦笺《李义山诗集》时，题在卷首的一段文字。写后手记，顿感浓凝之“情”疏淡了许多，似乎不再伤心感喟。“青梅竹马”也好，“情恋知音”也好，一下子全都风吹云散！心底忽然横过一句话：悟了，人之心中的“情”，实在不可以太多，太过！

据说在高祖解元公时，我家“听雨轩”书藏数万卷；到曾祖时，置“五李书斋”，仍不下三四万；而到父亲手里，所剩已经不多。儿时住轩中，墙间有蒋捷《虞美人·听雨》词，分书四个条幅：

少年听雨歌楼上，红烛昏罗帐。
中年听雨客舟中，江阔云低断雁叫西风。

而今听雨僧庐下，两鬓苍苍也。
悲欢离合总无情，一任阶前点点滴滴到天明。

大概这就是书屋所以号“听雨”的立意所在了。吾生也晚，不知先高祖当年曾摔过什么跟头来而有此感慨！

少时与父亲曾住“听雨轩”。父亲特爱陆剑南和李樊南诗，称之为“二南”。他常说：“陆刚李柔。多读陆游、义山诗，可禀受刚柔二气；能刚能柔，刚柔相济，始为大丈夫。”

大约是抗战末期的一年秋天，父亲从“听雨轩”藏书楼上了阳台，手扶危栏，翘首望天，反复吟咏放翁的“铁马秋风”那首有名的诗。倏然转身问我道：“你懂吗？”现在回想起来，我那时刚启蒙不久，可能只有四五岁，如何能懂！不过，听“楼船夜雪瓜洲渡，铁马秋风大散关”那豪壮的声音，虽不懂其深意，也能激起一丝英伟刚毅之气。后来我每想起这事，就更加感受到诗歌和音乐的相似性，并提出“音声节奏是诗歌外壳”的理论，写出了重要文章。当然，这是以后的事。

随后，父亲下了阳台，又诵读起他时常吟咏的一首诗：

荷叶生时春恨生，荷叶枯时秋恨成。
深知身在情长在，怅望江头江水声。

许多年以后，才知道这是李商隐的《暮秋独游曲江》诗。

回忆儿时，听诗如听雨。听雨声，只能辨别雨点的大小；“疾雨横风”，“零雨其蒙”，那是后来书读多了才知道的。耳听父亲诵诗，同样很懵懂，充其量也只能感受到是“悲”是“壮”的两样情怀。与“铁马秋风”不同，“身在情在”常使我心底轻轻掠过一丝微漠的悲哀。记得那一天上午，父亲非常的情绪化，母亲却淡然地说了一句：“没出息。”此情此景，至今回想起来，还似昨日一般。五十年岁月去得匆匆！大概是秉承父亲之“气”，我也是一个“没出息”。

上中学前两三年，父亲生肺病，到处求医，家里已经非常贫困，只能勉强供我一个人上学。但父亲当时的“锐气”，尚未尽消，不知哪里借到十八个“袁大头”银元（人民币尚未流通，国民政府法币、金圆券已经是一堆废纸），并手书五个字送我上中学：“鹏抟莫问程！”父亲解释说，希望我像大鹏鸟那样扶摇直上，不必问路程有多高远！这当然得禀受阳刚之气的人才能做到。可是我终于没能从陆剑南的诗歌中感受到男儿奋发有为的精神，相反，却从李樊南的《无题》中濡染了懦弱忧伤之性；终于是“儿女之情多，而风云之气少”！即如读陆游《剑南诗稿》，其抵抗金兵、心怀壮志，未能学到，却一头栽进《钗头凤》的创作中去，弄得半生潦倒，牵累家人。

如果从 1962 年 11 月 7 日，收到父亲邮寄姚培谦笺《李义山诗集》和全部数据那一天开始，我对于李商隐诗歌的研究已经走过近二十七年。而后蹉跎了大约共三年；减去这三年，则我从开始研究，到这本论文集的出版，至少用去二十四年时间。

当然，并不全在李商隐。从本书收进的十八篇论文来看，研究李商隐生平及诗歌的论文仅占三分之一。其中《李商隐生平事迹考索二题》《十二城中锁彩蟾——论李商隐的女冠诗》，两文为生平史实探索。《锦瑟笺释述评及“悼亡”说新笺》，是考证文字。《论李商隐诗的朦胧美》《论李商隐的咏物诗——兼论先唐咏物诗的发展》《往复回环潜气内转——李商隐诗复词重言研究》，则是从美学、文体学、诗歌语言学的角度去研究的。其他如《论白居易〈长恨歌〉》的创作动因及深层意蕴》《论元稹“莺莺”诗的创作心态——兼论文不必如其人》《论韩偓其人及“香奁”诗本事考索》《“小游仙”及“惆怅词”》《罗虬“比红”诗初探》《唐琬家世籍贯考》《王次回“疑云”“疑雨”诗探考》《朱彝尊〈风怀〉本事考略》《黄仲则〈绮怀〉诗略论》《龚自珍“丁香花公案”考辨》《论西林太清春及其恋情考》《情僧苏曼殊“静子”诗初探》等十二篇，从中唐的白居易，到近代的苏曼殊，历唐宋元明清民国，跨度达一千二百年。在如此广阔绵长的诗海中，我主要探寻诗人们一己之恋情及其情感心态，探索他们的恋情及其失落，失意的过程与原因。我想揭示“情种”为何每遭爱情的失败，而造成终生的痛苦。

在汇编这一本书的过程中，听到友朋戏谑说：“你怎么只研究爱情诗呢？”我苦笑说：“这一个专题内容就是这样，不可能把其他论文收入。您看，下面不是有一篇《中国的根底全在道教》吗？是《唐诗与道教》一书的序言。”为了不致使人误会，以为我只是研究爱情诗的学者，只好将几年前发表的《论诗僧贯休及其诗》作为附录，说明自己也研究衲子诗。一笑。

韩昌黎和欧阳子都有“文穷而后工”的相似说法，我是“穷而不工”。回顾自60年代以来，自认为“可圈可点”者仅此而已。别人怎么看我不知道，有社科院陈祖美研究员的《序》可供同行们“批判”时参考。

悲哉，岁月之流逝！50岁生日时，友人张德苍君特将家藏之美石，镌闲章一枚赠我云：

一生坎坷为情多！

每当夜深人静，读写稍憩，沏一杯浓茶，煮一壶咖啡，与此石相对，则情不能已。人世间最可宝贵的是真情，纯情，痴情，有此三者，则心中热焰长燃，可以熔刚化铁，明烛千古；爱其所爱，悲其所悲，故人不可以无“情”。然而人世间最为牵累者，也正是这“真”“纯”“痴”三字。郁达夫有一联云：

曾因酒醉鞭名马，
更觉情多累美人！

其实，何止“美人”！最为牵累者，正在于自己。患此三字，

则为情过于执着：观于物而求之偏，处之事而失于柔，疾不情者而过于激，读书为学，则每独嗜，至情之艺术文字。

是故，人又不可过于多“情”；“情”过，则每发皆不中节，甚不合中国人之“中庸”古道。至少，在个人感情上当须节制；至于读书为学，自可按个人之气质禀性，“各申其志，各行其是”，或可稍宽。这是五十个春秋的深刻反省。

“一生坎坷为情多”，德苍可谓知我也。

是为后记。

1989 年 7 月校改后作

四易其稿，分类编纂

——《类纂李商隐诗笺注疏解》序

本人因家学故，酷嗜李义山诗，以其深情绵邈，隐篇秀句。自 1962 年 11 月 7 日开始，以四汇本（会校会注会笺会评）体例编纂义山全诗。

壬子正旦，1972 年 2 月 15 日完成一稿；至已未闰六月十二，1979 年 8 月 4 日修订成二稿。曾将部分书稿油印寄中华书局周振甫先生，周先生赐复云："因李商隐诗已向安徽师大中文系刘学锴先生约稿，故不便再另安排。大作可向其他出版社联系一下，如齐鲁书社。如果他们想搞而又尚未落实的话，倒可以多出几种整理本子。"信中附致齐鲁推荐小札一纸。齐鲁很快复函，言中华已有选题，本社就不便再重复出版云。

家大人与外舅并各存李义山诗疏笺若干首。两家所藏明人义山诗集及清人之义山诗笺注本甚多，加上笔者多年自京沪、苏杭古籍书店搜罗所及，积有明嘉靖本、姜本、戊签本、汲古阁本，及清朱鹤龄、屈复、姚培谦、程梦星笺注本，何焯《义门读书记》初刻本，吴乔《西昆发微》借月山房本，陆昆曾《李义山诗解》重刻本，冯浩《玉溪生诗集详注》嘉庆重校本、四库本、备要本，纪晓岚镜烟堂十种本，槐庐丛书本，沈厚塽辑朱、何、纪三色评笺本，张采田《玉溪生年谱会笺》刘氏求恕斋初刊本，等等。

本书校注、集笺所录多为家藏；时引二位大人疏笺，行文中具见"家大人曰"及"外舅士孚公曰"。余在大学讲授古代文学及唐宋诗词等课程，故孜孜矻矻以成此编，除承继先人未竟之事，亦意在为唐诗学者提供一份参考之什。

余与学界前辈素无往来，唯 1962 年曾就陆游与唐琬诸问题请教朱东润先生，有函信来往。1980 年夏，与朱先生通信中偶及义山诗笺注事，并寄去若干笺证稿。先生对余之笺证十分关注，并约面谈。辛酉十二月廿四，阳历已是 1982

年1月18日，余返刺桐故里，特取道上海（经厦门至泉州），至先生府上拜访聆教，告以有此初稿150万字。

先生以为150万言，出版社要补贴数万元，即便名家，亦难推出。建议“分散出版”，先出无题，再出咏物、咏史、政治诗等等，一集一集地出。按照先生教示，遂将无题自全稿中抽出，计28万字寄江西人民出版社。壬戌二月五日，1982年2月28日，收到江西社责编魏向炎先生函，接受《无题》书稿，表示愿意出版。同年6月，朱先生序于师友琅邪行馆。承先生谬爱，于序末云：

> 《李商隐无题诗校注笺评》是一部极有意义的著作，平心静气，罗列诸家的见地，使读者可以从此备见古今论断，最后作出自己的认识。我深信从这部书中可以得到不少的教益。

其后，因征订原因，延至1988年9月始印行。

1988年12月，刘学锴、余恕诚先生《李商隐诗歌集解》，由中华书局出版。细读之，甚倾服二位先生功力之深厚，遂重行修订，改编年体为分类编纂。丙子三月廿四，1996年5月11日，三稿完成，扩充至二百七十余万字，是为“类纂”第一稿。又过十年，丙戌五月十三，2006年6月8日始成第四稿三百五十万言，即今呈献读者之《类纂李商隐诗笺注疏解》。

自1962年至于今，四十六年过去，余亦自廿四年至于七十古稀。于今头颅老大，满鬓霜雪，一生除教授生徒外，仅成此一帙及些许论著，亦承继二家大人未竟之事。

膝下二位“千金”九十年代初留学并定居美国；两家八口，其乐融融。余夫妻年老，无人照拂，不得已而移居暂栖，将于本月30日飞渡大洋。行期先定而书未印行，约定明年返国处理出版事宜。

感谢著名作家王蒙教授函件，经王蒙先生同意，作为本书《代序》。

感谢北大著名教授袁行霈先生为本书题签。

2008年7月19日于美国马里兰

风风雨雨四十年

——《钗头凤与沈园本事考略》序

一

作者于1955年夏天，在泉州观看闽南梨园戏演出南音《钗头凤》，有感于剧本在主题，人物及情节处理上的某些不足，于是萌发了重新创作《钗头凤》的念头。这个意念一直萦绕脑际，食不甘，睡不稳，实际上是进入了一种疯狂的创作冲动之中。可是，暑假一过，就要升入高中三年级，住在学校集体宿舍怎么进行创作？再说快报考大学，要复习功课，时间也不允许。于是决定不再住校，便托人在大巷（巷名）2号赁了一户人家的二楼小屋，租期一年。

以往只草草读过《剑南诗稿》及顾佛影的《评注剑南诗钞》，乾隆御选《唐宋诗醇》中的陆游诗。这一回索性向家里要来《陆放翁全集》，父亲给了一部精装本《陆放翁全集》，记得是世界书局版，上下两册；因为有断句，读起来很方便。

暑假翻了一个多月。开学后，白天到学校读书，晚上赶完作业，就忙着翻阅《宋史》和摘录有关史料。《剑南诗稿》中关于沈园本事和疑似的诗，大多是当时抄下来的。关于放翁的行年，主要从《剑南诗稿》的严格编年中悟得。那时不懂得用文摘卡，所有数据都分类抄录在日记本上，居然也整整抄了一大册。

1955年9月30日，是农历八月十五，星期五，哪一天上课都没有心思，很想坐下来开始动笔。可学校举行国庆晚会，班级分给我一件事，到台上献一曲瞎子阿炳的《二泉映月》。其实学校乐队我早已不再参加，但班主任对我很好，又是班里的任务，怎能推托？我以为演奏完就可以回住处，没想到老师希望我再为跳舞的节目伴奏，参加到底。一夜情绪不佳。晚会结束后回到大巷，再也引不起写作的意兴，索性抱了祖父传下来的“雪夜冰”古琵琶，坐在阳台上，弹起南音《钗头凤》。这古琵琶是一面曲颈琵琶，与敦煌飞天女神手中抱的一模一样。但是横抱着弹，不像现代琵琶竖着弹；轮指则小指头先落弦，不像现代琵琶食指先落。自从不参加学校乐队以后，伯父就把这祖父家传的古琶送给我。可惜后来打碎了，只剩下贝嵌的"雪夜冰"三个字，于今已成古文物。

南音《钗头凤》曲调非常哀怨，我刚落弦到"东风恶，欢情薄"，未料隔壁东邻窗口就飘出"一怀愁绪，几年离索……"的女声，同我的琵琶声相应和，哀音婉转，在秋夜秋风中回荡……至今似萦绕耳际。我也不去猜想她是谁。一曲终了，我有意停拨，可东邻却又传出南音《西厢记》"碧云天，黄花地，西风紧，北雁南飞，晓来谁染霜林醉，只是离人泪"的曲子。聆其音，而不见其人；辨其声，才知道这家阳台是东向的。这东邻"婵娟子"和她美妙的乐曲唤回了我的灵感，心中悄悄掠过放翁《月中过蜻蜓浦》的两行诗：

缓歌溯月勿遽行，
坐待湘妃鼓瑶瑟。

走回房间，从深夜2时，一直到第二天午后3时，笔不停挥，整整写了13个小时。然后掷笔躺倒，一觉睡到晚上8点。醒来时，朝南天一望，碧空如洗，寒月如璧……

我的歌剧《钗头凤》就是这样完成的。我很喜欢南音，所以那时想写成戏曲剧本。可是写完一看，却像一部歌剧；而终于也没有剧团要去排演。就这样，这部粗糙的手稿就随着我天南海北地闯荡了几年，从泉州到了福州，又到了青岛，杭州，又转至漳州，广州，厦门，又回到了杭州……

这当中，最令我怀念的是滨海城市青岛。1956年8月，我刚参加过高考，即被福建省体委选拔去青岛，参加"中华人民共和国第一届少年级田径体操运动大会"（十七周岁以下），我的运动项目是跳远和三级跳远。福建代表队住在第二体育场边上的青岛第四中学。近一个月时间，我白天训练比赛，晚上修改剧本。那时省运动队中的伙伴，乙组十四周岁以下，大多是初中生和小学生；甲组十四至十七岁，大多是高一高二学生。福建省63个运动员，只有我一个人是高三，并且即将成为大学生，所以特别引人注目。我时常在晚上修改剧本，消息传开，大家都来找我借看。后来只好轮流借给白天没有比赛项目的同学阅读。有几个女同学读了剧本，居然感动得哭起来。我听说了，很是得意。一位漳州的女孩子,一天傍晚,特意把长发打散,披在肩上问大家:“像不像剧本中的唐琬?”大家都说她“很像唐琬”,我听了也很得意。有关《钗头凤》剧本引起的一些往事,几十年来,一直刻印在我的心中。他们的音容笑貌,我闭上眼睛也能画得出。那是一些十四五岁的少男少女,他们所流露或表达的一些朦胧的情愫,并不说明什么,但那纯真的情谊,常使我产生一种莫名的怀思。1993 年我去青岛参加第六届山水文学研讨会,特别约了人民文学出版社的宋红编审,陪我旧地重游,再到青岛第四中学和第二体育场,并特地去看了我住过和修改过《钗头凤》剧本的房间,已经是一间堆放杂物的陈旧小屋,一种历史的沧桑感不禁涌上心头,十分惆怅。

因为参加体育比赛和《钗头凤》剧本,我还认识了一位诗人叫沙鸥。那时有五位作家参加了体育大会的采访工作。我记得有诗人臧克家、沙鸥、小说家艾芜、剧作家雷加,还有一位完全记不起了。沙鸥在大会期间找过我,一见面就问:“听说你在写历史剧《钗头凤》?”可他并没有报道我的情况。但我从那时起知道有诗人沙鸥。后来还在书店买过他写的《谈诗》《谈诗第二集》《谈诗第三集》。而且还特地买来上海 1957 年 7 月号《文艺月报》(后来改为《上海文学》),因为其中有沙鸥写的评论艾青的文章《璀璨如粒粒珍珠》。可是后来再也没有听到他的名字。现在想起青岛的运动会,还很想念他……

二

1960 年夏天,我已经到了温州,住在温州市道后巷 34 号。在温州市图书馆馆长梅冷生先生的帮助下,在市图书馆,边读边抄了许多与陆游、唐琬有关的历史资料。虽然大多数散失掉,但赵瓯北、钱大昕的两种《陆放翁年谱》,吴梅《霜厓三剧》中的《陆务观寄怨钗凤词》等手抄本,至今仍保持完好。同时,相继读了欧小牧、齐治平、朱东润、于北山几位先生有关陆游研究的著作,又萌生了将旧稿改成电影剧本的想法。那时我住的宿舍对面是一间音乐馆,有一架名贵的德国钢琴。我闲时经常在音乐馆练琴,并试着将《钗头凤》剧本中的一些唱词谱成歌曲。

1961 年 6 月 13 日,那天是五月初一,星期二,我 7 点钟进音乐馆练琴,大约是前夜好眠,脑子像充满着晶莹的露珠,空明澄澈,一个个音符在脑海里飞舞跳荡,自心中流出。我一口气将《钗头凤》的序歌(主题歌)谱了曲,并且弹唱了几遍：

郾城兵罢，
绍兴和议告成；
风波亭，
岳飞父子遇害。
从此，
金兵再猖獗……
国土沦亡，
庐舍为墟，
山河破碎，
如风飘絮；
北国遗民忍死待恢复，
宵宵垂泪望王师。
哀河山，
渐衰落，
半壁江山沦敌国。
权臣昏君，
朝舞暮歌行欢乐。
遍地火炮狼烟，
置生灵涂炭不管。
朝洒壮士血，
暮拆鸳鸯散。
倡“和议”者升官发财，
主抗敌者家破人亡。
钗头凤，
钗头凤，
亦被秦桧那
无情棒打，
打得鸳鸯拆散，
钗折凤飞；

鸳鸯拆散，
钗折凤飞……

回忆那时，心中波澜激荡，眼前山脉奔腾，风烟弥漫，金兵的追逐，百姓的奔窜……我赶紧阖上钢琴，走回房间；铺纸搦管，开始酝酿已久的电影剧本的写作：

绵亘蜿伏的武当山，烟尘弥漫。一阵秋风吹刮，漫天尘土飞扬。天，淡灰灰的。

透过浓薄不均的烟雾，可以看到逃难避兵的人群，扶老携幼，相载于道，哭声震天。唐琬母女夹杂在人群中，艰难地行进着。一阵阵穿着胡服的金兵飞速越过，胡旗飞闪，马蹄充起狼烟，；人嘶马吼，乱不成队。有时可以看到金兵狰狞的面孔，带着胜利者倨傲的姿态，四处搜寻"猎物"的凶相。

一只失去伴侣的苍鹰，在淡灰的天底下飞着，它是在寻找伴侣，抑或寻觅归宿？也许它看到破碎的山河不忍飞去，在凄厉的鸣叫着。

字幕：1141 年，南宋高宗绍兴十一年八月。
画外声：这就是南宋的半壁江山！
音乐徐起，画外唱《序歌》……

我文思泉涌，即刻将刚才谱过曲子的《主题歌》作为《序歌》，写进电影剧本……有时写得很快，一写就是五六个小时；腰酸背痛了，就站起来伸伸腰，或往床上一靠，几分钟就又坐到书桌前。就这样，我用了一天时间，写了五万多字。过几天，我又写了《写在〈钗头凤〉之前的两个问题》，考证唐琬的家世与籍贯，论述陆游唐琬婚变的原因。又写了《后记》，编了四种《附录》。

1961 年 7 月 19 日，农历六月初七，星期三，我必须到福建漳州处理一件私人感情的事情。我沿浙赣线坐火车到江西鹰潭，在旅馆住了一夜。第二天一早乘鹰厦铁路去漳州。7 月 20 日抵达漳州，住漳州市达聪巷 25 号伯父和堂兄家。由于旅途偶感风寒，在鹰潭上车后即发高烧，很感不适。但旅途的寂寞又使我将电影剧本《钗头凤》取出修改。这时对面的一位旅客拿去翻了几页，两人很快就攀谈起来。交谈中知道他叫庄钟庆，刚从北京人民文学出版社调赴厦门大学中文系任教。他的专业似乎是现代文学;几年前读到他关于茅盾的专著,证实了我的记忆没有错。他自然记不得鹰厦线的邂逅,我也从未跟庄先生联系过。庄钟庆对陆游诗谈得很多,对旧剧《钗头凤》剧情也很熟悉。他看我身体发烧、脸色苍白,就劝我休息,我很快就在火车有节奏的轰隆声中睡去了。

火车的终点站是厦门,当时并不经过漳州。去漳州的旅客必须在一个叫郭坑的小站下车,然后转坐自行车后座,雇车主踏十几里小路才能到漳州。

郭坑站到了,等我拿行李时,手提箱却没了。大家说,准是昨夜有旅客中途下车时"拿错"了。可这却苦坏了我,箱子里的几十斤粮票,几件较好的衣服,还有那跟我整整六个年头的歌剧《钗头凤》手稿永远地失去了。我差一点没有流下眼泪,可火车在郭坑站停留的时间极短,我非下车不可……

我在漳州病倒了,粮票全部遗失,用"骨瘦如柴"四个字来形容,一点都不过分:我这个昔日的运动员,一米七十几高的汉子,竟然只有一百零四斤。我把修改电影剧本,争取拍成电影,看得比我的生命还重要。我躺了几天,处理好自己的私事——我和那位唱"几年离索""西风紧,北雁南飞"的姑娘,终于在漳州分手了。

在伯父家,我将电影剧本又修改了一遍。8 月 17 日,农历七月初七,星期四,我回了泉州,又赶去惠安探望父亲。茫茫细雨中,看见父亲穿着蓑衣、带着笠帽在田塍上放牛,眼泪不觉涌了出来。我在畜牧场订了一个床位,这是对外来探亲的人的一种照顾。我向牧场领导要求,我从浙江来,明天就走,让父亲陪我一个晚上。这一晚,父子谈些什么,已经没有什么印象了;也许什么也没有谈,朦胧记忆中,父亲曾摇手暗示什么。我只说自己在修改什么什么剧本,父亲认为"不值得花那么大力气去写这种东西"。

第二天上午我要回家时,父亲也正牵着牛在田塍上。我走去向他告别,才说了在漳州分手的事。父亲淡淡地说:"也好。"又问今后有什么打算,我说;"不知道,没有想过。"父亲说:"家里有一块闽江黯淡滩石块刻制的砚台,我没有用了,你拿去。还有,我本来不赞成你读文科;现在说也没用。你既然喜欢诗,除了陆游,还应该多读李商隐,陆刚李柔,阳刚阴柔应兼而有之。一阴一阳之为道,一刚一柔也才是道。家里清人笺注的李商隐诗集,姚培谦本给我先留着,以后寄给你;其他的,你都拿去。"

就这样,我走了。走了十几步,回头看看父亲,他只是低着头,脸部被笠帽的帽沿完全遮住,只看见牵着牛绳的两只手……这是我看到父亲的最后一

"面"——一顶笠帽，一袭蓑衣，两只牵着牛绳的手。

1962 年 3 月 1 日，农历正月二十五，星期四，电影剧本修改好以后，我请人刻印了一百册，除了寄给上海海燕电影制片厂和郭老、朱东润先生外，大多分送师友和同学。海燕制片厂写了两千多字回函，提出修改意见。郭老于 4 月 20 日，亲自写了回信，谈了历史剧创作的有关问题。朱东润先生的信，谈了文学传记与剧本创作的异同。

三

原想将剧本修改一下，可很快就看到大型文学双月刊《长江文艺》发表了陆游唐琬题材的电影剧本《风流千古》，我不想在他人之后做一些无谓的事。于是将电影剧本改成一部五万多字的中篇历史小说。由于增加了唐琬的许多情节，遂改名为《沈园泪》。后来在江西大型文学双月刊《百花洲》(1994 年第 4 期)刊出。

从 1955 年写成歌剧，到 1961 年改成电影文学剧本，到 1994 年以中篇历史小说发表，前后恰好经历了四十个年头。

可叹！人生有几个"四十年"！况且是一个不平静的，充满着风雨的四十年！

1991 年，堂叔自台湾回故乡，我回了一次家。我再一次想起王安石的《昭君》诗中的一句：

> 人生失意无南北！

是的，在相同的环境中，人生所遇，人生失意，应该是一样的。"汉宫"未必比匈奴好；故乡对于我，恐不会比他乡好。所以李商隐《临发崇让宅紫薇》末联说：

> 天涯地角同荣谢，
> 岂要移根上苑栽！

况且，他乡在改革开放的年代对我不薄，我心怀感激。

这《风风雨雨四十年》，既然要用作本书的序言，本来应该把读者对《钗头凤》词的几处解释错误的地方说一说。考虑到本书已经附上《钗头凤公案考辨》等文章，对唐琬的籍贯是江陵而不是绍兴；对“黄藤酒”，对“宫墙柳”，对“东风恶”，对“错错错，莫莫莫”进行了考证与解读。当然，至今大学教材仍然以讹传讹。但认真读书的人，当会仔细去读一读我的《唐琬家世籍贯考》《论陆唐婚变的原因》及《钗头凤公案考辨》等文章，以纠正自己的错误。现在有些地方戏，已经接受我关于陆唐婚变原因的观点，虽然它们没有注明出处，我仍然是非常高兴的。

人生走到五十五，老庄书也读了多遍，对于世事原应看得淡一些。但正如陆游《夜闻姑恶》诗所云：

学道当于万事轻，
可怜力浅未忘情！

余非圣贤，亦非庸驽，“钟情正在我辈”。《钗头凤》伴我走过了四十年风雨路程，是应该给它来一次小结，算是告一个段落。孟骙诗云：

重见惊鸿已寂寥，
旧题坏壁墨痕消，
草生人面三年土，
泪涌波心八月潮。

1995年10月2日广西师大出版社接受出版《钗头凤与沈园本事考略》后，
作于温州

块然天地间

——《与石居论集》自序

1961 年 8 月，离别故乡时，父亲授余家藏闽江黯淡滩剑溪石古砚一块，并手书宋代莆田诗人方惟深《过黯淡滩》七绝云：

湍流怪石碍通津，一一操舟若有神。
自是世间无妙手，古来何事不由人！

据《福建通志》载：黯淡滩“其水湍急，其石廉利，舟上下有一失，势辄破溺”。原父亲传石之意，欲余制“怪石”而用之，所谓“动心忍性，曾益其所不能”。然此石自闽而浙，常卧案头，静如处子，已非当年横处江流悍急之廉利也。不知为何，又想起《红楼梦》中“青埂峰下一顽石”，遂给自己的藏书室起名为“与石居书屋”。

忆儿时家中藏石，虽不见得丰富，亦颇有几种奇石，名石。最爱辰州黑石一粒，光洁莹彻；石面有一白色纹理的飞天仙女，绸带飘拂，宛如书房壁间的那幅“嫦娥奔月”图。儿时无知，曾取出放在口袋里把玩，因此被父亲责骂过，至今也还记得。

唐人李德裕极嗜奇石，其《会昌一品集》有题石诗一十二首，如《钓石》《叠石》《似鹿石》《泰山石》《巫山石》《海上石笋》《题寄商山石》《张公超谷中石》等等。其《题奇石》诗云：

蕴玉抱清辉，闲庭日潇洒；
块然天地间，自是孤生者。

而曹雪芹则以“顽石”自比“无才可去补青天，枉入尘寰若许年”，将其小说命名为《石头记》，“木石前盟”二百多年来，感动了千百万读者。这种“石癖”反映了士大夫嗜石、爱石的一种文化心态，或可归结为“比德自适，养性寄情”，同嗜书、嗜琴、嗜茶、嗜酒、嗜棋、嗜钓同一意趣。米万钟云：

> 昔元晏先生嗜书，嵇中散嗜琴，靖节先生嗜酒，仲昭先生独嗜石，亦其胸中块垒。李白所谓“五岳起方寸，隐然讵可平”者也！

书、琴、茶、酒、石，亦作者之所嗜。藏书已臻二万二千余，家中叠木插架，顶天立地；橱门歪曲，满地堆书。家中行走，须侧身斜蹑，妻子戏称为“歪门邪(斜)道”，可谓“书痴”。

胡琴、琵琶、品箫、三弦、提琴、钢琴，与藏书争一席之地，可谓“琴癖”。

不抽烟，少喝酒，喜品茶；茶中酒两滴，虽“醉翁之意不在酒，在乎茶水之间也”，亦可称为“酒徒”“茶精”。

屋无藏石，而石头隐然胸中；不为磊块，养性自适而已，又可称为“石呆”。

作者于书、琴、茶、酒、石，无功利之心，无清雅之趣，唯无改于情性而已矣。书屋既云“与石居”，蛰居而乐在其中，;所得所感则发而论诗为文，是为《与石居论集》。

八十年代论文可存者大多收入《古代诗人情感心态研究》，本书为1991—1995年论文结集，长短102篇。其中李商隐研究文章16篇，重要的有《李商隐诗宋刻初刊及宋椠流布考述》《明季清初李商隐诗笺注知见录》《〈谒山〉〈玉山〉诗解与千年〈锦瑟〉之谜》《从蓬山意象说到古典诗歌的解读》《论李商隐诗的艺术特征——兼评旧笺对李诗的某些曲解》《李商隐〈曲江〉咏明皇杨妃事解笺》。

另外本书收入一组唐诗与道教关系的论文，重要的有：《论唐代道隐诗人群体与外道内儒》《论唐代道隐诗人的价值取向》《论唐代诗人的崇道迷狂》《论唐人山水诗的道意》《论唐人醉酒诗的道味》《论唐人恋情诗的道韵》《爱的困扰与半娼式恋情——〈全唐诗〉女冠恋歌透视》《佯狂玩世与独醒心态——〈全唐诗〉道士诗人醉歌透视》《论唐人道蕴诗的审美情感》。其他重要的论文还有《从谢灵运的山水诗谈到人生忧患感的消解》《论隋末唐初诗人王绩及其世界观》《论士大夫的价值观及其怪圈》《借鉴古典诗歌的句式建立新诗行》《论陆游的〈南唐书〉》《评复旦大学〈中国文学史〉(章培恒主编)》《评电影剧本〈风流千古〉关于历史事实的处理》《论读书的四种境界》等。

此102篇文，研究范围由自东晋至当代，跨越时间约一千六百年，内容涵盖诗歌与人生哲学、诗歌与社会学、诗歌与宗教学、诗歌的本事考索、诗歌的艺术审美、诗歌典型诗行的建立、诗集的版本考证等等。

人生过得真快！行年忽焉五十有六。忆儿时情事，如昨日一般；而此五年更如逝水之东流，如天西之日下，如南云之飘飞，如飙风之迅捷…… 人生与自然，都一天一天在变化，瞬息之间，稍纵即逝。青壮年月，失去的太多，是以五年来不敢有一时一刻耽误，为的是要将时间抢回来！然所得甚微，除专著数种外，零篇散论仅此而已。

1992年，小女儿赴美国攻读经济学博士，作者正伏案作李义山诗集的版本研究；1993年，长女赴美国攻读化学博士，作者正挥汗作《文士失意与中国古典文学》。今结集五年文章，题以《与石居论集》出版，献给远在大洋彼岸，父母心中日夜思念的两个女儿！

感谢著名作家王蒙为本书题签。

1995年于温州师范学院中文系

中国的根柢全在道教

——《唐诗与道教》前言

鲁迅先生曾说过，“中国根柢全在道教”，“以此读史，有多种问题可以迎刃而解”。研究唐代诗歌史，也应作如是观：如果懂得道教，唐诗中的许多问题也可以“迎刃而解”。

唐代是道教的全盛时期，同唐诗水乳交融，一方面是诗歌受道教的影响，诗中多有道蕴；另一方面，诗人以诗“演道”言志。表达自己对于世界和人生的种种见解。有许多道士、女冠本身就是诗人，有许多诗人后来又都皈依道教，一些诗人对道教的崇尚简直到了迷狂的状态：

山水诗洋溢着道意；
恋情诗蕴蓄着道韵；
醉酒诗散发着道味……

但是，唐代诗人中纯正的高道却寥寥无几，他们在尘世中：

或营营驰逐，希图走“终南快捷方式”；
或道其外而儒其里，先道后儒；
或愤世嫉俗，佯狂醉酒，借道避祸；
或冷眼观世，心中忧患，保持一种独醒心态；
女道士因爱的困扰，恋情变态，可怜可哀；
帝王们疯狂崇道，金丹丧命，可悲可叹……

道士、道姑、诗人、剑侠，帝后、公主，总之是“三教九流”，谁都想长生不死，至今却一个不存！都说“八仙”寿命最长，道法无边，其实“八仙”中有四位便是唐代诗人。

本书论述了道士、女冠及崇道诗人，探讨他们的诗心、诗意、诗境；论述了山水诗、恋情诗和醉酒诗，揭示诗中的道意、道韵、道味。前四章以道士和女冠诗人为主，五至八章则以世俗中的崇道诗人为主。最后就道教对唐诗审美的影响，论述了唐人道蕴诗的审美情趣。

中国小说近百年来才受到重视

——《昨夜群星陨落》出版感言

我的专业主要是唐宋诗词研究，偶尔涉足中国思想史，诗文、小说只能算是“副业”。

孔丘曰：“学有余力，则以学文。”韩昌黎云：“余事作诗人。”然诗文在古代，还算被重视。至于小说，顾名思义，所言在“小”者，先唐即与稗官野史为伍。《庄子・外物》云：“饰小说以干县令，其于大达亦远矣。”《汉书・艺文志》且以为“街谈巷议，道听途说”。唐代诗人愿意作小说（传奇），那是为了应举“温卷”，以显示自己诗、文、笔三样皆通。宋元明清，小说成为重要文体。然而正史中，诗文大家可入《文苑传》《文艺传》，小说家却没有他们的地位。连今人称之为“伟大小说家”，如施耐庵、罗贯中、蒲松龄、吴敬梓、曹雪芹，正史中也找不到他们的列传。

自五四之后，中国人开始认识到小说的重要作用。梁启超在《论小说与群治之关系》云：

> 小说为文学之最上乘。欲新道德，必新小说。欲新政治，必新小说。欲新人心，欲新人格，必新小说。

这是光绪二十八年（1902）梁氏三十岁时所言。

几乎同时，我的福建老乡林纾林琴南正在翻译域外小说（大仲马、小仲马等），成为“叫旦之鸡”。其言曰：

> 纾已年老，报国无日，故曰为“叫旦之鸡”，冀我同胞警醒。

自梁任公倡言,林琴南等身体力行,晚清谴责小说之推波助澜,至鲁迅,则小说之成就,直凌驾于新诗、散文和戏剧之上。

然家父以为“中国自古重学术,轻文艺;诗与文,小道也,何论小说。经学、史学可入《儒林》,诗人、文人则只能进《文苑传》《文艺传》,即为高下之分”。此吾所以重学术而学史也。

半个世纪以来,有《类纂李商隐诗笺注疏解》《李商隐研究》《中国古典诗词考证与解读》《唐诗与道教》《古代诗人情感心态研究》《钗头凤与沈园本事考略》等论著十数种。然自小酷嗜至情之文字,禀性难以移易。虽遵父命,却时时在日记、笔记中写诗作文,亦曾撰中、短篇小说若干;然只在摅怀写意,并不拿去发表。惟为了纪念某事,于江西《百花洲》刊一中篇《沈园泪》。

前年移居美国,家中藏书无法带出,学问一途,暂告段落。空闲无事,就写起小说来了。

余于国史,特服膺岳武穆、文信国、史忠靖、孙逸仙。临行数日,翻箱倒柜,于家中藏书,专门寻捡此四人之史料。由于孙中山距离今日为近,且 2010—2011 年为庚戌新军起义与黄花岗、武昌起义百年纪念,于是先作此《昨夜群星陨落》近六十万言。通读史料,酝酿构思,费时约三阅月,至 2008 年 9 月 23 日,一边学电脑打字,一边写此小说。2009 年 8 月 23 日初稿完成。又修改了约三个星期,始于 9 月 15 日定稿。不算构思酝酿,从开始打字至完成,用去 355 天。

在美国,轮流住马里兰和特拉华两个女儿家。虽分属两个州,而相距并不远,高速公路一个多小时即可到。每次往返,即带走史料和电脑。355 天,除两次赴华盛顿,一次到大西洋城,5 天未曾动笔外,其间费时 350 天。平均每天约在六个小时以上;少则两三个钟点,多时不下十二小时。

写长篇小说和做学问,都是很有兴味的事情,而写小说更是别有情趣。余之一生,与买书、读书、教书、写书、藏书结下很深的缘分,至于一日不读书,不摸摸书本,就没法过日子。人或云:如此也太苦了自己。曰:非也,此兴趣、习性所致。当一个人的劳动,不是为了谋生,而是一种兴趣和爱好,人便摆脱了物役,进入一种自由的人生境界。

按原来打算,下面应该写宋末文信国的小说。后来改变主意,想接下去从辛亥写到二十年代,不知能否写成?姑妄言之,作为鞭策。

2009 年 9 月长篇小说《昨夜群星陨落》出版前夕感言,代后记

《血魂》（长篇小说）后记

2009年，为纪念辛亥革命一百周年，笔者在黄山书社出版了长篇小说《昨夜群星陨落》，反映清末宣统二年（1910）倪映典领导的广州庚戌新军起义、宣统三年（1911）孙中山和黄兴领导的黄花岗起义。

本人于2008年移居美国，小说是在美国撰写完成的。当时有旅居美国的台湾学者，建议拿到台湾拍摄电视剧。而温州的一位朋友则认为，可以在浙江拍摄，并告知，温州电视剧制作中心，拟联合其他电视台，投资2100万人民币，改编成30集电视连续剧，并说已经得到几位企业家的支持（在网易网刊登了消息）。因此，本人于2009年9月即自美国回到了温州。

但是，事情出现了反复，没能拍成。据说，电视剧制作中心某位领导认为，“历史剧赚不了钱”，表示反对。当时黄山书社总编辑、编辑部主任、责任编辑，正好有事到温州，顺便协调此事，没有结果。笔者在温州住了五个月，也做了一些协调工作，没能说服，事情也就不了了之。

返回美国后，2011年完成了另一个长篇《相忘于江湖》，2013年完成了又一个长篇《风雨兼程》，两书的故事背景、人物，均为《昨夜群星陨落》的继续。

2014年，笔者将《相忘于江湖》投寄给黄山书社。编辑部回电云：“题材很好。但本书内容自抗日战争至1961年，时间跨度24个年头，显然是太长了。而且，篇幅也超过80万字。是否分成两部……”

根据编辑部的建议，遂决定将《相忘于江湖》“一分为二”：抗日战争的题材，改名为《血魂》，先行出版；1949年以后的内容暂时仍定为《相忘于江湖》（1949—1961），待与《风雨兼程》（1961—1966）进一步统筹修改后再出版。

《血魂》是根据笔者的家乡，厦门与泉州等闽南地区抗日战争的故事，虚构而成的一部小说。其中主人公四代人，李开先、李文清、李春申、李汝成、郭丁香和李晟、陈缓歌等，所有真实人物的一点“影子”，但大多为虚构，不可坐实。

笔者在《昨夜群星陨落》的《序曲》中曾有一段话：

> 中国人本来就喜欢拿小说当作事实，弄出许多是非来。自从胡适之的“自传说”出来以后，《红楼梦》就被索隐来索隐去，许多人因此成了“曹学家”。说贾宝玉就是曹雪芹，曹雪芹的妻子就是“薛宝钗”其人，是“金玉良缘”；雪芹的后妻是“史湘云”其人，因为湘云有金麒麟，也算续一段“金玉缘”。还有人更引证雪芹的诗友敦敏《赠芹圃》诗“燕市哭歌悲遇合，秦淮旧梦忆繁华”的诗句，证明这个“遇合”的新人就是“史湘云”，已经沦为乞丐了。如此等等。这些索隐真是绝妙的“构想”。对此，我并不反对，而且还很有兴趣。但我不知自己写出来的东西，会不会有人说，书中某某人就是作者自己，某某人就是他的同事，某某朋友，甚至附会成什么人的恋人、情侣，那就会弄出许多笑话，引起某些人事纠纷，令人哭笑不得。

把上段文字抄录在这里，没有别的意思，就是希望读者，把《血魂》只当作虚构的小说来看。特别是小说中出现的第四代李晟，他和邻村同学陈缓歌的相爱，其“影子”只是作者青少年时代的“伙伴”“同学”，千万莫作实事看。

由于将《相忘于江湖》分拆为两书，《血魂》经过修改、增补，也只有三十多万字，作为续编，与五十五万言的《昨夜群星陨落》，五十一万字的《风雨兼程》相较，在篇幅上，就显得很不相称。因此，今年决定对《相忘于江湖》和《风雨兼程》，都进行适当的删节，两书都准备控制在三十五万字以下。这样，《血魂》《相忘于江湖》《风雨兼程》的字数也就相当了。不过，能否接续出版，还是一个“未知数”，希望还能在黄山书社继续出版。

笔者原非小说家，在温州大学人文学院任教中国古代文学、中国古代文论、易儒道佛与中国传统文化、唐宋诗词、李商隐研究等课程（在黄山书社出版有《类纂李商隐诗笺注疏解》三百五十万言，以及其他古典文学研究论著十多种），与小说创作从来就不搭边。之所以“改换门庭”，实在是因为在美国缺乏中国古代文史方面的史料书籍，无法继续进行研究；为了打发时间，聊以写写小说，亦弄笔而已。

黄山书社是安徽出版集团所属的著名出版社，为全国百佳出版社。感谢黄山书社汤吟菲、朱莉莉女史对本书出版的支持。

以上拉杂地写了一千多字，算是后记吧。

2015年12月8日于美国马里兰州哥伦比亚

《潇湘水云》（诗选）后记

此《潇湘水云》选新旧体诗一百余首，大多自日记和工作笔记中抄录。起自1953年，至于2010，前后跨度58年。58年间，可存之诗仅此，可知余非诗人也！

子曰："学有余力，则以学文。"韩昌黎曰："余事作诗人。"陆放翁"六十年间万首诗"，为历代诗人之冠（不计乾隆倩人捉刀），至今享有盛誉。然而，放翁并不以诗人自命。甚而自嘲曰："此身合是诗人未？细雨骑驴入剑门。"（《剑门道中遇微雨》）看来古人对于写诗作文，并不怎样重视。今人似乎不然，许多人十分注重发表，汲汲于成为诗人。

余于诗，有感而发，以为"胸无鼓荡莫为诗"。然能引起心中动情者，毕竟不多。兼之诗才不敏，下笔又多忌虑。即有所作，也仅存于私家日记，未敢公然刊布。

日前回国，整理旧年日记和工作笔记，发现有几首诗，于世道人心或有裨益，故披阅选择数十首，连同十年前今译谢客诗二十首，合成一集；分为上下两卷，题《潇湘水云》《乱山烟水》。

必须说明一点，今译谢客诗，并非有特别之嗜好，仅借译诗，探寻新诗创作的另一条途径，即除自由体外，可否借鉴古典诗词的行式、韵律，建立一种现代格律体新诗。所译20首，有新长短句；有四言二顿、七言三顿的二分律新体格律诗；有五、四言和三、三、四言的交错结构；有四、三、四言的三分律新体诗；有四、四、五言的三分律体；有按ABAB、CDCD、EFEF、GG押韵的商籁体；有长短句和新格律体的交错；有ABAB、CCCC、DDEE、FF的变体十四行；有四、六言二分体；有骚体；有三、四分步、双音节收尾的七言变体；有四、六言分步和六、四言分步交错体；有仿五古体。有十三言四、九分停，九言则以六、三和五、四分步的格律体。亦姑妄试之，为供诗人写作现代格律新体诗以借鉴。

本集有《潇湘水云》(自度曲)：

悠悠魂梦过潇湘，独立苍茫。
欲寻湘妃无觅处。
山也寂寂，水也凄迷，
寒鸦数点天际。

欲穷河源问织女，灵槎西溯。
但湘漓分派，南北东西。
且涉漓江采芙蓉，
回望潇湘水云无限意。

因借题为诗集名，并无深意。是为后记。

2004 年 3 月于浙江温州南浦水滨新居

《谢灵运研究丛书》编辑缘起

《谢灵运研究丛书》(第一辑),终于赶在第二届谢客学术讨论会之前付印,作为丛书的主编,真有如释重负之感。

1991 年 11 月 21 日至 26 日,温州师范学院在雁荡山举行首届谢灵运国际学术讨论会,会议期间,由香港中文大学教授、世界著名汉学家饶宗颐先生召集,香港中文大学教授杨勇先生主持,先后在雁荡宾馆(23 日晚上)和景山宾馆(26 日晚上)召开两次座谈会。

雁荡会议除饶、杨二位先生外,参加座谈的有法国巴黎高等社会科学院侯思孟(汉名)教授、上海社会科学院文学研究所所长陈伯海教授、北京大学中文系葛晓音教授、南京大学中文系赵瑞蕻和吴翠芬教授、复旦大学历史系赵克尧教授、安徽大学中文系臧维熙教授、福建社会科学院文学研究所蔡厚示教授、北京旅游学院谢鹤林教授、上海师大古籍所范能船教授、广西社会科学院文学研究所顾绍柏研究员、汕头大学中文系隗芾教授、温州师范学院党委书记张桂生同志以及温州师范学院中文系教授马大康(现院长)、袁泽仁、黄世中等共 18 人。会议主要内容是座谈成立一个跨国、跨地域的谢灵运研究机构的可能性,结论是时机尚未成熟,可以先成立一个"谢灵运研究中心",由中心辐射,负责与海内外学人联络,交流学术信息,收集谢氏的有关资料,编辑出版研究成果,推动谢灵运研究的深入开展。

景山会议仍由饶宗颐先生召集、杨勇先生主持,被邀参加座谈会的除赵瑞蕻、葛晓音、顾绍柏、范能船、黄世中(以上五人参加了雁荡会议)外,还有中国社会科学院文学研究所陈祖美研究员、人民文学出版社宋红编审、上海师大古籍所王薇云女士、山东艺术学院黄昉女士,共 11 人。会议推举本人为"谢灵运研究中心"负责人,隶属温州师范学院(按:2005 年改为温州大学)。同时决定编辑出版《谢灵运研究丛书》，并在会上做了分工：饶、杨二先生任丛书顾问，陈祖美负责编校《谢灵运年谱汇编》，葛晓音、宋红负责编选《谢灵运研究论集》（中外各一册），本人同范能船、王薇云负责编纂《谢灵运研究资料汇编》，收集整理《谢灵运图录》。杨勇先生以其学术研究的远见卓识和对温州故乡文化事业的关注，资助丛书编纂启动经费人民币 1 万元（按：约为今日之使用价值的 10 至 12 倍），得到与会学者的赞扬与肯定。

“谢灵运研究中心”隶属温州师范学院，师院发文任命我兼任该中心主任（景山会议称为“总干事”）。我接受工作以后，才发现这不是一个实体机构，没有研究人员，加上本人的研究方向并不在六朝文学，故十年来进度很慢，成绩甚微。不知者以为“夔一，足”矣，其实我是“夔一足”，一直在唱着“独角戏”。

虽然如此，在师院新一届领导产生以后，学校加强对科研的领导，加大科研投入力度，对丛书的出版，在人力、财力上给予重点扶持，党政一把手都亲自过问编辑的情况，并给予具体的指导，使我增强了信心。

1996 年 8 月，我赴潮州参加为庆祝饶宗颐先生八十诞辰举行的“饶宗颐学术研讨会”，会议期间，向先生简要报告了丛书进展的情况。回温州后根据实际情况，对丛书作了适当调整：将《谢灵运研究论集》中国卷分为大陆卷和台港澳卷，第一辑先出大陆卷，仍由葛晓音教授负责编选；外国卷由于西文数据缺乏，改为日韩卷，并定名为《日韩谢灵运研究译文集》，由宋红编审负责编选和翻译。《谢灵运年谱汇编》仍由陈祖美研究员编校。《谢灵运研究资料汇编》虽已纂辑近 30 万字，然尚有遗漏，而范能船教授又转做别项工作，故只能推至第二辑出版。增补《谢灵运传》和《谢灵运在永嘉（温州）》两种，传记由宋红撰写，《谢灵运在永嘉》一书由本人负责编选。这就是今天《谢灵运研究丛书》（第一辑）五种的由来。第二辑《谢灵运研究资料汇编》《台港澳谢灵运研究论集》《第二届谢灵运学术研讨会论集》《二十四史谢氏史料辑要》《谢姓史稿》五种，力争在 2005 年编就出版。

为了争取社会支持，1997 年，“谢灵运研究中心”与谢氏裔孙浙江康乐集团公司董事长、高级工程师谢远典，谢氏裔孙华华集团公司董事长、高级工程师谢庆华共同发起成立温州市谢灵运研究会，聘请老革命家谢觉哉夫人王定国同志为研究会顾问，并成功地举行了第一次年会。

作为丛书的主编，本人非常感谢陈祖美、宋红、葛晓音、王微云、吴加正诸位先生，没有他们的努力是无法完成这项工作的。陈祖美、宋红、葛晓音诸先生都是放下自己手头许多急待处理的事情，完成各自分担的任务。葛晓音教授在赴日讲学之前一个多月，夜以继日地批阅了100多篇论文，才从中选录20余文。陈祖美为寻觅“谢谱”，在毒热的太阳底下，蹬着自行车满北京城转，个中甘苦，当可在陈氏《谢灵运年谱汇编·编后记》中领受到。宋红一个人不仅承担了《谢灵运传》的撰写，又翻译了日本学人的8篇长文。当我从邮局领回她工工整整、一字一格将日译文章誊抄在298页的400格稿纸上的时候，心中有说不出的感动！没有这些“两肋插刀”的朋友，虽是五种小书，又谈何容易！

最后，要特别向饶宗颐、杨勇教授表示深切的谢忱，饶先生自始至终关心这套丛书的出版，付印前又特为丛书题签；感谢温州市钱兴中市长为丛书题词；感谢广西师大出版社肖星明、赵运仕先生认真审读、编校、纠正书中的许多疏误。感谢好友李仁超、娄丐洲等共同策划并慷慨解囊，使丛书得以顺利出版。

2001年11月4日于温州市雁荡山宾馆

胡适写给沙菲（陈衡哲）的爱情诗

——兼谈自由体和新格律体

胡适无疑是中国新诗的鼻祖，他既创作格律体，也写了不少自由体新诗。当代新诗自由体和新格律体两大诗派，都来自胡适。后来胡适不再写诗，所以自由体诗人均尊郭沫若为祖，格律体新诗则宗闻一多。究其实，郭与闻是流而不是源；中国新诗的源头自当推胡适。

胡适现存最早的新诗是 1907 年写的仿歌行体《观爱国女校运动会纪之以诗》，其年 17 岁。末了 4 行很有诗情：

疏林回首夕阳斜，愧煞须眉几万家；
我欲赞扬无别语，女儿花发文明花。

虽是古代歌行仿体，但是已经引入“赞扬”，“文明”等白话词汇。

1916 年 4 月，胡适作《沁园春·誓诗》，发誓“为中华，造新文学”。“新文学”一词，就是胡适首先提出来，并沿用至今。胡适的学友梅觐庄竭力反对胡适写作新诗，胡适作《答梅觐庄——白话诗》，这是他写的第一首白话诗，也是中国的第一首新诗，时间是 1916 年 7 月 22 日。在女友陈衡哲（笔名莎菲）的支持下，胡适走上了新诗创作的道路。1917 年 2 月，胡适在《新青年》上发表《白话诗八首》，开启了新诗创作的大门。胡适对新诗进行了多方面的尝试，有自由体，新格律体，三句转韵体，方言体，还有打油体和两句组成一首的二句体小诗等。他说：“自古成功在尝试。实地试验，前不必有古人，后或可招来者。”但是，就百年新诗的轨迹来看，胡适的影响主要在自由体诗和新格律体。

胡适的自由体新诗如《四月二十五夜》：

吹了灯儿，
卷开窗幕，
放进月光满地。
对着这般月色，
教我要睡也如何睡？
我待要起来对着窗儿，
推出月光，
又觉得有点对她月亮儿不起。

诗以月象征女友莎菲。

莎菲不仅支持胡适的新诗尝试，自己也写。她写了一首《月》：

初月曳轻云，笑隐寒林里；
不知好容光，已印清溪底。

莎菲爱胡适，她以月自比，说自己的好容貌（月之好容光）已经印在胡适的心底（清溪底）。这首诗很受胡适的欣赏，并视莎菲为知己；从此两人在心灵上互相爱恋。但胡适赴美前已由母亲包办订了亲；胡适是一个孝子，他怕伤了母亲的心，一直将爱情压在心底。胡适回国同江冬秀结婚后三年，莎菲才嫁给留美学友任叔永，并写了一篇《络绮思问题》的小说，暗记同胡适的这段柏拉图式的爱情。而胡适也因莎菲的《月》，印下了一段烟波迷茫的情意，一生写了许多对"月"，望"月"的诗篇。除了上面引用的一首外，又如《月》：

多谢你殷勤好月，
提起我过来哀怨，
过来情思。
我就千思万想，
直到月落天明，
也甘心愿意。

为了纪念莎菲，胡适给女儿起名素斐，英语音译很相近，甚至完全相同。

至于新格律体，如《蝴蝶》诗云：

两个黄蝴蝶，双双飞上天；
不知为什么，一个忽飞还？
剩下那一个，孤单怪可怜；
也无心上天，天上太孤单。

这首诗运用传统的比兴手法，以双飞的蝴蝶比喻自己和女友莎菲陈衡哲。由于胡适不违母命，不敢将友情转化为爱情，陈衡哲终于像蝴蝶一样飞了。这是一首比较典型的新格律体。胡适并不主张恢复古典诗歌的近体律绝，他追求的是字句和音顿的整齐，韵脚协押，大致符合平仄律。如写给他表妹的恋诗《希望》：

我从山中来，带得兰花草；
种在小园中，希望花开早。
一日望三回，望到花时过；
急坏种花人，苞也无一个。
眼见秋天到，移花供在家；
明年春风回，祝汝满盆花。

情感细腻，清逸淡雅，成为台湾流行的校园歌曲。

胡适的新诗创作，影响于诗坛的，主要是自由体诗，其次才是新格律诗。百年新诗两大诗派，自由体和新格律体，都来自胡适，其功伟哉！但胡适毕竟是一位学者，性格又偏于理性，激情不足，缺乏感人的力量。而且自三十年代以后，基本上不再作诗。所以，他对于新诗主要是开创之功。正如胡适自己所说：“但开风气不为师”。“提倡有心，创造无力”。话说得十分恳切，实事求是。但是，他的开创之功，我们是永远不能忘记的。

2009 年于美国特拉华

说“宫墙柳”“东风恶”与“错莫”

一、说“宫墙柳”

陆游《钗头凤》云:“红酥手,黄藤酒,满城春色宫墙柳。”已故词学大师、温州人夏承焘教授认为:“山阴(绍兴)没有都城,说‘皇宫墙上的柳树’,可知此词非在绍兴所作。”由此,夏先生进一步引申,以为《钗头凤》是“陆游在成都的赠妓之作,因为成都在五代时期曾有前蜀、后蜀相继建立都城”。

其实,“宫墙柳”之“宫”,并不指“皇宫”或“宫殿”,“宫墙柳”也不是“皇宫墙上的柳树”,乃指“沈园围墙上飘拂之柳树”。按:“宫”在在这里是“墙垣”,“围墙”的意思。试证之如下:

(一)甲骨一期前六·一三·二,前六·二三·五已与楷体“宫”字形近似。“宀”,像房屋透视轮廓,“吕”像门窗。据半坡房屋遗址复原,其房屋乃在基础上先建造围墙,然后覆以屋顶,墙壁环形围绕,而名为“宫”。

(二)《礼记·儒行篇》云:“儒有一亩之宫。”汉代经学大师郑玄注:“宫谓墙垣也。”按:垣,半墙、矮墙,即今之云“围墙”。

(三)《尚书·梓材》:“若作室家,既勤垣墉。”陆德明《经典释文》:“卑(低)曰垣,高曰墉。”

(四)又《仪礼·觐礼》:“诸侯谨于天子,为宫三百步。”郑玄注:“宫谓土遗土为埒,以象墙壁也。”

(五)《管子·八观》云:“宫墙毁坏,门户不闭,外内交通,则男女之别毋自正矣。”既云男女“外内交通”,自不指“宫殿”,而指“围墙”。

(六)又《说文解字》段玉裁注云:“宫,言其外之围绕。”明指围墙。

（七）又，唐刘禹锡民歌体诗《杨柳枝词》云：“晚来风起花如雪，飞入宫墙不见人。”此“宫墙”亦应指一般墙垣、围墙，以其咏民间事，其背景自不在宫殿墙外。

（八）明周祈《名义考》卷三云：“宫非寝室也，墙也……”《儒行》注：“宫，墙垣也。偃蜓依墙而生，故名守宫；不得其门而入者曰‘宫墙外望’，宫之为墙可知矣。”

由此可见，以“宫墙”为“皇宫”“王宫”“宫殿”之殿墙实为后起之义；“宫墙柳”实云沈园围墙上飘拂之柳枝。《钗头凤》从“赠前妻”，因“宫”字的不同解释，变成了“赠妓女”，实在是不能不辨而正之。

二、说"东风恶"

陆放翁《钗头凤》词几乎是家喻户晓。但是其中某些语词，人们常以今义去训释，因而发生错误。如将“宫墙柳”解释为“宫殿墙上的柳树”，将“东风恶”的“恶”解释为“坏”“恶劣”，将“错莫”解释为“错了，罢了”等等。

其实，“恶”并非“坏”“恶劣”“恶极”之谓。

“恶”，古人称为“甚辞”，即今之谓程度副词，有“甚”“很”“非常”之义。故“东风恶”即春风刮得很猛烈；所以下接“欢情薄”，言暮春风猛，将夫妻的欢爱吹走了，夫妻情分像春天一般的消逝了。

“恶”为甚、很、非常，书证如下：

（一）《韩非子·八说》：“有恶病，使之事医。”“恶病”，病甚，大病，病得很厉害、很严重。

（二）《史记·秦始皇本纪》：“临浙江，水波恶，乃西百二十里，从狭中渡。”“水波恶”即浪涛很高，很猛烈。

（三）《淮南子·地形训》：“其人大面短颐，美须恶肥。”“恶肥”即甚肥，很胖，非常肥胖。

（四）冯延巳《江城子》：“早是自家无气力，更被你，恶怜人。”“恶怜”，痛惜深爱，很爱惜。

（五）李后主《浣溪沙》：“酒恶时拈花蕊嗅。”“酒恶”，酒喝得很多、非常多；俗言“中酒”了。

（六）柳永《满江红》：“恶发姿颜欢喜面。”“恶发姿颜”，言浓妆艳抹，很会打扮。

（七）邵雍《自咏吟》："平生积学无他效，只得胸中恶坦夷。""恶坦夷"，犹言心中很平静。

（八）黄庭坚《步蟾宫》："虫儿真个恶灵利。""恶灵利"，犹言很伶俐，很聪明。

以上各家所用"恶"之为甚词，均在陆游之前。而与陆游同时如杨万里《见周子充舍人叙怀》云："公今贫贱庸非福，我更清愁恶似公。""恶似公"，恶于公，比您更甚，更厉害，更严重，言我之清愁比您有过之而无不及。

其实《钗头凤》将"东风"与"恶"连起来，也是有所本的：北宋贺铸《谒金门》词云："历历短樯沙外泊，东风晚来恶。"又，周邦彦《瑞鹤仙》云："叹西园，已是花深天地，东风何事又恶？"

附带说一下：与"恶"相对的"好"，也有甚、很、非常之义。宋石孝友《西锦地》词："风儿又起，雨儿又煞，好愁人天色。""好愁人"即"甚愁人"，"使人很是愁闷"。《金瓶梅》第九十一回："惹得后边奶奶知道，一顿好打。""好打"，狠狠地打。《长生殿·贞报》："外有逆藩，内有奸相，好教人发指也。""好教人"，"很让人"。

阅读古书，极忌以今义去训释古代语词。"恶"作为程度副词，已经退出现代口语了。唯温州方言中的"死人""棺材""瞑堕（瞌眼）"，还可以看到一点"恶"为程度副词的影子：温州话形容"好"，就有"死人好""棺材好""瞑堕（瞌眼）好"。只是现代汉语普通话，用"恶"作程度副词似乎已经不用了，但是"好"字却常用。《新方言》云："今人谓'甚'曰'好'，如'甚大'曰'好大'，'甚快'曰'好快'。"许多电视中的人物对白仍常说，"我好高兴"，"这孩子好乖好乖"。

因此，陆游《钗头凤》的"东风恶"，非是"东风坏""东风恶劣"，而是"东风刮得很猛烈"。

三、说"错莫"

现代人读古书，容易"以今律古"，用今义去解释古文，这就容易发生误解，甚至误会，产生不必要的麻烦。如上二文提到的将"宫墙柳"解为"宫殿墙上的柳树"，陆游赠前妻的词就成了"赠妓之作"。但是有的"以今律古"虽然解释也可通，但毕竟不对，也须认真对待。

《钗头凤》的“错错错，莫莫莫”作为“错了，罢了”解，似乎也很通。但是原陆游之意，并非如此。

“错错错”和“莫莫莫”原来是把“错莫”这个联绵词拆开，根据《钗头凤》上下阕各三个音节迭加而成。

《花草粹编》引《古今词话》云：

> 政和间京师之姥曾嫁令官，常入内教舞，传禁中《撷芳词》以教其妓。人爱其声，又爱其词，类唐人所作。张尚书帅成都，蜀中传此词，竞唱之，却于前段下添“忆、忆、忆”三个，后段下添“得、得、得”三字。又名《摘红英》，殊失其义，不知禁中有撷芳园，故名《撷芳词》也。

查《钦定词谱》云：“陆游因词中有‘可怜孤似钗头凤’句，改名《钗头凤》。”

可知《钗头凤》词牌名较为后起，是根据《撷红英》前后段各加三个单音节而成。

“错莫”，犹心情寂寞、寥落，神思迷惘、恍惚。所以，“错”，即错莫；“莫”也是错莫。此联绵词本是“错漠”，因“莫”与“漠”通（古今字），所以古人常写作“错莫”。

据此，则《钗头凤》之“莫”，实为“漠”，就是寂寞、寥落。“错”交错，横亘。此处言寂寞、寥落之情横亘于心中，因而深思迷惘、恍惚。

书证之如下：

（一）《广雅》的《释言》篇云：“莫，漠也。”

（二）《荀子》的《成相》篇：“悖乱昏莫不终极。”唐杨倞注：“莫，冥冥，言暗也。”即神貌冥冥昏暗。

（三）鲍照《行路难》：“今日见我颜色衰，意中错漠与先异。”

（四）南朝梁代范静妻沈氏《晨风行》：“风弥叶落永离索，神往行返情错漠。”

（五）李白《驾去温泉宫赠杨山人》：“长吁莫错还闭关”。“莫错”即“漠错”“错漠”。

（六）李白《寄远》：“使人莫错乱愁心”。

（七）李白《赠别从甥高五》：“三朝空错莫”。

（八）杜甫《瘦马行》：“见人惨澹若哀诉，失主错莫无晶光。”

（九）王安石《欲归》诗：“寒垣春错莫，行路老侵寻。”

（十）范成大《青青涧上松》：“君看此翠柏，错莫无颜色。”

2010年12月于美国特拉华“华美联谊中心”的讲座

“鬼月”说“鬼”，兼及酆都鬼城

一、中、美关于鬼的不同认识

中、美民俗都信鬼，也都认为鬼有善鬼和恶鬼。但中国人以为鬼大多是怨鬼、恶鬼、厉鬼、害人之鬼，所以会“谈鬼色变”；美国民俗认为鬼大多为善良之鬼，像中国传说的门神一样，能守门，保护家庭平安，所以两个国家的鬼文化、鬼节风俗也就不大一样。

美国老百姓崇拜鬼魂。每年10月31午夜到第二天的万圣节(鬼节)前后，除了摆起雕刻成鬼头的大南瓜外，有的人家门扇上还要挂出各种各样鬼的图像；门口，还要扎几个“鬼”，穿“鬼衣”“鬼裤”“鬼鞋”，戴上各种“鬼帽”；有的家庭在门前的树上挂了许多穿着各色各样衣服的“鬼”，男女老少都有，风一吹，飘飘摇摇，非常好看。更有趣的是，小孩子把“鬼节”当作一年中最热闹的节日。10月31号晚上，家家户户都得准备让各种“鬼”来讨糖果，早几天就买好各种糖，巧克力糖、奶油糖，硬糖、软糖，应有尽有。每家小孩(初中、小学生和学前班、幼儿园学生)都化妆成各种各样的“鬼”，脸上画得像中国戏曲舞台上的大花脸，或戴着“鬼面具”，穿上“鬼衣”，戴上“鬼帽”，然后，挨家挨户敲门，讨糖果。每一户人家的主人，这天晚上一定要守在门里边，“鬼”一敲门，不能怠慢，得马上开门迎接，分糖给“鬼”。鬼节成了最受儿童欢迎的节日。

二、中国文献关于鬼的记载

早在商朝，就有许多人信鬼。《礼记》说“殷人尚鬼”。《礼记·祭义》还说：

“众生必死,死必归土,此谓之鬼。”《礼记·祭法》说:“庶人、庶士无庙者,死曰鬼。”许慎《说文解字》释“鬼”说:“人所归为鬼。从人,鬼头;从厶,鬼阴气贼害,故从私。”(厶:私,意为鬼所害人皆为自私)

东汉谶纬盛行以后,讲鬼的书大量出现,到清末民初,说鬼的书汗牛充栋,少说也有几百种。最早的像《汉武洞瞑记》《神异经》《异闻记》《搜神记》,都是大家熟悉的。北宋初年汇编的《太平广记》,光是讲鬼的就有四十卷。明清著名的如《萤窗杂录》《聊斋志异》《阅微草堂笔记》《影谭》等等,都有许多鬼的故事。学者中不信鬼的除了荀况、王充外,甚为寥寥。

五四以后,科学精神得到发扬,一些学者开始对“鬼”进行研究。除了从社会学、心理学等方面论述鬼的虚妄外,也企图从文字学上给“鬼”一个恰当的解释。一些学者考证:“鬼”是人造出来的。

章太炎认为:

“鬼”是一种动物,与“夔”同音,应为传说的“夔”(古代传为一种神兽)。

沈兼士认为:

“鬼”,大头,人身;与“禺”的头相同。而“禺”是一种像母猴、黑猩猩一类的动物:大头、人身,能直立行走;人开始不认识这种动物,就将它同“鬼”联系起来。

郭沫若发展了沈兼士的说法,认为:

小篆“禺”的字形,就像一只大母猴,并引《山海经》郭璞注说“禺像猕猴”以证。

这从文字学上说是很有道理的:“鬼”的上部与“禺”的上部是一样的鬼头;下部是“人”形的变体,而且都有一个“厶”,笔者以为不应训为“厶”“私”,应是母猴、黑猩猩尾巴的变形。可知鬼和禺同类。近年,山东发现200多件的骨刻文,比甲骨文还早1000多年。已经破译的350多个字中,有“鬼”字,其字形与沈兼士、郭沫若所说很相近。

三、怕鬼、鬼月与宗教信仰

大多数人怕鬼，认为鬼会害人。

有怨鬼、恶鬼、厉鬼、吊死鬼、无头鬼……总之是害人之鬼。鬼想重回阳世，必须找一个替身，所以人都怕鬼，“谈鬼色变”。

但历史上也出现过“无鬼论”，像王充在《论衡》的《订鬼》篇中，就认为世上不存在鬼，鬼是人自己的“存想”所致，是人自己通过想象“造”出来的。干宝《搜神记》载有《宋定伯捉鬼》：

> 南阳宋定伯，年少时，夜行逢鬼。问之，鬼言：“我是鬼。”鬼问：“汝复谁？”定伯诳之，言：“我亦鬼。”鬼问：“欲至何所？”答曰：“欲至宛市。”鬼言：“我亦欲至宛市。”遂行。数里，鬼言：“步行太亟，可共递相担，何如？”定伯曰：“大善。”鬼便先担定伯数里。鬼言：“卿太重，将非鬼也？”定伯言：“我新鬼，故身重耳。”定伯因复担鬼，鬼略无重。如是再三。定伯复言：“我新鬼，不知有何所畏忌？”鬼答言：“惟不喜人唾。”于是共行。道遇水，定伯令鬼先渡，听之，了然无声音。定伯自渡，漕漼作声。鬼复言：“何以作声？”定伯曰：“新死，不习渡水故耳，勿怪吾也。”
>
> 行欲至宛市，定伯便担鬼着肩上，急持之。鬼大呼，声咋咋然，索下，不复听之。径至宛市中下着地，化为一羊，便卖之恐其变化，唾之。得钱千五百，乃去。

旧历七月是中国的“鬼月”，七月十五中元节，与佛教的盂兰盆节，都是“鬼节”。

中国土生土长的道教，杜撰了天官生日在正月十五，称上元节；其主要职责是为人间赐福。地官生日在七月十五，称中元节；其主要职责是为人间赦罪。水官生日在十月十五，称为下元节；其主要职责是为人间解厄。

据说中元七月十五，是地狱开门之日。这一天，掌管地狱之门的地官，把地宫打开，让死去的新鬼（未至三年）、旧鬼都能回家团圆。因此，民间要设道场，祭祖、上坟，然后送河灯，为亡者照引回家之路。除祖先外，还要祭祀地方上的孤魂野鬼，给他们烧纸钱，以求这些野鬼日后不到阳世骚扰。此后逐渐演变：各个乡里，可以在整个阴历的七月，选择任何一天作为本乡的鬼节，叫“普渡”节。在闽南的泉州和台湾一些地区，这种节日，至今仍有遗俗。

其实，中元节，从节气上说，应该与古代流行的夏收夏种之后，向死去的祖先报告收成和祭祖、祭拜土地有关；道教就杜撰了一位“地官”，供百姓膜拜。

李唐皇帝崇奉道教，中元节在唐代就特别盛行。李商隐就有《中元作》诗。首云“绛节飘摇宫国来，中元朝拜上清回”。反映宫女入道为女冠，于中元日回宫朝拜后重新回道观的情况。南宋孟元老，于高宗绍兴十七年(1147)写了一册《东京梦华录》，回忆北宋东京(开封)中元节的民俗说：“中元前一日，即买练叶，享祀时铺衬桌面，又买麻谷巢儿，亦是系在桌子脚上，乃告先祖秋成之意。”正是七月小秋，作物成熟后，请死去的祖先尝新。可见我国早在唐宋时期就盛行中元这个节日。

佛、道两教在唐代互不相让，对于道教杜撰地官为人间赦罪，佛教就造出一个所谓“盂兰盆节”，时间也在阴历七月十五；道教做道场，祭祖、祭拜土地；佛教就借超度亡灵以行孝道。

“盂兰盆”是古印度梵文的音译，意为人、鬼因“倒悬”，十分痛苦，必须救倒悬。《佛说盂兰盆经》记载：

> 相传佛祖释迦牟尼在世时，收了十位徒儿，其中一个叫目连。目连在得道之前父母已经死了，目连很挂念死去的母亲，就用了“天眼通”去察看母亲在地府生活的情况，看见母亲已变成饿鬼，没吃没喝的，十分可怜。目连看了以后心痛母亲的遭遇，就运用法力，将一些饭菜拿给母亲吃。可是，母亲将饭菜一拿到嘴边，就立即化为火焰。目连就将这个情况告诉了佛祖。佛祖释迦牟尼对他说：“你母亲在世时，犯了不少罪孽，所以死后就堕入饿鬼道中，万劫不复。这孽障不是你一人能够化解，必须集合众人的力量。”目连于是就联同一众高僧，举行一场大型的祭拜仪式，以超度一众亡灵。后来，这个传说一直流传后世，逐渐形成一种民间习俗。每年到了农历七月十五，人们都要向地府出来的饿鬼祭拜，以化解其怨气，使鬼不再贻害阳世。久而久之，就形成了“盂兰盆节”的风俗。

盂兰盆节在唐朝已经产生。《旧唐书·王缙传》就记载：

> (唐)代宗七月望日于内道场造盂兰盘。又设高祖以下七圣神座，备幡节龙伞衣裳之制。是日排仪仗，百僚序列于光顺门以俟之。

道教之祭祖祭鬼，佛教之超度亡灵，说明两教都承认祖先死了以后，阴魂不散，都成了鬼；这些鬼在阴间时常因没有食物而饥饿困厄。因此，就设定七月半为“鬼节”，通过祭品、烧纸钱等等活动，为他们提供食物和冥钱。

四、酆都鬼城

民间还传说酆都鬼城有“十八层地狱”，专门拘押在阳世作恶多端，子孙后代又没给超度的鬼魂，按他们罪恶的性质和大小，施以不同的刑罚。

酆都的来历可以上溯到殷商时期。据传，生活在甘肃陇西、晋北雁门、河北幽州一带，散居一个邦国叫“鬼方(通‘邦’)”，也称“鬼族”，即后来的氐羌部落。大约西周时期，约有一两个世纪气候极度寒冷，一支“鬼族”南迁至今汉水流域；又因春秋时期楚国的侵逼，再迁徙至东巴(巴渝)酆县。其首领“土伯”，在酆县建立一个小国，叫“鬼国”，都城就称为“酆都”或“幽都”。这个“鬼族”的第一个神，就是第一代“鬼帝”土伯。传至东汉，在古酆都大地上，张道陵就在这一带创立了“五斗米道”，又称为“鬼道”，称酆都为“鬼都”。这就是今日“酆都鬼城”的来历。

酆都“鬼城”是人们凭想象建造的“阴曹地府”。用类似人间的法律机制先后建成“阎王殿”“鬼门关”“阴阳界”“奈何桥”“望乡台”“十八层地狱”等一系列阴间机构。

笔者十多年前年曾自重庆乘三峡江轮，上“酆都鬼城”，其恐怖印象极深。曾见阳世作恶多端的鬼，被阎罗王割舌头，或绑在火红的铜柱上，或扔下碓臼捣碎……观看鬼城的人很多，必须排成单行纵队，细细地看。

2011年10月31日于美国特拉华

关于“三八”“十三点”“二百五”的出处

关于“三八”“十三点”“二百五”的出处，笔者查阅有关书籍和资料，抄录如下，以飨读者。

凡是叫人家“三八”“十三点”“二百五”，都有戏谑、轻蔑的含义。

一、“三八”出处的几种说法

1. 据元代《拊掌录》一书的记载：宋朝汴京有一个妓女姓张，排行第八，长得很漂亮，而行为、举止比较生硬，嫖客就戏称她叫“生张八”。北宋诗人魏野，因排行第三，为人老到，人称“熟魏三”。魏野曾赠诗宰相寇準云：

君为北道“生张八”，我是西州“熟魏三”。

莫怪尊前无笑语，半生半熟未相谙。

“三八”有可能即取自魏三、张八之排行。

2. 源于宋代的集市节俗

宋代王得臣，写了一本书叫《麈史》，里面有《谐谑》一章，说：“汴京相国寺，每月朔望‘三八’日即开，伎巧百工列肆罔有不集。”南宋初楼钥出使金国，著有《北行日录》，其卷下说：“相国寺如故，每月亦以初一、十五和‘三八日’开寺。”“三八日”就是每月初三、初八，十三、十八，廿三、廿八这六个日子。

3. 闽南语，专门用来骂女性的话，指“女人举止轻浮，做事鲁莽、疯疯癫癫、不够庄重”；有时干脆指言行不合道德规范的妇女。据说，鸦片战争以后，外国侵略者强迫清政府开辟福州、泉州、厦门为通商口岸。侵略者肆意在中国土地上横行霸道。那时，厦门、泉州等地驻有许多外国鬼子，每月阳历3号、8号，13号、18号，23号、28号的日子，就成群结队，到处横行，无恶不作。老百姓非常痛恨,一见到外国鬼子就说:"'三八鬼子'又来了"。后来,"三八鬼子"这句话在流传的过程中,为了简便,就简缩为"三八"。所以,凡是遇到那些行为不端、语言粗鲁、不遵礼仪的人,人们就说:"这个人真'三八'。"

二、"十三点"的由来

俗语"十三点",等同于痴头怪脑,做与常人相反的行径,有愚昧无知的意思。也有多种出处:

1. 有人认为是英语 Hysteria(歇斯底里,即癔症)的"洋泾浜语"。另一说法,指"乱敲",例一点钟敲一下,两点钟两下。如果是上午九点钟,时钟便会敲响九下,至多是十二点,也不过敲十二下。但居然敲出十三响,难道有"十三点"? 当然是出了问题,正如俗语所说的"怪异""傻相"。所以,"十三点"就是代表人的性格存在"怪异"、不可理解之处。

2. 1922 年《上海指南,沪苏方言纪要》中,释"痴"字共十三画,所以上海人以"十三点"隐指"痴"。

3. 十三点也有一段因为爱情的戏说。《梁山伯与祝英台》中"十八相送"一折戏中,祝向梁暗送"秋波",梁傻乎乎地无动于衷。上海人口中的梁山伯与"两三八"谐音,这三个数相加是十三,讥讽梁山伯是"十三点"。例如,"侬真是梁山伯,伊主动对侬有意思,侬还格能憨搭搭?"

三、"二百五"的出处

"二百五",指有的人说话不正经、办事不认真、处事随便、出洋相。这个称呼从何而来,也有多种说法:

1. 源于战国故事。

据说,战国时苏秦,身佩六国相印,一时很是威风,但也结下了很多仇人,后来终于在齐国被杀。齐王很恼怒,要为苏秦报仇,可一时拿不到凶手,于是,他想了一条计策,让人把苏秦的头从尸体上割下来,悬挂在城门上,旁边贴着一道榜文说:"苏秦是个内奸,杀了他黄金千两,望来领赏。"榜文一贴出,就有四个人声称是自己杀了苏秦。齐王说:"这可不许冒充呀!"四个人又都咬定说是自己干的。齐王说:"一千两黄金,你们四个人各分得多少?"四个人齐声回答:"一人二百五。”齐王拍案大怒道：“来人，把这四个‘二百五’推出去斩了！”

2. 源于民间传说。

从前有一个秀才，为了考取功名，废寝忘食地苦读，可是终其一生都不曾中举，连儿子都没有生。到了晚年，老秀才终于心灰意冷，淡泊名利了，反而喜得贵子，添得双丁。秀才回想一生成败，不由得感慨万千，于是给两个儿子起名：一个叫作“成事”，一个叫作“败事”。从此秀才在家闭门课子。一天，秀才吩咐妻子道：“我要去集市上逛逛，你在家督促二子写字，大儿子写三百，小儿子写二百。”秀才赶集回家之后，询问二子在家用功如何。老伴答道：“写是写了，不过‘成事’不足，‘败事’有余，两个都是‘二百五’”。

3. 源于唐朝官职。

唐朝的长安“市长”京兆尹，权势很大，出巡时有庞大的仗仪队伍。在最前开路的小吏原为一名，官名叫“喝道伍佰”，他手里拿着一根长竿赶人开路。后来，“喝道伍佰”增为两名，但长安群众并没有以两个“伍佰”称他们，反而将他们共称为“伍佰”，于是单个伍佰就被戏称为“二百五”，又因为他们每人手中持一长竿，所以又称他们为“二竿子”。今天，“二百五”与“二竿子”都是莽撞、无礼、粗鲁之人的代名词。

4. 源于中国的货币计量单位。

比较有根据的说法来自中国的货币计量单位。过去的银子十两为一锭，五百两为一封，二百五十两即为“半封”，谐音“半疯”。时间长了，民间渐渐用“二百五”(半疯)来形容那些愚蠢、莽撞之人。

5. 源于推牌九。

牌九是一种赌具，其中有“二板”(四个点)和“么五”(六个点)两张牌，这两张牌配在一起，就是十个点。在推牌九这一赌博活动中，被称为“毙十”。它在牌九里是最小的点，谁都比它大，它什么牌也“吃”不了，所以后来人们就用“二板五”(二板、么五的简称)这个词来戏称什么事也做不好，也管不了的人。时间久了，就把“二板五”叫成了“二百五”。

6. 源于傻瓜卖宝。

有一个傻瓜，家道中落。有一天他去卖传家至宝，长辈在宝物上写道：“应卖二百五十八两”，结果他卖的时候有人和他讨价还价，硬是只给二百五，他想二百五就二百五，于是卖得金子二百五十两。很多人笑话他少要了八两金子，笨蛋一个。从那以后人们就把做事糊涂的人称为“二百五”。

卷下

风灵雨梦

恋情诗

镜花水月

爱是心底的憧憬，
情是心灵的欢歌；
轻轻的，那一缕羞涩，
才出心扉，又上眼波……

爱是心中的镜像，
情是清澈的秋水；
隐隐的，那淡淡忧伤，
镜中的花，水中的月……

1954年11月4日，甲午年十一月初九

苦涩，青青的梅子

远处一声犬吠，
你走了；
留下一缕情丝，
苦涩,青青的梅子

榕树林东面，
西畔，
塔下塔边。
天也睡去了，
将双眼紧闭，
只剩下星儿闪闪，
月眉儿弯弯。

斜拥着身子，
相依；
桃花脸如火，
汪汪似水的眼；
心跳，
如兰的气息。
茫茫渺渺的迷，
夜深风静，
远处传来一声犬吠。

你走了，
匆匆地去，
没留下一丝痕迹；
苦涩，
青青的梅子……

1955 年 8 月 12 日

江上柳如烟

春来了，
春来在杨柳枝头；
风儿轻轻吹……
吹醒了柳眼，
吹舒了柳眉，
吹长了柳枝，
飐垂着她弯弯的腰……
春来了，
春来在江上波间；
风儿轻轻吹……
江岸柳如烟，
江水流潺潺，
流不走她羞涩的脸……
春来了，
春来在少女发辫；
风儿轻轻吹……
辫发前后垂，
胸前与肩后，
辫梢蝶儿飞，
飞进苦恋人儿的心扉……

1956 年 2 月 19 日，丙申年正月初八

晓雾朦胧

你心中的歌，
晓雾的朦胧，
晨间的霞；
黄昏的寒梅，
夜深幽寂中，
凌波洛水的尘袜[1]。

你心中的歌，
春天的芍药，
夏日的荷；
秋日的黄菊，
冬天风雪中，
竹树枝叶的婆娑。

你心中的歌，
是幽思的歌：
入静的琴音，
山间的鸟鸣，
筝女的颦。

你心中的歌，
是淡雅的歌：

案上的古瓶，
画中的美人，
静默悠绵。

1961 年 12 月 11 日自泉州经福州、福安返回温州第二天

①曹植《洛神赋》:“凌波微步,罗袜生尘。”

梦幻的歌

我心中的歌，
是梦幻的歌：
雪里的梅花，
江上的婵娟，
雾中的山。

我心中的歌，
是心扉律动的歌：
流梦的沨水，
心弦的轻挥，
搅人梦丝。

我心中的歌，
春蚕吐丝的缠绵[1]，
夏日鸣蝉的讴；
心中流淌的清泉，
腹中蕴含的梦……

我心中的歌，
是你牵挂的歌：
一曲《阳关》无限叠[2]，
唱尽《关山》隔梦思[3]，
无情亦牵绪。

1961 年 12 月 11 日自泉州返温第二天

①李商隐《无题》:“春蚕到死丝方尽。”明王泓彦《无题》:“我亦春蚕缠绵紧。”

②根据王维《送元二使安西》七绝,唐人谱为声诗(词曲的先声),成为别离,送行的歌,歌曲名为《阳关三叠》。

③乐府有《关山月》。

绯红的轻云

你热焰长燃的心，
把眼波烧成沸腾的烟；
更像那绯红的轻云，
澄澈在水底清蓝的天。

你蕴藉柔情的心，
把秋风摇曳的寒花催暖；
驱散了山间的浓雾，
还有那冬雪初氛的凝岚……

1962 年 12 月 18 日，壬寅年十一月二十二日，星期二

飘瓦的梦雨

你是歌，
你是诗。
月下林中的流泉，
山间小溪的潺湲；
飘瓦的梦雨①，
静穆的山。

你是歌，
你是诗。
初阳露下的青草，
晓月带烟的合欢②；
塘中的荷影，
渚上的兰。

你是歌，
你是诗。
青霄水底的春云，
秋江芙蓉的岸边；
情意的缠绵，
文思的泉……

①梦雨：茫茫细雨。李商隐《重过圣女祠》："一春梦雨常飘瓦，尽日灵风不满旗。"

②合欢:夜合花,也叫马缨花。元稹《莺莺诗》:“夜合带烟笼晓日,牡丹经雨泣残阳。”

1962年5月6日

五月十三

春雾沉沉，
雨意绵绵，
悄悄地，爱
来到我的心间，
驱散
积久的寒。

柳眉是你的颦，
栀子花儿
是你的笑颜；
气息如兰，
还有那
汪汪秋水的眼。

雾中的夜合，
经雨的牡丹，
雪里的梅花，
雾里的山。

五月十三，
深夜；
松鼓西峰，

落霞潭边；
云中，
月出，
青色的雾，
悄悄地散。
潭上双双的影，
岸边依依的恋，
晓日天边……

1962 年 5 月 13 日，浙江温州道后巷 34 号

心灵的镜

她心中的歌，
是心灵的镜；
是镜中青春的脸，
是美丽脸庞
秋水澄澈的眼！

她心中的歌，
是早春的旋律，
是空灵的心象，
是飞梦的憧憬；
是音符激荡中，
悠扬的晨曲。

从早月到晨曦，
从黎明到曙光，
松竹山峦明月笛声，
水碧花红鸟鸣蝶舞，
组合成田园诗般的寂寞幽静。

清澈晶莹的晨露，
不曾蒙尘的花草，
春风吹拂的小路，

迢递百尺的苍松，
组合成空灵的心境，
画成心声的像。

翩跹飞旋的蜻蜓，
晨间梦日的鸟鸣，
空灵洁净的瞬间；
迎着初升的太阳，
不问前程的归宿，
实践生命的流程。

她心中的歌，
是少女梦中的憧憬；
纯净的美，
心灵的镜，
青春的脸，
秋水般澄澈的眼。

1963 年 2 月 4 日，癸卯年正月十一，今日立春

白了梨花，红了杜鹃

那年，
月华如水，
溶溶院落，
淡淡轻烟。
杨柳风摇过，
吹面不寒。
苑外春风，
拂过心间，
扰了心田。

依然，
月华如水，
溶溶院落，
淡淡轻烟。
春梦乱一觉，
梦醒不记。
苑中春景，
白了梨花，
红了杜鹃。

1963 年 2 月 4 日，癸卯年正月十一，今日立春

梦里心间

爱在山间水间，
在绿绿的草树，
在飘香的果园；
还有那
渺渺的云烟。

爱在梦里心间，
在往昔的记忆，
在今生的尘缘；
还有那
山海的誓言。

像素淡的梅，
像幽香的兰，
比梨花还白，
比芍药还妍……

1963 年 3 月 2 日

执子之手

天边是弯弯的月，
月下是青青的草；
幽静朦胧的脸，
烘托清纯的瞳影。
合上眼睛不要偷看她
那柔水汪汪的眼，
还有那轻红的脸。

来了，女神送来唇边的抒情：
假如我是天边
弯弯的月？
假如我是青草丛中
幽幽的闲花？
假如我是羞涩的、
淡淡的紫薇？
假如我是秋江岸边
争艳的芙蓉？
假如我成了你
案上的古瓶？
假如有一天我成了
秋水中枯萎的荷？
假如有一天我成了

天边孤独的云？
假如有一天我编织了
满头银丝覆盖着枯黄的脸？

我惺忪了双眼，
让灵魂苏醒，
贴近那迷茫的脸，
送去我唇边的吻：
假如你是天上弯弯的月，
我就是月边烘托的云；
假如你是青草丛中幽幽的花，
我会拨开丛草将你采入心间。
假如你是羞涩的紫薇花，
我当轻轻地揉让你痒痒地笑；
假如你是岸边争艳的芙蓉，
我愿映照你成为秋江静穆的水。
假如你是我案上光芒四射的古瓶，
我会采来天香牡丹日日将你装点；
假如有一天你成了枯萎的荷，
我将涉江采下莲子蕴入心底。
假如有一天你编织了满头银丝，
覆盖着枯黄憔悴的脸；
我将牵着你的手领着你，
漫步走向那西天的夕阳。
假如我先一步到那死荫的山谷，
你成了天边孤独的云；
我定然化成阵阵清风，
轻轻地柔柔地将你吹送……

谁说夫妻本是同林的鸟，
大难来时各自飞？

不，那是无数次偶然的巧合，
结成今生今世的一段情缘！
执子之手，与子偕行，
死生契阔，聚散依依；
道一声珍重，道一声珍重，
他生缘会，不再有期……

1963 年 3 月 7 日

哲理诗

圣人、常人、坏人

性是自然的永恒，
情是心中微弱的灯；
性是隐匿于心的欲，
情是显露于欲的性。
清是虚幻的感觉，
明是一生不尽的追求；
天清月明，清明永远属于自然。
清正廉明不可企求，
为了不触犯法律，
不遭道德审判，
人学会了约束、掩盖本性和私欲，
自然人异化成为社会人。
全掩盖本性的人叫圣人，
半掩半盖的人叫常人，
赤裸裸，不掩不盖的
或想掩盖而无法掩盖的叫坏人。
制裁坏人的叫法，
约束自己的叫律，

接近清明的叫德，
感悟自然、社会、人生的叫道！

1969 年 4 月 5 日，己酉年二月十九，清明节感怀

栖息与复归

诗是我栖息的家园，
诗是我守望的家园，
诗是我精神的家园，
诗是我忧伤
而心灵
永不泯灭的家园。

我被送到这片俗土，
我啼哭叫喊着，
来到这世上；
哲学让我知道
复归自然，
诗歌让我深深
怀恋这世界，
诗与哲学与我永在！

1969年5月16日，己酉年四月初一

自然人与社会人

我从太古中走来，
我从洪荒里走来，
我走上陵陆，
我走上川原，
我走上高山……
我经受了非洲的烈日，
漂过了印度洋，
我到了中国的元谋，
又进入周口店的山洞，
向西，我到了八百里秦川……
后来我漂洋过海，
东渡扶桑，
西入崦嵫……

我从自然中走来，
我是“自然人”。
我本能地生存：
为了延长生命，
我需要温饱，
为了人类的代代相传，
我必须有“自身的生产”。
一代又一代地过去，

我与虫豸猛兽抗争，
我与洪水干旱搏斗；
度过了蒙昧与野蛮，
我与同类一起进入了文明，
我开始成了“社会人”。

忽然，一切都异化了，
变得与从前不同：
有人在上，
称王称霸，
锦衣玉食；
有人在下，
俯土曝背，
不得温饱。
为了生存我成了“盗跖”，
窃钩者诛，窃国者王侯；
我揭竿而起：
“王侯将相宁有种乎？”

为了社会“有序”
在上者严刑峻法，
于是有了法律法规，
伴随着道德和舆论……
为了与社会现实同步，
我必须自我抑制，
将欲望埋在心底。
我思想异化了，
形成了双重人格：
“自然我”与“社会我”。
我把“社会我”再一次异化，
成了“现实我”与“道德我”。

“道德我”是我的形表，
我以“道德”猎取更多的私利；
“现实我”是我的准则，
脱离现实我将粉身碎骨；
“自然我”是我的内在人格，
恩格斯言：
“因为我从动物进化而来，
我永远无法摆脱动物性。”

社会虽然“平和”“稳定”，
却剥夺了多数人体面的生存，
弱肉强食依然存在。
我只好转向川原山野海洋，
向我的来路奔去：
我向自然索取：
与天抗争，
竭地而食……
风暴，洪水，地裂，山崩，
房屋倒塌，
田园淹没，
我终于得到了惩罚！
上苍发出了最强音：
人，必须保持与自然的和谐！
我心疑惑：
没有社会的和谐，
哪来自然的和谐？
于是有人说：
这是“道”，
是“上帝”，
是宇宙的主宰
发出的声音。

但是，“社会人”更注重现实，
“如果你占有了他的私人利益，
几何公理都将被推翻”：
可怕！

我没有身外之物，
我赤裸裸地来，
又将赤裸裸地归去，
不带走一丝云彩：
我复归于“自然”，
参与了浮尘里的生生息息，
一忽儿变成水，
一忽儿变成土，
落在地上我成了碳、磷、铁、钠、钙……
升上天空我成了美丽的云彩。
我滋养了生物，
也保护了人类！
我继续在虚空中旋转，
直至有一天，
宇宙再次爆炸，
我灰飞烟灭……

附言：1988年10月8日，戊辰年八月二十八，今日寒露，太原第四届唐诗学术研讨会期间，赴五台山，中夜与友人闲聊后作。

人生何处不悬空！

1988年10月赴山西，自太原至大同，又自大同驱车直达浑源悬空寺。但见背倚翠屏，面向恒山。余于金龙峡西之翠峰悬崖间遥望，如浮雕镶嵌。至其寺，三教殿内真“三教合一”，供孔、老、释之像。忆曾作《人生何处不悬空》一首，有“儒乐仙音梵呗，孔老释三教并居”之句。两年后，慕名，又至浙江建德大慈岩，游“南悬空寺”，险峻异于恒山之“北悬”。但见“山是一尊佛，佛是一座山”，纯为佛国圣地。去年返国，草草翻阅日记，竟未注意此诗。今读诗友敏丽《叹悬空寺》诗，就记忆所及，复原之；或些少诗句有异，然大致不差。仍以“人生何处不悬空”为题。

雁北悬空寺，
寄迹秃岭荒山，
凌飞空悬。
儒乐仙音梵呗，
孔老释三教并居。
石像金仙土佛，
千年相伴。
白也诗仙，
石刻“壮观”，
墨迹依然。
晨钟催晓，
暮鼓催寒；

白日转旋，
遥夜巡天。
距地六十丈，
高悬千百年；
半嵌入洞屋，
半凌空飞天；
足底踏空，
势如虚悬。
日炅、夜暗，
亭午、晓寒，
不绝登攀；
缘梯飞栈，
钻窟穿栏；
走屋脊，
步廊沿……
俯首但见
山峡水潺湲，
仰头天一线。
叩头礼拜默念，
燃点香烛，
一片飞烟……
众生到此，
何哉？
曰：
但求一生踏实，
不空悬，
莫虚悬，
一世平安！
何不至三生石上看：
回首前生，
与天地蕴氲；

化形入世，
依旧空悬；
来生物化，
一样回归自然。
我道世间万物，
皆是空悬：
人空悬，地空悬；
日空悬，天空悬；
银河空悬，
宇宙更空悬。
万有皆空悬：
挂着、吊着、倒悬着，
互动、变易、旋转；
沧海桑田，
物生物灭；
待至不可知时刻，
爆炸裂变……
问人世间天地间宇宙间，
何处不悬空？
何地不空悬！
又何须磕头礼拜，
点燃香烛，
乞求不空悬！

1988 年 10 月 9 日于山西大同

广　漠

人从自然中来，
终究要复归；
人是自然中的一员，
人即自然，
不是“同载”；
是宇宙载着万有，
急剧地旋转……

上下四方谓之宇，
古往今来谓之宙；
宇也，无边无际，
宙也，无始无终。
基督称为“上帝”，
老聃称它为“道”。
它广袤无垠，
它渺漠无涯，
我勉强称它为“广漠”。

“广漠”不知起于何时，
它急剧地旋转；
它按照加速运动的规律，
旋转到极致……
它自我压缩，

直至微乎其微，
无以复加。
视之不见，
听之不闻，
搏之不得，
夷——希——微
今人或称之为“核”。
希夷之形体，
蓄积着无穷的能量，
一天，它爆炸了，
粉身碎骨，
和光同尘，
它成了大大小小的星体……

从广漠到希微，
又从希微到广漠，
否定之否定，
它又一次广袤无垠，
它又一次渺漠无涯，
它包容着，它涵盖着
自身的粉尘，
让它们浮游在
无边无际、
无始无终的
伟大时空……
不知什么时候，
有一粒浮游的微尘，
承受着日月的阴阳，
极际的风雨雷电，
微小的浮尘里
云蒸蒸，
水泱泱，

风雷激荡，
云水翻腾；
阴阳交感，
万物氤氲……
是为“自然”！

又不知经历了多少万劫，
沧海变成桑田，
桑田又变为沧海，
这粒浮尘有了生物，
有了植物，
有了动物，
终于有了“人”。

人从自然中来，
人是自然的一分子，
“人”与“自然”同一，
“自然”之外无“人”，
“人”即“自然”！

“菩提本无树，
明镜亦非台，
本来无一物，
何处染尘埃？”
“广漠本无人，
微尘非可载，
再过无量劫，
万有化尘埃。”

1989年4月20日，己巳年三月十五，节候适值谷雨

儒、道、佛、我……

——读中国思想史有感

儒说入世积极有为，
道说超世无为而无不为，
佛说出世浮生若梦何须为！
我道：
人生或为或不为，
为其可为，
不为其不可为；
不为其所当不为，
为其不得不为；
毋庸知其不可为而为之。

帝王说，
儒忠君上，
正当以儒治国；
宰相说，
道主谦退，
正应以道治官；
官吏说，
佛祈来生，
应当以佛治民。
帝王说，

治国治官治民，
重在治心，
儒道佛皆当为我所用。
我道：
心中时时事事处处
为百姓而有所作为；
形表则因其天理，
顺其固然，
无为而无不为。
此之谓“内儒外道”。

青壮时能为则为，
中老时多谦抑而无所为，
内方外圆：
心中方正而形表随和。
此之谓“先儒后道”。

千秋服膺孟夫子，
掷地作金石——
民为贵，
社稷次之，
君为轻：
此言民为邦本。

富贵不能淫，
贫贱不能移，
威武不能屈：
是为理想人格。

年华相催似水，
东流不复西归；

人生无须悔，
更无回头路。
为苍生百姓莫为己！
千万珍重，珍重千万！

入世超世出世？
治国治官治民？
有为无为无须为？
走自己的路：
不为以其不可为，
为其不得不为；
坎坷过后是平川，
出尽平川可到家……

1989年5月1日，己巳年三月二十六，是日午后，大雨滂沱

感怀诗

雨夜花

雨夜花呀雨夜之花，
你为什么开在雨夜？
开在雨中，
又开在夜晚？

有谁看见你秾丽的身姿？
有谁闻到你馥郁的幽香？
是你把自己的身影隐匿，
收敛着发散的芳醇韵味？

你是深山幽谷中的兰，
寂寞地等待君子？
你是渺茫烟波中的芙蕖，
顾盼着远观的高士？
你是驿外断桥边无主的梅，
你零落成泥尘花香如故；
你是南山东篱摇曳的黄菊，
悠然相见时有诗人搀护。

你是许穆夫人救国奔卫，
你是巴清女子富比敌国，
你是齐地临淄救父缇萦，
你是续汉书班昭曹大姑，
你是创制诗心璇玑图苏若兰，
你是主宰域中的女皇武则天，
你是填词第一家清照李易安，
你是陈端生向世人奉献再生缘，
你是红灯照林黑儿黄莲圣母，
你是秋风秋雨中的女侠秋瑾，
你是引入西医悬壶济世的张竹君，
你是徐氏三姐妹三杰女子革命军……

你虽然努力挣扎抗争，
泣望在丽日中天时尽情怒放，
你要证明自己不是雨夜之花！
可是夜依然黑，
雨依然下……
你依然是一丛雨夜的花！

你成了献身美人计的西施，
你成了乌江边自刎殉死的虞姬，
你成了团扇遮面的班婕妤，
你成了帝王屠刀下的洛神甄妃，
你成了崔莺莺被始乱终弃，
你成了马嵬坡冤魂不死的女鬼……

你在茫茫黑夜中寂寞地摇曳，
你在疾雨横风中感叹流泪，
二千五百年历史逝者如斯；

抬眼望望东方已经晨光熹微……

抛弃依赖和等待奋然而前行，
易陌头杨柳之情为风萧水寒；
且下望夫山振鞭策马竞驰骋，
易咏絮之才为振兴民族之魂！

雨夜花呀雨夜之花，
你是柔情之花，
美丽之花，
你是侠骨之花
悲慨之花，
你有六万万五千万朵花，
你是女儿花，
你是母亲之花，
你是民族的
希望之花！

附记：1985年8月30日赴北戴河路经上海，疾雨横风，目睹一群年轻女子涉水过愚园路。9月10日于北戴河过第一个教师节，又见无数女性冒雨冲浪海上，难忘其矫健倩影。9月15日参观孟姜女庙后，入住秦皇岛旅社作。

云 雨

2002 年 9 月自重庆至武汉，后过三峡，遥望神女峰……

从何处飘来，
薄薄的
一片，
孤独的云？
风儿吹送着，
缓缓来到了，
江汉大地，
停留在神女峰顶……

山是绿的，
草是绿的，
水是绿的，
绿山绿草绿水，
那深湛欲滴的绿！

太阳出来了，
那孤独的云，
背负着青天，
俯瞰着
绿草茵茵，

泱泱水绿……

忽然大地茫茫，
水气蒸腾，
浓雾氤氲，
翻涌入云中，
融成一体。

云片越来越大，
越来越厚重了，
不再飘浮；
它遮蔽着整个蓝天，
笼罩在神女峰顶，
一时间乌云滚滚……

呼呼风声，
重重寒意，
从四面袭来；
云成了水雾，
云成了水珠，
云成了水滴，
它再也不能
在空中飘浮；
它落下了，
它成了雨水。

云雨落尽了，
雨过天晴，
蓝天下又剩下，
薄薄的一片，
孤独的云。

那孤独的云，
俯瞰着神女峰顶，
却又像是
举首望天。

忽然，
地上的水气，
在阳光烛照下，
开始氤氲升腾，
将神女的脸庞遮掩。

水雾升上了高空，
来自山间草树，
来自海洋大江，
来自小溪潭塘，
来自农庄吹烟，
来自村野烧畲，
来自工厂烟囱，
来自垃圾焚场，
来自尸骨火葬……

来自尸骨火葬？
这么多人死了，
他们到哪里去了？
七分升上了天空，
成了水汽成了水雾，
与浮云相融合，
就是那孤独的云……

那孤独的云，

在天空飘游，
在天空与大地之间轮回；
三分留在了地上，
成了尘泥成了灰土，
化成了碳钙铁磷镁……
和水一起参与了
生命的代谢循环。

从何处，
又飘来一片，
孤独的云？
再次飘到了巫山，
在十二峰的上空，
缭绕在神女峰顶，
为女神遮掩了
羞涩的面容。
让她从容地
牵引着楚王进入梦乡：

妾在……
巫山之阳，
高丘之阴；
朝为行云，
暮为行雨；
朝朝暮暮，
阳台之下。

啊！
云儿雨儿，
你是朝云，
你是暮雨，

你忽而行云，
你忽而行雨，
你行云行雨在，
三更的梦。
朝云说，
有一天她也会死去，
化成一片彩云
萦绕在巫山顶上；
不须等待三更，
只望日曛，
暮色苍茫的时刻，
独赴阳台……

2002年9月2日，长江江轮上

水的感怀

一

远古洪荒，
禹率民治水，
至黄河砥柱，
面河喝问：
为何肆虐滔天？
河水闻禹声，
为之倒流！
禹立砥柱，步沧海，
刊木导川十三载；
渐九河，定九州，
三过家门而不入。
涂山氏，
《候人兮》……
神州百姓，
赖大禹得活，
其功伟哉！
《左传》曰：
非禹之功，吾其鱼乎！

二

伍子胥，
抉眼东门浮鸱夷，
恨难平，
入钱塘浙水，
年年八月，
电闪雷鸣潮头立……
面江问水：
我何冤死浮鸱夷？
江水曰：
掘楚墓，鞭王尸，
雪恨过激！
《史记》曰：
怨毒之于人甚矣，
鞭尸雪耻，
抉眼弃德。

三

孔子立于河岸，
面河感喟：
岁月消逝，
日夜东流去！
天运而不已，
水流而不息，
生生而不穷，
逝者往矣，
似水流年催人老！
然君子于水比德焉：
普遍施与而无私，似德；

与苍生渴饮健体，似仁；
流于卑洼沾溉穷苦，似义；
每有流动即趋下，似礼；
浅者流行深者不测，似智；
浩浩乎无竭尽之期，似信；
赴百仞之深谷而不疑，似勇；
据高陵深潭而流注至均，似法；
其弯曲而行万折必东，似志；
混浊入而鲜洁出，似善化。
《孟子》曰：
孔子亟称于水曰，
水哉！水哉！

四

屈原行吟泽畔；
颜色憔悴，
形容枯槁。
不忍弃父母之邦。
徘徊罗子国故地，
见汨水清流，
哀怨问水：
余将赴汨罗清流
而长埋乎？
汨水曰：
大夫何不与浊水同浮，
随其流而扬其波？
举世皆浊而我独清，
众人皆醉而我独醒；
吾安能随波而逐流？
于是怀石自沉……
《史记》曰：

屈原瑾瑜比洁，
与日月争光；
以彼其材，
游诸侯，
何国不容？

五

李世民临清池，
见静水照影：
鉴形之美恶，
必就于止水！
面清池惊叹：
水能载舟，
亦能覆舟！
以告魏徵曰：
国，舟也：
民，水也。
《旧唐书》曰：
太宗从善如流，
千载可称，
一人而已！
大禹拯民于水，
伍子胥弃德溺于水，
孔丘观水感喟人生，
屈原借清流自沉。
李世民面水悟覆舟……

附记：2012 年 5 月 10 日美国特拉华州霍克森市猎人社区亚历山大巷 4 号，是日暴雨，南面草坪上雨水直贯入地下室，全家忙碌一夜，第二天雨停而思，水于人，利耶弊耶？

阊阖诗魂

荆楚诗魂屈原

千顷平波，
万里川原；
屈大夫哀郢罹忧，
行吟泽畔；
恰帝阍一醉偷闲，
阊阖虚掩。
湘水女神为你引鸾，
九嶷山鬼为你挥鞭。
你自荆楚大地，
驾上彩霓，
披云御风，
鸾车奔电，
直上帝阍天关。
回首下望人寰，
浓雾涴染，
一片漫漶。
一声吁叫，
你在天门呼唤：
上来吧！千年诗魂，

入阊阖而诉天……

龙门诗魂司马迁

山开河泻，
万声雷响；
你来自河津龙门，
冯翊夏阳；
未与化龙，
不作点额暴腮之鳞；
愿终生一剑，
纵横八万里，
上下三千年。
问三闾大夫，
我亦迷魂冤鬼，
太史公书非诗篇，
亦可天庭诉冤？
屈大夫回应：
君书无韵之离骚，
迎子于阊阖，
执子之手与子同诉。

东洛诗魂蔡文姬

疾风扬沙，
悲笳声动；
万里云山归路遥，
望胡儿声声呼号。
残生虽得归汉，
抚胡儿襟衣泪沾；
三步一淌血，
一拍一呼喊。
焉得羽翼将儿还？

十八拍胡笳唱绝，
天一涯，水一涯；
自今后母子参商，
旧怨未平新恨又叠！
正阊阖风起，
吹我上天。

巴蜀诗魂李太白

仰天大笑出门去，
我辈岂是蓬蒿人！
三年供奉未腾飞，
权相阉寺逼我归。
行路难，行路难，
太行羊场雪满山，
欲渡黄河冰塞川；
白发三千丈，
独对敬亭山。
人生失意无情绪，
扁舟散发望秋雁；
举杯消愁愁更愁，
拔剑击柱心惘然。
屈平辞赋光日月，
楚王台榭空山丘。
再笑三声上阊阖，
我心块垒恨难平；
三闾大夫携我上，
且诉天听，

玉阳诗魂李商隐

鸷鸟呼朋，
猘犬狂吠，
何为党争“牛李”？
匡国之心一世潦。
佳期自古稀，
莫道灵犀一点，
便有彩凤双翼，
不能飞！
深知身在情长在，
怀古乡思，
冬暮幽居；
回首夕阳烟景，
残照更空虚。
君问伤春都几许，
回肠九曲，
犹有剩余。
欲待阊门走一遭，
天帝醉眼酕醄！
眉山诗魂苏轼
黄州、杭州、密州，
临老中州，
霜鬓心忧，
再走儋州。
十年生死两茫茫，
贬谪意彷徨；
一生勋业，
只在苏堤钱塘。
畎亩东坡，

密州邀明月：
举酒望阊阖，
人神皆醉，
三闾独醒。
一世光阴，
长江东逝水，
浪花淘尽；
惟赋赤壁，
大江东去。
长念！

历城诗魂李清照

莫言闺情伤，
南下钱塘，
夫死茕独，
一世彷徨。
即便寻寻觅觅，
冷冷清清，
凄凄惨惨切切，
且不流胭脂泪湿！
生当作人杰，
看项羽虞姬：
双剑指，
咽喉一抹，
不返江东成鬼雄。
举头望天，
三闾大夫立阊阖；
愿天接云涛，
天风吹我青霄去！

浙东诗魂陆放翁

东风恶,欢情薄,
愁绪一怀错莫;
玉姝仙子逝,
坟头草已折。
执戈王前驱,
耻守妻孥;
无奈鄜城兵罢,
金人复猖獗。
国土沦亡,
庐舍为墟,
山河破碎,
如风飘絮;
北国遗民忍死待恢复,
宵宵垂泪望王师。
哀河山,渐衰落,
力能终南打虎,
却望大散关头又一秋。
死去原知万事空,
意难平,
望天庭,
相商陈情。

长庚太白金星

长庚金星,
巡游阊门;
相劝诗魂速下土,
屈大夫罹忧,

楚辞映照千古；
司马子长忧愤，
史书万世流芳；
蔡文姬哀乱感咽，
胡笳吟唱不绝；
李太白浪迹天涯，
却成诗酒双仙；
李义山不挂朝籍，
无题诗篇代代传；
东坡勋业固未成，
诗词书画世传情；
李易安夫死寡居，
女词家古今第一；
错莫妻离，铁马秋风，
亘古男儿一放翁！
罹忧出诗人，
愤怒出诗人，
哀怨出诗人，
块垒出诗人，
悲凄出诗人，
感喟出诗人，
伤逝出诗人，
忧患出诗人。
愁苦之音哀以思，
不平则鸣。
文王幽囚而演周易，
孔子困厄而作春秋，
左丘失明而有国语，
孙膑髌脚而传兵法。
即便三闾大夫屈原，
遭谗放逐始成离骚；

司马遭腐刑之残酷，
发愤著述成一家言。

古今传世之作，
皆人之心怀郁陶忧愤，
不得舒其忧、发其愤、通其道，
喷薄升华而为诗为文！
天帝眷顾汝辈，
世间富贵应无分，
身后诗文合有名，
各得其所，
又何愤激陈情？

诗魂相顾无言，
屈大夫一声“走”！
众诗魂正出阊阖，
长庚太白金星：
诸君当知有玉树临风张希孟，
善养浩然之气
为百姓抗灾劳疾归，
唱《山坡羊》过潼关怀古：

峰峦如聚，
波涛如怒，
山河表里潼关路；
望西都，意踟蹰，
伤心秦汉经行处，
宫阙万间都做了土。
兴，百姓苦；
亡，百姓苦。

诗魂纷纷下天庭：
向荆楚，
向龙门，
向巴蜀，
向中原大地，
向边陲江浒。
不怨天，
不怨人，
一声声
唱尽百姓苦……

2014 年 3 月 11 日于美国特拉华

诗是什么？

诗是什么？
什么是诗？
诗是情，诗是志；
诗言志，诗缘情。
诗是阳刚豪放雄浑奔跃，
诗是阴柔婉约静穆幽思：
诗是易水萧萧壮士一去，
诗是行吟泽畔罹忧屈子。
诗是力拔山兮悲壮淋漓，
诗是草木摇落宋玉衔悲；
诗是白云飞扬大风起兮，
诗是河梁忧伤分隔万里。
诗是志在千里老骥伏枥，
诗是天涯地角死生别离；
诗是气壮山河黄河之水，
诗是潜气内转春蚕吐丝。
诗是滚滚浪淘大江东去，
诗是芍药春泪蔷薇晚枝；
诗是铁马秋风楼船夜雪，
诗是梧桐细雨点点滴滴。
诗是金戈铁马气吞万里，
诗是独守深闺咫尺相思。

诗是慷慨丈夫战马鸣悲，
诗是明眸皓齿镜中颦眉。
古来儿女之情多感别离，
忧伤怨乱少有风云之气：
秋霜白露蒹葭不胜苍茫，
春日凝妆杨柳不舍依依。
孔雀南飞五里疲病徘徊，
牛马嘶鸣举身投赴清池；
寒风摧木严霜凝结庭兰，
徘徊庭树哀伤自挂南枝。
阆苑仙葩天上附鹤传书，
神仙不死亦好忧伤别离；
群玉山头俯视人间生死，
穆王死别黄竹歌声动地。
萧史弄玉伤离骑鹤飞去，
天河阻隔牛女鹊桥含泪；
人间死别且移天上相会，
蓬莱宫中杨妃含情凝睇。
无须浩叹深知身在情在，
忧患人生处处泪落沾臆；
生老病死怨憎欲求皆苦，
怅望秋江浪涛流梦东逝……
诗是情，
诗是志；
情发于中
外化而为诗：
阳刚阴柔豪放婉约，
雄浑悲慨深切朦胧……

2014 年 6 月 6 日

梦是什么？

梦是庄周化蝶栩栩然蝶也，
应是事物逆向反转的物化；
梦是楚襄王巫山行云行雨，
一觉醒来阳台下朝朝暮暮；
梦是鲁施存云台跳入壶中，
壶里虚幻日月中别有天地；
梦是陈思王曹植洛水岸边，
甄妃情凌波微步千古之恋；
梦是王质千年烂柯一局棋，
感悟人生短暂岁月悠长；
梦是卢萃之邯郸枕上好眠，
炊黄粱荣华富贵一枕初觉；
梦是淳于槐树下一醉方醒，
蚂蚁国享用虚拟满足。
梦是痴心妄念的白日梦幻，
梦是此岸彼岸的心画世界……
梦是什么？
梦是虚幻？
梦是白日之所思，
梦是心造的幻影，
梦是夙愿之追求，
梦是心灵的希望；

梦是对现实缺陷的
一种心理补偿，
梦是现实法则支配下
自由的象征，
梦是理想与现实撞击
发出的闪光！
梦是理想之花，
梦是希望之花，
梦是执着追求的
人生永不谢之花，
梦是引导人生
去改变不能满足的现实，
并为之终生奋斗的
美丽之花！
子在川上曰：
逝者如斯夫，
不舍昼夜！
在时间的海洋里，
在岁月的川流里，
从婴儿到耄耋，
人一直在现实法则的
支配下生活。
人们为自己留下一片
可供上下翱翔的
无边无际的净土——
那就是心灵的希望，
是不灭的理想，
是梦！
一个国家，
一个民族，
一个群体，

一个人，都——
不能没有蓝图，
不能没有理想，
不能失去希望之光，
不能没有憧憬和追求，
不能没有美丽的梦！
什么时候
我们的梦停止了，
我们的生命
也就结束了。
愿我们的理想之光，
和那憧憬着的
美丽的梦，
永远徜徉在
岁月的川流里，
让奔腾的江水，
载着她不息地向前。
年华幽梦水相催，
啊，啊！
你是岁月，
你是逝川，
你是永远东去
永不回头的流水！
啊，啊！
水流不断，
日月常新，
江水若能流梦去，
不辞烟浪不辞风……

2014年6月15日

爱是什么？

爱是什么？
爱是欢乐，爱是痛苦；
爱是甜蜜，爱是酸涩；
爱是夜曲，爱是霹雳；
爱是香风，爱是秽气；
爱是付出，爱是收获；
爱是瞬息，爱是永恒；
爱是具体，爱是抽象；
爱是诗歌，爱是哲学；
爱是情感，爱是理性。
爱是什么？
爱是肌肤相触，爱是灵魂皈依；
爱是花前月下，爱是疾雨横风；
爱是热情似火，爱是冷若冰霜；
爱是婚姻纽带，爱是陌道尴尬；
爱是厮守一生，爱是半路出家；
爱是相依相惜，爱是忌恨伤害；
爱是鸡犬升天，爱是牵陷囹圄；
爱是口舌相交，爱是拔刀相向；
爱是痴迷不返，爱是死亡陷阱……
爱是什么？
相爱时，爱得死去活来；

相恨时，恨得咬牙切齿。
爱是什么？
爱什么都是，也什么都不是；
爱就是爱。
爱自“情”来，又自“情”去；
来自所当来，
去自不得不去……
这就是“爱”！
人世间最可宝贵的是
真情，
纯情，
痴情。
有此三者，则心中热焰长燃，
可以熔钢化铁，明烛千古；
爱其所爱，悲其所悲，
故人不可以无“情”。
然而人世间最为牵累者，
也正是这“真”“纯”“痴”三字：
以真情而换取虚假，
以纯情而遇上驳杂，
以痴情而遭受欺骗。
是以人不可无“情”，
又不可多“情”。
这就是“爱”情！
当你在爱恋之时，
情发于中，必然要形之于外。
子曰：
“喜怒哀乐之未发，谓之‘中’；
发而皆中节谓之‘和’。”
“爱”而至于“中和”，
是为含蓄不露。

及至奔放如洪峰，
则不可使之决堤，
而亟须克制：
付出三分热情，
保持三分清醒，
固守三分阵地，
留一分冷静思考和观察。

2014 年 6 月 24 日

咏物诗

风行水上

风儿吹拂花枝，
云霓跟着月儿，
如歌的岁月，
风行水上，
云走天际。

风行水上，
花落水流；
云走天际，
月在广寒。

如歌的岁月，
寥廓的空旷，
渐远的小路，
独行的人。

幽草闲花，
飘散的白云，

都寂寞在画里，
淡然。

风行水上，
自然成文；
水中的幻影，
云在天际。

1961 年秋于漳州芗江之畔

春飔轻拂

春飔轻拂，
吹醒了大地，
草儿芽儿花儿柳儿，
睁开了惺忪的眼。
春飔轻扬，
吹醒了蓝天，
吹苏一片飘逝的云，
它开合舒卷……
看那南去的白云，
孤独一片……

1962 年春于浙南东瓯名镇

春　笋

春天的笋儿，
遍地；
爆出了尖芽，
地底。
伸一伸懒腰，
打一个呵欠，
揉一揉惺忪的睡眼：
啊，世界多么美丽！
蓬勃地伸展吧，
迎着阳光、空气、春雨，
只要把根扎在大地，
正须凌云志！

1964 年 3 月 1 日

竹　歌

竹，
少年时爱你凌云，
中年爱你不攲；
于今老矣，
爱你枯死前
拼尽全力，
汲取地底的水，
开一次竹花，
留一把竹米；
然后从容地死去……
你死了吗？
为护卫新笋，
你化成篱；
为人们遮阳，
你化成笠；
为她心底的哀怨，
你化成洞箫化成笛，
吹出一曲悲辛的相思……

1998年3月6日

紫竹幽怨

截取紫竹，
做成一支洞箫。
是寂静虚空的田野，
牛背上牧童的歌谣；
是清风明月下江中的帆影，
生死相依的恋人，
唇边的抒情；
是绵亘蜿伏的群山丛林，
樵夫应和着，
伐木声音的节奏；
是浩瀚奔腾的海洋上，
浪迹天涯的游子，
在哀号悲鸣……
是呀，
她能吹出千种声音，
万种风情，
却只有幽怨的歌儿最感人，
她是一支紫竹。

2004 年 5 月 14 日

出水芙蓉

红红的菡萏
青青的莲，
清清的湖水
绿绿的荷。

莲叶无穷碧，
湖水漾清波，
涟漪轻轻泛，
湖中青黛螺。

藕入泥，
莲出水，
出水芙蓉，
心中的歌……

芙蕖红菡萏，
卷舒任开合；
水中仙子歌，
在水一方，
心中的荷……

2004 年 6 月 1 日

落　叶

啊,这是一片落叶,
是你,是我。
你寄托了人生复归的
无悔的感慨!

你化成翩跹的蝴蝶,
在庄生的梦里物化;
你激发了诗人的咏叹,
你上了美术家的画册。

你是“红叶题诗”那样的情书,
潜入了恋人的心中;
你化成叶脉书签,
协同知识的精华
同书籍永在……

你虽然掉落地面,
不久你又站在枝头;
风来了,
你摇摇头;
雨来了,
你朗朗笑。

你有时低头
俯视大地；
有时又昂起那
不屈的头颅；
眺望天际。

更多的时候，
你微笑着平视远方……
即使你骨折形销，
叶落水流，
与泥土同化：
人们仍永远记住你
啊！你是一片落叶，
是你，是我。

2005年3月2日接到退休的通知，夜作

昙　花

你是幽艳的诗，
你是忧伤的歌，
你是慨叹人生的无奈，
还是在赞美生死相依？

一切都是瞬息，
不只是你，
一切都将过去，
回归自然就成了永恒。

生命是一种循环，
生生死死，
从自然中来，
又回到自然中去……

庄周梦为蝴蝶，
栩栩然蝶也；
俄然觉，
则蘧蘧然周也。
不知庄周之梦为蝴蝶，
或蝴蝶之梦为庄周？
庄周化蝶，蝶化庄周，

这就叫作物化！

百岁光阴如梦蝶，
死生无别，梦醒难分；
花开花落，昙生昙灭；
此岸彼岸，阴阳两隔。

昙花，无须慨叹，
你幽艳的诗，
你忧伤的歌，
我心中的女神。

你绽放一回美丽，
我为你牵挂一生！
蝶梦昙幻，
复归自然……

2007 年 11 月 28 日给研究生上完最后一堂课后作

乡情曲

西风寒云落日……

漫天西风，
吹落了衔山的落日，
吹黑了寒云千里，
吹暗了牧草，
还有那弯弯的小溪。

对面坡顶，
有牵牛的剪影，
映在乌蓝的天幕；
下坡走近了，
是父亲疲惫的身子。

夜深，
牧场寂静的客房，
父子一床；
像小时候
弯弯侧卧在父亲的身旁。

寒暄，
今天天气……
无语，
明天要下雨……

清晨，
起程走了，
回首茫茫细雨，
不见父亲面影，
箬笠罩着蓑衣，
还有那牵着牛绳的手。

一九六一，
八月十七，
回首，
依依；
二十一年过去了，
痛彻心底，
愧为人子！
那最后的一眼：
父亲，你
牵着牛绳的手……

附记：

1982 年 1 月 23 日，辛酉年最后一日，除夕前一日，离别故乡 21 年后回家。夜深，与母亲言及，彻夜未眠，鸡鸣后起身作。

2007 年 12 月 5 日忆念母亲，情怀落寞，夜不能寐，寻旧稿重又改定。

梦雨，雨梦……

夜里忽然梦见趟过故乡山边的小溪，乌云压顶，疾雨横风，山洪暴发，浪涛汹涌。噩梦一觉，情景宛然；不能入睡，起而作此。

啊，梦雨，雨梦！
雨使人绵绵惆怅，
雨使人轻灵洒脱；
雨使人心焦痛苦，
雨使人欢乐雀跃。

雨让稻田里禾苗倒伏，
雨又滋润了干旱的土地；
雨引发了山洪暴发，
雨又洗得满山青翠……

雨结成了忧思的网，
雨又是跳跃的音符；
云雨是青春的梦寐，
风雨是恋人的阻隔。

雨伴随着欢乐还是痛苦？
雨也，雨也，本无关于人事。
心中欢乐，雨也欢乐，

心中苦涩，雨也苦涩——

正是人心境、情愫的投影和外射。
诗情赋予雨不同的色彩：
美丽的童年，雨轻灵欢快，
艰辛的童年，雨惨切悲歌；
雨伴随人生有欢乐有幸福，
雨伴随人生有艰辛有痛苦。

从童年到青春，
那苦涩的日子！
想起了雨，
除了粘腻，
就是一身湿漉……

还有那风狂雨暴，
淹没了深溪上的板桥；
趟过汹涌的洪水，
十岁那年，
惊心动魄……
啊，梦雨，雨梦……

2008 年 11 月 7 日

思乡曲，梦中的紫薇花

梦中的故乡，
花花草草——
春风剪剪的绿柳，
夏日摇曳的菡萏，
影照秋江的芙蓉；
还有那心中时时牵挂的
暮雨轻埃似的，
纷纷洒洒的紫薇花。

躲过春阳高照，
避开和煦春风；
夏日炎炎，
秋风肃杀的时节，
她，
紫薇花来了，
来到了我的故乡，
潜入了我的心间……

不畏露压风欺，
直开得如痴似醉，
在溪岸出落矜持——
应和着
依依的垂柳，

映日的荷花，
照影秋江的芙蓉，
相携在灵峰溪水。

花叶有意，
流水无情；
柳枝飐点，
芙蓉影映，
莲叶贴着水面，
还有那紫薇花儿露着笑靥；
流水依样欢歌，
一直东去潺潺……

梦中在，
故乡的一条小路，
姹紫嫣红：
红薇似火，
蓝薇茵茵，
还有那白净的，
银色的紫薇花，
抹着一丝淡淡的绿意，
矜持地向着高空，
就像要飞去一般。
萦怀着故乡的
花花草草。

啊！
潺潺的灵峰溪水，
婀娜依依的绿柳，
映日水中的风荷，
照影秋江的芙蓉，
还有那暮雨中一树秾姿，

忧思淡淡的紫薇花！

2008 年 11 月 16 日夜秋霜凛冽，故乡梦境萦回，醒后不寐作

故乡的小溪

西山坡下，
月落垟底，
梦中淌过
故乡弯弯的小溪……

穿过芭蕉林子；
清清的小溪。
天上是白云，
溪底是云上的游鱼。
黄昏月起，
戏水，
彩云与明月，
跨着青竹枝；
牧儿下牛背，
竹笛当马骑。

不知哪年哪月，
相别，
却认他乡作故乡。
六十余年梦，
当时明月在，
曾照彩云归。

梦回，
故乡的小溪，
只留下
一地碎石沙砾；
还有堤上
一树粉红的紫薇，
和那依然青青的
柳枝柳叶眉。

岁月消逝了，
磨灭了无数记忆。
坐在岸边回梦，
夕阳
召唤儿时的记忆：
我画出了故乡的
弯弯的小溪，
还有彩云、明月
和青青的竹枝……

2010 年 5 月 21 日，庚寅年四月初八，今日节候小满

集　句

《何处寻觅洛阳花》刊后，集商隐诗成四绝句。

唱尽阳关

洛阳花雪梦随君，（《送王十三校书分司》）
两地参差一旦空。（《彭城公薨后酬杜二十七胜李十七潘二君并与愚》）
唱尽阳关无限叠，（《饮席戏赠同舍》）
至今云雨暗丹枫。（《过楚宫》）

刻意伤春

碧云东去雨云西，（《雨中长乐水馆》）
絮乱丝繁天亦迷。（《燕台四首》）
刻意伤春复伤别，（《杜司勋》）
阿阁华池两处栖。（《凤》）

相思相怨

楼上春云水底天，（《行至金牛驿》）
只应江上独婵娟。（《和人题真娘墓》）
嫦娥应悔偷灵药，（《嫦娥》）
终日相思却相怨。（《燕台四首》）

身在情在

对影闻声已可怜，(《碧城》)
月中霜里斗婵娟。(《霜月》)
深知身在情长在，(《暮秋独游曲江》)
独背寒灯枕手眠。(《七月二十八日夜与王郑二秀才听雨后梦作》)

移居美国后，闲寂无事，捧读义山诗，集“四伤”绝句。

伤春

曾逐东风拂舞筵，(《柳》)
瑞霞明丽满晴天。(《七月二十八日夜与王郑二秀才听雨梦后作》)
此情可待成追忆，(《锦瑟》)
忍委芳心与暮蝉。(《野菊》)

伤远别

梦为远别啼难唤，(《无题四首・其一》)
一寸相思一寸灰。(《无题四首・其二》)
莫道团圆似明月，(《代董秀才却扇》)
疏帘相伴宿风烟。(《西亭》)

伤少知音

流莺上下燕参差，(《池边》)
巧啭岂能无本意。(《流莺》)
唱尽阳关无限叠，(《饮席戏赠同舍》)
莫愁还自有愁时。(《莫愁》)

伤白发

楚雨含情皆有托，(《梓州罢吟寄同舍》)
卷舒开合任天真。(《赠荷花》)
独留巧思传千古，(《奉同诸公题河中任中丞新创河亭四韵之作》)
白发如丝日日新。(《春日寄怀》)

忽然想起一个人，集李商隐诗，成《蟾娥六章》。

对影

对影闻声已可怜，(《碧城》)
闻声不见隔飞烟。(《七月二十八日夜与王郑二秀才听雨梦后作》)
嫦娥应悔偷灵药，(《嫦娥》)
此夜西亭月正圆。(《西亭》)

婵娟

从来此地黄昏散，(《曲池》)
独背寒灯枕手眠。(《七月二十八日夜与王郑二秀才听雨梦后作》)
二八月轮蟾影破，(《昨日》)
月中霜里斗婵娟。(《霜月》)

晓梦

桂花吹断月中香，(《昨夜》)
卧后清宵细细长。(《无题》)
可要五更惊晓梦，(《赋得鸡》)
五更钟后更回肠。(《初起》)

姮娥

忍寒应欲试梅妆,(《对雪二首》)
但惜流尘暗烛房。(《昨夜》)
终日相思却相怨,(《燕台四首》)
此夜姮娥应断肠。(《月夕》)

江上

刻意伤春复伤别,(《杜司勋》)
嫦娥衣薄不禁寒。(《河内诗》)
更无人处帘垂地,(《王十二兄畏之员外相访见招小饮》)
只应江上独婵娟。(《和人题真娘墓》)

断肠

花明柳暗绕天愁,(《夕阳楼》)
不信年华有断肠。(《柳》)
守到清秋还寂寞,(《到秋》)
一生长对水晶盘。(《碧城》)

旧作楹联选萃

自勉一联

直而温，刚而无虐，积极用世，自信、自尊、自强不息；
宽而栗，简而无傲，谦和爱人，乐生、乐学、乐善好施。

温州师院温州大学合并揭牌庆典作

五十年秋雨春风，绛帐弦歌慷慨，喜温州隽彦，尧邦遍布；
半世纪月将日就，杏坛薪火承传，看瓯越贤才，舜壤盛栽。

为温州大学成教院作

松柏风范，薪燃火传，玉成千千学子；
桃李芬芳，花繁锦簇，化作点点星光。

贺福建惠安一中九十华诞

近百年，闽东南一枝独秀；
跨世纪，海内外十万才人。

题温州池上楼联

积谷山麓，谢公曾此攀缘，亭午惟青青春草；
灵池水滨，时人今来流连，夤夜但淡淡月光。

永嘉绿嶂山谢客亭联

谢客登临处，诗灵往矣，此地仍山清水绿；
瓯江日夜流，嘉运来思，于今更雨顺风调。

苍南黄氏族谱修成倩题

黄为佩玉，亦刚亦柔，君子于玉比德；
凰者凤凰，至尊至贵，族民以凰为神。

永嘉屿山祖祠修缮竣工

水长而美，曰永曰嘉，永嘉物华甲天下；
陵出于海，曰屿曰山，屿山风水荫族人。

秋日“枫宇书院”重开作

枫林秋晚，喜芳宇春枝年年长发；
松柏冬青，看杏坛薪火代代相传。

严立陈绮新婚志喜

严尊、严顺，立德、立功、立言，伟矣焉，君子刚而立；
陈结、陈情，绮思、绮才、绮媚，美也哉，淑女粲若绮。

友人倩为“听筝居”茶屋题

听筝声泠泠切切，玉水鸣讴，风灵雨梦；
品茶韵淡淡清清，天泉流漱，烟馨酒醇。

友人“体面坊”健身健美培训班开张志喜

体形在健、在美、在风神特立；
面容宜清、宜秀、宜光彩照人。

友人“明康居”落成贺作

明心、明悟、明达、明慎，心中有明镜；
康乂、康安、康健、康宁，户外有康庄。

代友人赠某水利局长联

栉风沐雨，任劳怨，利在百姓；
高屋建瓴，甘如饴，水到渠成。

悼慈亲

望天呼号，苍天不语，惟大西洋上烈风吹雪；
踏地哀歌，大地无声，正特拉华湾冻雨凝冰。

悼崔瑞芳女史千古

阴沉天色，角声哀、风声紧、心声悲，坦然携手，且离京师赴僻远，二十一年去也，苦涩；

瑞雪边关，从头越、崔蕤心、芳菲意，相濡以沫，前度刘郎今又回，五十七载已矣,悲摧!

(注:崔瑞芳笔名方蕤,王蒙夫人,2012 年 4 月逝于北京)

悼上海虹桥开发区主任赵沛姨父

鞠躬尽瘁,事业有成,儿女婚嫁咸毕,于国于家浑无憾,老赵放心吧;
人品清流,才华横溢,一生襟抱尽开,为师为友皆楷模,小子伤恸哉。

悼文友汤一钧先生

风姿秀朗,如瑶琳琼树,而今枝叶三春尽,文曲往矣;
笔底雷鸣,令鬼泣神惊,他日文章万古传,诗魂来兮。

悼温州大学副校长叶世祥

廿三载友朋,纵谭诙谐,一无所忤,昨倏然归往,听瓯江悲鸣水逝,人间顿失作者;

十八载同事,切磋砥砺,全在知心,今惊悉梦思,看雁荡哀咽云飞,天上却添文星。

悼安徽师大余恕诚教授

恕道恕人,绛帐弦歌,担纲文学院,斐然大绩,倏鹤驾西归,伤悼;
诚心诚意,学海操舸,研治李义山,著作等身,忽舟沉水逝,悲摧!

悼网友海峡信息报总编祝文善先生二联

笔耕不辍,编辑生涯今已矣;
网路飞章,文星陨落足千秋。

曰文曰善,文善品高,忽闻西归鹤驾,死生契阔,看词林枝叶落尽;
亦泣亦悲,义深情挚,暂凭东向网传,绝地参商,听学海波澜悲鸣。

友人为父母重修坟茔倩作一联

黄壤夜台，景辉长照，严父千古；
玄泉波逝，月魄永光，慈母百年。

同窗倩为亡慈霜青女史作一联

山高水长，仁者风范；
霜白草青，平淡人生。

友人倩为亡父孀慈作一联

怀才不遇，终生沦落，士人千古伤心事；
内秀有嘉，一世贤淑，孀独百年伴子心。

附录

承教录

关于《钗头凤》（电影文学剧本）致作者函

石竹(按:本人当时笔名)同志:

您的信和《钗头凤》接到。油印稿字太小而又漫漶,我的眼力有限,无法拜读。《后记》用扩大镜,勉强看了一页多,也感觉吃力,没有看完。因此您所提出的四个问题,我只能回答第一个,有关《钗头凤》的三个,我就无法回答了。

写历史剧与写历史教科书不同。写历史剧只要基本上不违背历史事实就行了,其细节和人物是容许虚构的。历史故事,往往只有一个简单的轮廓,艺术家就应该用想象和其他的方法,来把它充实起来,甚至可以允许虚构一些插曲。写历史剧在用语上要受到一层限制,太当代化的言语不能用。总之要着重照顾到艺术的真实,也不要完全忽略历史的真实。

敬礼

郭沫若

四月二十日

附:郭沫若信件两页书影(略)

(作者郭沫若系现代文学家、史学家。《钗头凤》电影文学剧本,存上海海燕电影制片厂,没有拍摄。其后改为中篇历史小说《沈园泪》,刊于《百花洲》文学双月刊1994年第4期。)

《李商隐无题诗校注笺评》序

两宋以后，论及唐代诗人，经常推重李、杜，有时并举韩、白；但是提到李商隐的时候，就出现了大量的分歧。有人认为商隐之诗，语语皆有寄托，精妙入微；有人认为诗中所言，多半为冶游之作：事涉聚讼，语无断限，实在令人望而却步。

中国诗导源于《诗三百篇》，《褰裳》之诗是不是有寄托呢？当然不是。但是《左传》昭公十六年郑六卿饯韩宣子的时候，子太叔赋《褰裳》，确实是有寄托的，所以韩起说："起在此，敢勤子至于他人乎。"《诗三百篇》的传统是"由有寄托入，以无寄托出"。孔子说，"不学诗，无以言"，指出不理解《诗三百篇》，就不能运用古代的诗句，说明自己的主张。因此后人提出作诗之志和引诗之志的区别；举例说，《褰裳》诗的作者可以指古代男女间的来往，但是在赋诗的当中，不妨作为对外政策的引申。这是春秋中期的情况。

唐宋以后，情况完全两样了。作诗者和引诗者是"一身而二任焉"。他引的正是他自己所作的。那么这样的一首诗是作诗的意义，还是引诗的意义呢？我们读《诗三百篇》的时候，借助于古人的记载，可以理解引诗的意义，不必同于作诗，但是读到唐、宋作家的时候，我们无从作出这样的区别。读商隐诗就遇到这个困难。张采田《李义山诗辩证》固然是深造有得，但是直到今天，苏雪林教授还在宣扬她的《李义山恋爱事迹考》。

是不是可以作出结论，判定诸家论义山诗的是非呢？读书有不同的读法，有人是襞积细微，深造有得，但是也有人略同大义，不为章句之学。究竟是哪一种好些？各人有各人的看法，不必要求一致，也是在无从要求一致。即如王茂元的为人，《新唐书·李商隐传》说，"王茂元镇河阳，爱其才，表掌书记，得侍御史。茂元善李德裕，而牛李党人蚩谪商隐，以为诡薄无行，共排挤之"。但是近人考证,王茂元并非李德裕之党,那么商隐即时就婚王氏,也不至于干令狐绹之忌。这就是说商隐之诗不一定和当时的牛李党争有关。论诗如聚讼,论商隐之诗更是如此。

倘使我们放宽一些立论,那么不妨说商隐之诗,一部分是有寄托的,一部分是无寄托的。平心之论,未必能得到各方的同意,但是在评论商隐作品的时候,我们只能作出这样的结论。

黄世中先生《李商隐无题诗校注笺评》是一部极有意义的著作。他平心静气,罗列诸家的见地,使读者可以从此备见古今论断,最后作出自己的认识。我深信从这部书中可以得到不少的教益。

一九八二年,朱东润于师友琅邪行馆

(作者朱东润系复旦大学教授。本文出自《李商隐无题诗校注笺评》,江西人民出版社1988年9月第1版)

《类纂李商隐诗笺注疏解》序

李商隐的诗为历代中国文人提供了很好的话题。他的诗深挚、精美、含蓄、雅驯，是一道纯美的却又充满人生慨叹的风景。我们二人因李商隐而相识结交至今，亦快事也。

我自幼喜爱李诗，近二十年来，作为个人业余爱好，也发表一点看法。承蒙师友不弃，有时混入李商隐的研究者行列，得到机会向您等对之确有真知灼见的学人请教，受益匪浅。

我心目中的真正古典文学专家，他们在对于史料的掌握，对于作者生平的了解，对于版本的考证与梳理，对于古汉语的丰富知识的方面，都是我望尘莫及的。我有时也敢于说点什么，只是因为：一，喜好，喜好了就自以为诗心能够相通。二，通俗，我只是一个读李诗的人，我无意对李诗作学问的研究与追索，我的喜好完全是由于阅读的感动，阅读的享受。三，则是高攀为写作的同行，或许可以从写作上找到点共鸣。

吾兄在做学问上是地地道道的学者，我与你的交往中，遇到一个词语一个史料或一个典故弄不明晰，你最晚第二天就会告诉我这个词这个史料这个典故的出处与正解。我受益良多，也对你的做学问的热情与认真深感佩服。同时，你又与一般的书生不同，密切联系生活，联系创作，善于运用真情实感与自身的人生经验、人生感悟来把学问做活。惊人的是，兄长期在浙江工作，对于浙江的发展与变化，对于改革开放与市场经济，你也并不陌生。你是读书并确有所明理者，是坐得稳冷板凳同时又能把书斋的门窗打开，呼吸新鲜空气的人。

今知吾兄，几十年的劳作所成《类纂李商隐诗笺注疏解》即将出版，非常高兴。此书中既有硬的学问，如编年中的纠错，各种疏解汇集与比较，分类的方法，也有更活泛的对于诗心诗情诗魂的触摸与共振，包括对于诸诗旨意的认定与对于诗歌艺术的评价。你既不会像我这种知史太少的人的浮论那样空泛，又不像有些学问太大太死的朋友那样受制于学问，把见首却未必见尾的神龙一样的天才诗篇凝固成档案判语。相信你的新书对于李诗的爱好者阅读者是一个很好的贡献。我祝贺你的劳作的果实的收获。

你我年齿老大，常感今非昔比，只要还能谈李说诗，就要感谢上苍，就会快乐满意，就会自得其乐，其乐无穷。李诗在手，诗友二三，可以交谈咏叹吟诵，可以相伴同行同老，善哉妙也，夫复何求？

王蒙 2008.7. 北京

（作者王蒙系文化部原部长、中国作家协会名誉主席。本文选自《类纂李商隐诗笺注疏解》，黄山书社 2009 年 10 月第 1 版）

《中国古典诗词考证与解读》序

温州师范学院中文系颇有学术气度，近来他们一次性推出《教授论丛》十二种，其内容涵盖中国古代文学、文艺美学、语言学三大领域，显示系里教师近十年来在中国语言文学系列方面所取得的引人注目的成果，这当在文化教育界造就良好的影响。

黄世中先生与我是学术同行，我们多次在中国唐代文学会议及李商隐研究年会上相聚。现在作为《教授论丛》之一，其论文集《中国古典诗词考证与解读》即将问世，他特地约我为这部著作撰一序言。说实在话，我实不敢执笔。世中先生这部书中的论文，大部分我是见到过的，但非常遗憾，当初刊发出来后我并未细读，我于1991年至1997年，被任用为中华书局总编辑。而南京大学校长匡亚明先生担任国家古籍整理出版规划小组组长时，他因常住南京，又约我为小组秘书长。这两项职务是我中断了八十年代期间连续不断的学术进程。南开大学中文系罗宗强先生曾几次与我谈起，说这种行政职务对我们来说是一种浪费，耽误我们的时间，会后悔的。确实如此，1997年下半年我卸去这两项职务，一面前瞻，觉得轻松；一面回顾，却大有所失之感。正因如此，这几年来，我抓紧时间，与友人合作，总算出了几本书，如《唐五代文学编年史》(1998.12)、《李德裕文集校笺》(2000.1)、《中国藏书通史》(2001.3)。现在应世中先生之请，为此论著写一小序，我即通约全书，实际上也是对我过去的耽误所作的一次补课。

说起补课，则确有收获。这里我不拟对本书作全面的论述，因为序言作为一种文体，恐与述评有别。根据我的理解与经验，为人作序，一是抒“淡如水”的友情；二是述“切于学”的旨趣。这样，写的人既可有真情自如的文笔。读的人也可能有义理相通的共识。

我的读后所得，主要有两点，一是世中先生从八十年代中期开始，已经把古代诗人的创作心态，从文化视野出发，作历史性的探索；二是就书名所启示的，我们作为具有现代科学思维的学人，怎样把资料考证与审美解读互相沟通，以期对传统考证方法有新的解释与把握。

本书论文可以分为三大组，第一组是关于李商隐；第二组是道教、道家与唐诗；第三组从唐代的白居易、元稹、韩偓，至南宋陆游、明末王次回、晚清龚自珍。值得注意的是，作者着重探讨这些诗人在爱情方面的种种曲折。这些曲折使创作有一种特有的意境，而这种意境又含有中国特色的文化价值。如书中论及白居易的湘灵诗，元稹的莺莺诗，李商隐的无题诗，概括为我国中晚唐时第一次出现的一种文人恋情诗，而“文人恋情诗之出现，为我国中国文化思潮向近古过渡的标志之一，是诗人将纯真的爱情纳入人生价值体现的一次觉醒”（《李商隐论》）。同时，这类恋情诗的含义又有历史性的变化，如说：“如果我们将王次回之对待姚氏，同元稹之对待双文作一比较，就不难看出两个品格之高下，心态之不同，同时也深化了我们对明末社会部分质变引起知识分子观念改变的认识”（《王次回〈疑云〉〈疑雨〉诗探考》）。书中好几次提到应当摒除五六十年代所流行的对恋情诗一概贬抑的态度，认为对这部分作品应加以理性的辨析，而那些古代诗人心声真情流露之作，则应视为“文化遗产”（《古代诗人情感心态研究》题言）。作者又认为，唐人恋情诗中富于县道情韵的大多为艳情诗，从而对道教、道家的诗，也作了美学的研索。曾有学者提出，在唐代文学研究中，关于道教与诗的关系，大陆的研究还不如台湾，这是确实的。但我认为，台湾的这方面研究，宗教色彩过浓，像黄世中先生那样从创作心灵的美学角度对文人（包括女冠诗人）生活作多方面的探索，在研究视角与研究手段上是有拓展的。

这使我想起我在 1989 年所写的《一种文化史的批评——兼谈陈寅恪的古典文学研究》（刊于《中国文化》创刊号，1989. 12），文中因陈寅恪对《莺莺传》中张、崔悲剧的评论，我自己就稍作一段阐发：

中晚唐时有不少作家，他们往往有一种爱情上的失落感。白居易早年有个出身平民的恋人，后来由于种种原因分离了，从此失散，未曾重逢，造成他感情上的沉重负担。李商隐有他所爱的女子，这女子由于生活环境的限制，不能与李商隐有正常的爱情的吐露，李商隐只得在“红楼隔雨”的绝望心态中，带着“珠箔飘灯”的失意在风雨中离去。韩偓前期有他所爱的歌伎，歌伎的身份使她与韩偓可以在一段时期内有美好的相处，但社会动乱，韩偓终于流落到闽越海角，从此南北分离，韩偓只能唱出“此生终独宿，到死誓相寻”（《别绪》）的凄苦歌吟。这些并非是个别的、孤立的现象。这时男女之间感情上的悲欢曲折与初盛唐时显然不同。面对乎此，我们不是应该像陈寅恪那样，从大的文化背景来对他们作整体的考察，使我们的文学史研究有新的突破吗？

读者可以看出，我的这段话与世中先生这本著作，学术旨趣是相通的。可惜那时我还未曾读到世中先生的文章，如韩偓所爱的女子，还承袭旧说，未有如本书所考为李商隐女儿那样的新见。而更为主要的是，对中晚唐开始的一些诗人爱情上的失落感，我还是作文化背景考察的期望，而世中先生却已经有系统的论述。这种文化意识的观念及其在研究中的运用，本书自唐至清，都有示范性的个案分析，我很希望能引起文学史研究的注意。

至于近二十年来唐代文学研究中文献整理与资料考证所取得的丰硕成果，为学界所共识。但也有人提出目前似乎有一种“考据至上”的倾向，认为这是上一世纪二十年代“整理国故”思潮的回流。当然，我们现在进行资料考证，不能完全按照所谓“乾嘉学派”那样来做，不能陷于支离破碎，埋头于一字一句、一人一事的繁琐考订。考证作为一种治学思路，是不能否定的。当然它应该是一种细密、清晰的理性思考，同时对所治的某一学科要有一种整体的把握和考察，具备一种综合的科学思维方式，这样就能进行有效的工作程序。

从这一点来看，世中先生在这方面所作正合于科学规范。他有不少传统的好作法，如考述李商隐诗宋刻初刊及宋椠流播，及明季清初李商隐诗笺注情况，除了其丰富的家藏外，还查阅过江苏常熟图书馆、北京图书馆、浙江图书馆，以及上海师大、四川南充师院、厦门大学、中央党校等高等院校图书馆所藏的本子。为了考证陆游前妻唐琬家世籍贯及与陆游的合离，除了陆游本人诗文外，还引用了不少南宋史书、笔记、墓志、族谱等，除此之外，值得提出的，是世中先生提出以诗证诗、以诗（词）考事、取得内证的符合于文学研究本身规律的作法。这样一来，就出现了不少新见或新说，如白居易正因为早年与湘灵女子离异之恋，才使《长恨歌》有如此深刻之恨；陆游之所以与唐琬分离，与客场考试中的政治触犯有关；王次回与姚氏，龚自珍之与顾氏，都牵涉当时社会实际利害与伦理观念。我认为这提供我们作古代文学考证的一种新思路，即既要遵循传统的符合规范的一种考据通则，又须结合文学作为个性化极强的一种精神活动的特点，将研究真正归位到文学的本体研究上来。

至于一些具体结论，还可进一步探讨。如《钗头凤》词是否题写于绍兴沈园,李商隐《锦瑟》是否即悼念其亡妻,韩偓早年所恋是否即李商隐女儿,等等。考证与解读,是为读者提供思索的路子,至于循着一路子是否真能达到目的地,还要靠读者自己去走,可能在走的过程中,还会发现新的路径——学术的行程既是无止境的,又是多样的。

以上是这次补课所得的答卷,谨请审阅。

2001 年 8 月　北京

(作者傅璇琮系中华书局原总编辑。本文选自《中国古典诗词考证与解读》,吉林人民出版社 2001 年 12 月第 1 版)

灵犀一点此传心

——评黄世中《类纂李商隐诗笺注疏解》

自清人笺注义山诗以来，元好问“独恨无人作郑笺”的慨叹已成历史；近现代李商隐研究成果突出，刘学锴、余恕诚二位先生对李商隐诗文的整理、笺注，可以说是集前人注李之大成。而黄世中先生这部《类纂李商隐诗笺注疏解》，皇皇五大卷350余万言，给李商隐研究再添了分量。

本书体例及内容上的诸多优点显而易见。就内容而言，所收义山诗达599首，又存疑15首，为目前所收义山诗最多之注本。全书包括李商隐的传记、行迹示意图，年谱与史事要录，卷末附李商隐总论辑录、历代论李商隐的诗文、无题诗总评辑录、李商隐诗公私书目著录、李商隐诗的编年目录，注家用心如此周全，给学者研究提供了最大的便利，是书在手，研读义山诗当无须外求资料矣。在笺注整理上，本书集校、注、笺、评、疏为一体，涵盖了古籍整理的全部内容，也具有集成之价值。体例上，依次校注、笺评、疏解，集合版本校勘、字句注释、句意理解、诗意评析及注者自己的意见，释事而不忘义，全面而透彻，同时也给读者呈现了较为完整的李商隐研究史。

本书校注最有特色，先自详注，再集录前人之注释，并有按语评点。自注先核要释义，再引文献资料佐释。其所引文献极为繁富，囊括经、史、子、集，以及现代考古、科研文献，尤其是以前人诗文或义山自己的诗文互证，不仅释义，还可以看出同一词语、意象在历代诗文中的使用情况，起到类书辞典的作用。比如“新秋仍酒困，幽兴暂江乡”，训“暂”为“忽”，虽然刘、余的《李商隐诗歌集解》也训为“忽”，但未举诗例，本书则列举南朝以降诸多诗例。这也是本书诸多训释的重要特色，不满足于简单的解释，而是举出大量诗文中具体运用的实例，使其训释说服力更强。注家引证，务求追根溯源，俾读者从根本上了解原诗语词的义涵。如其注《锦瑟》，对瑟之弦数的考察，前有详注，后又引文献记载与考古发现，得出二十五之数乃瑟之实际弦数的结论。这就比较有力地佐证了本诗“悼亡”的主题。其他如涉及方位、处所、职官等情况，亦不惮繁复，征引详尽。使读者真正能够知其所以然，从而更好地理解诗意。

编排方式上，本书名曰“类纂”，其实是编年与分类相结合。一般别集整理，无非三种形式，一曰分体，二曰分类，三曰编年。分体最为便捷，古体、近体、七言、五言，基本不会产生什么分歧；分类与编年却较难把握。分类难以处理的是逻辑标准。举个例子，一般分类诗选中常有咏怀与咏物、咏史、羁旅、题画、恋情、政治等类，这里既有包含与被包含的关系，如不少咏物、咏史、羁旅等类诗作实际上就是咏怀诗；又有标准不统一的问题，咏史、羁旅、题画等是从题材而言，恋情、政治等是从实际内容而言。因此，如何做到相对妥切，实在颇费斟酌。编年则要建立在详实的考证基础之上，对诗人生平行迹考证稍有疏失，则系年就会出现失误，而系年的失误，又进一步影响到对诗人生平行迹之考证。有时甚至会牵一发而动全身。但这两种编纂方式，却极大有利于读者。一种使我们看到某类题材的写作特点，该诗人在这一类题材上之贡献；一种使我们能知人论世，加深对作品的理解。

分类除了对诗歌文本内容的贴切把握，而且还要有较妥帖的逻辑辨析能力；而编年则建立在对诗人生平行迹的透彻了解之上。分类且编年，乃欲见木而又见林，体现了作者止于至善的学术追求。

从本书疏解与校注中，可以看出作者家学渊源。作者后序称其家大人及外舅皆酷嗜义山诗，两家藏有极其丰富的明、清义山诗笺注本。作者虽自言其注李始于 1962 年，实际上他对义山诗沉潜玩味的历史要长得多。故在 23 岁注李之时，实已成竹在胸。复经近半个世纪的酝酿打磨，故每一首诗于注家而言，在义山整个诗集及其生平履历中皆有其恰当之位置，为义山肌体的生动细胞。我们前述本书既见树木，又见森林的学术追求，体现在本书的具体操作上，是它有一个贯穿线，既起到串连诗篇的作用，同时也是其笺注的平准与校尺。

此一贯穿线就是对李商隐的总体认知，不时地在有意无意地制约着对每一首诗作的认识。通常我们说见微知著，而本书实际上却是由著入微，笺微证著，即以其总体认知左右具体认知，在具体认知中渗透整体认知。比如，对李商隐最大的整体认知，就是他是一个什么样的人，是传统意义上的士大夫型文人，还是那种伤春伤别的才子型文人。这一点非常重要，因为这涉及对义山诸多多义性诗作的解读路径。

注家在书中表达了对于读诗的见解："解诗固不必强求一律，盖言之成理，持之有据，不妨众解并存。可证以诗人生平行迹，知人论世，索隐本事；亦可就诗论诗，以意逆志，心领神味，发其幽微。诗歌意象之朦胧，其旨意固存多义。因读者、诠释者生活阅历、思想感情、审美情趣之差别，解读自然有异。即同为此人，不同时势，不同心境，其解读亦未必相同，或深解，或只求字面；或全面，或有所偏执。从诠释学角度视之，均有可供后人借鉴之处，皆有其存在之合理性，有其价值在也。"

注家在不否定旧说合理性的同时，又能粃糠百家之陈说，断以己意，作出新论，即在于这样一种诠释学的思想。而这对于读解义山诗来说，实不失为一种正确的方法。义山诗之多义无端，正要这种不执着的通达态度，太过于追求唯一或确解，往往会七窍凿而混沌死，不唯确解之不可得，还扼杀了诗歌自身的丰富性。但在通达观照之下，受其先见及对义山整体认知的影响，每一位注家又会有其解读偏向，比如本书将《无题》多纳入恋情，则显然是以李商隐为多情才子。如何在通达和偏向之间保持适度，既不因过于通达而导致诗意的混沌一团，也不因偏向而显得强作解人，最能考验义山诗注家之功力。本书以恋情解《无题》，不管这一认识是否合乎事实，起码在其笺注中做到了理据充分。更重要的一点，不管上述《无题》是否真的就是恋情诗，李商隐是一个大量创作爱情诗的作家，其诗集中的确有极多的爱情诗，则是毫无疑义的。从文学史的角度来看，此前尚未有过任何一位诗人如此大量地创作爱情诗。传统诗歌中有寄内、赠内、悼亡，乃至酬赠歌女等题材，但真正的爱情诗实在还不多见。《诗经》中那些纯粹的爱情诗，经过一代代儒生的解说、承传，硬生生地被理解为美刺讽喻，而在《诗经》文化传统与教育背景下成长起来的一代代诗人，因此也就真的不会写爱情诗，即便写了，别人也都不会把它当成爱情诗来看。从这个意义上来说，爱情成为李商隐诗歌的重要题材，是其对传统诗学的一个突破，那么，作为这一突破的成果，再将李商隐诗按传统诗学的思路来理解，显然就不妥当了。因此，本书以爱情解《无题》，既是综览义山生平行迹的总体认识，不受某些注家的影响束缚，也是着眼于宏观文学史进程，揭示出李商隐于诗歌史的重要价值之所在，体现出大处着眼的卓越识见。

这事实上就是笺注的系统性，是以贯穿线贯彻其总体认知而达到的笺注效果。一般笺注，只满足于每一首诗、每一篇文章的释义、疏解，而忽略篇章间的整体联系，缺乏系统性。而本书却能够将所有诗篇分门别类，并能结合诗人行事，贯穿联系起来。

如果将本书放到李商隐诗歌笺注史上来看，收诗最多、体例最全、笺释最细，当无有出其右者；而论、注结合，以及笺注的系统性，即通过一首首诗歌的笺释贯联，使义山生平及其创作中的诸多公案获得通贯的阐释，则是本书最富个性特色之处。

笺释者娴熟道教典籍，尤其对诗歌与道教关系深研有得，著有《唐诗与道教》。李商隐曾在玉阳山学道，诗中多用道教事典，注家若非熟知道教故典，读有关诗则如入五里雾中。一篇《药转》，难倒许多注家，甚至出现“咏如厕”“咏女人堕胎”等莫名其妙的解读。本书则令人信服地指出，《药转》诗乃咏“男女双修”之道事。在编年、诗歌旨义的阐发上，也有不少异于前人的独到之见。如《街西池馆》的编年及指池馆为崔戎故居；《海上谣》借仙人、仙事寄慨李党未能援手；《射鱼曲》之慨卫公贬崖后，门人中之投靠牛党者；《烧香曲》咏守陵宫嫔烧香祭拜端陵，而寓故君之思；《过景陵》之关合端陵，咏武宗；《摇落》为大中六年秋自渝州赴江陵迎祭卫公灵柩后，溯江过黄牛、白帝，悼念亡妻；《七月二十八日夜与王郑二秀才听雨后梦作》托梦境而自寓一生遭际之作，等等，均为前人之所未发。

这是笔者拜读本书后的直观印象，蜻蜓点水，也不知是否妥当。

笔者在拜读学习的过程中，也曾有过一些困惑：比如像《无题》（八岁偷照镜）这一类的诗，如果真的将其看成爱情诗，如何理解比兴寄托之传统、与这一传统紧密联系的文化环境对诗人的影响？义山在谈到自己的诗歌时，事实上很重视比兴寄托，若将其寄托之义完全消解，是否妥当，也是一个问题。在“玉阳恋诗”中坐实所恋女冠为宋华阳，实证根据也只有两首诗。在具体的推论笺释中，也还有可商榷之处，比如《无题》（近知名阿侯），注家以为似为柳枝作。其中有一条理由在第二句“住处小江流”，明言阿侯居所邻水。而《柳枝五首·序》中说：“后三日，邻当去溅裙水上，以博山香待，与郎俱过。”注家以此言柳枝家亦临水而居，二者相同。其实，从《柳枝五首序》中的“溅裙水上”，实难以判断柳枝家是否临水而居。恰恰相反，如果真的临水而居，柳枝在家人眼鼻底下密约幽期，未免不合常理。类似瑕疵可能还有一些，毕竟不掩美玉光辉。当然，更有可能这只是笔者孤陋妄言，果如此，尚乞注家一哂置之。

（作者李翰系上海大学教授）

多解导读李商隐诗

——读黄世中《类纂李商隐诗笺注疏解》

桌头放着350万字5卷本的《类纂李商隐诗笺注疏解》，这是我省泉州籍旅美学者、温州大学教授黄世中花了46年心血写作编纂（由黄山书社出版）而寄赠的。我们是在网上结识而投缘的博友。

此书据各种旧本共收录了李商隐诗599首，以内容分类为无题、室家、恋情、咏物、感怀、时政、献赠、酬别、咏史、僧道等10编。这在李商隐诗歌全集的整理中是首创，也是目前收录李商隐诗最全的版本。黄世中以家传的清人姚培谦松桂读书堂刻《李义山诗集》引为研究兴趣，以现存最早的明嘉靖本为底本，汇辑唐至清末580余家有关李商隐诗之笺释与评论文字，并校注笺评每首诗的写作背景、立意、主旨，最后做出自己的考证、评论等。由于他在李商隐研究方面的出色成就，20世纪90年代初，被推举为中国李商隐研究会副会长。该会名誉会长、文化部原部长王蒙在《类纂李商隐诗笺注疏解》序言中写道："李商隐的诗深挚、精美、含蓄、雅驯，是一道纯美的却又充满人生慨叹的风景。我们二人因李商隐而相识结交至今，亦快事也。""吾兄在做学问上是地地道道的学者，我与你的交往中，我受益良多，也对你的做学问的热情与认真深感佩服。"

过去对李商隐在恋情、友情方面流传的名句"心有灵犀一点通""雏凤清于老凤声"等较多，误以为他的诗关注社会现实较少。从此类纂感怀、时政编就有100多首，其中《行次西郊》咏叹："少壮尽点行，疲老守空村。生分作死别，挥泪连秋云。"深刻反映农村战后荒凉凋敝惨状，并且将其缘由直指封建社会吏治腐败："我闻理与乱，系人不系天。"诚如《汉南书事》诗里所揭示的："几时拓土成王道，自古穷兵是祸胎。"与杜甫、白居易在揭露社会黑暗、反映民生疾苦上豪无逊色，各有特色。

在"相见时难别亦难"这首《无题》诗中，校注就列举了前有曹丕《燕歌行》：

"别日何易会日难。"梁武帝《丁督护歌》:"别日何易会何难。"后有唐彦谦《无题》:"谁知别易会应难。"李后主《虞美人》:"别时容易见时难。"让读者在比较中鉴定,哪句更能表达依依惜别之情。此情旨义有五解:深恋之情、恩人之情、有求之情、光阴之情、回朝之情。在第七句"蓬山此去无多路"中的"蓬山"亦多指"仙境""道观","可望不可即的遥远之处",而黄世中则在研究论文中以20例诗句,考证出唐宋士大夫都将"蓬山"喻象为"秘书省",视为立致显要之阶。并查出唐代宰臣369人自秘书省登宰辅达到70余人,几占五分之一。如是"秘书省"美职为刻骨相思者,抒此情时恰巧李被挤出"秘书省",放外任宏农尉,急盼回朝。原诗中象征对爱情忠贞不渝的"春蚕到死丝方尽,蜡炬成灰泪始干",就可读作对朝廷君王表白效忠的誓言。如此多义的解读,陡增了探究李诗内涵的兴致。

"锦瑟无端五十弦,一弦一柱思华年。庄生晓梦迷蝴蝶,望帝春心托杜鹃。沧海月明珠有泪,蓝田日暖玉生烟。此情可待成追忆,只是当时已惘然。"对李的这一《锦瑟》诗,历史上竟有88家集笺、32家集评、14家集解。黄世中主张:"多义性是诗歌的特质。"对有根据的解义,均取包容并列的态度。其中有令狐楚妾说、咏瑟说、自伤身世说、情诗说、悼亡妻说、诗序说、感怀说、色空说等等。细品慢嚼这各据有典的自成一说,可以多侧面地了解到诗人的坎坷繁杂的身世经历及内心情感,还可从中多视角地认知到诗歌意象的发展、增殖和变异。从这个意义上讲,此书多解并存,录以备考,以诗证史,以史笺诗,为李诗学术研究展示了历代学者继承、扬弃、发展之脉络。黄世中奉行的这种"多解并存"学术研究态度,与他信奉"一分为三"哲学观点和"执两用中"方法论是一脉相承的,从中也可窥见他宽博包容、真做学问的学者气质。

凡有多解的诗,编纂者总是坦陈自己的见解。如在《夜雨寄北》疏解中,黄世中认为:"此诗作寄友、寄内解,均可通。然仍当以寄内为确。"其理由是从第三句"何当共剪西窗烛"考证,还列举诸如"春窗一觉风流梦""玉琴时动倚窗弦"等七首写到"窗"的诗句,都是写内室;若会友人,当在厅堂,按当时府宅建制不合有"西窗"。如此精细难辩的考证,依傍学问积累的力度,不得不让人折服,且觉得情趣盎然,越读越有滋味。

(作者祝文善系《海峡信息报》总编辑)

半世纪缘结李商隐

年逾70的黄世中先生，如今定居美国。

黄世中先生以李商隐研究著称国内，退休前是温州大学人文学院教授。他在家乡福建度过了自己的青少年时期，却在第二故乡温州生活了整整半个世纪。他说自己一生中最美好的年华都已献给了温州的学子。

从泉州到温州

黄世中，原名黄世忠，字景韩，1940年出生于福建惠安县大前黄，今泉州市泉港区前黄镇。

前黄镇，中华人民共和国成立前称为大前黄，是个很有文化底蕴的古镇。自北宋仁宗黄昇徙居前黄以来，至今已历920余年。宋明清三朝，中进士举人者30余人。黄昇、兄黄昱，其子黄理、黄珪均为进士，时称一门父子兄弟四进士。中华人民共和国成立以后50年间，据统计考上大专以上者达200余人，有博士、教授、研究员、主任医师、高级工程师30余人，其中，首批中科院院士、大气物理所所长、国际著名大气物理学家黄荣辉，即出自前黄镇。

就是在这个文化底蕴深厚的闽南古镇，黄世中开始了启蒙教育。他祖上是清代解元，270余年的解元古屋至今尚存。作为解元房传人，黄世中5岁就开始背《急就篇》《龙文鞭影》《十七史蒙求》《古唐诗合解》等，后来又熟读《四书正文》。

喜爱读书的父亲黄润玉不仅为黄世中留下了许多珍贵的古籍版本，而且他的喜好也深深地影响着黄世中日后的学术研究道路。年幼的黄世中就是在父亲“熟读二南（李樊南即李商隐，陆剑南即陆游）诗，可禀受刚柔二气”的教诲中，背诵了许多二南的诗篇，这为他后来沉潜学术，成为国内著名的李商隐研究专家和陆游研究专家打下了坚实的基础。

1956年，黄世中离开家乡赴浙江师范学院求学。当时鹰厦铁路尚未建成，他的求学之旅颇为不易："从福建乘闽江小火轮至南平，再转汽车到上饶，上浙赣线到杭州。"

大学毕业后，黄世中被分配在温州六中任教，从此开始了和温州半个世纪的缘分。后来他又在新闻、机关部门工作过。1982年当他被长沙一所大学聘去时，当时的市委书记和宣传部长爱才惜才，执意将黄世中留下，把他调入温州师范学院。

"温州与泉州，虽然分属浙江与福建两省，可文化惊人的相似。我在温州仿佛沐浴在闽南的民风民俗之中，如同就在家乡。学校领导给了我一个施展的平台，我也尽自己的绵薄之力，教学、研究工作如鱼得水，常有收获，日子过得踏实快乐。"回忆在温州的日子，黄世中说过这样一段话。

温州，不仅是黄世中工作单位所在，更重要的是，年轻的黄世中在这里寻找到了感情的归宿。

当时在六中任教的黄世中和单身青年教师们都住在道后巷34号一座两层的大院里。年轻的女同事马冰丽住在楼上朝北的房间，黄世中则住在楼下东向厢房南面一间。爱好音乐的他们常一起到东厢对面的音乐教室弹钢琴。就是在这音乐教室里，黄世中把自己创作的电影文学剧本《钗头凤》手稿给马冰丽看。

这已是黄世中有关《钗头凤》的第二个剧本了。还是在泉州惠安读中学的时候，黄世中观看闽南梨园戏演出南音《钗头凤》，觉得剧本的主题、人物、情节处理上有些不足，于是萌发了重新创作《钗头凤》的念头。高二那年暑假他写出了戏曲剧本初稿《钗头凤》。之后，这初稿跟着他天南地北地闯荡了几年，来到温州。

1961年6月，才思敏捷的黄世中只用了一天时间便把它改成了电影文学剧本。

马冰丽之前曾看过黄世中的南音戏曲剧本《钗头凤》，觉得文辞优美，写得很感人，其中许多曲词，几十年后，她甚至还能背诵。可惜的是，这个剧本竟在他匆忙赶回福建的路途中遗失了。

就在1961年7月，黄世中连接收到初恋女友提出分手的两封信。他和几位要好的同事商量后决定第二天离开温州，前往漳州会女友。7 月 18 日晨，马冰丽还和另外两位同事一直把黄世中送上了温州南站的汽车……

等黄世中了结一段恋情回到温州时，带在身边的戏曲剧本却也在心绪不宁间丢失了。

回温后，马冰丽和黄世中一起修改电影剧本《钗头凤》，马冰丽负责修改的《沈园重逢》《江陵荒祭》两章，得到了黄世中的赞许。两颗年轻的心在共同的文学艺术的追求中，贴得越来越紧。1962 年，两人更以“石竹”（黄世中嗜好石，马冰丽喜欢竹）的笔名，将剧本寄给了郭沫若，并提出几个问题。郭沫若很快回复了亲笔信。

1963 年，两人相识 5 年后，黄世中和马冰丽结为伉俪。从此他成为温州的女婿，在温州深深地扎下了根。

温州藏书第一家

福建教育出版社 2007 年 9 月出版了王长英、黄兆郸编著的《福建藏书家传略》，这是第一部比较全面系统介绍福建历代藏书家的专著，详细介绍了 35 位藏书家，其中就包括黄世中先生。

黄世中先生的藏书活动当然和温州有着密不可分的关系，1996 年他以 1 万 6 千册的藏书被誉为“温州藏书第一家”。其藏书涵盖文、史、哲；儒、释、道；马、恩、列、斯；经、史、子、集；草、木、禽、虫；中医、茶谱、花卉……而最为宝贵的是藏有各种版本的李商隐诗集及其笺注本。

黄世中先生回忆自己的读书、藏书之旅，说真正喜爱上读书还是初中二年级。一天，他从旧书摊上买了一册列昂节夫的《政治经济学》，里面夹着一张纸条，抄录了马克思回答女儿的提问：

> 你最喜欢的格言是什么？
> 答：勇于怀疑。
> 你最中意的职业是什么？
> 答：做蛀书虫。

这段对话给他留下了深刻的印象，使他内心深处产生了强烈的共鸣。以此为座右铭,他立志成为一条快乐的蛀书虫。

在浙江师范学院读书时,黄世中就经常到旧书摊淘书,还将家里给他留作纪念的两枚金戒指拿到银行,以 1 钱重 9.6 元的价格卖了,买来百衲本《史记》一部及几种四部备要本的书。

大学毕业后,黄世中被分配到温州的第一天,就到温州府前街 4 号的古旧书店购书,后来更和古旧书店的经理、版本学家冯国栋成了忘年交。温州市图书馆馆长梅冷生先生很欣赏这位年轻人对学术的钻研,不仅为他在图书馆查阅资料提供便利,还赠送给他许多善本书目。

黄世中按图索骥,多方寻找,看到好书,不惜倾囊购置。而父亲和岳父留给他的古籍珍本更是构成了他所有藏书最精华的部分,就连图书馆都没有的珍稀的同治三色辑评《李义山诗集》(黑色朱彝尊评,朱红色何义门评,蓝色纪晓岚评)他家中就有两部。

坐拥书城的感觉真是好极了,黄世中的两枚闲章:“生涯只在一屋书”和“窗前明月枕边书”道尽内心的自豪和满足。在大学任教二十多年,他开过中国文学史、唐宋诗词研究、古代文论、唐诗与道教、李商隐研究、易儒道佛与传统思想文化等等课程,出版论著 20 来部,在国内外刊物发表论文数十篇,却从不曾向学校图书馆借阅过一本书。所需之书,家中俱存。

2002 年,温师院给黄世中分了一套新房子。当时,黄世中的藏书已达 2 万 2 千多册。270 多箱书,五吨汽车运了两次。那套跃层住房,上上下下两层房间里都做了书柜,顶天立地的大书柜每层还要放四排,书才算是勉强有了安身之所。黄世中甚至测量过,如果将书竖着并排连接起来,长度可达 270 多米。“书可是很重的哦,当初为了安排这些书,还特意请来专家测试房间地板是否承担得起这样的重量。”

藏书、教书、著书,黄世中时而伏案,时而爬上爬下从书架中找资料,“好像是在运动,真可谓自得其乐”。

半世纪缘结李商隐

黄世中最重要的著述是前不久出版的《类纂李商隐诗笺注疏解》。这部书稿得到国家古籍整理出版专项经费资助,由黄山书社正式出版。350 多万字,厚厚五大本、十巨编,凝聚了黄世中半生心血。

1962年11月7日，在搜集了大量李商隐诗集版本资料的基础上，黄世中正式开始这项浩繁的工程。一年后写成《锦瑟诗笺释述评稿》。1970年，重新开始集笺李诗，1972年2月15日完成一稿，1979年8月4日修订成二稿。

1980年，黄世中在和学界前辈朱东润先生通信中，偶然谈及此事，并寄去一些手稿。朱先生非常关注，特意约黄世中一见。1982年1月18日，黄世中回老家时绕道上海，拜见了朱东润先生。朱先生诚恳地说，这150万字的书稿，出版社要补贴数万元，肯定难以出版。他建议不妨"分散出版"。于是黄世中从稿中抽出"无题"部分，一共28万字寄给江西人民出版社，很快就得到愿意出版的答复，于是有了《李商隐无题诗校注笺评》一书。朱东润先生亲自作序，给予高度评价，称该书"是一部极有意义的著作，平心静气，罗列诸家的见地，使读者可以从此备见古今论断，最后作出自己的认识。我深信从这部书中可以得到不少的教益"。

1988年，黄世中再次开始修订，改一二稿的编年体为分类编纂，至1996年5月11日完成三稿，扩充到270多万字。又一个10年后的2006年6月8日，终于完成第四稿，共350多万字。

在书稿的写作过程中，黄世中参考引用的书目达万种以上，其中绝大部分是靠自家藏书。其实他家的两万多册藏书中有一半是和研究李商隐有关的内容。为了考证当时的地理位置，黄世中买了复旦大学历史地理研究所所长谭其骧主编的《中国历史地图集》八大册，以及日人平冈武夫的《长安与洛阳》地图集，对照日历计算李商隐当年的行迹；为了注解李商隐的咏物诗，黄世中购买了一大批植物类图书，如《本草纲目》《花镜》《广群芳谱》《洛阳名园记》等等。还有手头常用的工具书如《甲骨文编》《十三经注疏》《十七史》《太平御览》《资治通鉴》《诸子集成》《全上古先秦两汉魏晋南北朝诗》《全汉赋》《全唐诗》等，无不是重量级的巨著。

也有部分图书来自海内外图书馆，经多方搜寻才得："陆崑曾《李义山诗解》雍正刊本收录了李商隐118首七律的注解，这是郑振铎的藏书，从北京图书馆（今国家图书馆）复印而来；藏于日本静嘉堂文库的钱龙惕评李商隐诗三卷，是北京大学教授袁行霈先生去日本讲学时帮我复印的；藏于日本怀德堂文库的徐德泓、陆鸣皋评注《李义山诗疏》上下两卷，是我托日本留学生森冈缘博士复印的……"

李商隐诗好用典，对每个典故的出处，黄世中皓首穷经，都要寻到它最初的源头,他说,“这是难度最大的工作”。甚至,一个词语在李诗中出现过几次,黄世中都了如指掌,“比如,‘斑骓’这个词,在李商隐的诗中共出现过四次,《无题》第一首里就有,本意是骏马毛色黑白相杂者,四次‘斑骓’都指李商隐的乘骑,指代的也都是李商隐本人。”

不断搜集资料、广泛阅读的过程,也是见解不断深化的过程,“有时,一首诗40年后才悟到当另有解法”,因此,半世纪前动笔的初稿后来几乎全部被推倒重来。

在修订、校对此书的过程中,黄世中尚未学会使用电脑。这350多万字,是他在三百格的稿纸上一笔一画、一个一个标点符号写出来的。不算前面三稿,也不算草稿,仅就改定誊抄就手写了一万多页稿纸。

《类纂李商隐诗笺注疏解》一书据各种旧本共收录了李商隐诗599首,以及疑似诗15首,其中编年诗464首,是目前收录李商隐诗最全、系年最多的整理本。按诗歌内容分类编纂,卷首、卷末外,分为十编:无题编、室家编、恋情编、咏物编、感怀编、时政编、献赠编、酬别编、咏史编、僧道编,附卷存疑编。这在李商隐诗歌全集的整理中也是首创。

黄世中先生还以现存最早的明嘉靖本为底本,汇辑唐至清末580余家有关李商隐诗之笺释与评论文字,并对599首诗一一校注笺评,交代每首诗的写作背景、立意、主旨,最后做出自己的考证、评论等。有话则长,无话则短,不拘一格,新见迭出——隔着1000多年的时光,黄世中先生终于在古稀之年完成了对李商隐一次最彻底的精神解读。

如今已定居美国的黄世中依然闲不下来。

为纪念辛亥革命100周年,他构思创作了一部长篇历史小说。不到一年时间,55万字的《昨夜群星陨落》已完成。小说写了1910年的广州新军起义和1911年的黄花岗起义。他着重塑造了福州与连江参加起义的20多位烈士,著名的有福州林觉民、林尹民、林文和方家的方声洞、方君瑛,连江的吴适等。这部小说近日将在国内出版。

已离开福建半个多世纪的黄世中,用这样一种方式再次亲近了家乡的山川人物。

（作者金丹霞系《温州日报》编委,总编办、副刊、专刊部主任）

半生磨一剑，情钟李商隐

李商隐的研究学者黄世中教授，字景韩，1940 年出生于福建泉州惠安县。他是中国李商隐研究会副会长，国内著名的唐诗学者，温州大学人文学院教授。目前定居美国。

家藏万卷书

1996 年 3 月，黄教授被评为温州十佳藏书第一家。黄先生的藏书 22000 多册，涵盖文、史、哲；儒、释、道；马、恩、列、斯；经、史、子、集；草、木、禽、虫；本草、花卉、虫鱼……说起自家的藏书，黄教授的眼睛闪亮，那是因自豪而喜悦的光芒。在他的藏书中，最为宝贵的是各种版本的李商隐诗集，有康熙初刻本朱鹤龄《笺注李义山诗集》，乾隆刻本《义门读书记》（中有读李义山诗笔记），姚培谦《李义山诗集》，屈复《玉溪生诗意》，程梦星《重订李义山诗集笺注》，嘉庆刻本冯浩《玉溪生诗集详注》，同治三色辑评本《李义山诗集》（两部），以及槐庐校刊本纪晓岚《玉溪生诗说》，求恕斋初刻《玉溪生年谱会笺》等等。

黄教授爱书、藏书，是有家学渊源的。祖上是清代解元，有黄氏藏书楼。黄教授的一部分书就是来自黄家祖上的遗泽。而温州籍岳父马家，也多有藏书；将两家的书合并，就成了黄教授如今的“与石居书屋”所藏之宝贵典籍。

黄教授嗜书如命，只要看到好书，不惜倾囊购置。他多次上杭州、上海、苏州、南京购书，特别是从北京琉璃厂东街中国书店收集到许多好书。那时有些家庭将古籍卖到旧书店。黄先生则到处搜集，经常背着一只大网袋到各地古旧书店“扫荡”，一袋袋地买回家，人们取笑说，又是“一网打尽”。

黄教授坐拥书城，有两枚闲章：“生涯只在一屋书”和“窗前明月枕边书”。

并自比为“快乐的蛀书虫”。

著述受佳评

黄先生购书藏书不是为了装潢门面，而是为了教学和做学问。他在大学任教，开过中国文学史、中国思想史、中国文化史、唐宋诗词研究、李商隐研究、陆游研究、易儒道佛与传统思想文化等课程，却从未向学校图书馆借阅过一本书。其所需之书，家中“与石居书屋”应有尽有。

他的学术研究以诗词为主，兼及中国思想史与传统文化。借助家中藏书，他的笺注之学得心应手，在20多种学术著作中，最重要的是他花了46年才完成的《类纂李商隐诗笺注疏解》。这部350万字的著作，奠定了他在国内唐诗研究中的地位。黄教授是国内较早运用文艺心理学的方法，研究“诗人情感心态”的。他著有《古代诗人情感心态研究》一书。1991年新加坡国立大学举行“汉学研究的回顾与前瞻”国际学术会议，北京大学著名教授、中央文史馆馆长袁行霈先生在会上作了《中国大陆唐诗研究回顾与前瞻》的演讲。他说：“黄世中的《古代诗人情感心态研究》对白居易、元稹、李商隐、韩偓的心态都有较深入的阐述。”在运用语言学方法研究诗歌方面，黄教授也发表了重要论文《李商隐诗复辞重言研究》，是国内近年来可喜的收获。黄教授还运用宗教学的方法研究唐诗，著有《唐诗与道教》。中华书局原总编辑、国家古籍整理小组原秘书长傅璇琮为黄先生《中国古典诗词考证与解读》一书所作的序言中说：“曾有学者提出，在唐代文学研究中，关于道教与诗歌的关系，大陆的研究还不如台湾，这是确实的。但我认为，台湾的这方面研究，宗教色彩过浓。像黄世中先生那样从创作心灵的美学角度对文人做多方面的探索，在研究视角与研究手段上是有拓展的。”一些长期未解决的文学公案中，黄教授也认真去考证。他的《钗头凤与沈园本事考略》，对唐琬的家世、籍贯、婚变原因，以及《钗头凤》是否为沈园题壁词，都作了考证。在《丁香花公案考辨》中对西林太清与龚自珍的关系也作了令人信服的考证。此外，在学术研究之余，黄先生还写作诗歌、散文、小说，迄今发表文学创作近200万字。一位著名诗人在20世纪80年代即评其诗文“风流炳焕，辞理优赡赅博，滔滔汩汩，如风行水上，自然成文”。

情钟李商隐

黄世中教授的皇皇巨著《类纂李商隐诗笺注疏解》，倾注了他半生心血。

少年黄世中常听父亲这样说："陆刚李柔。多读放翁、义山诗，可禀受刚柔二气；能刚能柔，刚柔相济，始为大丈夫。"稚气未脱的黄世中从小浸淫在父亲抑扬顿挫的吟哦中，领略了李商隐诗的深挚精美，含蓄幽婉，深深爱上了这位晚唐诗人，与之结下了不解之缘。有道是无巧不成书。他的岳父马士孚先生对李诗也颇有研究，还曾辑录前人笺释评论的文字 320 多条，也存有几十首的解笺文字。两家的李商隐藏书合并在一处，使黄世中成为全国收藏李商隐诗集版本之冠。抚摸着这些泛着微黄的书页，他有说不出的幸福，是父辈们带领着他在浩瀚的书海中遨游。

1962 年 11 月 7 日这一天，23 岁的黄世中开始着手一项浩繁的工程：从第一稿到现在的四稿，每页 300 格的稿纸，总共书写了 4 万多张。我们今天看到的五大卷巨著，是从一万多页文稿，印成了 4260 页的一部书，中间经历了多少的曲折与艰辛！改革开放初期的 80 年代，他的《无题诗校注笺评》得以重见天日。学界前辈朱东润先生曾予以真诚相助，亲自作序，给予很高的评价，称该书"是一部极有意义的著作，平心静气，罗列诸家的见地，使读者可以从此备见古今论断，最后作出自己的认识。我深信从这部书中可以得到不少的教益"。又经历了 30 年之后，黄教授终于得偿夙愿，在温州大学及黄山书社的支持下，作者花费两年时间亲自校对了三遍，巨作终于与读者见面，真可谓半生磨一剑。

《类纂李商隐诗笺注疏解》一书据各种旧本共收录了李商隐诗 599 首，以内容分类编撰，这在李商隐诗歌全集的整理中是首创，也是目前收录李商隐诗最全的整理本。《类纂》以现存最早的明嘉靖本为底本，汇辑唐至清末 580 余家有关李商隐诗之笺释与评论文字，并对 599 首诗一一校注笺评，交代每首诗的写作背景、立意、主旨，最后做出自己的考证、评论。因为对李诗的共同迷恋，著名作家、文化部原部长王蒙和黄教授成了莫逆至交。他获悉《类纂》一书即将出版，致函黄教授说："李商隐的诗深挚、精美、含蓄、雅驯，是一道纯美的却又充满人生慨叹的风景。我们二人因李商隐而相识结交至今，亦快事也。"又说："吾兄在做学问上是地地道道的学者，我与你的交往中，遇到一个词语、一个史料或一个典故弄不明晰，你最晚第二天就会告诉我这个词语、这个史料、这个典故的出处与正解。我受益良多,也对你的做学问的热情与认真深感佩服”。由于黄世中在李商隐研究方面的出色成绩,20 世纪 90 年代初,被推举为中国李商隐研究会副会长。

网络结奇缘

黄世中的两个女儿均在美国,事业有成,安居乐业。黄教授漂洋过海与亲人相聚。但是身在异邦,心在故国。黄教授心爱的书屋无法随他远渡重洋,只好静下心来学习电脑,浏览文章。功夫不负有心人,黄教授还学会开“博客”,并以李商隐诗“一树秾姿”为网名。他把自己的作品、书信、日记、感受都发布在网络上,与在祖国各地的同好博友切磋交流。

在黄教授埋首敲字的时候,有一双倾慕的眼光已经悄悄地注意到了他。那就是福建日报社新闻研究所原所长、《港台信息报》原总编辑,现为福建省楹联学会副会长的祝文善先生。两个素昧平生的学者,在网络上一见倾心,彼此欣赏对方的文字和才华。我是一个名不见经传的黄毛女子,闲时也喜欢敲打键盘,写些小诗,贴在博客之上。作为祝文善先生的朋友,也因此有了向黄教授请益的机会。不知不觉一年的光阴逝去,我们老少三人结下了深厚的情谊。今年春节期间,黄教授回泉州探望老母亲和当年他在惠安一中就读时的恩师。于是,就有了他的桑梓之行和途经福州并与在榕的朋友以及中学校友的聚会。

聚会在榕城

在祝老师盛情邀约下,4 月 24 日我们来到附近一家颇有名气的“食鼎记”小酌。把酒言欢,祝夫人极尽地主之谊,殷勤备至,让远方而来的黄教授宾至如归。黄教授幽默风趣,把自己在美国的趣闻和尴尬事一一道来,令人捧腹。最后,黄教授说道:“我还想回国定居,我的根在自己的国家,我的价值也在这里;只有祖国,才是我的心灵的栖息地。”这是黄教授发自肺腑的一番话,我们默默颔首。酒酣耳热之际,大家豪情顿起,各自吟咏,表达朋友间的真诚情谊。祝文善老师赠诗云:

旅美归乡喜晤谈,经纶满腹尽欢言。

隐诗导读凝才识，钗剧探源引激澜。
传世考评心恬淡，等身著述气昂轩。
虚屏网友成知友，相见时难别亦难。

我也酬和一首：

三山洗雨转新晴，雅士逸兴桑梓行，
留客樽前勤学问，谈诗座上善题评，
群贤妙论穷真理，著述荣身合重名，
商隐千年无憾事，网缘佳话半生情。

黄教授答诗云：

福州初聚楼心鼎，再聚红楼心海澜。
一点灵犀屏网结，两飞青雀勤探看。
南行泉港萱堂拜，北上榕垣问友安。
歧路杨朱情惘惘，茫茫天海泪汍汍。

晚霞犹满天

离别的时刻即将来临。踏着夜色，我们一行漫步在西湖的湖畔栈道上，长廊曲栏，花香弥漫。

黄教授告诉我，为纪念辛亥黄花岗起义 100 周年，在美国期间，他创作了一部长篇历史小说。不到一年时间，60 万字的小说《昨夜群星陨落》就写成了。小说写了 1910 年的广州新军起义和 1911 年的黄花岗起义的先烈们的英勇事迹。着重写了福州与连江参加起义的 20 多位烈士。著名的有福州林觉民、林尹民、林文和方家的方声洞、方君瑛，连江的吴适等。这部小说近日即将在国内出版。

话题偶然转到了郁达夫与王映霞，黄教授说自己同王映霞女士是忘年之交。郁达夫与王映霞从最早的两情相悦到分道扬镳，他们经历的恩怨情仇让人莫衷一是。20 世纪 80 年代初，黄教授因为作诗人情感心态研究，辗转找到王映霞女士，求证自己对郁王婚变的某些疑惑。此后20余年间，黄先生与王映霞书信往来不断，至今仍保存着王映霞写给他的手札163封。他还多次与王映霞面对面交谈，掌握了大量的翔实资料。王映霞女士曾委托黄教授为她撰写传记，所以把手头上保存的许多资料和照片托付给他。黄教授说："2000年王映霞去世时，就想将郁王之恋和婚变写一部传记体小说。后来因种种原因而未能动笔。"黄教授又对我说，"待手头这本历史小说出版后，就要着手写郁达夫与王映霞，还原真实的历史。"

莫道桑榆晚，红霞犹满天。黄教授感慨地说道："这一生活得快乐开心，了无遗憾，唯一的心愿就是重建黄氏藏书楼，使自己的藏书有一个好的归宿。"他规划着未来的情景："希望有一块地，盖上一座大的房子，坚实牢固，里面就存放着我的所有藏书。门前的匾额上写着鎏金大字：'黄氏藏书楼'。不是让这些书束之高阁，而是把藏书楼开放，让所有喜爱书的朋友都能得到知识的滋润，这样才不枉我藏书爱书一生。"

听了他的描述，我怀着倾慕的心情写了一副对联，请青年书法家郑添鸿挥毫为黄教授献上虔诚的祝福：

情钟李商隐，皇皇巨著惊当世；
心系万卷书，涓涓细流泽宇中

（作者黄益群系《炎黄纵横》特约撰稿人）

山河风景元无异　苍松有幸吊英魂
——评长篇历史抒情小说《昨夜群星陨落》

明年将迎来辛亥革命一百周年。为纪念辛亥百年，温州大学人文学院黄世中教授写成55万字的历史抒情小说《昨夜群星陨落》，日前由黄山书社出版。《昨夜群星陨落》以福建家乡黄氏、李氏等家族的风雨史为线索，接近、还原、触摸辛亥革命，寻找、追问、反思近百年来中国与中国人的变与不变，以及将变的历史事实。为什么要纪念辛亥革命？历史学家唐德刚曾写道："中国历史从古代一路走到清朝末年，就到了三峡……不论时间长短，历史三峡终必有通过之日，从此扬帆直下，随大江东去，进入海阔天空的太平之洋。"

辛亥革命推翻了千年帝制，孙中山先生于"历史三峡"中开辟了走向共和的艰难道路——虽然百年以来，道路曲折，但无数志士仁人依然前赴后继，不惜为此付出青春和生命的代价。现在，让我们翻开《昨夜群星陨落》这本书，走进那个特别的年代。

《昨夜群星陨落》从一个爱情故事说起

黄氏、李氏两大家族的百年命运是《昨夜群星陨落》这部小说的主线，全书也正是以这两家儿女——黄景熙与李文清的爱情故事为引子讲起……

由于清末科举制度的废除，南江府二十岁的才子黄晖(字景熙)感到前途无望。他痛恨清廷的腐败，当时，他与李文清的爱情也遭到文清父亲的竭力阻挠和反对，在这样的处境下，黄景熙离家出走，告别南江府，准备奔赴广州参加革命。

乘船去广州的路上，黄景熙遇见购买并运送武器的留日学生、同盟会会员林觉民、方声洞、陈汉声，这几人遂一起结伴到了广州。黄景熙成了新军中同盟会领袖倪映典的秘书与护卫。1910 年,倪映典领导的庚戌新军起义失败,倪映典牺牲,黄景熙带领新军抢回倪映典头颅,连夜将其安葬于青草丛墓中,然后带领新军退至香港。

再往后,黄景熙又做了一些大事:协助林觉民、方声洞、吴适(后为孙中山秘书)等制造炸弹;收编海盗,加入同盟会,为黄花岗起义运送武器弹药;直接参加黄花岗起义,为救援花县敢死队,在城外阻击清兵,最后拉爆炸弹,与敌人同归于尽,年仅 21 岁。其间,书中夹叙了黄景熙与李文清的爱情,极尽悲欢离合。黄景熙牺牲后,留下了一个遗腹子,李文清将孩子抚养成人。

史料记载,黄花岗起义约牺牲 160 多人,有遗体、有名字可考者 72 人,史称"黄花岗 72 烈士"。但是,至今知其名而找不到遗体,或有遗体而不知其姓名者仍有 14 人。在本书中,黄景熙即被构思为黄花岗起义中一位无名烈士,以此纪念那些湮没在历史中的人们。

三十多个主要人物演绎家国史

"洋洋大观,悲欢离合,一树秾姿,前尘梦影。我觉得《昨夜群星陨落》更是历史纪实。"

小说出版前,黄世中曾把书稿上传到自己的网易博客上,网友"南浦竹林"读后,写下这样的评论。

事实上,《昨夜群星陨落》的写成的确采用了较多翔实的资料。黄世中一直关注辛亥革命前后的历史,平时买书、藏书的过程中,也收集了不少相关史料,在写作前,他再次用三个月时间通读了史料,酝酿构思。这段历史中,值得关注的有孙中山的执着、黄兴的冲锋、宋教仁的理想、梁启超的思考,但也有更多普通人的探索和牺牲,以及他们在历史中的作用和影响。他谈起写作时,"历史的和现实的,一幕一幕情景,一个一个活着的,或死去的人,一下子全都苏生过来,在眼前荡动,汹涌,在儿时故乡的土地上穿行。"

《昨夜群星陨落》总共写了约 90 个人物,其中主要人物有 30 多个。除了前面谈到的黄景熙与李文清,作者对李开先(李文清父亲)与黄渊潭(黄景熙父亲)也着墨颇多。

李开先,清代解元,当过云南两任知县,厌恶官场腐败,辞官回家,发展产业。最初知道女儿李文清与黄景熙相恋，竭力加以阻挠、反对，后来为真情所动，不仅支持儿女婚姻，还主动加入同盟会。黄渊潭为落第秀才，半生失意，后来在儿子、女儿影响下，也加入同盟会。

其他在书中出场的重要人物有：孙中山、黄克强（黄兴）、朱执信（起义副指挥）、喻培伦（同盟会“炸弹大王”）、吴适（连江同盟会支部长）、徐维扬（花县同盟会支部长）、林觉民、陈意映（林觉民妻）、潘达微（追随孙中山的老同盟会会员，冒着生命危险出面收埋黄花岗七十二烈士遗体）、烈士石德宽、李晚、宋玉琳、李炳辉、程良等。

辛亥革命时期，各种女子军事团体的出现，是近代女权运动的重要现象。小说通过角色、情节设置，对此亦有反映：颜风荷与颜雪梅两姐妹都参加了义和团运动，武艺高强。姐妹俩还在京师抗击过八国联军。亲王载沣支持义和团，义和团运动失败后，载沣王妃资助颜风荷许多银票，帮她与妹妹颜雪梅逃离京城。在通县上船时，姐妹失散。颜风荷来到南江府，进入三清观为女道士。后来南下广州，结识新军起义领袖倪映典，两人有一段短暂而又悲壮的恋情。

张竹君与徐佩萱，前者为中国第一个引进西医的奇女子，在广州创办了两所医院，其“福音堂”一直是同盟会活动的据点；后来又转去上海继续“悬壶济世”，帮助同盟会黄兴等人自上海进入武昌。徐佩萱是孙中山故里香山“徐氏革命三姐妹”中的小妹。组织和参加了香山运送武器；后来在香港同盟会南方支部当了黄兴的秘书。黄花岗起义前，与黄兴一起潜入广州。黄兴在作战中负伤，徐佩萱又与颜风荷策划营救，三天后化装退至香港。在共同的战斗中，与黄兴结为夫妻。

“小说写得怎样？应该留给读者去评说”

《昨夜群星陨落》共一百四十节。其中，序曲六节、尾声六节，正文有一百二十八节。

序曲和尾声用第一人称，交代故事的前因后果，来龙去脉；故事发生的时间、地点，大环境、大背景和人物的身世、背景、相互关系。序曲设置伏笔与悬念，尾声则对人物命运作了展望和延伸。如《四位女性》一节里，对方君瑛、颜风荷、曾醒、李文清进行比较，揭示其性格的形成和的未来的归宿。又如《丁香花祭》一节，交代了黄景熙和李文清的遗腹子李润玉领导南江府国民党党部起义。

《开到酴醾花事了》揭开了情节中的其他悬念，进一步揭示人物的历史命运。

正文一百二十八节又分为四卷。分别是：

《村野恋人》（卷一）。设立清末革命的大背景和人物的重要活动场景，以黄景熙和李文清的爱情作线索，展开故事情节；

《侠骨柔肠》（卷二）。通过《山河风景元无异》《苍松有幸吊英魂》《泪迸荒天》等章节，重点写了香山运送武器、新军首义，以及倪映典和颜风荷的爱情。读者在这一卷中可以发现，主人公黄景熙在革命中进一步成熟起来。

《悲辛离合》（卷三）。重点写了新军首义失败后，革命处于低潮时期的几件大事：医疗救助队的培训，收编海盗，在东京和闽侯等地秘密制造炸弹，发展同盟会会员等。

《落霞红花》（卷四）。重点写了黄花岗起义的准备工作和革命者云集广州城发动起义时、革命队伍中的临阵争论；陈炯明等人的临阵脱逃，导致起义失败。

书中最后几章写了封建势力对主人公黄景熙的逼迫，企图置他于死地，以及黄景熙的壮烈牺牲。本书以黄景熙的爱情开始，也以他的悲剧结束，增浓了全书的悲壮色彩。黄世中认为，这种写法，“从另外一个侧面反映了清末封建势力的顽固与强大，更说明了封建帝制必须推翻，必须打碎，如孙中山所说的，必须创立一个新的国家。当然，旧民主主义革命并没有使中国人民摆脱三座大山，只是‘赶跑了一个皇帝’，这是历史的局限。即便如此，孙中山领导的同盟会新军首义和黄花岗烈士，仍然是中国民主革命的先驱，他们的生命虽然陨落了，但中国人民永远不会忘记他们。”“至于《昨夜群星陨落》写得怎样，应该留给读者去评说。”

（作者李艺系《温州日报》编辑）

不应忘却的故事

——读《昨夜群星陨落》

辛亥革命100周年来临之际，在美国的黄世中教授给我寄来他新近出版的长篇小说《昨夜群星陨落》。

和黄世中教授一别经年，美好的时光留存在心，时刻温暖我的记忆。虽然远隔天涯海角，但有便捷的现代通讯，我们依然保持着联络，彼此互通消息。

黄世中教授，字景韩，1940年出生于福建泉州惠安县。他是中国李商隐研究会副会长，国内著名的唐诗学者；温州大学人文学院教授。年已古稀的黄教授一生著述颇丰，现随女儿定居在美国，依然勤奋，笔耕不辍。为了纪念庚戌新军起义与黄花岗、武昌起义百年，黄教授多年通读史料，酝酿构思这部长篇小说，近日由黄山书社出版。

故事的发端在福建东南沿海。以李、黄两家儿女爱情为主线，展开了两大家族的悲欢忧喜，在大动荡的社会变革中，从懵懂到觉醒，从怀疑革命到积极投身革命大潮中的思想变动，寻找、思索人生意义的历程。

清末科举制度已经废除，南江府的少年才俊黄景熙面对茫茫无望的前景，饱读诗书却一无用处，清廷的腐败令他深恶痛绝。当他沉湎在与李家少女李文清的爱情时，因为家境贫寒，功名无着，遭到李父的反对和阻挠。在痛苦的彷徨和思索中，为了给心爱的人一份责任与担当，黄景熙毅然从温柔乡中出走，离开生养自己的故土，要到广州寻找能给自己带来希望的革命队伍。

在乘船的旅途中，机缘巧合，黄景熙遇到正在为积极筹备起义而购买武器的同盟会员林觉民、方声洞、陈汉声等人。有着同样热血的青年人聚在一起，相谈甚欢，黄景熙很快就成为革命队伍中的一员。来到广州，黄景熙备受革命领导的赏识，成了倪映典的贴身护卫和秘书。

1910年庚戌新军起义，因为疏于防范，倪映典被叛徒出卖，壮烈牺牲。黄景熙悲痛之余，带领仅存的新军队伍，在夜幕的掩护下，抢回倪映典头颅进行安葬，以慰先烈。为了保存革命实力，黄景熙带领新军到了香港，伺机再动。

融入革命队伍的生命是如此灿烂，黄景熙和林觉民等人为制造炸弹夜以继日；为收编侠盗，殚精竭虑；为筹备黄花岗起义运送武器弹药，避开清廷耳目和哨卡，不避风险。因为阴差阳错，黄景熙未能直接参与黄花岗起义，但他只身救援敢死队，阻击清兵，在城外拉响绑在身上的炮弹，与敌人同归于尽，年仅二十一岁。

轰轰烈烈的黄花岗起义悲壮落幕，能查到姓名的遗骸一共七十二具，史称"黄花岗七十二烈士"。可是那些淹没在历史烟尘中的英雄们，能知道名姓的，却找不到遗骸，有遗骸却难以确定身份的还有十四位。这些为中国民主革命事业抛头颅，洒热血的人们，是不应该被我们忘却的记忆。

这部五十五万多字的长篇巨著分为序曲、尾声和正文共四卷，序曲交代了故事发生的地点、时间和人物的身世，背景。尾声则把书中人物的命运和归宿做了交代和总结，前因后果，让人一目了然。

辛亥革命因为同盟会先烈们英勇不屈的努力和直接推动下宣告成功，这是一场胜利的民主革命，推翻了统治中国两千多年的君主专制制度，创建了崭新的民主共和国，划时代的革新消除了封建旧俗恶习，推动社会近代化的发展。

作者在探索辛亥革命意义的时候，边写作边把小说的原稿传到博客上和朋友交流学习，在全书出版前，我就读过大部分章节，从中认识了一个个鲜活的生命，就像一幕幕历史剧，在眼前跳动，他们的忧伤、痛苦、悲愁与愤怒，他们的刚直、坚强与果敢，他们为革命事业慷慨当歌，壮怀激烈的青春，激起我的心潮为之澎湃。

书中有着纵横交错的人物，纷繁但不紊乱，黄教授娓娓道来，带我们领略每一个飞扬的灵魂和内心世界。

李开先，清末的解元，当过云南的两任知县，在看破官场的黑暗和腐朽后，愤而辞官，回乡开发庄园，家境殷实。他的女儿李文清向往爱情的美好，渴望自由的呼吸，但囿于传统，徘徊在爱情和家庭之间，进退两难。她终于抵不住恋人黄景熙烈火般的感情，偷尝禁果，为心爱的人留下爱的纪念——遗腹子李润玉。当黄景熙终于为革命牺牲不再回来，李文清抚平伤痛，潜心修道，柔弱中有坚强。她是敢于冲破传统藩篱的勇敢女性，而文清的父亲李开先从最早的阻挠到理解再到支持，也义无反顾地加入同盟会，成为福建第十四支部的重要力量。

黄景熙，落第秀才黄渊潭的儿子，因为贫寒被李开先歧视，发奋图强，走上革命的道路。半生失意的黄渊潭从自怨自艾到幡然醒悟，从开布行到投身革命，他的思想是在儿女一点点浸润下逐渐进步的。

清末，随着女权意识的觉醒，出现了很多的女子军事团体，颜风荷和颜雪梅两姐妹就是其中的佼佼者，她们武艺高强，巾帼不让须眉，抗击过八国联军。但义和团终不为清廷所容纳，在逃离京师的途中，姐妹失散。姐姐颜风荷化名来到南江府，进入三清观修行，借助道观掩护，为革命四方奔走，从而演绎了和李、黄两家休戚与共的同仇敌忾与红尘姻缘。

张竹君，中国引进西医第一人的传奇女子，以拯救中国人的灵魂与肉体为己任，创办两所医院，造福于民。她的医院又是同盟会的最佳据点，她悬壶济世，救百姓于水火，还帮助同盟会会员从上海成功进入武昌。在社会的大动荡中，各阶层的人都受到不同的冲击和影响，特别在“士”这个阶层的家庭中，有许多年轻人都以开放的心态接受和支持革命，李、黄两家的闺秀就是在她们的指引下，投身革命事业，学习医护，学习先进文化，被革命的号角呼唤，为革命不惜血肉之躯。

徐佩萱，侠肝义胆的徐氏三姐妹之一，组织和参加运送武器，和黄兴潜入广州，策划黄花岗起义。当黄兴在战斗中不幸负伤时，徐佩萱和风荷两人竭力营救。他们在共同的战斗中，同甘共苦，乔装改扮一路退到香港，佩萱成了黄兴香港同盟会南方支会的秘书，志同道合也成就了他们的美好姻缘。

书中有孙中山、黄兴、朱执信、喻培伦、吴适、林觉民、陈意映、潘达微等先辈们的身影，最先在运送武器中殒命的陈汉声，就是颜风荷失散的同胞妹妹颜雪梅的丈夫。世界是如此的广阔，亦是如此的狭小。在颜雪梅久候丈夫音书不至，带着尚在襁褓的儿子前往寻找丈夫的途中，因为遭劫流落到李家庄，被李开先救下，终与失散的姐姐久别重逢，这也是故事情节曲折、引人入胜的一个章节，荡气回肠。

书中还描绘了留日学生方君瑛与同盟会员制造炸弹，参加起义直到胜利后，放弃高官厚禄，留学法国，学习数学，成为中国第一位数学博士。当她带着满腔的爱国热情回到祖国，却发现革命的胜利果实被窃取，官场腐败，尔虞我诈，争权夺利，失望之余愤而自杀。

这里值得一提的是福建著名革命者、留日学生林觉民，他加入同盟会，奔走在同盟会的每个据点之间。在起义前，他饱含深情，用妻子的锦帕写下感天动地的千古绝唱《与妻书》。他被编入敢死队，因为中弹无法行走被捕。清廷走狗张鸣岐爱惜他的才华，欲收罗为己用不遂时，杀害了年轻的林觉民，林觉民的牺牲给历史留下一首烈烈秋风的壮士悲歌。

（作者佩玉系《炎黄春秋》特约撰稿人）

快乐的“蛀书虫”

学者:黄世中教授(简称黄)
特约主持:金辉(简称金)

8 月6 日,2005 年上海书展开幕。为此,上海《文汇读书周》出版了 40 个版面的特刊。我是这份周报的热心读者,连广告也会看的。那天,在第 14 版上我看到了人民文学出版社的“特别推荐”:《李贺诗》,黄世中评注。

我的眼睛不由一亮,这不是我们温州的黄世中先生吗?他又有新作问世了。

黄世中,原名黄世忠,字景韩,1940 年出生在福建泉州,浙江师范学院历史系毕业,现为温州大学(筹)人文学院教授。黄先生长期从事古典诗词研究,主要论著有《唐诗与道教》《与石居论集》《古代诗人情感心态研究》《钗头凤与沈园本事考略》《中国古典诗词考证与解读》等十多种。曾任中国山水文学学会秘书长,现担任中国李商隐研究会副会长。

与黄先生通电话是愉快的,我说明了自己的意图,他说:“我可不是温州人啊,我来自福建泉州,你们专栏采访的是温州学人。”我说:“温州人由两部分人组成,一部分是土生土长的温州人,像我;一部分是从外地来温的建设者,也是温州人,像您。何况我们专栏的采访对象,就是与温州有点沾亲带故的,学术上有建树的学人。您理所当然是啊。”他哈哈大笑,说:“那我也只能算半个,只是温州人的女婿。”

去黄家很近,虽然不是在同一条街上,可是还能看到彼此的楼房——我们同住在南浦。相识黄先生多年,他乔迁新居时曾邀我去作客,我还听说他曾经特地邀请专家测试新居能不能承受他的数以万计藏书的重负。

说起黄先生的藏书,在温州名气可大了,有温州藏书第一家之称。因此,当我来到黄家时,黄先生首先就领我去参观他的藏书。他家有两层,一层的客厅里有书柜,他的工作室,除了窗户就是书柜,二层的三个房间也还是书柜。在旁的师母说："我家的衣柜只有一个，而且还是窄窄的，其余的柜子都藏书。"黄先生介绍说："10年前，温州市评选私家藏书时，我的藏书是1.5万册，现在不止了，大约有2.1万多册了。书柜放不下啊，因此我的书柜每层放四排书。如果将书竖着并排连接起来，长度可达270多米。"我说："您真是坐拥书城啊！"这时，我从黄先生的脸上真切地读出了少有的自豪感和成就感，仿佛是一位富翁拥有价值连城的财宝似的，十分得意。他是位爱书人，我觉得自己此时此刻能理解他的内心话语，于是我们的对话也就从爱书说起。

金：在我们的生活中常常碰到这样的现象，有的人购书是为了做学问；有的人买书是当作道具，当作提升文化形象的道具。您的藏书结构不仅层次高，而且涉及面也很广。从《本草纲目》到弗洛伊德的精神分析，从装帧讲究的现代精装本到弥足珍贵的清代线装本，真是包罗万象啊。显然，您作为学者藏书是为了研究之用，那么您能否谈谈您对藏书读书的理解？

黄：其实，坐拥书城的人也未必就是有学问的人，就像当年别两支钢笔未必就是知识阶层一样。说实在的，我的藏书是为了读书。

读书是我的爱好，我追求的是造就艺术的审美人生。人与动物的区别，主要在于人是有精神的。在物质生活保证、安定的基础上，追求精神的和谐完美，乃是人生之境的极致。而艺术的、审美的人生乃是极致中之最为极致者。

美学家高尔泰说："美是自由的象征。"我们生活在社会中，思想、行为均受现实法则的制约和支配，借助书中的话语可以让心灵腾飞去呼唤自由，暂别世事纷扰，从而进入一种审美的人生境界，那是多么美好啊！

金：您说得太好了，您的读书境界很高。我是这样理解您的读书意境，不知对不对。我们要把读书看成是一种生活方式，如同日常生活中的衣食住行，是生活的必需品。在世事纷扰中偷得片刻清闲，如朱自清先生所说，那就"什么都可以想，什么都可以不想"，这就是心灵的自由。我想，这种生活方式是可以培养的，您喜欢读书的习惯也是从小培养的吗？

黄：我的老家在福建泉州，上辈也算是书香门第，父亲是位读书人，所以家中还是有点藏书的。我五岁启蒙读书，与书结下不解之缘，但真正使我喜爱上读书的是在初中二年级。一天，我从旧书摊上买了一册列昂节夫的《政治经济学》，书页里夹着一张纸条，抄录了马克思回答女儿的提问：你最喜欢的格言是什么？答：勇于怀疑。你最中意的职业是什么？答：做蛀书虫。

这个对话给我的印象很深刻，使我产生了共鸣，我以此为座右铭，立志成为一条快乐的“蛀书虫”。

金：您把自己比喻成快乐的“蛀书虫”，是因为您爱读书，从中享受快乐，我猜想您在学校里的学习成绩一定是不错的，您从高校毕业分配到温州后，温州这块土地给了您文化的滋润吗？

黄：我从浙江师范学院分配到温州，在当时的温六中任教，1983年被长沙一所大学招聘去，后来市里领导将我留下来，调入温师院。温州与泉州，虽然分属浙江与福建两省，可文化惊人的相似，我在温州仿佛沐浴在闽南的民风民俗之中，如同就在家乡。还有学校的领导给了我一个平台，我也尽了自己的绵薄之力，我的教学、研究工作如鱼得水，常有收获，日子过得踏实快乐。

金：您是20世纪的五六十年代来温州的，据我了解当时许多青年人把文学看成是很神圣的。当时风华正茂、激扬文字的您也写文学作品吗？

黄：写过新诗、散文和小说呢，其中还有段难忘的故事。那时我正年轻，一天在泉州观看闽南梨园戏演出南音《钗头凤》，觉得剧本的主题、人物及情节处理上有些不足，于是萌发了重新创作《钗头凤》的念头。我利用高二暑假写出了歌剧《钗头凤》。之后，初稿就随着我天南地北地闯荡了几年，最后来到了温州。1960年暑假，温州市图书馆馆长梅冷生先生帮我查阅了许多资料，我把它改成了电影文学剧本。

后来，我又将《钗头凤》修改成中篇历史小说《沈园泪》，几经周折，才在1994年第4期的《百花洲》上刊发，并得到王蒙的好评。这么一个稿子风风雨雨四十年，如同陆游与唐琬的命运也是那么的坎坷不幸。

金：您这么一说，我想起几年前您给我的《钗头凤与沈园本事考略》一书。这本书就详尽记载了这个过程。人说十年磨一剑，您可是四十年啊。听说，当时您曾把电影文学剧本寄给郭沫若先生，请他提意见，他还给您回了一封信，有这回事吗？

黄：有的。那是1962年，我以“石竹”的笔名，将历史剧《钗头凤》电影文学剧本寄给郭老，并提出几个问题，希望郭老给予解答。没想到很快就收到郭老的亲笔回信，在信中郭老谈到历史剧创作的原则问题。

郭老认为，写历史剧“要着重照顾到艺术的真实，也不要完全忽略历史的真实”，“基本不违背历史事实”。根据我的理解，郭老强调写历史剧必须遵循艺术创作的规律，运用形象思维的方法去反映历史事件，塑造历史人物。这里的“着重照顾”和“不要忽略”就十分明确地指出“艺术真实”和“历史真实”的辩证关系；历史剧首先必须是“剧”，但同时又是“历史”的剧。看来这些话对眼下十分热门的电视历史剧的创作还是有启发的。

金：是啊，我们看到的一些电视历史剧真是胡编乱造，不知在说些什么。虽然也吸引了一些观众，也赢得了几滴眼泪，可是与历史的真实相距甚远，其实只是穿着历史人物的外衣，在说着瞎编的话。这样会误导观众，此风不可长啊。黄先生，您是中国李商隐研究会的副会长，您对李商隐的研究应该是花了不少时间和心血吧？

黄：李商隐（字义山，今河南人）是唐代后期最为杰出的诗人。我研究李商隐并进而研究唐诗与道家、道教的关系，出版了《唐诗与道教》，得到国家古籍整理委员会前秘书长傅璇琮先生的好评，他在这本书的序言中说：“中国台湾的这方面研究，宗教色彩过浓。像黄世中先生那样从心灵的美学角度对文人（包括女冠诗人）生活作多方面的探索，在研究视角与研究手段上是有拓展的。”关于李商隐研究的著作，我已经出版了五种，下个月中华书局还将出版我的《李商隐诗选注》。

金：您刚才给我看了清代顺治、康熙、乾隆、嘉庆、同治到民国的各种《李义山诗集》版本，其中同治《李义山诗集》的版本怎么会有两套？一般说来，一个图书馆如果能珍藏到这么一套就了不得了，您怎么那么幸运？您该是全国李商隐诗文版本的收藏“大家”了吧？

黄：人世间有时确实会出现奇迹的，我结婚时，老泰山马公士孚送给我一套《李义山诗集》。奇怪就在这里，其版本与家父给我的一模一样，都是清同治年间的。这个版本三色套印，国内已不可多得。可是，一个从闽南来，一个在浙南，两地相隔遥远，落到了我的手中，真是有缘。你说是李商隐与我有缘分呢，还是我的妻子与我有缘分？我想我与他们都有缘分，都有情谊。目前李商隐诗文版本，我收集得算是最齐全了，但“大家”不敢当。

金：凡读过李商隐诗的人都知道，《锦瑟》是最难读懂的一首诗，自宋至清末，笺释者近百家，有十多种解读。我们上学读书时，老师都说还没有解释的定论。您是中国李商隐研究的权威，我想您会有权威的说法吧。

黄：我 20 世纪 70 年代写的《锦瑟笺释述评及悼亡说新笺》论文，刊于 80 年代中华书局的《文史》杂志，有一定影响。去年，华南师大在广州举办唐代文学国际学术研讨会，我在会上又宣读了《锦瑟笺后重有新解》的论文。我认为，入清以来，关于这首诗的解释仍异说纷呈，至近代方渐趋为二，即“自伤”与“悼亡”二说。主张“自伤”者，以为兼有“悼亡”之情；言“悼亡”者，亦以为兼有“自伤身世”之感。我认为是“悼亡”之作，然有身世之感。

“锦瑟无端五十弦”为全诗的关键所在。我认为锦瑟喻妻，而以弦断比喻妻之亡逝。宋人罗泌《路史》曰：“古琴、瑟相和相对，琴主阳，主君，主夫；而瑟主阴，主臣，主妻妾。”故锦瑟不可以为义山自喻，当以比其妻王氏。我的观点得到许多专家的认可，有的甚至说，可以作定论了。

金：刚才聆听您的一席话，使我仿佛又回到了当年的课堂，感觉真好，简直是一种享受。我想，一个人的工作与自己的兴趣一致时，其创造力是巨大的。您不论在读书时快乐，研究学问时也是快乐的，回顾您的人生肯定有许多感悟，您能告诉我吗？

黄：读书、研究对于我来说都是快乐的，不知老之将至，每天沉醉在寻找新的发现之中。特别是得到朋友的肯定性评价时，就更是乐在其中。1991 年北大著名教授袁行霈在新加坡一次汉学国际学术研讨会上，作了《中国大陆唐诗研究的回顾与前瞻》的讲演，认为我“从心理学的角度研究唐朝的诗人，进而破译某些唐诗‘密码’”，“对白居易、元稹、李商隐、韩偓的心态都有较深入的阐述”，又肯定了我对唐诗从语言角度进行的研究。所以，研究学问就是快乐，有书读就是快乐的。眼下正值酷暑，我仍在撰写 260 万字的《类纂李商隐诗笺注疏解》，已经完成 175 万字了。（按：2009 年出版时，已是 350 万字）为了完成撰著，我时而伏案，时而从书架上爬上爬下找资料，好像是运动，可谓自得其乐啊。

（本文作者金辉系《温州都市报》之《温州学人对话录》特约主持人）

学者型藏书家黄世中

黄世中,原名黄世忠,字景韩,1940年生于福建省惠安县大前黄(今泉州市泉港区前黄镇)。现任温州大学人文学院教授,谢灵运研究中心主任;曾兼任中国山水文学学会秘书长,中国教育家协会理事,中华全国姓氏文化研究中心特约研究员,香港国际教育交流中心研究员。现任中国李商隐研究会副会长。

大前黄是个很有底蕴的文化村(镇),世称"望族"。自北宋黄昇徙居前黄以来,至今已历九百二十余年,被誉为"闽南古镇"。除蒙古族入主中原建立元朝外,宋、明、清三代,前黄中进士、举人者三十余人。黄昇,宋仁宗皇祐五年癸巳(1053)郑獬榜进士,兄黄昱,宋仁宗天圣二年甲子(1024)宋庠榜进士;其子黄理、黄珪均为进士,时称"一门父子兄弟四进士"。清康熙间,出过"博学鸿词"(按:避乾隆讳改"宏"为"鸿")。中华人民共和国成立至2000年五十年间,考上大专以上二百余人,有博士、教授、研究员、主任医师、高级工程师、中学校长等三十余人,部、厅级干部八人,县、处级一十九人。其中,首批中科院院士、大气物理所所长、国际著名大气物理学家黄荣辉,即出自前黄古镇。前黄过去称为"望族",现在被誉为"文化村(镇)"。同时,前黄还是革命老区,在解放战争时期做出过很大贡献。

黄世中祖上为清代解元,是前黄解元房传人。二百七十余年的解元古厝至今尚存。解元房出土的《在帷公墓志铭》载:"王父讳函辉,字昆山,别号在帷。"又云:"吾家文风丕振,诸伯叔冠盖相望。"

黄世中先生五岁启蒙,背《急就篇》《龙文鞭影》《十七史蒙求》及《古唐诗合解》《贯华堂才子诗》等,后来又熟读《四书正文》。从此,一生与书结下不解之缘。据黄先生在《古代诗人情感心态研究》的《后序》中谈到,其前黄旧家中,藏有明末清初各种《李商隐诗集》笺注本和陆游《剑南诗稿》《渭南文集》。其父曾言:“熟读二南(按:李樊南、陆剑南)诗,可禀受刚柔二气。”黄先生少时即能背诵许多“二南”诗,这同他后来成为国内著名的“李商隐研究”专家和“陆游研究”专家,打下了坚实的基础。

一个人的一生,成为学者、藏书家,除了家庭背景外,与老师、书店、图书馆有着密切的关系。中华人民共和国成立初,黄先生在惠安中学(今惠安一中)读书时,受教于曾毓贤、洪腾涌二位先生。曾、洪是黄先生高中时期的语文老师,他们家中四壁书架顶立,经常慷慨地把书借给学生。两位老师的读书、藏书,给黄先生以深刻的影响。

黄先生在有关文章中回忆他青少年时期购书、藏书的情况说:

> 惠安是出了名的“地瓜县”,百姓大多比较贫困,但“砸锅卖铁”供子女读书上学的情况却很普遍。二十世纪五十年代初,惠安城内有一家著名的“华洋书店”,经理是一位读书人,旧学功底深厚,他的名字叫张舜哲。其儿子即福建新闻出版局前局长、《福建日报》前社长张黎洲,可谓“书香传家”。张黎洲亦惠安中学毕业,比我高四年,现已退休,任福建省新闻协会会长。舜哲先生的“华洋书店”,对我购书、藏书,影响至巨。当时,我经常站在书店的柜台外看书;临走,即将省吃俭用的几张皱巴巴的人民币换几本书回去。舜哲先生后来特别为我准备了一张椅子,让我坐着在书店里看书。“华洋书店”的一百多种传统小说,几乎被我读尽。记得曾读过一部木兰从军的章回小说,但木兰不姓“花”,而姓“朱”。多年来想找这本书,考证一下木兰的姓氏,至今也没有找到。

除了祖上的藏书外,“华洋书店”是黄世中购书、藏书,并成为一个学者型藏书家的起点,也是他成为学者生涯的第一步。

黄先生在浙江师范学院读书时,经常到杭州众安桥旧书摊淘书;当时众安桥有旧书店、旧书摊二十多家。每逢星期日,他一早就到了众安桥,盘桓一整天,不到日落,舍不得回校。曾将父亲留给他作为纪念的两枚金戒指,拿到杭州官巷口中国人民银行,以一钱重九元六角的价格卖了,买回百衲本《史记》一部及几种四部备要本的书。

大学毕业后,黄世中被分配到温州的第一天,就到温州府前街四号的“温州古旧书店”购书。当时古旧书店的经理叫冯国栋,是一位版本学家,后来因为经常购书,他们成了忘年之交。黄先生从冯经理处购藏了许多清代木刻本。

黄先生的购书藏书,并不限于浙江省。除了温州、杭州外,他常到上海、苏州、北京采购图书。后来,古旧书店开张,他曾取道杭州水漾桥古旧书店,再到上海福州路的古籍书店、古旧书店,淮海中路古旧书店;再至苏州观前街苏州古旧书店,然后乘京沪线到北京宣武门外的琉璃厂东街的中国书店。他每次出门,行包中都备有一个大网袋,所到之处,只要认为于己有用之书,即"一网打尽",决不吝惜几个钱。网袋装满了,即至邮局挂号寄回温州家中;时常是买书把用光了,让家里电汇,再买,再寄。

喜欢藏书的人都知道,尽管图书馆能借到书,总不如自己的书可以点点画画。黄先生说:"读书时,重要的地方,要花各种符号,有时还要批上几个字,图书馆的书不能这样做。"但是,图书馆的藏书目录,对他寻书、购书、藏书,帮助很大。温州市图书馆前馆长梅冷生先生,赠送他许多善本书目,他就"按图索骥",或借抄(八十年代开始则可以复印),或购买;有时缺钱,则将普通版本的书转让出去,买回价值昂贵的古籍。

黄先生大学读书期间,已经购藏了二十几大箱,一千八百多种,近万卷的古籍。学生宿舍不便存书,他就申请了一个楼梯下的暗房寄放藏书。他的床铺及枕边,都摆满了爱读、常读的书籍,曾不无雅兴地给自己镌刻了一枚闲章:"床前明月枕边书"。

1958年寒假,黄先生回了一趟前黄故家。春节过后,拟取道漳州探望伯父和堂兄,而先将前黄氏故家的书籍运至漳州达聪巷二十五号伯父居处,打算乘鹰厦铁路转浙赣线到杭州。没有想到,那时鹰厦线还没有经过漳州,只在一个叫郭坑的小站停留两分钟。而漳州到郭坑约有十五公里的路程,还是"羊肠小径",必须坐在别人的自行车后,才能去郭坑小站。旧家的十几箱外加三大麻袋的书,只能寄存在漳州达聪巷伯父家,待毕业后工作时再说。

黄先生的藏书之所,统称"与石居书屋"。他在《与石居论集》自序中有一段话:

> 一九六一年回故乡时,父亲授余闽江黯淡滩剑溪石古砚一块,并手书宋代莆田诗人方惟深《过黯淡滩》七绝云:
>
> 湍流怪石碍通津,一一操舟若有神。
>
> 自是时间无妙手,古来何事不由人!

据《福建通志》载：黯淡滩，“其水湍急，其石廉利，舟上下有一失，势辄破溺。”原父亲传石之意，欲余制“怪石”而用之，所谓“动心忍性，增益其所不能”。然此石自闽至浙，长卧案头，静如处子，已非当年横处江流悍急之廉利也！不知为何，又想起《红楼梦》中“青梗峰下一顽石”，遂起名“与石居书屋。”“与石居书屋”中又分别有“石竹斋”“听雨轩”等藏书室。

黄世中先生浙江师范学院毕业后，分配在温州，先后在文教、新闻、机关等部门工作过。杭州的书，自然随身运至温州。而寄存在漳州伯父家的书，后由其堂兄邮寄至温州。由于包装不善，邮途散失许多宝贵书籍，如知不足斋丛书初刻本及部分“丛书集成”等等都遗落在不知何处的途中了。据黄先生在一篇《书缘》的文章中记载：

> 有一部嘉庆年间刊刻的何焯《益门读书记》，十六册，遗失了三册。故家旧藏，按唐人司空图《二十四诗品》“典雅”中的十六个字，“眠琴绿荫，上有飞瀑；落花无言，人淡如菊”，分署十六册。由于邮包破损，失去“人”“如”“菊”三册。人之爱书，常有缘分，或可称为“书缘”：失去的三册，八十年代，终于在一个旧书摊购得，是书十六册终成完璧。

黄先生认为，藏书对他教书和做学问帮助很大。1981 年，黄先生被长沙某高校招聘。当时的温州市委书记把他留下，调入温州师范学院中文系，即今温州大学人文学院。他说，自己在大学任教二十多年，开过中国文学史、古代文论、李商隐研究、唐宋诗词研究、唐诗与道教、易儒道佛与传统思想文化等等课程，出版论著十八种，在国内外刊物上发表论文数十篇，从不曾向学校图书馆借过一本书；所需之书，“与石居书屋”皆可寻到，节省了许多时间。可见其购书、藏书，非藏书家之藏书，实学者之藏书。1996 年 3 月，黄先生被评为“温州藏书第一家”，当时“与石居书屋”入藏图书已达一万五千多种。其中有明汲古阁原刊《十七史》，有康熙初刻本朱鹤龄《笺注李义山诗集》，乾隆时刻本姚培谦《李义山诗集笺注》、屈复《玉溪生诗意》、程梦星《重订李义山诗集笺注》、嘉庆刻本冯浩《玉谿生诗详注》，以及同治三色辑评《李义山诗集》（黑色朱彝尊评，红色何义门评，蓝色纪晓岚评）两部。数种李义山集，天头皆有前人点评笺释之文字，洵为“镇家”之宝籍。另有许多清代刻本，如前面提到的《义门读书记》，以及嘉庆刻本《尔雅注疏》《曝书亭集笺注》《曝书亭词注》等等，均为今日难得之善本。民国版也有许多好书，如《四部丛刊》《四部备要》《丛书集成》等，这几种今日或已重刊，但初印本今日仍不易得。中华人民共和国成立后的书籍在五分之四以上，但五十年代初期的一些书，今天也已经绝版。还有一些中华人民共和国成立前后解放区印行的书，如1948年山东解放区印行的五卷合订本《毛泽东选集》，1949年9月，新华书店印行的阮章竞《赤叶河》、赵树理《李有才板话》等，都十分珍贵。

黄先生除精读、钻研专业外，其阅读，涉猎甚广。他认为人文、社科学者，马列著作是非读不可的。在他的藏书中，不乏马恩列斯著作。《马克思恩格斯全集》(50卷)，自1956年第1卷出版开始，就一直跟踪购藏；《列宁全集》(40卷)、《斯大林全集》(13卷，未编完)等等，今日私家藏书一般都不备，而皆在“与石居书屋”购藏之列。甚至《本草纲目》《草木典》《广群芳谱》《花镜》《昆虫典》等等动植物的书也收藏了不少。此外，《金瓶梅》《红楼梦》及其研究的书籍，品种齐全，藏量极丰；自然大多为中华人民共和国成立后影印及排印本。

黄先生为学者型藏书家，一生购书、读书、教书、著书，乐在其中。《温州都市报》的《学人访谈录》曾以《快乐的蛀书虫》为题，用了整整一个版面报道他藏书和撰著的事迹。报载，黄先生中学时期，一次在泉州旧书摊购到列昂节夫《政治经济学》，书中夹有一纸《马克思答女儿燕妮问》。其中一问：“你最中意的职业是什么?”答：“做蛀书虫。”黄先生就像一个“蛀书虫”，钻进书中，吸取养料。又报载，五年前，黄先生搬了新居，住七楼、八楼，两万两千多册书，承重是否有问题？黄先生曾请专家勘察设计。搬家时五吨载重的汽车，运载了两趟；两百七十大箱的书，如果一本本相贴立着，大约有三百多米长。现在七楼客厅、工作室，八楼三个房间，四周皆为藏书橱柜。书橱自下而上，“顶天立地”，每层深六十多厘米，可放四排书。只是找书不大方便；若要找最里面一排的书，必须搬下前三排才能看到。

黄世中先生1956年毕业于惠安一中，走出福建时，鹰厦铁路尚未通车。他在有关文章中回忆说，“当时是从福州乘闽江小火轮至南平，再转汽车到江西上饶，沿浙赣线到杭州”。至今已经半个世纪多了。黄先生一直工作到2005年才正式退休，而仍返聘给研究生开易儒道佛与国学研究课程，并常为温州市图书馆及中学校长、教师开设文史讲座，继续活跃在温州的学术讲坛。他是全国唐诗研究的知名学者，有时还走出国门，如赴韩、日访学、讲学，但大多数时间仍栖居于"与石居书屋",潜心研究学问。

"与石居书屋"坐落在温州市南浦水滨,白天有碧波帆影,夜晚有明月清风;窗前月光如水,枕边书籍丛萃。黄先生退休后的生活,井然有序。晨六时起,即坐拥书屋,有闲章一枚云:"生涯只在一屋书"。晚上若有月光,则于窗前读书;月斜,则读《易》,享受与感悟人生。他对于退休生活很满足,在给友人的信中感慨地说:"不意未耄即有此境界!"

黄先生热爱故乡的一片热土,但很少回前黄旧家。2000 年他去澳门开会之后,曾取道厦门回了一次前黄。然半个多世纪,旧屋坍塌,人事变幻,已无处可栖。父亲已经逝去三十多年,他找到父亲的坟墓,坟头长满了青草,清晨的露水沾湿了他的布鞋。他默默地在坟前鞠了一个躬,一种历史的沧桑感,充溢回荡于胸中。他在前黄住了四个晚上,就匆匆离开返回浙江(见黄先生散文随笔集《昨夜星辰》)。黄先生说,自己一生的最佳年华,已献给了温州学子,希望有生之年能再回福建,为故乡的文化教育略尽绵薄之力。

(作者王长英系福建师范大学图书馆馆员。本文选自《福建历代藏书家传略》,福建教育出版社 2007 年 2 月第 1 版)

访黄世中“与石居书屋”

引言

听说黄世中先生自美国返温州探亲，记者赶到黄先生南浦水滨的“黄氏藏书楼”，参观他的书房和藏书。

54 年前，大学刚毕业的黄世中带着 29 箱书只身来到温州教书育人。出生在现在的福建泉州泉港区大前黄乡的黄世中，那年 21 岁。那时他居住的是集体宿舍，每天陪伴他的是一本本祖辈们流传下来的书籍。他每天清晨，在宿舍的高楼上背诵古诗文，夜晚则挑灯夜读。黄世中坚信读书能改变人，知识能改变世界。多年后，在温州的市井中有着这么一个传说——有位爱书如命的老人，每年都会把他书房里收藏的二万七千多册书籍拿出来晒晒太阳。你可以想象那是怎样的一个场面！一位老人置身于书海之中，有朋友调笑说，黄世中晒的不是书，是幸福，是读书人的幸福。

说到藏书、读书、著书，在温州，黄先生的名字，屡屡被人提起。近日，记者有幸拜会黄先生，进入他的书房，聆听他读书的心得，藏书的乐趣，著书的感悟。

25 日，午后的阳光打在脸上，让人心生暖洋洋的感觉。此时有本书可读，确是人生一大乐事。在这样的心境下，记者走进黄先生的书房。他正埋头读《庄子》，挥笔自怡，不时在泛黄有点破损的书面上圈圈点点。在略显凌乱的书桌上放着一台笔记本电脑，上面打开着一篇 Word 文档的页面，题目是“读《庄》偶得”。书桌边上堆着半人高的书籍手写稿。75 岁高龄的黄先生果然是位爱书的读书人。

五个房间四个是书房

“你来了，走，我带你先参观一下我的书房。”黄先生放下手上的书说。跃层式的房子被黄先生改成5个房间，其中4个房间是书房。他解释说：“这样能让我随时随地可以拿到书，看到书，闻到书味”。

在黄先生的4个书房里，每个书柜都是里三层外三层，摆满了各式各样的书籍。客厅书柜的底部8个抽屉上贴着几张小纸条，上面写着柳咏、李清照、陆游、文天祥等字样，看来是分藏8个专题的研究资料和书籍。

黄先生打开几个书柜，抽出部分书籍，告诉记者说，目前他藏书27000余册，涵盖文史哲经，儒释道佛，马恩列斯，经史子集，草木禽虫，中医本草……

记者问：“五间房，书房占了四间，其他东西怎么放？”

黄先生哈哈地戏谑说：“我把人生的五分之四给了书，自身、家人、亲情、同事、友人合占五分之一。”

卖金戒指卖衣服购书藏书

黄先生说他年少时一直想有一个自己的书房，刚到温州时，住的是学校的集体宿舍。当时住在楼下东厢一间厅房，层高4米多，他把房间隔成上下两层，下层起居兼放4个大书柜，上层书籍就叠在楼板上，但还是有很多书籍没处放，就只好将读过的不准备收藏的书卖到旧书店去。

那时温州买书的渠道不像现在这样多，很多书籍没地方可寻，就经常出外购书，往往是先到杭州的水漾桥旧书店，再去上海福州路、淮海路古籍书店，再到苏州观前街的古旧书店，然后直上北京，到宣武门外的琉璃厂东街的中国书店。琉璃厂从明代永乐年间就是文人淘旧书古玩的好去处。黄先生说自己在琉璃厂淘到许多好书。旅馆住下来，就迫不及待地带了大网兜，有好书就“一网打尽”。

黄先生买书很舍得钱，但是，时常弄得身无分文。黄先生说：“做学生时，有一次去杭州众安桥淘书，身上没钱，就把父亲给我的两枚金戒指拿到官巷口银行兑换。当时1钱黄金的价格只有9元6角，换得了17.6元，用其中的16元买了百衲本《史记》和几种四部备要的书。”说到这儿，黄先生话锋一转，带着惋惜的口吻说，“可惜这套书没了，这套书后来因为一个同学老婆生病急需用钱，就拿去卖给了当时府前街4号的温州古旧书店。

“记得还有一次，温州古旧书店有几种中华人民共和国成立前‘哈佛燕京学社’出版的‘引得’（索引），如《四十七种宋代传记综合引得》等，价钱较高，身边没有钱，就把父亲给的一套美国夹克拿到四顾桥边上一家当铺去卖掉，换了10元钱，买回了宋、明、清三种传记和艺文志、食货志5种‘引得’8大册。

“还有一次在蝉街一家旧书店看到一部清代版本的《楝亭集》，是曹雪芹祖父曹寅的文集，要价50元。可当时一个月工资只有53.5元，买了书只能喝西北风了。书已经先拿回家，借不到钱，第二天只好还给店主。”

古籍每册都价值万元以上

在黄先生收藏的书籍中，有不少价值不菲的“宝典”，

黄先生说自家没有宋、元原版书，只有明刻《十七史》，而最为宝贵的是收藏有各种版本的李商隐诗集及其笺注本。如康熙初刻本朱鹤龄《笺注李义山诗集》，乾隆刻本《义门读书记》（中有读李义山诗笔记）、姚培谦《李义山诗集》、屈复《玉溪生诗意》、程梦星《重订李义山诗集笺注》，嘉庆刻本冯浩《玉溪生诗集详注》，同治三色辑评本《李义山诗集》（两部），以及槐庐校刊本纪晓岚《玉溪生诗说》，求恕斋初刻《玉溪生年谱会笺》等等。

黄先生笑着说，“你别看这些书破破烂烂的，市价可不低，每本都在万元以上。当然，读书人讲究的是学识而不是钱财。这些书籍每本都有我儿时读书的烙印。”说着，黄先生拿出乾隆刻本姚培谦的《李义山诗集笺注》，说：

“这是1962年7月，父亲寄给我的，拿到书的时候，我在书页上写下：‘看到这本书的扉页，儿时的美好记忆一下子全都苏生过来……’

“记下了我当时的真实感情，此中蕴藏着的父子之情，是只有自己才知道的。

“我岳父马士孚给了我一部三色本评笺的《李义山诗集》，连自己所藏，就有两部。岳父还为我辑录、抄写了历朝300多家对李商隐诗的评论，对我完成《类纂李商隐诗笺注疏解》5大册，帮助很大。所以我的藏书，集结着两家长辈的心血和情感，这也是我舍不得将书随便借人的重要原因，不只是‘价值万元’的问题。”

书还在用，暂不外借

黄先生说："我的藏书除了两家大人旧有收藏的外，都是夫妻两一生辛劳，省吃俭用换来的；重要的书，是在什么情况下买来，至今都能回忆起来。"

黄先生谈起，最让他气愤的是，有的人借了书，一拿走，几年都不还；有几次在路上遇见，要他还书，还挨了对方的骂："几本书值个屁钱！"至今没有归还。黄世中说："从那以后，我就发誓，绝不再把书借给人家了。"黄先生说，发誓以后，他在家中大书柜顶端写了一个大牌匾：

私人藏书，概不出借。

有些想来借书的人，看到这块大牌匾，也就不再开口了。

"一次，有个朋友，还是开了口要借，恰好他要借的书我有复本，就拿出来，说，这书我有两本，这一本送给你。但是，今天如果你要的书，我只有一本，那就对不起了，我已经发誓自己的书不再外借。你看看匾额上的字……

"有人说我是'爱书如命'，我不知道这话是褒是贬，但我确实将书视为自己的生命一样宝贵。虽说今年已经75岁，但是这些书我还在用。5年前去美国我带走了20多公斤有关辛亥革命的书，我参考这些史料，写成了一部55万字的长篇小说《昨夜群星陨落》（黄山书社出版）。3年前我回国一趟，又带走了30多公斤的书，我用这些书，完成了《郁达夫毁家诗纪考辨》（台湾传记文学出版社）、《王映霞晚年的心声》（河南文艺出版社）、抗战题材长篇小说《灵峰血魂团纪事》、《一春梦雨》（未刊）、《评刘心武续红楼梦的七绝和联句》（澳门《南国人文学刊》）。正因为这些藏书我还在用，所以不管是来要求全部买走的，还是希望由图书馆收藏的，目前都还没法答应。王蒙倒是给我出了主意：身后继续藏着，还替我写了个'黄氏藏书楼'的匾额。"

窗前明月枕边书

随着年龄的增大，黄先生对书籍，对知识的渴求越来越强烈。家中收藏的2万多册书，除了作为工具书的外，他大多都翻阅过。"黄氏藏书楼"坐落在南浦水滨，清晨有波光帆影，晚上有明月清风。他给自己镌刻了两枚闲章："窗前明月枕边书"，"生涯只在一屋书"。

黄先生认为：

"读书人看书读书，要入脑，入心；既要广博，又要专精。研究人文社会科学的人，文、史、哲、经是基础，一定要广泛浏览，要有一定的广度，这就是'博''博学''广博'。甚至像自然科学类的《花镜》《广群芳谱》《禽虫典》《草木典》《本草纲目》等等，也都可以翻翻。你想写首诗，里面涉及梅花、紫薇花、五针松等等，你对这些花木本草的习性不了解，怎么能写出好诗？你不知道鹧鸪、杜鹃的叫声和谐音意义，又怎么能理解辛弃疾'更那堪鹧鸪声住、杜鹃声切'词句的深刻含义呢？

"当然，作为学者，读书更应该有深度。所谓学问'渊博'，'渊'就是渊深，就是深度，就是专精。学问广博和专精要统一起来，广博，基础打得既广又扎实，在这基础上才能谈得上'起高楼'。广博就是地基，就是基础，专精就是楼房，就是高楼。地基不广，楼就盖不高；当然一味广博，就变成了'杂家'。我提倡'广博而不杂乱，专精而不简陋'。我研究文学、历史、传统思想文化，而且写过大量的诗歌、散文，甚至中、长篇小说，可谓广矣，但这些都是'广博'，是基础功夫，是在打'地基'。而重点则在古典文学，'楼顶'只在唐宋诗词；最下功夫的是晚唐李商隐的诗和南宋陆游的诗词，父亲所谓'陆刚李柔，唐宋须读此二家'。

"书看得多了，你自然而然地能辨别他人文章说得对不对。有个教授在博客上写了篇关于'正统'的文章，说中国'正统'起源于元末、明初罗贯中的《三国演义》。我在评论中指出他的错误：中国'正统'不是起源于《三国演义》，北宋欧阳修就写过《正统论》。陆游《南唐书》为什么要以南唐为正统，将先主、中主和后主李煜，都列为'本纪'？原因即在南宋偏安东南一隅，建都临安（杭州），与南唐偏安、立国于金陵（南京）一样，所以借南唐影射南宋，反对以中原的后梁、后唐、后晋、后汉、后周等五个朝代为'正统'。"

千万字著作，五次获奖

黄先生不仅藏书看书，而且还自己著书，他的学术研究以诗词为主，兼及中国思想史与文化史。借助家中藏书，他的笺注之学得心应手，最重要的就是花了46年的宝贵时光，完成了《类纂李商隐诗笺注疏解》5大册350万言，奠定了他在国内外唐诗研究中的地位。此外，还有《李商隐诗选》三种，《李贺诗评注》《论王蒙的李商隐研究》《李商隐传》《唐诗与道教》《古代诗人情感心态研究》《古典诗词考证与解读》《钗头凤与沈园本事考略》等20多种学术著作。创作有诗歌选集《潇湘水云》，散文随笔集《昨夜星辰》（上下），中篇小说《沈园泪》，长篇历史小说《昨夜群星陨落》等，总计一千余万字。

黄先生是国内较早运用文艺心理学的方法，研究“诗人情感心态”的学者。他的《古代诗人情感心态研究》一书，曾获浙江省优秀社会科学成果三等奖。1991年新加坡国立大学举行“汉学研究的回顾与前瞻”的国际学术会议。北京大学著名教授、中央文史馆馆长袁行霈先生在会上作了《中国大陆唐诗研究回顾与前瞻》的演讲，评述这本书说：“黄世中的《古代诗人情感心态研究》对白居易、元稹、李商隐、韩偓的心态都有较深入的阐述。”

黄先生的《类纂李商隐诗笺注疏解》，荣获众多奖项。杰出作家、文化部原部长王蒙为该书作序，在序文中称许说：

> 今知吾兄，几十年的劳作所成《类纂李商隐诗笺注疏解》即将出版，非常高兴。此书中既有硬的学问，如编年中的纠错，各种疏解汇集与比较，分类的方法，也有更活泛的对于诗心、诗情、诗魂的触摸与共振，包括对于各诗旨意的认定与对于诗歌艺术的评价。

结束前，黄先生提到永嘉朋友余哲春先生编了一本《小村大嶂》的村史，说一个小小村子，1949年后，竟涌现了数十位中、高级人才，还出了两个留学生。作者请黄先生为这书写序。他在序文中有一段话说：

> 宋真宗赵恒在《励学篇》中说：“书中自有千钟粟”，“书中自有黄金屋”。剔除其“万般皆下品，唯有读书高”的糟粕，不亦有可供参考、借鉴的地方吗？“知识改变命运”，诚哉斯言！
>
> 艰难困苦，玉汝于成！一个人，一个村子，甚至一个国家，都是如此。这是一条万古不易的规律。

（作者系《温州都市报》记者）

后 记

这是一册诗文合集，含散文与随笔九十余文，又新、旧诗歌及集句、楹联等。

笔者在高校教授古代文学与中国文学史，学术研究主要则在唐宋诗词。文学创作，只是业余的一种兴趣和爱好，偶尔为之。

年轻时，曾将诗文、小说的写作，当作一种理想和追求。可大学进入历史系，兴趣很快就转移到学术上了。然每每回首，对于未能从事文学创作，总觉得是一种遗憾。

1969 年 6 月的一则日记，曾有自度曲《潇湘水云》一首：

悠悠魂梦过潇湘，
独立苍茫。
欲寻湘妃无觅处。
山也寂寂，
水也凄迷，
寒鸦数点天际。
欲穷河源问织女，
灵槎西溯。
但湘漓分派，
南北东西。
且涉漓江采芙蓉，
回梦潇湘水云无限意。

在曲词末了，日记赘言云：

义山《有感》诗云："一自高唐赋成后，楚天云雨尽堪疑。"余亦胡诌此长短不齐之句。今而后，谁人睹此，当知有寄托，莫作情诗读。

"回梦潇湘水云无限意"，寄托了对文学创作的"无限"眷恋。2005 年告别杏坛，除继续将 350 万字的《类纂李商隐诗笺注疏解》完成并在黄山书社出版外，立即"回梦潇湘水云"，去寻觅"妃子"，开始着手整理年轻时积累的辛亥革命史料。2008 年，赴美国定居，第二年即完成并出版 55 万言长篇小说《昨夜群星陨落》。至于新旧诗、散文随笔，因其相对短小，即在教授生徒和学术研究之余，就曾胡乱刊了百余篇，并有二文在某评奖会上获奖。2010 年 2 月，选编了八十万字，汇成《昨夜星辰》（上下），由王蒙先生题签，交由华龄出版社印行；新旧诗则随意选了约百篇，以《潇湘水云》为题，在环球出版社出版。算是从"漓江采芙蓉"折回"潇湘"，寻觅"妃子"；正不知"妃子"首肯否？

近年将重点一直放在长篇小说《血魂》的写作上，《相忘于江湖》《风雨兼程》尚在修改之中。余之散文随笔，随即选录、修订、汇编，成此三十余万言之《花开花落，聚散依依》。

根据题材，约略分为三辑：卷上《前尘烟梦》（散文）、卷中《人生如梦》（随笔）、卷下《风灵雨梦》（新旧诗歌）。书末附录几位友人为笔者几种小书所写之序言及评论。这些学界友人均与本人交情深厚，其中有的人已经仙逝，留下些些评述，亦雪泥鸿爪之意。

是为后记。